2022
中国
年选系列

2022年中国

散文

精选

中国作协创研部　选编

长江出版传媒　长江文艺出版社

图书在版编目（CIP）数据

2022 年中国散文精选 / 中国作协创研部选编. -- 武
汉：长江文艺出版社，2023.1
　（2022 中国年选系列）
　ISBN 978-7-5702-2942-0

　Ⅰ. ①2… Ⅱ. ①中… Ⅲ. ①散文集－中国－当代
Ⅳ. ①I267

中国版本图书馆 CIP 数据核字(2022)第 208499 号

2022 年中国散文精选
2022 NIAN ZHONGGUO SANWEN JINGXUAN

责任编辑：张　贝　龙子珮　　　　　责任校对：毛季慧
封面设计：徐慧芳　　　　　　　　　责任印制：邱　莉　胡丽平

出版：长江出版传媒　长江文艺出版社
地址：武汉市雄楚大街 268 号　　　　邮编：430070
发行：长江文艺出版社
http://www.cjlap.com
印刷：湖北恒泰印务有限公司

开本：680 毫米×980 毫米　　　1/16　　　印张：19.125　插页：2 页
版次：2023 年 1 月第 1 版　　　　2023 年 1 月第 1 次印刷
字数：303 千字

定价：39.80 元

编选说明

每个年度，文坛上都有数以千万计的各类体裁的新作涌现，云蒸霞蔚，气象万千。它们之中不乏熠熠生辉的精品，然而，时间的波涛不息，倘若不能及时筛选，并通过书籍的形式将其固定下来，这些作品是很容易被新的创作所覆盖和湮没的。观诸现今的出版界，除了长篇小说热之外，专题性的、流派性的选本倒也不少，但这种年度性的关于某一文体的庄重的选本，则甚为罕见。也许这与它的市场效益不太丰厚有关。长江文艺出版社出于繁荣和发展文学事业的目的，不计经济上一时之得失，与我部合作，由我部负责编选，由他们负责出版，向社会、向广大读者隆重推出这一套选本，此举实属难能可贵。

这套丛书的选本包括：中篇小说选、短篇小说选、报告文学选、散文选、诗歌选和随笔选六种。每年一套，准备长期坚持下去。

我们的编辑方针是，力求选出该年度最有代表性的作品，力求选出精品和力作，力求能够反映该年度某个文体领域最主要的创作流派、题材热点、艺术形式上的微妙变化。同时，我们坚持风格、手法、形式、语言的充分多样化，注重作品的创新价值，注重满足广大读者的阅读期待，多选雅俗共赏的佳作。

我们认为，优良的文学选本对创作的示范、引导、推动作用是非常重要的，对读者的潜移默化作用也是十分突出的。除了示范、引导价值，它还具有文学史价值、资料文献价值、培育新人的价值，等等。我们不会忘记许多著名选本对文学发展所起到的巨大作用，我们也希望这套选本能够发挥它应有的作用。

这套书由中国作家协会创作研究部编选，具体的分工是：

中篇小说卷由何向阳、聂梦同志负责；

短篇小说卷由岳雯、贺嘉钰同志负责；

报告文学卷由李朝全同志负责；

散文卷由王清辉同志负责；

诗歌卷由李壮同志负责；

随笔卷由纳杨、刘诗宇同志负责。

中国作协创研部

目 录

季节里的中国原理

别处的生长

遥远，又在耳畔

大湖消息

生态，以及文学

陈应松

我们走进一片森林，看到植被保护得很好，也会听到这里曾经被砍伐甚至剃了光头，有过满目疮痍的往昔，我们会感叹，这里的生态恢复得真好。我们提"生态"二字，就证明有不堪的过去，地球和我们的环境曾遭受到重创，现在的生态好了，是修复和重建的结果。那么，生态文学，就是关于生态修复和重建的文学。

生态文学的渐渐浮现，来源于自然写作的引导，但它的源头活水是文学的现实关怀，特别是作家们对自然的怀念，对现实的忧虑，以强烈的道义感，将文学锁定在大地上的行吟和修道。

以我不自觉地进入神农架和不自觉地书写神农架系列小说为例，我写的第一个所谓生态小说《豹子最后的舞蹈》，是在采访神农架一只豹子被一姑娘徒手打死的真实经过之后。在现场调查之后，我心中涌出悲愤和绝望的情绪，两个月无法自拔，故而写成了这个小说。这里，对生态的忧虑是冲动所为，是情绪折腾和沉淀过后，依然充满悲愤和激越，模拟最后一只豹子被打死的经历，并且想象这只豹子还有一个复仇的故事，用以诅咒森林里的猎人，诅咒森林被砍伐的浩劫和人类对动物的赶尽杀绝，讴歌一个伟大生命的抗争和熄灭。

二十多年的坚守和探索，我对生态以及文学慢慢明晰，这两者是相辅相成的，互为因果的。生态的思考成全了文学，而文学也形成了我的生态观、世界观和人生观，成全了我对一个地方的喜欢，并且把它当作我生命活动的所有领域，当作我写作和生活的本分与归宿，甚至是天命所归。把那里的白云当作唯一的白云，那里的山冈当作唯一的山冈，那里的星空当作唯一的星空。那里的所有，山川河流，草木禽兽，都是我的唯一。幻想中的生活，成为了真实的生活。我写了一系列小说和散文，歌唱那儿，就是歌唱那儿的生态，以及我们的现实中隐藏的一个乌托邦。但严峻的生态环境是我必须正视的，人与动物的命运仍然在文学传统标准的陶醉中挣扎。生活显示出古朴的面貌，也有原始的残酷。万类霜天竞自由，但它们在物竞天择和人为的干扰下也付出了惨重的代价。

生态学是关于自然生态和人类生产及破坏活动相联系的研究学科，其实也是要弄清楚它们之间的关系，并进行地球生态的修复与保护。自然生态的破坏，必然导致精神生态和人文生态的崩塌，故而抢救性的修复和重建，对人文生态也是刻不容缓的。大量事实证明，戕害和消亡的不仅仅是物种和自然环境，还包括支撑我们精神世界的人文生态。

自然写作应该谈不上生态文学，或者说，自然写作是生态文学中的很小部分，自然只是生态文学的一个元素，不是它的核心。在文学中，生态是它的核心，这是李敬泽的观点，我非常赞同。我心目中的生态文学，即约定俗成的当下热门的生态和自然写作，是一种回归大自然的文学情怀，是一种乡愁写作。我过去会把这种对大自然的渴望和古代文人的生态情怀当成生态文学的体现，现在看，是有狭隘之处的。

生态和文学纠缠在一起，有各种各样的因缘，有传统的人文情怀可循，有一脉相承的基因。生态文学或者关于自然写作，几乎占中国文人表达的大部分，在自己奉信的宇宙观、世界观和哲学观中，在自己创造的幻想和意境中，中国文人的隐逸情怀单一、偏执而膨胀，成为美学的极致。谢灵运的"昏旦变气候，山水含清晖，清晖能娱人，游子憺忘归"；"云日相辉映，空水共澄鲜"。陶渊明的"采菊东篱下，悠然见南山"，李白有"逃丘园而不返，使人常高其风而不敢加訾焉"。苏轼在《放鹤亭记》中有"鹤飞去兮，西山之缺，高翔而下览兮，择所适"句；常建有"清溪深不测，隐处唯孤云"句；王维的"行到水穷处，坐看云起时"。不管是真心，还是假意，归隐成为一种道德高地的审美，这种境界至少是一种仰望吧。像谢灵运的山水诗和王维的禅意诗，都是山水烟霞喂饱的，以此袭蹈，营造空灵，呼唤神灵，滋养心灵。楚辞和《诗经》中草木的葳蕤，唐诗宋词和明代散文中山水的浩荡，从自然生态中萃取的诗文，成为了中国文学，这种文学再反哺所有中国人的性情。

除了地球的自然命运外，在古代，几乎没有人为的生态灾难，人们顺应时令，身处自然，与自然相敬如宾。那些软弱无力的士大夫因为多愁善感，因为生命短暂，因为世事浑浊，因为战乱离散，对现实的恐惧化作逃避，化作冠冕堂皇的隐逸，将不如意转化为如意，将功成名就的上流生活谦逊地说为终老林泉，寄情山水，归田遁世。当然，这是赞美生活、热爱生活的表现。而表面上的逸趣超然，退隐舍离，隐藏着另一种胸怀。元人辛文房在《唐才子传》如此描写许浑："浑乐林泉，亦慷慨悲歌之士，登高怀古，已见壮心。"——这个许浑写过"溪云初起日沉阁，山雨欲来风满楼"和"鱼沉秋水静，鸟宿暮山空"等名句，像许浑这样的人，热爱林泉与慷慨悲歌，登高怀古与英雄壮心没有任何冲突，倒是培养了一个文人的胸怀和气质。过去我们说晚明小品，如我家乡的公安派，忘情山水，逃避现实，品格不高，对他们的作品多有诟病。可如今你读袁宏道的山水游记，这样的写山水高手，如何品格不高？他们的自然写作达到了我们望尘莫及的地步，因为他们与自然山水贴得非常紧。

但我们现在如此歌颂自然已是不可能的了，这样的自然已不复存在。我们谈自然的时候，它是生态文明建设的概念，是国家"五位一体"总体布局中的一项，生态（包括自然）是要建设的，而不是首先享受的，是要正视的，而不是虚幻的。

生态文学，作家何为？还是从自己的生活出发。作为一个神农架的书写者，别无他长，在山里待久了，便特别喜欢山区和森林的生活。一是顺应人生的节律——因为托尔斯泰说，人到了六十岁，就应该回到森林中去；二是森林、山泉对人的身体有巨大好处，眼睛不会因为空气污染和长时间看手机而干涩；三是因为安静和没有应酬而忘他、忘我。因为闲，可以重新思考活着的意义和世界的意义，不会出现精神的颓靡、偏执与妄念，没有了愤怒和激越等不良情绪。在汨罗八景峒水边隐居的韩少功，引用过农村的老话，他说在那个地方，在那么安静的、远离喧嚣和人事的地方，可以上半夜想想自己，下半夜想想别人。其实，也可以什么都不想，我即是如此，没啥好想的了，过去的都已经过去，该来的让它到来。剩下的，一个老人，就应该宽厚。宽厚地看待一切，宽厚地对待生活，并且宽厚地写作，连走路都应该宽厚，不惹路边的一草一木。这种所谓的"隐"，让我理解了"行到水穷处，坐看云起时"的诗人心境。

最好的生态文学应该是安静的、沉醉的、自省的、慎独的。在森林里的生活可以过滤掉生活中喧嚣的、身不由己的、言不由衷的、丑陋的、痛苦的、虚假恶浊的东西，而愿意为了自己的身心健康，放大生活中美好的、快乐的、宽解的、良善的东西。自我放逐，与山水相亲，会颠覆掉过去我们几十年坚持的东西，重建一种新的幸福观和世界观。古人说：山能平心，水可涤妄。你各种的妄气，愚妄、狂妄、妄想等，靠山水来平息，你心上的尘垢只能让山水洗涤。古人形容山水，还有这么一句：山含瑞气，水带恩光，自然有不言之教。水带的恩光是什么光，只有住在水边的人才知道。人在自然山水中，才能够禅定悟道，让你懂得如何立身、处世、修心、谋道、交际、成事。山水是我们的精神教堂。

文学借山水抒发我们对自然的赞美，对天人合一的向往，这方面的文字太多了，充斥了我们的传统文学，关于山水草木的美丽语言，古代文学差不多已经用完，我们如果重复地书写，无疑是炒现饭。当我们上升到人与自然、人与人出现的紧张关系时，我们的写作才是有意义的、必须的。所谓与自然和解，我们的所有文字就是沟通，而和解似乎是不可能的，只有互相尊重。生态学中有一个观点叫"环境阻力"，大自然有限的资源造成了各种生物发展的阻力。因此，人类与自然界的各种生物必须共生共存。人类因为贪婪和掠夺，向大自然猎取着蛋白质，将动物身体的各部分消化为我们的血肉，但它们曾经是我们精神需要中的美妙鸟叫、蛙鸣、虫吟和兽吼——滋养我们精神的，却成为了我们牙缝里的残渣。现实生态的残酷是我们主要面对的问题。从谢灵运到陶渊明的诗里，没有气候和人为灾难对自然山水的影响，如："池塘生春草，园柳变鸣禽"；"春晚绿野秀，岩高白云屯"；"野旷沙岸净，天高秋月明"；"明月照积雪，朔风劲且哀"。我们现在有多少人特别是城里人能看到天高月明，能看到明月积雪？古代的山水自然意境在现代成为了奢侈，这是当代人的不幸。当下的自然生态是在现代化和全球化之后，地球遭受重创之后的生态。在地球不断升温、空气不断被污染之后的自然生态，回应这些，才能叫生态文学。

生态文学，作家首先要构建起你的小生态。往大处说，写作就是建构作家自己的大地。过去我说，作家不能做流寇，要建立自己的根据地。现在我越来越感觉到，作家应该构建自己的小生态，也可以豪言说要构建自己的大地。小生态也是一块大地，在大地上建构属于自己的山川河流、日月星辰、草木禽兽、地质地貌、气象物候，建构自己的天空和云彩，土垄和耕作方式，甚至你大地上的微生物群。有了小生态，才有你的生态文学作品。有些作家诗人，拼凑几篇自己曾经写过的草木及自然的作品，就敢自称生态文学作家，或者将这些作品称为生态诗歌、生态散文。一下子突然冒出一大批生态作家，这些人游弋在城市的灰尘里，没有自己的大地，在城市凭空想象生态与自然，其实是写不出好作品特别是有心创造大地的好作品的。作家要当好自己的上帝，成为造物主和命名者。罗马尼亚作家齐奥朗说："仅仅依靠语言与上帝抗衡，甚至要胜过上帝，这便是作家。"美国作家布考斯基说，写作是"所有上帝中的上帝"。

当下，很多作家是没有大地的人，不知大地为何物，还生活在二十世纪八十年代和更古老的土壤上，比如传统审美意义的自然山水中的想象与表达。更有甚者，他们的草木是从网络和《辞海》上移栽过来的，是没有生命的草木。他们对自己作品是从哪儿长出来的茫然无知，他们的生命与生活是建立在现代电子垃圾上的废墟，是在写作中流浪于城市废气中的 PM2.5。

只有在大地上才能建立自己的文学大地，否则，凭空想象的大地就不是大地，在客厅和阳台上构思的大地也不是大地，而是沙堡。这就要求作家脚踏实地，疏散到自然的各个角落，认真地埋头营造自己的大地，这样的隐逸才是真隐逸。

当代写作必须回应当下生存的困境，这是起码的要求，在自然山水中只有意境的重复表达，书写和记录植物，是十八、十九世纪博物学已经做过的工作。我们现在的作家不关心现实，只关心花鸟虫鱼，以为这就是生态写作，从脱离现实的鸡汤写作转向网络上的花花草草，以为这就是华丽的转身，其实就是在凑热闹、赶时髦。脚上没有泥巴的人，无法建构自己的文学大地。

当代文学面临的最大难题和迷茫是，人类无法创造自己在当下科技暴力和环境变异及精神颓废中超越一切信仰的神话。"为谁而生，为谁而死?"成为了我们精神层面上面临的窘迫问题。神话是艺术的源泉,而森林是神话的源泉。我自己想自不量力地创造森林的神话,重新拾起人们的大义与英雄主义气质,这是艰难的,也是可笑的,但我不会放弃,因为在自己的文学大地上,必须有这些支撑我们的信仰。

生态是文学重要的内置,没有生态的内置,文学是僵死的、同质化的,生态也是启动文学的密钥。生态直接塑造人的宇宙观、世界观和生命观,如神农架人认为人一天有两个时辰是牲口,人与兽同时存在于一个生命个体上,人和兽及万物同时共生,生命的三种形态是共生、互生、寄生,所有生命包括病毒,共享着这个世界,食物链和生命链都在编织着这个世界。比方说蜜蜂如果灭绝,会导致人类灭绝,因为蜜蜂授粉维持了植物的多样性,否则生物的近距离授粉将导致植物近亲繁殖而种群生命力下降,没有了植物的多样性,人类就自然灭亡了。同理,没有了动物,人类会在孤寂中死去。

在生态中,人是核心;在自然中,神灵是核心。我们的生态写作,对人类的妄自尊大,对自然力量的无限崇拜或对人类的菲薄,都是片面的,不真实的。生态文明建设,不仅要重建大地的自然生态,更要重建大地的人文生态,因为人文生态是在自然生态的沃土中生长起来的,这在云南许多少数民族生存地有非常多的例子。我为写《山水云南》这本书,在云南的原始森林、雪山河流、古老村落和二十多个少数民族地区采访,对此深有体会。比如我走访过的云南红河元阳县的哈尼梯田,为什么在那么高的高山上能种水稻,那些高山上的水是怎么来的,为什么生态如此之好?哈尼人认为,这天地间有三个世界,这三个世界繁华而圣洁:高远的天空是神灵居住的地方,广袤的大地是人和动物生存的地方,深邃的水底是龙蛇水族游弋的地方。哀牢大山山脉高齐云天,气贯长虹,云雾蒸腾时,几与大地相连,而他们开垦的梯田中,云水相激,蜃气涌动,分不清天上人间。山上禽飞兽走,水中鱼跃波欢。哈尼人正是生活在这天、地、水三个世界之间,不可破坏。我到过的彝族、布朗族、独龙族、藏族、傣族、白族等民族生活的地区,这些少数民族都有大量的神话讲述如何保护动植物免遭破坏与杀戮。生态的破坏是人类所为,生态的重建也是人类所为。当我们知道生态远比自然重要时,作家的重要工作是重新发掘和激活人文生态中的风俗、传说、神话及其一切口头和文字流传的语言精华,包括在文学写作中的大量民俗与方言、传说与神话的重新植入和使用，这都是对人文生态的挽救、挖掘和激活。

原载《天涯》2022 年第 1 期

大湖消息

沈 念

那个早晨有些异常。霜冻尚未化开的旷野寂寥无声，风锋利得像冰碴，从房屋、树篱、林子里跑出来。一只没看清模样的飞鸟，像刺眼的光扫过，轻拍翅膀，沿村庄的边界飞过长堤，隐约留下几声尖细的呼叫，向南飞去。

二〇一五年元旦过后的第三天，一支越冬水鸟调查小分队抵达七星湖。小分队以东洞庭湖湿地保护工作者为主，我是小分队的编外人员。在湖边生活多年的我，却还是第一次真正地深入到湖的腹地。

几个小时后，我们遇见的毒鸟人，秃顶低垂，脸色煞白，呼吸急促，喃喃自语：

"昨晚做了个噩梦，梦见一条船直接撞上了我。"

他的夜晚惊慌滚动，那条梦中飞撞而至的"船"，说的是我们吗？

东洞庭湖空旷无人的"心腹"之地，七星湖水域冷风凄厉，我们与他不期而遇。一年一度的越冬水鸟调查，任务是观测当年飞抵这里过冬候鸟的种类与数量，进行鸟类保护宣传，兼顾观察湿地生态变化。我们压根就没想要遇见他，还有被拔光羽毛的两只豆雁、一只天鹅。这无论如何也难以让人联想起它们飞翔时的美丽和自由。

沮丧的毒鸟人坐在隔舱板的面梁上，双手夹在两腿之间，十根手指绞在一起，指甲藏污纳垢，粗糙的皮肤像堆积着没打扫干净的鳞片。第一次见到纹路如此苍老复杂的手。蒲滚船突然发动，他的身体急遽前倾。那只手像一只刺猬披铠戴甲扎过来，我站立不稳，无处闪躲。仿佛有看不见的眼泪跟着湖上寒风一起呼啸，还有清早那尖细如冰针的叫声，似乎从没离开过我的耳畔，风声中它变得更加锐利，像成千上万的翅膀密匝匝地扑腾过来。

湖

夜色入冬，薄雾拂卷，阒寂覆盖。

毒鸟人的惊醒之夜，我们抵达那个离城百余公里的小村庄。

穿过村庄，翻上长堤，洞庭湖咫尺之间。东经一百一十度，北纬三十度，是洞庭湖的主坐标。这一经纬度上的冬天，湖水退去，广袤的湖洲湿地一片苍茫，齐整裸露，草苇疯长，坑洼与水沟交错，牛脚踩出一个个坚硬的脚印，小路上泥辙结冻，像伸向湖心的铁轨。

没有人会相信这就是上下天光、一碧万顷的洞庭湖，太瘦了，如同几条分岔的干涸的河流。在有据可查的档案记录里，湖一年年做着"瘦身"运动。《水经注·湘水》中是"广圆五百余里，日月若出没其中"，唐宋诗文中频繁出现的是"八百里""洞庭天下水"，也是"浩浩汤汤，横无际涯""水尽南天不见云"。它已经是一个无与伦比的大湖了，但到了明代嘉靖、隆庆年间还在长大，原因是长江北岸分江穴口基本堵塞，水沙分泄，湖面扩张，往西、南延展出了后来的西洞庭和南洞庭。清道光年间《洞庭湖志》中，全盛时期面积有六千平方公里，差不多是现在的三倍。那张传播印刻的《广舆图》，描绘的是湖的全盛期和最大值，此后步步走向湖的衰落。

水去了哪里？水又是从何处而来？似乎每个此刻站在此地的人，都会问这两个最简单也是最复杂的问题。

有来水才有去水。洞庭湖的南北两大来水，早已在郦道元记载的"同注洞庭，北会大江"和范仲淹吟诵的"北通巫峡，南极潇湘"中予以印证。北水是城陵矶以上的长江来水，主要是长江荆江段，其实"衔远山，吞长江"中一个"吞"字已道出了江与湖的亲密关系；南水是忝列长江支流的湘资沅澧四水，它们都是先入洞庭后再去往长江的。洞庭湖就变成了一个大口袋般的调蓄湖。但水是不分先来后到的，有时络绎不绝，有时蜂拥而至，加上雨水充沛，如同汪洋大海的湖面会变得格外好看，但"好看"的背后，是每到汛期湖区老百姓的胆战心惊。

在北斗卫星地图上，湖像一片蓝色的大地血液，在看似巨大实则狭长的动脉血管中流动。再定睛细看，流动的却是一个毫无规则的多边形，轮廓线豁牙碴齿。自二十世纪二十年代开始，热情参与围湖造田的人们，像蚕一般细细密密地啃噬着洞庭湖这片巨大的桑叶。千里湖洲，百里沃野，顺水而来的开荒者，赤膊吊胯，或者一担箩筐挑着儿女和全部家当，跟着春天一起到来，插根扁担在金子般的泥地里，三天就能"发芽"。这是当地人对开荒年代的形象比喻。

入湖泥沙淤积量大于湖盆构造下沉量，日积月累，平衡状态打破，湖泊变洲滩，洲滩变垸土和湖田，人进水退，与水争地，插秧插到水中央，大湖萎缩加速，滨湖堤垸如鳞，弥望无际。

水所能打开的想象不知不觉地被划块分割，向往的终点在叹息声起处。自然与人之间的矛盾，在这个物欲"满血"的年代，没谁能一下把紧紧缠绕的"结"解开。这个"结"包裹着形形色色的利益，还有各式各样的桎梏、伤害、遗忘与抛弃。湖所承载的那些气象万千的美好，伴随候鸟的漂泊、流浪、冒险而变得破碎与脆弱。

鸟

我们去往的是天鹅最钟情的七星湖，在东洞庭湖西南角。

从市区出发，走省道、乡镇公路、通村公路，一百余公里，路从开阔到狭窄，从平坦到颠簸，途中要花三个小时。挤在我身旁的一老一少，都是东洞庭湖保护区的"老将"。年轻的姓余，皮肤黝黑，左脸颊有一道颜色更深的疤槽。他是保护区下设七星湖管理站的站长，后来一介绍才知竟然是八〇后，疤槽是巡护途中从摩托车上摔倒所致。问他这条路线一年要跑多少个来回、鸟的多少、观鸟要领……他只言片语，吝啬乏味。

倒是"元老级"的老张话多，愿意满足我的好奇——护鸟的艰苦、打击毒鸟者的艰辛、湿地环境不为人力所能改变的艰难……

老张回忆那些残缺的经历，在狭小的讲述空间里缠绕成一团沉重的情绪，跟着车轮的奔跑发酵、膨胀。老张说起二十世纪六七十年代，村里有专业的猎捕队，县里会收购鸟羽出口，后来有了禁令，有了湿地保护工作人员巡查。但那些冬天困守在湖滩不上岸的渔民，会放呋喃丹毒鸟；冬闲无所事事的湖区周边农民，会偷偷扛着猎枪、土铳、高压气枪恶作剧般打几只鸟打打牙祭；还有一种网眼细密的捕鱼工具迷魂阵，被隐秘地安插在鱼虾洄游的必经之地，只进不出，伤害极大；有些废弃的网埋在水中，日子久了，水退之后，常常又缠住觅食的鸟，有翅也飞不起来。城里郊外的餐馆明中暗里兜售野味，满足人们的口欲，这里面有暴利可图，就有了毒鸟的团伙犯罪。更久远之前，老张说祖父辈在湖区遇到湖上自然死亡的大雁野鸭，都会捡起来挖个土坑填埋，随手折段柳枝插在坑头上。他这辈子最恨毒鸟的人，前年一桩恶性毒鸟案，现场遍地白羽，鸟睁开的眼睛就如同雪地上踩出的黑洞洞般的脚印。这桩案子大费周章，很长一段时间后才找到放毒的人。老张整天在家郁闷生气，头发白了一圈。

"不是我们没管事，是湖太大了，总有管不到的地方管不到的时候。"记忆碎片像一只只漂流瓶，老张把它们丢进水里，任其漂流远方。

采桑湖是我们的必经之地，也是这片湿地保护的核心区，从十月、十一月至次年的三四月间，跟随枯水期的到来，湖底袒露，湿地天成，恰好成为北方候鸟的最佳迁徙越冬地。住在这里的家户并不多，这几年集中迁到了镇上或安置小区，剩下的老房子，都是一个个的院子，有些勤快的主人，用砍下的粗细匀称的树枝扎成一圈树篱。夜晚打上霜的树篱，在薄雾飞散的晨光里，发出白珊瑚色的光，给村庄添了些冷清。再过些时间，太阳出来后，树篱上挂着的晶亮水珠，如同发光的玻璃球。田野是湿漉漉的，在阳光照耀下，就像大地上被遗落的一颗闪烁的大珍珠。我多次来到这里，和那些渔民、志愿者、观鸟者擦肩而过。湖岸扭着身体消失在视线尽头，运气好的话，肉眼就能越过那阳光弥漫的雾障，看到鸟飞翔或降落的身影。

湖洲的外滩浮动着一片沉甸甸的银灰，偶尔太阳挣出云层，银灰里又掺进些金黄、古铜和锈红。天地间的灰白变得更稠浓，冬天的湖面瘦得更狭窄、遥远，一副冷恹恹的神情。有的路面落满了枯叶，车轮碾过，发出碎裂的声音。声音像块有棱角的石头，砸得水花四溅。

水天一色的远方，候鸟并非想象中那般密集。流线型的体廓，飞羽和尾羽组合成的飞翔利器，鸟十分享受它的飞行特权，也使得它为人所喜爱。灰蒙蒙的天空，一群豆雁星点般撒落，在轻快掠起的飞行中，发出波纹般的微光。偶有形单影只的头上一撮凤凰般艳丽色彩毛羽的凤头鸊鷉、琵琶形长嘴的白琵鹭在近一点的洲滩边优雅踱步。几只针尾鸭夹着如箭镞般翘起的"拖枪"尾巴，混迹于一群肥大的罗纹鸭中。黑色的椋鸟群，像个紧攥的拳头，在惊马奔逃般的甩身中，给天空镶上流动的黑边，总有几只掉队的同伴，沮丧地看着高高飞走的队伍。还有几只麻灰色羽翼的苍鹭，弓着颈，好几个小时一动不动地在浅水里站成一尊雕像，直到游过来鱼虾、泥鳅，才会将细长的尖喙刺过去。在本地人眼中，这是一种懒惰的鸟，渔民给它取个绰号叫"长脖老等"。

我的背包里有一本便携版的《中国鸟类图鉴》，虽然比不上《中国鸟类野外手册》内容丰富，但一千二百种鸟的图片已足够查对洞庭湖上能看到的候鸟。插图中的各种水禽鸟类，色彩繁多且纤细入微，如同实物被压成了书上的一幅幅图案。雌雄、成幼、冬羽夏羽亚种，关于鸟这一陆生脊椎动物中分布最广、种类最多的类群，我熟悉它们的途径就是图鉴手册这类科普书籍，以及朋友们的讲述。当然更直接的是亲身参与的几次野外考察，艳丽的色彩，飞翔穿梭的美妙姿态，我常为寻觅到图片中对应的鸟而惊喜不已。

体表披覆羽毛、有翼、恒温、卵生，鸟的一切生存之道都在这些特征下展开。毫无疑问，所有迁徙的候鸟都是富有冒险精神的勇士。每年世界上有几十亿只候鸟在秋季离开繁殖地迁往更为适宜的栖息地。

观鸟飞翔是件愉悦的事。我家乡依傍的那条最终流入洞庭湖的长河，在水运繁盛的年代，也吸引过候鸟的停留。儿时，我和小伙伴多次沿着河岸去偏远的河汊看鸟，拼尽气力把石头掷向河面，与候鸟一起"哦耶、哦耶"地惊叫起来。鸟从那尖锐而热烈的鸣啼声中飞出来，挂在水边的池杉枝上，盘旋着飞在我们的头顶。那些快乐，短暂地停留在时光的某个角落，不去翻动就被尘垢掩覆。我清楚记得的是我那位知识渊博的语文老师，从鸟类学家的词典中翻找出三个名词板书在黑板上——留鸟、候鸟、迷鸟。这是我第一次从鸟名之外的门径窥探鸟类，潇洒的粉笔板书，跟着下课铃声的到来，变成三只硕大的鸟从眼前飞远。

"候鸟是最具责任感的父母，它们要保证繁殖育雏期是在最有利的季节环境里发生。"

"恋家的留鸟不懂飞往他乡的乐趣，是故乡的忠实守候者。"

"一只迷鸟的经历足以写出一部风雨颠沛的长诗。"

忘记故乡，不也同时拥有了另一个故乡吗？

影

天气预报没提到有雨，但我们赶到一个叫注滋口的小镇时，阴霾的天空飘落几丝细雨，从脸颊上一划而过。

小镇倚靠一条枯竭的河流，一大片积雨云在河的西北面集合，然后扇面般展开，像千军万马奔杀过来。这是一个与我家乡极其相似的地方。水运掌握着地方交通运输命脉的年代，这里船只来往，货物吞吐，流动着"小汉口"式的熙熙攘攘。从镇政府走过时，我看到大门口挂着一副对联：

> 地利扼华容，水陆双通，商贾繁荣小汉口；
> 文风延古镇，诗联再续，名声蔚起大潇湘。

文字中的虚荣，过去的市井喧嚣，如枯叶簌簌扑落，空余今天普遍切身体会到的"寸寸肌肤寸寸凉"。那是"回不去的故乡"散发出的凋敝与清冷。街面上流动的身影，一瞬间竟让我仿佛又看到孩提时跟踪过的，从街上走过、从村庄的小路走来的孤独、踟蹰的身影。

见到毒鸟人的那一刻，我既感意外，又丝毫不诧异。他不过是从那些重叠的身影中走出的一个。

那是一天中最安静的午后时刻，衣着邋遢的老男人从街上走过。在旁人的印象里，他性情孤僻，好吃懒做，一事无成，从未娶妻生子，长久以来与弟弟一家人住在一起，很不讨亲人的欢喜。他从偏远的村庄到镇上的次数不多，仿佛每次只是闲逛。那时节的棉花地里正是一年四季最忙碌的节点，绵绵阴霾，虫害来犯，让棉农们叫苦不迭。老男人走进了一家卖种子化肥农药的商店，他逡巡了玻璃柜台前，犹豫地打量着拥有千奇百怪的名字的商品，不吭声气。店里的女营业员冷冷地睃他一眼，又专注于手机游戏的摆弄。良久，人们看着他拿着一包广为人知的克百威杀虫剂出来。

老男人原路返回时就揣着乡下人俗称"呋喃丹"的杀虫剂。这种氨基甲酸酯类广谱内吸性杀虫杀螨杀线虫剂，学名"克百威"，杀气腾腾，威风凛凛，二十世纪六十年代初由美国创制，一九六七年推广，纯品为白色结晶，但多为紫色颗粒，溶解于水的温度底线是二十五摄氏度。按中国农药毒性的分级标准，呋喃丹属高毒农药，不能用在蔬菜和果树上，可用于多种作物防治土壤内及地面上的三百多种害虫和线虫。但不知从哪一天起，它被某个愚蠢的念头改变了用途，嗜杀成性的细小颗粒抛撒在候鸟出没地带，一只只踱步寻食的鸟惘然不知啄入食道的颗粒见血封喉。细颗粒的危害性远远超出我的想象，鸟食入一小粒足以致命，中毒致死的小鸟或其他昆虫，被猛禽、小兽或爬行类动物觅食后，还可引起二次中毒而致死。

从事媒体工作的朋友谈起经历过的一起天鹅恶性死亡事件，他在七星湖的苇丛中亲眼见到几十只天鹅、雁鸭集体中毒。朋友讲述时的情绪在震颤，仿佛乌云压积，等待雷电撕裂、暴雨冲刷可耻的卑劣行径。毋庸置疑，毒死天鹅的罪魁就是呋喃丹。保护区的人把这种在阳光下会变紫色的颗粒说成是候鸟的"闪电杀手"。

老男人的毒鸟计划是来小镇的路上萌生的吗？我宁愿相信那是他后来的"恍惚"之过。当我们到来时，夜色也一步步驱赶着拂不散的清冽寒风。风紧刮一阵后慢下来，水波粼粼，每一块水域都变成了一条条发光的鱼。当声响骤然消失，大地孤寂无语，只留下那杳然消逝的翅膀划过的影子，像胸中吐出长长的叹息。

夜晚就这般降临我们身旁。

夜

远离人群聚集的七星湖管理站，正在垒砖砌瓦。屋后是一片枝叶稀薄的水杉林，一群椋鸟突然从林中喷雾般飞出、盘旋，又遮蔽了这片栖身的树林。我刚认识这种朱嘴橙脚的鸟，它的头与颈部是丝光白色，胸和背是灰色，翅和尾是黑色，也带着点蓝绿色金属光泽。群飞的椋鸟，无疑是一道空中风景，像卷起的旋风和移动的云层。

晚饭后，我被安排住进一户农家超市。老板是一对胖墩墩的中年夫妇，自家的房子，二楼隔成几间客房，电视、热水、信号不稳定的 Wi-Fi，一应俱全。我疑惑把住宿开在这种偏远之地的收入状况。

男的自信满满地说："客人？当然有，像你们一样来看鸟的。"

"嚇。"我心想，这地方如此偏远，除了专程跟着保护区工作人员的来者，业余的观鸟夜宿者恐怕少之又少。太偏僻了。

昏黄的天色被冷风剪成碎片，细雨发出银灰色的光，通往田野的小路上落叶凋零。椋鸟早飞不见了，散落在树洞或哪家墙洞里避风躲雨。饭后的时间并不晚，外面却更早地变成一团墨黑，除了偶尔有小货的和归家的拖拉机驶过的声音，世界早已安眠。天空发出幽幽的蓝光，寂静凝固，我听到自己的心跳，仿佛旷野里群鸟低飞，传来深深浅浅的墨绿色鸣叫。

喔啰！呜耶！

是我的错觉，整个晚上，没有一声真正属于鸟儿的叫声。

候鸟入眠，坐卧刺骨寒冷的野外，在湿地黑色硕大的子宫里，沉睡如婴儿，开始甜美的梦乡之旅。气温降到零度以下，仅靠羽毛的覆盖、蹼皮的包裹，鸟儿却能安然无恙。鸟特有的羽毛让人艳羡，那些色泽不同、柔软无比的羽毛，连同羽衣在体表形成的有效隔热层，是绝佳的保温良品。

度冬的候鸟中没有猛禽，自然看不到那如同满弓时射出的利箭般的身体。总是有些遗憾，但对栖息的候鸟而言，它们少了同类的攻击，会多一些安全感。我看到过一只站在野外的白鹭，那一刻，它像一位长相清癯的神父，为了未尽的救赎，独自站在荒芜之中，毫无惧意。

所有候鸟的一生都会等待一次万里飞行吗？

有的鸟飞的时候很轻，像风吹起一片落叶，又像从枪口冒出的一缕青烟。候鸟能感受到微妙的空气变化，阳光普照，温度上升，田野上的湿露变成一股股热气流，能托起候鸟的欢愉。它们的飞行、滑翔和振翅，会没有规则地改变方向。有时交替着左右盘旋，有时朝一个方向顺时针转圈。

保护区前后来过许多位做生物科考研究的年轻博士。年轻人总是对未知充满着探寻的渴求，而又最愿意分享他们的渴求。与我同行的那位清华大学生物学专业的林博士跟我画图讲解，鸟正羽的末端是挡风的屏障，绒羽滞留一些空气，减少对流；尾脂腺分泌的油脂给全身羽毛涂上一层油膜，加之羽毛细微结构间的空隙异常紧密，鸟羽的抗湿功能绝无仅有；还有候鸟身体的颤抖，竟然是在增加热量而维持体温。这种热量是从脂肪酸氧化中获取的；北极小鸟白腰朱顶雀，你不敢相信它能在零下五十摄氏度生存三小时……我可是第一次听到这些有趣的知识。

夜晚之于候鸟，还有另一种存在的意义。林博士聊到鸟的夜间迁徙，这是它们自我保护的一种方式。为了躲避猛禽的袭击，把受敌害威胁的风险降至最低，夜间候鸟有自己辨析方向的本领。即使没有月亮，云的反射、星的闪烁、水面的反光，也能让候鸟辨识地面轮廓，不致迷失。他提到一个叫"圆月观察"的网站，是由全世界各地大批鸟类学家组成的观察家网，他们一般选择晴朗的月圆之夜，在不同地点同时观察，用望远镜对准月亮观察候鸟飞过圆月时留下的阴影。隐身于阴影下的丰富数据，居然是用来帮人们了解候鸟迁徙的时间、路径，以及与天气、地形的关系……

湖洲之上，到处都留有候鸟的印记。回到现实的夜晚，谁也不曾料到，趁着夜幕的掩护，冒着寒冷的毒鸟人摸着水面反射出的暗淡之光，悄然把死亡送到候鸟的身旁。美好的一天结束于一朵黑色而阴鸷的乌云。

毒鸟人在夜晚走得惊慌失措，脚印歪歪斜斜。次日清早，他撇开夜梦的不祥，拾回了欢喜的"猎物"。早早苏醒觅食的天鹅与豆雁，啄食了那种叫"呋喃丹"的毒药后倒地身亡。毒鸟人心满意足地回到船上，准备点火烧水，钳净鸟羽，对鸟生命的卑视，让他毫无罪恶之感。而那时我们刚走完通村公路，车拐上大堤，路面颠簸，车速放缓，碎石在车轮下暴跳如雷。

静

一道长堤划开人与水的界限。越早之前，恣肆汪洋覆盖这一片更为广阔的滩涂野地。湖洲上看不到威武标致的房子，粮食作物从来长得漫不经心。但湖区那些丰富的食用植物和鱼类资源，从没让人失望过。人走到哪里，栖身之所就在哪里，那些莲、藕、菱角、芡实、茭白，那些芦苇、蒲草、席草，吃食用度随处可见。"有种皆收，俗称一年收可敌三年水。"《洞庭湖保安湖田志》中的记载，说的就是大自然给这片土地的厚爱。

过去冬天抵临的候鸟，比现在更多，但对于人而言，在那个连生存也困难的年代里，它们只是肉食、皮毛和工分。当地一个叫"老鹿"的猎人，在二十世纪六七十年代，曾带领村里的打鸟队，一铳猎杀一百八十七只白鹤，这份纪录至今无人打破。白羽飘飞，血溅成河，但物资匮乏年代的人们从没意识到自己的罪行。在那理性缺失的岁月里，湖区的物种和生境遭遇的巨大破坏不可避免，没有人懂得破坏和保护意味着什么，也就不会有人流露出哪怕如隙流般的自责。

堤坡下种着一小片欧美黑杨林，细瘦光秃，孤独地站在风中。湖区田地比丘、冈平坦，土层深厚，质地疏松，光温充足，可垦价值高，便于耕种，家家户户的门前屋后草植茂盛。前几年，湖的周边突然刮起一阵"造林风"。黑杨、意杨，这些能快速带来经济效益的树种，在湖滩周边大规模地竖立起来，这一度让当地林业部门引以为豪。人们不知，这种长势很快的经济林木，对湿地的改造能力无比强大，每棵树的每条根，就像日夜不息的抽水泵，把水分吸干，湿地转眼间就成为旱地。它带来的恶性结果是那些原本供鸟类栖息的湿地、滩涂减少，土地坼裂，像一双双泪已流干无法瞑目的眼睛。而苔草、辣蓼这些过去茂盛的草本植物，被黑杨、意杨发达的根系驱赶远离，那些雁、鹤也因食物缺乏继而销声匿迹。

车轮摩擦堤面的粗糙砂石，发出刺耳的"咔咔"之声。我们从新沟闸下车步行，一道长长的斜坡连着一条弯弯扭扭的窄路，伸向东洞庭湖的腹地。新沟闸只是长堤上众多简易水闸中的一个，枯水季节，它唯一的作用是作为湖堤上的地名标识，是寒冬从湖里上岸进城的必经之路。

老张说，别看湖区大，上岸进城的口子并不多。保护区的人守在新沟闸，就抓获过偷猎、毒鸟的人。

我们经过一处浅水洼地，左前方出现一圈壮观的矮围，停在矮围外的一辆载重货车不知是如何驶入的，车厢堆满又长又粗的竹篙。几处搭起来的施工台上，几个缩头缩脑的男子正在绑固铁丝拉起丝网，远望真像那种高大上的高尔夫练习球场。待来年涨水退去，游进矮围之中的鱼都成了"瓮中之鳖"。后来有桩闹出很大声响的毒鸟案，为首的一个绰号叫何老四的人，就常年在矮围附近浅水水域非法投毒猎杀越冬水鸟。

泥泞是湿地的常态。脚下的小路坑洼不平，人、车、摩托碾过的印辙交错，细细察看还可辨识出大鸟的爪痕。泥泞深厚的地方，黏稠的泥浆像是湿地分泌出来的霉齿，有的候鸟喜欢在这里落脚，很多虫螺藏身泥浆，它们只需要睁大眼睛寻找就可美餐一顿。

毒鸟人几天前也应是从这条必经之路走过的。小路与一条十米宽的沟渠平行，沟渠的水连通七星湖。当地渔民挖渠引水，目的是方便在秋冬季节运输收获的鱼、需要修补的渔猎工具。没有一只候鸟出现在我们的视野。如此天气叫人迷惘，空中迷漫着一层层淡淡的乳白色的水雾，寂静也有了颜色，一泻千里，没有褶皱。

我把嘴张开，伸出舌头，感受空气中的风和冷意，重复儿时在下雪天的调皮动作，我自己都禁不住哧哧发笑。他们看我一眼，也许并没看到我在做什么，却也莫名地跟着笑起来。

任何声音在阔大的寂静里都格外尖锐，一缕细小的颤动都会传入耳中。我们急速走动的脚步声、衣服背包的摩擦声，瞬间被泊在岸边的蒲滚船轰隆隆的发动机声吞没。嚣张的声音吐出一大团气泡般的呛人青烟。长相奇怪的蒲滚船是湿地特有的交通工具，外观像苏式拖拉机车头，螺旋桨式的车轮由十片巨大的铁叶片组成。我们乘坐的木船被绳索牵引在后，仿若前往打麦场的拖拉机车厢。

轰隆声一路把寂静刺破。船轮滚动激起焰火般的泥花，拖船走过的地方留下一条"道路"，隔一段时间就会悄然消失。驾驶者是七星湖的原住民，他熟悉这个季节湖里的路况。有些沼泽地段，蒲滚船和再老练的渔民也不敢放肆，荒野之地，一旦陷入泥潭，叫破嗓子也没人回应。

风

风呼啸的时候，我们乘坐的船像要被一双巨大有力的手掀翻。那道若有若无的地平线，也在空气的浪流中更加缥缈。若不是认出不同种类的鸟，我会觉得我们一直在一条没有尽头的航道上原地踏步。

地质演变让东洞庭湖形成了独特的湿地系统。半陆半水，冬季近地层温度比同纬度远湖区域平均温度略高，丰富的植物、鱼类遍布，候鸟也把不寻常的生命轨迹留在这里。我翻开厚厚的鸟类图谱，读着纸上的候鸟。

小白额雁、东方白鹳、戴胜、红脚苦恶鸟、棕背伯劳、白腰杓鹬、凤头麦鸡、扇尾沙锥、丝光椋鸟、阿穆尔隼、斑狗鱼、蓝喉蜂虎……这些美丽的名字，是东洞庭湖湿地有记录的三百多种候鸟中的一些代表。多数鸟的纲目科属下又拖着长长的鸟种名单，全球有近万种鸟，东洞庭湖的候鸟所占不到百分之四。

我非常惊诧这数量庞大的种群，由衷赞叹某些观鸟者辨识它们之间差异的本领。鸟的形态丰富，比脊椎动物类群的科属之间差异还小，喙、腿、脚、羽毛以及内部器官的微细差别，构成鸟之间区分的依据。一位长年跟踪鸟类拍摄的摄影家朋友告诉我，非专业研究的观鸟者，往往是从炫耀行为、鸣声、形态的差异来判断，鸟种分辨的乐趣和难度就藏身这些差异中。这让我想起看过的美国电影《观鸟大年》，铁杆观鸟爱好者布莱德仅凭鸟的鸣叫就能准确断识名字、种属、习性，对鸟的热爱与专业为这个大龄宅男赢得了一个异性观鸟者的爱慕。老张兴致勃勃地说起两位高校大学生，来自南北两座不同的城市，在参加东洞庭湖同一次鸟类监测的野外调查中偶遇，缘定终身。候鸟成为爱情的见证者。

这是多么美好的一件事，如同每一次走进这片野外，即使候鸟沉寂，也还能听到它们的温柔私喁在空中遥远却清晰地回荡。

往湖的腹地走，前方总有橙色的光，是一粒奶糖的形状，走多远，风像野孩子般尾随，撒开脚丫子奔跑。老张说，风是候鸟生命的一部分，只有在风中，它们才算真正地活着。万里之外的生灵，全靠风力的托送，才完成生命的迁徙。

搁浅冬眠的渔船，是湖上最大的"鸟"，像"老等"一样守着冬天的时光。剩下的少数渔民利用冬闲清理渔具，他们把"地笼王"这种长长的网兜埋伏好，碰运气收获些春节年货。"地笼王"匍匐在浅水中，大小鱼通吃，鱼进得来出不去，也常网住几只贪食的鸟。保护区的人见到"地笼王"是要收走的。这种在祖辈手上流行的捕鱼工具，在不久之后随着一个十年禁渔期的到来而从渔民生活中消失。

湖上原来浮着的雾，聚拢起来，在空中变成积云。有的鸟永远也学不会安静，它们鸣叫着飞起来，翅膀在阳光下，留下一道银色的弧线，像一面镜子对光的回应。候鸟是不是飞得越高就看得越远，尚不能完全确定，但鸟最为出色的视觉，可以进行完整的环行扫视，会在飞翔中认清地面上的人和奔跑的动物。遇到狂风，翅膀飞动的阻力加大，鸟拍打的动作会变得短促而飘移。

小余站长拿起价值不菲的一台SWAROVSKI牌望远镜瞭望，我第一次从这种昂贵而精美的单筒望远镜里欣赏目力所不及的远方。译名为"施华洛世奇"的望远镜防尘防雾防水，影像清晰，色彩自然，在雨雾天气、阴暗环境下使用，景物细节依然全现眼前。

我搜寻着天鹅，开始是零零散散的一只、两只。逆光又有些许雾霭的遮挡，众多的白琵鹭、白鹭缩小成一个个白点，赤麻鸭、罗纹鸭成群地驻守各自的领地，有的鸟天生扮酷，独自在浅滩觅食，用喙戳刺着草地。远处水的反射，让湖上的晴空显现一种幽蓝的光。全身赤黄褐色的赤麻鸭嘴里蹦出的叫声，像从山顶滑下的雪球，是爆破般的响声，但在遥远的距离里，会渐渐虚弱，变得悲伤起来。雄性赤麻鸭脖上有一圈黑色颈环，它的嘴、脚和尾也是黑的，飞起来的时候，羽翼的黄白两色，非常打眼。赤麻鸭在湖区比较常见，有时也会跑到农田和湖塘去觅食，潜水是它们的长项。它们看似安静地游在水面上，突然会来个俯身，翻滚入水，动作麻利，出水后嘴里吞咽着鱼虾，头却不停地四周察看，警惕地护卫着自己的安全。而它从水中飞起，湖面涟漪绽放，也溅起晶莹的水珠。

蒲滚船加速向湖心挺进，船后溅起的泥浆飞起老高，进入视野的天鹅数量暴增。几十只天鹅组成的群落跑进我们的眼中，它们弓着几近直角的颈，悠闲且优雅地静卧水上。别的鸟始终飞得快速，"施华洛世奇"的取景框隔着那么遥远的距离，也无法装下它们和大地。蒲滚船停在原地，嘟嘟抖动，小余站长记录卫星定位，说这里进入了天鹅的集中栖息区。

象征着纯洁的天鹅是备受瞩目的一种鸟。天鹅在西伯利亚苔原带繁殖，冬季迁徙至中国东北部至长江流域湖泊，外表有着最为圣洁的色彩分布，以洁白为底色，黑色镶黄边的嘴基，黑脚，结群飞行时习惯排列 V 字形，身高不超过一百四十二厘米的小天鹅合唱时的声音如鹤，发出悠远的"喀哩、喀哩"声。我遗憾地从小余站长那里得知，体形高大一些的大天鹅在东洞庭湖罕见，它飞行时发出的声音是"咔喔、咔喔"，相互联络时的声音像响亮的号角。

任何鸟的飞姿都是无可挑剔的，这份感受首先源自人的缺陷。飞翔的天鹅让人怦然心动，在翼和尾的协助下，踏波助跑，完成凌空、滑行、穿越、翱翔等赏心悦目的一连串动作。天鹅飞行时基本上是鼓翼、滑翔、翱翔三种方式交替，它宽大的双翅快速有力地扇击，翼尖向前向下挥动产生推力，起到类似机翼产生升力的作用。其实它的每一片初级飞羽，如同一个螺旋桨，推力大于阻力时，它的飞行就获得加速，仿佛一架从厚厚云层中破空而出的飞机。它的力量从收紧的翅膀里爆发出来，如同海面上迎浪而行的鱼鳍，激荡的浪花四溅，变成满天云霞，空中的白色精灵，被渲染成移动的金色斑点，散出模糊却透明的光，让人感受到一种沉静之美。

无法想象没有羽翼的飞行。有一次，我在保护区的救助站察看一只被救治的豆雁。它的尾羽宽阔而坚韧，张开时犹如团扇，这是飞行时的"舵手"，转向、减速和着陆离不开它的掌控，而如桨似的鸟翼，展开时既有机翼般的飞行表面，又靠翅尖向下，向前扇击产生推力。在不同的空气条件下，鸟翼改变形状，翼和躯体的相对位置随之发生变化，那些高超的飞行技巧因此诞生。

午后到来，阳光驱散雾霾，水面浮光跃金。随着气温的攀升，鸟儿也欢愉起来。成百上千只赤麻鸭飞旋追逐，像玩起了太极布阵的游戏，白鹭如往昔成行列队地飞翔。猛禽是独飞侠，而鹤、雁、鸭在群飞时要排出美丽的"人"字队形，勺嘴鹬会飞出一条长而宽的长链，抱团旋飞的椋鸟总是突然就出现在你头顶。

多数候鸟迁飞都是无纪律者，松散、零乱、没有阵形，比如那些可爱的胖嘟嘟的赤麻鸭。鸟去一湖皱，鸟来半边天。中华秋沙鸭飞起来的时候，有着迷人醒目的黑与白，它的嘴形侧扁，前端尖出，像微微弯曲的钩子。黑色的头和上背，与白色的下背、腰部和尾上覆羽，缠绕着黑色鱼鳞状斑纹胁羽。在贴近水面的那一刻，它被强烈的阳光刺亮，就像一头飞跃出来吐气的黑江豚。小余站长打开话匣子，像谈论自己的孩子，对候鸟的熟稔让我对他刮目相看。

他突然发现了一群黑尾塍鹬，赶紧把"施华洛世奇"递给我。这是中国旅鸟，洞庭湖也仅是它远行的能量补给站。黑尾塍鹬全身是泛绿的棕色，喙嘴尖长，长腿伸展，疾飞时像一柄刺破空气的长剑。腹部的薄薄花纹，如一片狭长的绿叶。它的叫声像没有礼节的人发出的野蛮大笑。小余站长说，夏天要遇见它们在深水捕食，落水时红得像火焰的繁殖羽倒映在水面上，像一块烧红的烙铁哧哧冒出一片滚烫的水汽。

毒

在去往下一个观察点的途中，插曲发生了。我们意外地遇见一只天鹅浮卧浅水面，细长的脖颈失去了往日的柔软而变得僵硬。这是老张指的一条路线，他原本闭目休息，突然站起来指挥驾驶者向十点钟方向行进。小余站长说老张的耳朵精灵得很，听得懂鸟的絮语、空中的风和湖水的密谈。

太遥远了。从北方的寒冷海域到南方的热带珊瑚礁沙滩，峰巅、高原、台地、荒漠、湿地、草原、海滩、森林，鸟的身影穿行于这些大跨度的栖息生境。即使是集居东洞庭湖这片面积一千九百平方公里的湿地，大小湖泊十数个，不同的鸟会不约而同地选择性栖息。比如七星湖，是天鹅最眷顾的地方，也是毒鸟事件多发水域。

船从死去的天鹅身边驶过，老张弯腰把它捞起。在捞起的一刹那，我的心一沉，跟着天鹅的脖颈往下垂落。死亡的阴影吞噬了它生前的荣光。我们这一天美好的心情自此晦暗密布。

突然有尖厉的声音遥远地传来，远处像是发生了一阵骚乱，很多鸟飞起，其中有一只天鹅，正穿过一片黑压压的杓鹬。天鹅像一把光剑，刺过黑暗，杓鹬群一阵痉挛，四面惊慌地散开，天鹅似乎回了回头，像是抖落身上的尘灰，愈发孤独得耀眼。但没过多久，它的头和尾看不太清了，和雾茫茫的天空融为一体，隐约还能看到羽毛形状的摇曳，听到鸣声中难以名状的孤独凄凉。那是为同伴生命遽失的悲悼，也是对天地间虚无的沉吟。

风似乎停了，没有丝毫生命体征的天鹅被小心翼翼地放进了船舱中部的塑料框中，头靠着左侧船舷，褐色虹膜的眼睛圆睁，昔日洁白的羽毛，沾上泥水，凌乱脏污。天鹅死因只有两个——自然死亡或被毒死，需要进行解剖后才能得知。有经验的老张在湖上滚打多年，深知胆大妄为的毒鸟分子常常铤而走险，一只天鹅上了餐桌价格到了上千元。他当机立断，到附近的水域踩一踩。这是巡查执法的暗语，那些散泊在洲滩四处的船只，也许就藏着见不得光的罪行。

那些散泊的船，像灰色岛屿，在大海黑金般的波纹之间无助地站立着。蒲滚船朝"灰色岛屿"前行，迷蒙的光线，斜斜地流动，让湖泊柔软的线条变得生硬。

一条小木船孤苦伶仃地停靠在一片水域。慢慢靠近，那个穿着破旧棉袄的老男人，站在船头，缩着脖子，双眼迷惑地看着我们"飞撞"过来。一道自筑的泥坝挡着，蒲滚船没法靠边，我们被迫停在离船十余米远的地方。老张用当地话和老男人打招呼，试图借助拴在木船边的小舟筏渡上船。老男人装聋作哑，磨蹭几个回合，似乎断定我们的来意，带着跑脱的意图往泥泞滩涂上走。老男人一步三回头地张望，也许是想以远离的方式来阻止我们的脚步。茫茫大泽，身如泥胎，他岂能仅凭双脚之力而逃离。

终于上船的老张窝着一团怒火，很快掀开了掩藏被毒杀天鹅的船板，这印证了他的预感。旋即，他跳回蒲滚船，麻利地解开大拇指般粗壮的绳子，指令驾驶者踩下油门，一溜儿青烟，像降妖宝瓶吐出的烟雾，蒲滚船向湖中远去的黑影飞扑上去。老男人片刻之后被押解上船，船舱厢板下的脸盆里，藏着刚钳净羽毛的豆雁和天鹅。船尾简陋的煤炉灶台下，剩下的半包毒药很随意地丢在那里。包装袋上"克百威"三字气焰嚣张，杀气弥漫。

"什么时候下的毒药？"

"在哪片水域？"

"剩下的毒药藏在哪里？"

"还有没有毒死的鸟藏在别处？"

"同伙上哪里去了？"

……

老张咄咄逼人，有些得意，也有些愤怒。摇身变成毒鸟者的老男人，磕磕巴巴地回答，声音低到泥滩之下。他的身体不停颤抖，发白的额头冒出汗珠。七星湖上劲风疾吹，正把他的魂魄抽离。

一位摄影师拍下过一张天鹅吊挂着铁夹飞翔的著名照片，空中的那块"黑斑"，刺痛过很多人的眼睛。那些工具的背后是五花八门的捕猎方法：插天网、下滚钩、放铁夹、布套索、电击、枪打、投毒。这当中属投毒最危险也最常见。百分之七十的水鸟死亡皆为毒杀，它们几乎全都走上了餐桌，在食客的齿缝间吞吐出被啮碎的骨头。

"没有买卖，没有杀戮。"印在环保宣传册上的口号，从没让猎鸟者的贪婪自觉收敛。

飞

老张突然跟我谈到红旗湖的老鹿，这个我前面提到过的"神枪手"，又被人唤作"老鹤"，其外号的来历并非源于一天猎杀上百只白鹤的纪录，而是他对一只受伤白鹤的救护。我在记忆里翻找老鹿瘦弱的身影，我们第一次见面的那个下午，他带我走在湖堤上，谈论过去的时光。这个言语不多的老头，却热爱说人与湖的变迁、鸟与人的爱恨情仇。

"这是不是人老后的标志?"他微笑着向我询问。水当时覆盖了整个湖洲,太阳钻进一块边缘被照亮的阴云,发光的边缘像是熔化的铁水,涌动翻滚着。他指向足迹到过的地方,都是一片苍茫,而我的心里涌上来的是另一种隐秘的痛楚。这痛楚后来会突然从我眼前耳边跳出来,发出大火的浓烟和刺耳的枪声。

风蹦起来,呼啸快一声慢一声。夹杂着的尖细如冰针的叫声,突然一下就消失了,像一根紧绷的橡皮圈猛然松绑,瞬间弹出,空余震颤。云的聚散完全被风牵引着,天空偶尔会剥下披着的外衣,露出身体上一片亮晃晃的白。太阳低矮,发出冰冷的光,晃人眼睛。前方像是世界真正的尽头,一无所有,没有归途。人与湖上万物的距离,被风吹走了,那些候鸟向我们走近,它们扇动翅翼,像一条新的地平线,在荒凉、空旷和苍白中拔地而起。

老鹿的故事,在冰冷覆盖的野外被讲述,就像燃起一堆小小的火焰,比灰烬多一些梦想的火焰,让寒冷的身体有了片片暖意。湖洲上的每一位寄居者的生存能力都与脚下的土地不可分离,甚至有着内嵌的命运关联。

二十世纪九十年代初春天的一个黄昏,这位以猎鸟闻名的打鸟队长从野外归家,在芦苇丛中偶遇一只受伤的白鹤,低唞的痛苦哀鸣,让那双长满硬茧的拿枪的手无端地抖动起来。特别是对视中白鹤眼神里的恐惧和绝望,突然勾起一种痛彻心扉的震颤。这种体形窈窕的鸟,对浅水湿地的依恋性特别强,绝大多数是飞往鄱阳湖越冬,只有极少数停留在洞庭湖区。在打鸟人眼中,这是可遇不可求的机会,但他放下了手中的枪,心中的震颤让他改变了主意。他怀抱白鹤回家,点燃酒精灯,给自己的刮须刀消毒,又缓慢地切开白鹤受伤的部位,取出嵌入体内的铁弹珠。这也许是曾从他枪口下逃生的一只鹤的后代,或者就是被他打伤的一只。看到白鹤渐渐柔和的眼神,一个鲜活的被挽救的生命,他混浊的心情顿时澄净下来。第二天清早,他破天荒地没有背着铳枪出门,而是从野地采回来一些植物的根茎、嫩芽,还有少量的蚌壳、螺蛳和小鱼。精心护理一个多月后,白鹤痊愈放飞,展开一双狭长的白翅,用力扇动,腾空而起,黑色的初级飞羽在明朗的空中,发出黑金般耀眼的光,像颗流星沿着天际一划而过。

白鹤飞走了,老鹿的心也空了一块,他脱口唤出鹤的名字:"飞飞!"冬去春来,很长一段日子,那个空旷的角落,看不到影子,却总是有翅翼扇动的声响。第二年秋天，也是黄昏，有人在屋外大声叫喊着："老鹿，老鹿！"他立直身体，侧耳听到几声清悦熟悉的鹤鸣，走到外面，发现是带着伤疤印记的飞飞回来了。激动的他没有想到，一只鸟如此懂得人间的情义。他也在那一刻解答了那个久久缠绕心中的关于人与自然相处的问题，只要人停止杀戮动物，给它们自由安定的空间，它们很快会忘记曾经发生在自己身上的血腥经历，而与人重归和睦。

第三年，飞飞带回通体雪白、喙脚红亮的伴侣小雪。"通人性的飞飞还'救'了落水的老鹿孙女。"这件事是老张讲给我听的。

那一年，老鹿的孙女在湖塘玩耍，不小心掉进水里，呼叫声惊动了附近的飞飞和小雪。飞飞见此情形，拍翅一飞落到老鹿家，咬着他儿子的裤脚往外拽，呀呀地叫唤着。飞飞的奇怪举动让老鹿儿子有种不祥的预感，立即拔腿就往外跑，留在现场的小雪也是急得一个劲地扇翅膀。老张感慨："多亏了这对白鹤，孩子才得救了。动物通灵，有时你还真不能不信。"

这段温暖的人鹤情周边渔民口口相传。也许最初的猎杀并非老鹿的个人本意，保护却成为他步入老年之后的生活注脚。从环保意识淡薄和声音微弱的年代走来，他无比执拗地劝阻当年的打猎队员放弃捕杀候鸟，误解、敌意、反抗、冲突、伤心、坚定，在这条并不顺畅的护鸟路上，所有的荆棘和艰难被他独自消解。这位远近知名的护鸟人，后来是国际鹤类基金会成员中的第一个渔民，多年的野外捕猎经验，让他对东洞庭湖鸟类的习性和生活区域了如指掌，如同一张候鸟保护的"活地图"。有多少鸟的死与生，在他的手里迁徙往返，如同梦幻一场。又一年，东洞庭湖飞来了三百多只白鹤，罕见的鹤群栖息于此，吸引了很多国外研究专家考察，老鹿护鸟的故事传到了全世界。

逝

任何候鸟的迁徙之路，都是天空中一条没有端点的线。

蒲滚船吞吐轰隆的声器。毒鸟人的喉咙发出几声模糊的笨拙之音，被稀落的牙齿咬碎，有些像一只肥胖的赤麻鸭发出的。坐在他身旁的我扭头寻找，声音受惊吓般地跳走了。

电话通知的森林公安已经在前来的路上，审讯清楚情况后，最严重的可判毒鸟人一年半载的狱中生活。每年的越冬水鸟调查，其实也是一次保护宣传。船舱的木板上贴着水生动物保护招贴画，大家有好长一段时间都沉默不语，死不瞑目的鸟让人觉得压抑。我想象天鹅中毒时的惨状，扭动、扼喉、抽搐，如同波德莱尔在《恶之花》的诗中写到的："几次伸出抽搐的脖子抬起渴望的头，／望着那蓝得可怕的无情的天空，／就像奥维德的诗篇中的人物，／向上帝吐露出它的咒诅！"

天地一片沉寂，浅水地带折射着光，这面"镜子"似乎一触即碎。我把手放在鸟的羽翅之上，五指艰难地滑动，过去的柔软与温暖消失，取代的是棘手和冰冷。远处有鸟的鸣叫，拍打着天空，如同走到世界尽头的悲凉，大雨如注。

森林公安是老高领来的。老高人如其名，身高体壮，保护区内的猎鸟、毒鸟案件几乎都是他经手办理的。他甚是气愤地说起二〇一一年的一个捕鸟案子，六人猎鸟团伙，分工明确，有人出资、收鸟、养鸟、销售，有人将猎捕的野生鸟分类、计数、记账，有人负责踩点捕鸟地、安排捕鸟人员住宿生活。他们购买了七十捆竹竿、捕鸟用粘丝网，用录音机、粘丝网、竹竿等工具进行猎捕野生鸟作业。猎捕野生鸟类期间，主犯还在村里租了一间民房和一块稻田，在稻田中搭成四间简易棚，将非法猎捕的活鸟放在简易棚喂养，养肥后销售至广东。案发时，这个犯罪小团伙共猎捕了野生鸟两万两千多只。老高赶去囤积死鸟的现场，上千只已去羽毛并腌制的死鸟，看不出曾经是哪种美丽的鸟儿。检验中心传来的检测结果，标注了这些鸟的种类：黄胸鹀、小鹀、灰头鹀、栗耳鹀、黄腹山雀、褐头鹪莺、白头鹎、树鹨、蓝喉歌鸲。

我哑然，这些鸟儿，我只在鸟类图鉴上见过。

回到管理站的临时驻地，等待已久的森林公安做完毒鸟人的笔录后，寒气早已将夜色凝固结冰。乡间小路弯弯曲曲，眼睛看不到车灯以外的视野。这个夜晚空空荡荡，我永远都不愿回忆。

伤害的贪噬从来没有停下过，那些怀抱侥幸心理、置律法于不顾的人，一次次冒险踏上杀戮的道路。老张在我离开七星湖后的第三天打来电话，半欣喜半愤怒地说，几个在矮围从事非法捕捞的渔民，外运大批毒死水鸟时被查获。他们把呋喃丹埋进剖开的小鱼肚内，沿鸟聚居的浅水泥滩撒落。

"鸟去湖空，是迁徙，也是消逝。"内心被毒蚀的毒鸟人看不见候鸟的美丽，我再次深刻洞悉这句话的含义。

痛

二〇二一年盛夏，我从七星湖返回，特意绕道去了趟采桑湖。二十世纪五十年代末，钱粮湖农场围垸，隔出了一个万亩水面的采桑湖，成为东洞庭湖保护区内灰鹤、豆雁、小白额雁、罗纹鸭、须浮鸥、反嘴鹬等候鸟的主要繁殖栖息地和食源补给地。这里的人因湖聚居，农场改制建镇，在二〇一四年前一直是独立的集镇。集镇下辖的村庄中有很多老地名，诸如乾隆、先锋、钱口、观音、烟墩、肖台等，慢慢从行政地图上合并消失了。

采桑湖大堤是一九五八年修筑的，两水夹堤，通往的钱粮湖农场是当时声名赫赫的粮食生产基地。

沿着长堤，湖上的绿光晃眼，像从天而降撒下一张斑斓大网，网格之间，是鱼鳍般的小波纹，层层叠叠，湖水吃着岸边的碎石粒上涨，太阳炙烤着村庄的房屋、田野和浩瀚的湖面。这是与冬天迥异的景色，不同质地的开阔与空旷，不同感觉的生机与活力。夏季留余的候鸟种类不多，有白鹭、戴胜、苍鹭等，多是栖息在内湖、沟滩和林丛。它们躲在绿荫深处，发出悦耳的鸣叫，像是炎热中吹来的一缕清凉之风。

到采桑湖，必定要落脚六门闸。这里的外滩水草丰美，曾经的天然牧场，后来成为洞庭湖的吃鱼打卡地。前两年打造的洞庭湖生态渔村，为渔民上岸建设的安置小区全都装扮成门店模样。住六门闸一带的都是渔民，现在统一社区化管理，渔民身份变成了城镇居民。往西几公里的堤面又在修坝，坝址位于钱粮湖镇境内。钱粮湖是当年的国有农场，这个名字至今还充满着通俗的寓意。路不通有好几个月了，没有过往车辆，生态渔村就没有生意，几个见过世面的经营者，动脑筋拍摄抖音视频，网络传播开来，有着令人惊奇的效果。十年禁渔，湖上看不到一条船，他们过去到湖上收鱼，卖野生鱼的历史也随之结束了。如果有人问有没有野生鱼，立刻就会招来老板的一顿白眼。那些整齐码在大箩盘里的鳜鱼、翘白，是从紧邻长江的城陵矶码头上的一个农产品物流市场买来的。经营户晚上开车一个多小时去那里挑选，买回的鱼被湖风吹上一天，进了冷库，没过几日就都走冷链物流送到全国各地。

我跟那些改变了身份和生产生活方式的渔民打探一个人，五年前轰动一时的毒鸟案的主犯何老四，能吹漂亮的哨音，模仿鸟声几近乱真。大家叙述的不同细节，总让我像听一个有头无尾的故事。于是朋友帮我联系了当上保护区副局长的老高。老高清楚那些人的底细，湖上的每一桩打鸟、毒鸟案，必经他手。

老高和我的一面之缘，还是发生在几年前从七星湖押解毒鸟人回城的那个夜晚。记得我们同车回城时，不是诗人的他随口诵出心中的悲凉："洲滩鸟飞绝，湖泊禽踪灭。空留镇江塔，独守洞庭雪。"

昔日"战友"重逢，说明来意，老高迟疑了一下，声音有轻微抖动。何老四，他当然记得这个曾入选全国法院环境资源刑事审判十大典型案例和联合国环境规划署十大交流案例的主犯。他像是掀开覆盖在光滑之上的阴翳，唤醒藏于内心的尖锐痛楚。

"和湖上毒鸟人打交道，就是斗智斗勇。"这是老高的开场白。

与何老四交锋的前几天，老高颇为心神不宁，常常和人说话时开了小差。线人密报，有大行动，但具体时间说不准。线人是一位有悔改之心的渔民，参与过何老四组织的几次毒鸟犯罪活动，被感化后决心戴罪立功。线报不会有假，但让老高忐忑的是，为了人赃并获，这个苦心等待的机会是否会因对手的狡猾而中途夭折。

何老四是见过风浪的"洞庭湖老麻雀"，他长年在红旗湖、白湖、七星湖交界区域，收鱼贩鱼，从事矮围非法捕捞，也常做投毒猎杀越冬水鸟的事。为了保密，老高小范围内研究了行动方案，安排人员在几处上岸地守株待兔。打探分析后确认，何老四上岸选择的地点是君山的后湖壕坝，这是非常重要的情报。老高暗中将分散的人员召唤回来，集中到壕坝布控，因为不确定对方何时上岸，只能在那里轮流蹲守。一天午后，蹲守人员发现有人使用蒲滚船将一条木船拖至香炉山水域，但人就是不靠岸。磨蹭了好一阵，才见到何老四露面，他驾着那条木船装了一些捕捞的鱼，把鱼装上早已在岸边等候的两辆三轮车运走。他的意图很明显，通过运鱼，观察岸上有无执法人员。蹲守人员假装随意靠拢船只搭讪，观察到空荡荡的船上并无毒死水鸟。老高意识到何老四是个警惕性很高的人，为了避免打草惊蛇，便安排蹲守人员撤离现场，只留一人继续在现场监视。

何老四是何等精明的人，磨磨蹭蹭，坐在船头抽烟，直到周围没有可疑人员后，他才再次将船划回蒲滚船停靠处。船上的两个身影趁着暮色，将毒死的水鸟装袋搬到木船上，码放在第二舱室内，完事后，上面还用一床破棉被盖好。天色越来越暗，湖上一片岑寂，声影杳无，何老四拉响柴油发动机，寂静被一阵嗵嗵的机声打破。船开到了离之前卸鱼处三百米远的地方，机声停歇，荡漾的涟漪一圈圈消失，湖面又沉默不语了。躲在暗处监视的执法人员暗喜不已，拨通电话通知老高，然后急迫地走过去登船检查。何老四看到有陌生人上船，先是蒙了一下，继而大声呵斥："看什么看，船上没什么东西，上来干什么？"遇到阻拦，执法人员亮明身份，何老四见势不妙，带着另两名毒鸟嫌疑人，趁着夜幕的掩护和复杂的地理环境，弃船而逃。老高带人赶到，立即锁定了船上的证据。

现场勘验：何老四驾驶的渔船上共有八袋毒死的水鸟，袋子为黄色蛇皮袋，袋子里保护鸟类六十三只，均检测为克百威中毒死亡。分别为国家重点保护鸟类小天鹅十二只（其中三只为幼鸟）、白琵鹭五只、赤麻鸭三只、夜鹭二十七只、苍鹭两只、斑嘴鸭十一只、赤颈鸭三只。

案件涉嫌刑事犯罪，即日案件移送市里的森林公安局处理。立案侦查后查明，何老四组织的这个毒杀、收购、运输、销售野生候鸟的犯罪团伙，涉及的成员有十余人。一个多月前，他从邻县共购买毒药克百威十八大包，并将所购的克百威用船偷偷运至保护区内藏匿，多次用于毒杀野生水鸟。

这是典型的暴利驱动下的冒险，以身试法竟无所畏惧。案件很快有了结果，法院对涉及此案的七名非法杀害珍贵、濒危野生动物和非法狩猎的嫌犯宣判，何老四被判处有期徒刑十年，并处罚金人民币一万元。判罚最轻的非法狩猎罪参与者，被判处有期徒刑一年，缓刑两年。保护区还就此次涉案者对国家自然资源造成的严重损害提起民事起诉，追回八万多元的自然资源损害罚款。

那段日子，从一审到二审，法院依法裁定，驳回上诉维持原判。老高心中的忐忑始终紧绷着，像一个人被按在水下，呼吸阻滞，直到浮出水面，完成一次最酣畅的换气。

光

老高讲完何老四的故事，然后掰扯着这几年保护区工作的变化。

二〇一八年底，保护区购买了一艘空气动力船，可载六人，速度可以跑到每小时六十公里，以往一天往返的巡湖路程，两个小时内可以完成。

二〇一九年底，长江、洞庭湖全面禁渔，湖上没有了渔民捕捞作业活动。

二〇二〇年二月二十四日，全国人民代表大会常务委员会审议通过决定，全面禁止食用国家保护的有重要生态、科学、社会价值的陆生野生动物以及其他陆生野生动物，包括人工繁育、人工饲养的陆生野生动物。

二〇二〇年底前，湖上矮围全部拆除，"外来户"欧美黑杨在三年专项整治行动中被悉数砍伐，外滩湿地的八千七百四十四亩黑杨全部清理完成。

《刑法》曾明确规定："对非法猎捕、杀害国家重点保护的珍贵、濒危野生动物的，或者非法收购、运输、出售国家重点保护的珍贵、濒危野生动物及其制品的，根据情节轻重，分别处五年、五年以上十年以下、十年以上有期徒刑，并处罚金或者没收财产。"二〇二一年三月一日，《刑法》修订再度涉及野生动物保护："违反野生动物保护管理法规，以食用为目的非法猎捕、收购、运输、出售在野外环境自然生长繁殖的陆生野生动物，情节严重的，依照前款的规定处罚。"

虽然我也像候鸟一样飞在外面，但这些"大湖消息"时常从各种途径传递到我耳畔。很遗憾我没能继续参加二〇二一年初的越冬水鸟调查，那次野外考察结果显示，冬季在东洞庭湖越冬地栖息的水鸟有近三十万只。保护区内记录到鸟类三百五十九种，其中国家一级保护的白鹤、白头鹤、东方白鹳、大鸨、中华秋沙鸭、白尾海雕等十八种，二级保护的有小天鹅、白额雁等六十六种，淡水鱼类一百一十七种……

"渔民上岸转产转业，候鸟保护意识深入人心，湖上已经没有了毒鸟人，人与自然的关系也因此变得友好。"老高的言语中流露出欣喜，"江湖儿女共同守护一江碧水。"

"如果生命以鸟的方式存在，会怎样呢？"小余站长曾经这么问我，我也无数次问自己。这位年轻的管理站长后来从七星湖调去了红旗湖，继续奔波在巡湖一线。我发现在他朋友圈看到更多的是湖上风景、柔和的风、安静的水，以及鸟在飞翔时的自由与美丽。老张虽已退休，但用老高调侃的话说，仍是"身在曹营心在汉，永远牵挂保护区"。有一天，老张发给我几首诗：

> 七星捧月映洞庭，鸟歌鹿奔沁人心。
> 卫士除恶泥泞搏，法网恢恢不容情。

> 踏雪破雾过洞庭，九路诸侯探鸟踪。
> 风餐露宿豪情纵，十万珍禽慰我心。

> 顶风冒雨入洞庭，日行百里觅鸟踪。
> 千难万险何所惧，悠然自得护鸟人。

诗有的是小余站长写的，也有外地的志愿者写的。这些常年疾行在湖区洲滩上的人，心里始终燃烧着不会熄灭的、慨而慷的激情。我每次遇见他们，陌生或亲切，总有一股让人想起就会感动的暖流从生命所经历却看不见的低洼沟坎中淌过。

候鸟是懂得这种奥义的。

候鸟从哪里飞来，又飞向哪里？在我回眸这些经历并梳理思绪的时候，我有过的茫然，已淡化为夜空一缕云霞的背影。

所有的候鸟都有自己的语言，有着与人类语言共通的表达。大自然的和谐、平衡，在被打破的极端时刻，我如许多人一样忧伤。恢复和谐、平衡，就是守护一江一湖碧水的奥义。大自然最别致的笔触是那些空中的候鸟，它们在深邃的云霭中，用飞翔把自己打扮成天地之间的熠熠星辰。候鸟照亮清朗的夜空，候鸟是懂得这种奥义的。

原载《人民文学》2022 年第 1 期

灵　猴

傅　菲

　　放下铳的一刹那，旦春傻眼了，只见一只短尾猴跪在地上向他作揖。一溜肠子血糊糊地从裂开的下腹淌下来，血水不停地往下滴。短尾猴把肠子撩起来。塞进腹部，继续对旦春作揖。旦春匍匐在大石墩上，感到有一股血腥气从喉咙冒上来，像冲溃了堤坝的河水一样冲出了自己的口腔鼻腔。他狠狠地扇了自己两耳光。

　　这是一只老母猴，头发稀稀，脑壳露出红红的肉斑，宽阔的脸廓盖了一层紫红色，两道眉脊凸起。它的眼睛通红，血冲涨上来的红。它眼睛眨也不眨，怔怔地瞪着旦春。它的眼睑薄薄，如瓜片垂拉下来，很让人哀怜。可以看出它来自良善的族群。它的耳朵大而薄，如两把小蒲扇插在头部两边。一撮短短的尾巴缩在臀部。它身上的毛淡黄色，是荻草经秋霜后的那种淡黄色，淡黄中有泛青的白。它扁塌的鼻子皱起来，可能因为恐惧和惊吓，它的嘴唇在抖动。空气里还弥漫着炭硝的刺鼻味。硝尘发白，一丝丝往树上绕。猴群往后山跑去，边跑边吱吱吱地叫着。

　　旦春放下铳，往树下走过去，想抱起它。老猴子龇起牙齿，吱吱吱地叫。小猴子缩在老猴子后面，吱吱吱叫。旦春和它对视着，想以眼神震慑它。他父亲曾对他说过，兽最惧怕的是人的眼神，而不是人的拳头或手上的刀具。眼神会露出人的胆魄和心智，眼神是人精气外泄的一道光。和兽对视，得凝精聚力，凝出刀具的锋芒。老猴子的眼睛滑下了泉一样的液体。老猴子侧过身，把小猴子抱在胸前。

　　血水还从它的下腹淌下来。老猴子望着他，以哀求的眼神望着他。

　　他扭头跑下山。他的心针扎一样痛。他杀过多少野猪、多少兔子、多少果子狸，他记不清楚了。每一次猎获回来，他都洋洋自得。他曾多自豪啊，他是方圆三十里最好的猎手。没有他杀不了的野兽，没有他辨不了的兽迹。

在十七岁那年，旦春第一次独自杀了一头野猪。在灵山以北山区，哪个大山坞没有野猪呢？野猪成群结队来到山边的瓜田，一夜糟蹋，瓜瓤四裂。乡民种下的花生也被野猪糟蹋。他父亲斜吊着眼睛，睥睨他，对他说：毛湾坞有一大块番薯地，野猪肯定会去吃番薯，旦春啊，你有没有胆量去杀野猪啊。

在他父亲眼中，旦春一直是个胆小的人。他多年跟随他父亲上山打猎，每次都是他父亲开铳杀猎物。他父亲背一杆散眼铳，斜挎一个黑色麻布硝弹袋，腰背插一把弯口砍刀，穿一双高帮帆布鞋，低弓着身子走路。

他父亲走路快眼力好，在山中转十几个山头也不气喘。在路上遇见动物粪便，他父亲蹲下来，捏起粪便，慢慢摩挲，微微一笑。他父亲知道是什么野兽在什么时间来到了这里。他父亲在草径寻找野兽足印，一路追随。有时追随了二十余里，足印没了。他父亲默默地站着，看四周的山形、森林形态、溪涧流向，然后往森林里钻，把野兽猎杀回家。

大多时候他父亲空手而归。

毛湾坞是偏远的一个山坞，有一块黄泥地，种了十几担番薯。霜降前后，番薯甜熟。每年这个时节，野猪都会来拱地。他父亲睥睨的神态，让他受不了。他说，杀死一头野猪有什么难呢？山里的男人杀不了野猪就成不了男人。

旦春背上铳、硝弹，手上捏了一把砍刀，一个人上毛湾坞了。他在草蓬坐了一夜，也没等到野猪出来。野猪大多在夜间出来活动。

他父亲见他垂头丧气地回到家里，说：守猎物就是磨耐心，练胆子，没有耐心和胆子，当不了猎人。

在毛湾坞守了十三个晚上，旦春才守到野猪出来。这是一个野猪群，有三十多头，在溪涧喝足了水，穿过一片灌木林，进入番薯地。旦春从没见过这么大的野猪群，大野猪在前面带路，小野猪在后面哼哼哼地叫。野猪分散在番薯地，肆无忌惮地拱地。旦春端着铳，不知道如何下手。野猪是十分精明的动物，听觉尤其敏锐。旦春紧张地在草蓬站了几分钟，悄悄地爬上草蓬边的乌桕树。受伤的野猪会发怒、疯狂，对人发起攻击。一枪毙不了野猪的命，自己的生命会受到很大威胁。

野猪拱着拱着，拱到了草蓬这边。一头三百多斤的野猪拱着地，时不时地仰起头，昂昂昂地轻叫。旦春把铳架在树丫上，扣了拉栓，砰，硝弹飞出，大野猪脑壳炸裂，当场倒地。野猪群四散，号叫着逃向树林。旦春站在树上，脚一直在打抖。他感到自己的身子都发软了。当他看到硝弹轰开野猪脑壳时，他又有一种莫名的兴奋感。庞然大物在自己面前轰然倒下去，那是一种什么感觉？

这种感觉，他从来没有体会过。他随自己父亲打猎，很多次目睹大野猪被射杀，但体会不了征服大物的感觉。只有猎杀者才可体会。一个卑微的平凡人，猎杀了大物，突然感觉自己成了征服者，成了主宰庞然大物生死的人。他觉得自己是山林之王。

现在，旦春颓然地坐在门前的石阶上，双腿忍不住地发抖、酸痛。他使劲地搓揉双腿，也缓解不了那种酸痛。

吃了饭，旦春坐在门前的无患子树下，遥望着对面的灵山。灵山由东向西横亘，如一簇抛起的巨浪。晚暮的云层飘飘浮浮，遮盖了山峰，青黛色的山峦如鼓胀的马臀肌肉。鹞子在屋前山坳盘旋，一圈又一圈，嘘嘘嘘地叫。

无患子树簌簌簌响，树叶被风翻动。树叶半青半黄。风翻动一次，树叶飘落几片。叶落在旦春头上。旦春感到浑身乏力，便早早进屋睡下了，他从来没有这样疲倦过。

但他无法入睡。他想起了老猴子作揖的神态，那是一种无望的哀求，似乎在对他说：放过我吧，放过我的家族吧，放过我弱小的孩子吧。老猴子把肠子塞进腹部、抱紧小猴子的那一刻，旦春在溃败，像马蜂飞出捣烂的马蜂窝。他强烈地想自己的母亲。他活了四十余年，母亲仅仅是一种称谓。

在他四岁，他母亲因车祸走了。他对母亲毫无印象。除了一堆泥土坟，他母亲什么也没留下，照片也没留一张。十六年前，他娶了老婆，他父亲入赘了山下的张家桥头李氏。他父亲对他说：我们山腰人家谋生不容易，来不了钱，打个短工还找不了东家，以后你也来山下安个窝。

父亲下山了，把铳交给了他。这是一杆八尺七寸长的长铳，铳眼直径三厘米，铳管两尺一寸长，铳托是棠棣老木刨出来的，有两条深黄色的溜肩。他父亲喜欢这杆铳，他也喜欢这杆铳。因为多年的油布擦拭，棠棣老木溢出了松脂色的包浆，铳管是生铁铸的，乌黑发亮。旦春每次摸铳管，似乎能听到硝弹在里面发热、呼啸。

他在床上翻来覆去，想着下午的事。为猎短尾猴，他准备了半个多月。这是一群迁移来黄茅尖的猴群，有十几只。

旦春还没看过野猴。他去了黄茅尖。黄茅尖是一座高山的尖峰，野路都没有一条。在山上寻迹了半天，他才摸到猴群的行踪。猴群在丛林活动，以一棵高大栲树为中心，在树林跳来跳去，在崖石嬉戏追逐。

他去了三次黄茅尖，有一次还蹲守了一天。

第四次，他背上了铳，拎了半蛇纹袋玉米棒，上山了。他把玉米棒撒在涧边的一小块空地上，然后隐藏在一块石礅背后。他戴着树枝编的帽子，等猴子下来捡玉米棒吃。等了两个多小时，一只猴子下来，捡了一根玉米棒，往大栲树跑去，吱吱吱地叫。叫了几声，猴群下来了。有的猴子荡着树枝下来，有的猴子小跑着下来。猴子捡了玉米棒，扎堆地蹲着掰开吃。

旦春站直了身子，举起铳，瞄准了猴群。旦春想，这一把硝弹放出去，至少可以杀三五只猴子。

这时，一只老猴子发出了吱吱吱的叫声。它觉察到了迫近的危险。它站了起来，发现了旦春。它举起了前肢，拦在了猴群前面。砰，铳响了。硝弹散射而去，击中了老猴子腹部，还击中了一只小猴子的前右肢膝盖骨。

其他猴子在四处张望，铳声突然响起，它们惊慌失措，四处乱跑。旦春拉开铳管，往里面灌硝弹，推实铳管，举起铳瞄准。他惊呆了。老猴子在作揖。它多皱的脸在痛苦地扭曲，嘴角往两边拉动，不停地拉动，露出尖牙。

红肋蓝尾鸲咕咕鸣叫了。天麻麻亮，山脊翻出如絮的白云。旦春从迷迷糊糊中醒来。他吃了碗泡饭，握了一把柴刀，上山了。他去黄茅尖，去找那只老猴子。假如那只猴子还活着，他要抱它去医院，给它缝合伤口，医治它。

他的胸口在隐隐作痛。猴子怎么会像人一样作揖呢？它没法说出人话，没法和人争辩。它没有铳，它只能作揖。它用它的身子挡硝弹，它期望用它将死的肉身换取族群的生命，它只能作揖。它用它的命在哀求他。

在黄茅尖不见猴群了。旦春不知道猴子去了哪里。他找了方圆五里的尖峰也没看到猴群。他也没找到受伤的老猴子。

他老婆见他垂头丧气的样子，脸色如打蔫了的菜叶，说：丢了魂的人也没这样难看的神色，你杀它又要救它，何苦呢？

旦春扔下手上的事，又去黄茅尖。老猴子跑不远，应该是躲在一个不容易被人发现的地方。再不施救，它会死去，那么大的创伤面，血一直在滴，它熬不过去。还有，那只受伤的小猴子去了哪里呢？他心里这样想。

去了泉水潭，他仔细地察看了四周。四周是一片葱郁的灌木林，在林下有一棵粗壮的苦槠树，树冠如席。这是一棵几百年的老树。旦春穿过灌木林，一股腐肉的气味冲了过来。他忍不住捂住了鼻腔。

苦槠树根部有一个箕箩大的树洞，老猴子斜躺在树洞里，腹部溃烂，流出白白黄黄的腥水。小猴子伏在老猴子的头上，干瘪的身子有蛆虫在爬。小猴子可能是饿死的，它的脸塌陷在颧骨下面。它守着老猴子而死。它的手（前肢）抱着老猴子的脖颈子。

旦春在泉水潭边掏泥，用柴刀掏。泥是黄泥，抱在手上有黏湿感。他脱下劳动布外衫，包着泥，埋在洞里。他一包包地拎下去，封住树洞。他的衬衫盖在猴子身上。

在苦槠树下，他坐了一个中午。他有一种虚脱感。他已打猎二十多年了，他的铳声震动山野。他凭一杆铳在山林行走。他从不给猎物下套子，他鄙视以套子或陷阱狩猎的人。他有力气有胆识有脚力有耐力。

在看到老猴子下跪作揖的那一刻，痛苦袭击了他。

旦春泪流满面地回到家，取下铁锤，颓然地坐在门前石阶上，狠狠地砸铳管砸铳托。砸了十几下，铳砸烂了。他看看自己的手，摸了摸，把右手食指压在石头上，左手举起铁锤，狠狠地砸下去。"嚓"，指骨碎裂了。该死的扣扳机的手指。

又一年。

旦春去双河口喝喜酒。他堂姐的女儿在腊月初八出嫁。大寒即将来临，大雪飞舞，飘了一日又一日。雪从山尖往下盖，村舍如从雪地浮上来。吃了午饭，旦春沿公路闲走。往北走了四里，有一个大山坳，溪流从桥下弯过一块稻田，潺潺而去，没入狭窄的峡谷。十几个村民聚集在桥头，围着一辆大货车，议论着什么。旦春近前看。一只大猴被货车碾轧，肉身四裂，满地血水。一只小猴子被压断了后左腿，瘫倒在地，吱吱吱地叫，可怜巴巴地看着人群。

双河口的高山上，有一个庞大的猴群，已盘踞多年。山高林密，谁也没上山追过猴，也不知道猴群里到底有多少只猴。但猴群会下山，来村子里找吃的。

旦春脱下毛衣，包起了小猴子，对村人说：我抱它去医院，看看骨头能不能接起来。小猴子看着地上的"肉饼"，吱吱吱，叫得更凶更悲凉了。

小猴子来到了旦春家里，裹着纱布，撑着支架。医生说，小猴膝盖粉骨性骨折，会落下残疾，会瘸腿。小猴只有一尺来长，四斤来重，皱起的嘴巴像两个锅盖。旦春从楼上取下摇篮，给猴子睡。旦春对老婆丽晴说：每天熬点骨头汤给小猴喝喝，伤筋动骨一百天，补一补，恢复得快一些。

"又不是你儿子，哪有那么多骨头汤给它喝。"

"好升在外读书，家里有一只猴子多好啊，有很多欢乐。"旦春掰玉米棒给它吃，一粒一粒搓下来，塞给它。小猴子一把抢过来，自己捧在手上吃，一边吃一边防着旦春抢回去。

天热了，旦春爱喝啤酒。他骑一辆摩托车，从山下杂货店买两箱啤酒放在香火桌下，他餐餐喝一瓶。一个大碗，倒半瓶啤酒，余下的半瓶被猴子抢去，举起酒瓶，喝得点滴不剩。猴子喝了啤酒，满脸通红，晕乎乎，从长板凳上栽下来。

旦春养了二十多头牛，早上赶牛进燕子坞，傍晚牛自己回来。猴子也跟着去。猴子有时坐在牛背上，有时坐在旦春的肩膀上。猴子蹦跳到牛群前面，蹦跳到路边的树上。

有一次，旦春在山里栽芝麻，栽到晌午了，还没栽完。挖出的秧苗不及时栽下去，会脱水而死。他不想来回走路，便空着肚子继续栽。猴子来了，脖子上挂着一个饭盒，叮当叮当。旦春鼻子·酸，说：你怎么知道走这么远的路，送饭来呢？他抱起猴子，给它理毛，说：你怎么赖在我家里不走呢？

猴子看着他，龇牙。

每年的农历九月廿三，旦春都要提一个篮子，带上玉米棒、苹果、香蕉、橘子，去黄茅尖，来到那棵苦槠树下，搭一个矮石台，摆上果品，拜祭老猴子小猴子。他跪在石台前磕头、上香。黄泥已经长满了斛蕨，蕨衣一层层地黄。他的脸也有了蕨衣般的皱纹。每次来到苦槠树下，他忍不住哽咽。他不知道是什么唤醒内心的伤痛，他甚至不知道他的伤痛是什么。

瘸腿的猴子也跟他去黄茅尖。他带它去看那个泉水潭。去看那棵高大如九层塔的栲树，去看广阔的丛林。每一次去祭祀，他感觉像在受难，又像是解脱。

有一年，他和猴子一起去黄茅尖，第二天，猴子不见了。他到处找，去燕子坞，去羊角湾，去梨花坞，都没找到猴子。村子周围的山梁，他走遍了，也没看到猴子的踪迹。他天天失魂落魄，脸色像敷了盐霜一样难看。他老婆丽晴劝他：猴子是精怪的野兽，走了就走了，千万别为它着了病。

屋前屋后，旦春种了十几棵梨树。九月梨熟。梨是大雪梨，小饭碗大。他年年摘梨去街上卖。一棵梨树结两担梨。猴子喜欢吃梨。猴子一天吃两个。它三跳两跳爬上了树，坐在树丫上吃。采梨了，猴子上树摘，一个个递给旦春。看到满树的梨，旦春又想起了猴子。

来年三月。旦春去街上卖石耳，买了两块蒸糕回来。丽晴喜欢吃蒸糕，每次上街，他都买蒸糕。过小木桥的时候，他看见一张浅斑红的脸，从家门前的桃树上露出来。他扬起手，举着蒸糕。猴子跳下树，蹦跳着跑向他。他把一块蒸糕塞进了它嘴里，抱住了它。猴子跳了起来，站在他肩膀上，抚弄他的头发。

猴子腹部圆鼓鼓，奶头红胀胀。他摸着猴子的头，说：你要当母亲了。

过了半个月，母猴生下了小公猴，青黄色体毛，嘴唇下塌，眼睛眯起来。

过了四个月，旦春挑起箩筐，把两只猴子挑去了黄茅尖。他不想这一对母子生活在家里。人居之家，不可能繁衍出猴子的家族。

在尖峰下，旦春搭了一个木架棚，两只箩筐放在棚里。他下山了。两只猴子追着他，吱吱吱叫。他用竹梢凶它们。猴子又退回去。他继续走，母猴带着小猴又追上来。他用竹梢狠狠地打在树上，骂它们：你是不是要我留在黄茅尖，你们才了心愿啊！母猴怔怔地看着他，眼里流出了液体。露水一样的液体。

两个多月了，旦春再也不去黄茅尖。

农历九月廿三，旦春提着果品去苦槠树下拜祭。他避开了崖石下的丛林，往另一条山腰上去。他还没到泉水潭，便看见母猴带着小猴坐在苦槠树下。母猴感觉到了他的气息，荡着灌木枝条，爬上了他的肩膀。他抽它，骂它：谁叫你爬上来的？我又不认识你。

他又抱它，骂它：你这个猴精，怎么知道我今天会来这里啊。

旦春的父亲死于七十三岁。

虽是父亲，旦春去山下父亲家却很少。不是父子不和睦，毕竟是两个家庭有了各自的生活。旦春把父亲安葬在母亲墓地侧边，也是对母亲的告慰。下午圈坟的时候，母猴带着小猴子来了。这让旦春非常诧异。

墓地和黄茅尖隔了四个山头，猴子怎么知道呢？旦春觉得十分悲酸。自父亲去世，剃头、洗身换衣、入殓、出殡、落棺、筑坟、堆坟，他都没流眼泪，可猴子出现在坟地，他哗哗哗地哭了。

他父亲满七之后，他挑沙挑水泥去黄茅尖，挑了十多天。

一个月后，苦槠树下，有了一座矮小的石头庙。

庙叫"母子庙"。

旦春一个月来黄茅尖两次，他既是失魂落魄的人，又是意气风发的人。他戴着圆顶草帽，穿一双翻毛的黄牛皮鞋。牛皮鞋穿了六年了，他还穿。他说：这双鞋子很适合爬山。他去黄茅尖干什么，他自己也不清楚。但去了，他心情舒坦很多。他把自己心里的废渣排放了出来，他获得了安谧。在黄茅尖，春天来得迟一个月，冬天又来得早一个月。他似乎推迟了或提前了季节的循环、转换。森林是寂静的，除了风声、鸟鸣。

原载《长江文艺》2022 年第 3 期

住在鸟的旁边

项丽敏

谷雨听鸟

近午突然落起雨来。

雨也不大。落雨的时候我在阳台读一本书的后记，刚读完雨就停了。阳台外的香樟树经雨一润，绿得发亮。

片刻，雨又断断续续地落下。雨声之外，斑鸠"咕咕"的鸣叫声此起彼伏。

这雨落得很是时候。今日谷雨，"清明要明，谷雨要雨"，小时候就听村里老人这么说。

香樟树开花了。香樟树换叶子是清明前后的事，半个月过去，新叶成荫，碎花如米。

香樟花的香是沉静的，眷眷无穷，加重了暮春的气息。

昨夜醒来时听到鹰鹃的叫声。去年听到鹰鹃也是谷雨前夜。鸟雀就是自然的时钟，每种鸟的鸣叫都有它的时序，既不早到，也不延迟。草木的花期也是如此，每种花的开放也有它的时序，应时而开，应时而落，让人感到安稳。

夜里鸣叫的鸟很少，鹰鹃算是一种。鹰鹃是杜鹃科，噪鹃也是杜鹃科，噪鹃夜里也会鸣叫。有阵子我分不清它们谁是谁，就把它们统称为子规——古时候的文人就是这么称呼的。有的地方把鹰鹃叫作贵贵阳，这是拟音的叫法。以鸟的鸣叫声来给鸟命名，是人类通常的方式，比如我们村就把斑鸠叫作咕咕鸟。

分不清鹰鹃和噪鹃，是因为它们的叫声里都有孤寂与不甘，尤其夜里听，孤寂与不甘被夜晚的宁静放大，使人在梦里也不由得裹紧被子，唯恐被这声音攫去了魂魄。

到了谷雨。春天的鸟儿差不多到齐了，双双对对忙着筑巢育雏的事。

中午落雨的那刻，听着远处斑鸠的鸣叫，心里一动：我卧室窗台上的"斑鸠之家"现在是什么状况？幼鸟出壳了没有？心念一起，就按捺不住好奇心，搬出椅子，站上去，踮脚。隔着阳台窗户窥探情况（阳台与卧室的窗户相邻）。啊哈，斑鸠窝里卧着两只幼鸟，抬头望着我，毫无惧色。看那模样，估摸着幼鸟已有八九天的鸟龄了。

昨天发现阳台外的红叶李树上也有鸟在筑巢，嘴里衔着长长的芭茅，飞进去，很快又钻出来。红叶李的叶子已很茂密，颜色转成朱红，一个鸟巢藏在里面，以我的视角看过去，是毫无破绽的。

去年就有鸟在这棵红叶李树上筑巢，等我发现鸟巢已是晚秋，树叶落得差不多了。那个碗状的鸟巢卡在枝桠中间，整个冬天都在，稳稳当当，下雪的时候，雪堆进鸟巢，高出鸟巢一大截，太阳出来，照得鸟巢闪闪发光，使我生出幻觉，觉得从巢里会飞出银白色的雪鸟来。

是什么鸟在这树上筑的巢，并且是在旧巢的位置上？应该还是去年的旧主，或者是去年在这巢里出生的鸟。我是近视眼，就算戴了眼镜，也不能分辨出那是什么鸟。那鸟的体形太小了，飞来飞去也是静悄悄的，不发出声音，无法从鸣叫声里辨认。于是，我拿出相机，等鸟衔着筑巢的枝叶飞进来时拍下，看个清楚。

是白腰文鸟。当它再次回到自己的新家（也许是老家），安放好筑巢的枝叶，站在树枝上小憩的片刻，我拍下了它。想起来了，去年初夏，红叶李果子成熟时，曾看见一溜文鸟站在果树最低的枝桠上，大约有五六只，你挤我，我挤你，站立不稳，嘴里发出稚嫩的鸣叫，一看就是才出巢的雏鸟。

每天被鸟鸣唤醒，坐在阳台上就能听见从近郊传来的野鸟之歌，沉浸其间，我知道这并不是每个人都能享受的悠闲。而我能够在春去春又来的时光里与鸟为邻，这就是命运的眷顾，是大自然赠予的最好生活。

在乌鸫晨唱里醒来

夜里下雨，凌晨雨声渐歇。在乌鸫的晨唱里醒来，天还没亮。

都说早起的鸟儿有虫吃，乌鸫就是那只早起的鸟。乌鸫早起不只为吃虫，还为唱歌。从三月到五月，醒来听到的第一声鸟鸣要么是斑鸠的，要么是乌鸫的，叫声之近之清晰，仿佛它们就守在窗外，用多变的曲调提供着叫醒服务。

随着昼日变长，天亮时间的提前，乌鸫晨唱的时间也跟着提前，起初是六点半，然后是六点、五点半，再然后，也就是现在，五点不到它就开嗓了。这可是下雨天啊乌鸫先生，下雨天就是让人睡懒觉的，你不能消停一会儿吗？

乌鸫晨唱是从书房那边传来的。书房窗子拐角有个乌鸫巢穴，去年这个时候垒在那里。为了不影响乌鸫在窗台养育后代，去年的春末夏初，有半个多月我没有打开那扇窗，也没有进到书房里去。乌鸫太敏感了，别看它平日在草地悠然踱步，用眼角漫不经心地瞅你，即使你走得很近也不飞走，到了育雏季，一点点动静都会惊吓到它，尖叫着从巢里飞开。

乌鸫感到不安全时会弃巢，离家出走，哪怕巢里已有快出壳的幼雏。不止乌鸫这样，很多鸟都如此，感觉到巢里有陌生气味就会警惕起来。

也有心大的鸟，斑鸠就是。住在我卧室窗台上的珠颈斑鸠，只在刚开始筑巢时对室内主人持着戒心，过了几天，感觉到我并无驱逐它们的意思，就很自在地进出窗台了，对我开窗通风的举动也不在意。当然它们也懂得规矩，不做越界的事，不从敞开的窗子飞进屋里。

去年直到入夏，才敢推开窗玻璃，抬头看那个保温桶形的乌鸫巢，静悄悄，没动静，心想，乌鸫幼雏已经出巢了吧。爬上窗子，看巢内情形，天啦，居然有两只雏鸟的遗骸在里面。

戴上手套，将雏鸟遗骸清理出去。想将巢也移除掉，犹豫片刻，还是保留它。巢是枯草、苔藓和黄泥三种材料垒起来的，厚实牢固，卡在窗栏之间，很稳当。

这巢里究竟发生了什么变故，不得而知。那只空空的乌鸫巢后来就留在窗子上，每次开窗，会抬头看一眼，仿佛那是一处时间的遗址。为什么要留着这只空鸟巢？是希望来年春天仍有乌鸫来巢里吧。乌鸫会嫌弃它们的旧巢吗？尤其这旧巢还发生过育雏失败的事。

十天前，从窗下经过，也不知是哪根神经被触动，抬头望向那只旧巢，就见一对乌鸫从里面飞出。乌鸫是来探测情况的，但愿它们不嫌弃，就算巢有点破旧，修修补补也是好的，总比重新选址筑巢来得便利。

这段日子我没有开过书房窗子，偶尔进书房也是踮着脚，怕惊扰了那对乌鸫。乌鸫进入育雏期就会安静下来，不再轻易发出声音——那会暴露巢穴的位置，使之成为掠食者的目标，一旦亲鸟出巢觅食，隐藏在侧的掠食者就会伺机将巢里的幼雏掳走，将其变成一顿美餐。

如果哪天早上，叫醒我的不再是乌鸫，有可能它已经进入父亲的角色，安安静静，又时刻保持警惕，在近处守护着巢，偶尔飞离片刻，回来时嘴里会含着食物，喂进孵蛋的雌鸟嘴里。

雏鸟出巢

卧室窗台的斑鸠雏鸟已经出巢。

是今早发现的。心里想着，不知小斑鸠长得怎样了？就搬过椅子，站上去，隔窗看斑鸠巢里的情况——巢里空空，只留下一堆粪便。

翻看去年的观鸟记录，斑鸠夫妇在窗台筑巢是四月底的事，第一窝雏鸟出巢在六月上旬。今天是四月二十五号，斑鸠夫妇就已经完成了春季的育雏工作，比去年提前了四十天。

今年的物候比往年早。春节后几天，温度突然飙升，留鸟从角落里呼啦啦拥出，一时春意盎然。毫无征兆的春暖，仿佛一只手在自然之钟上划拉一下，把时间拨快了。斑鸠夫妇提前进入繁衍期大约就缘于此。

皖南的春天很任性，像情绪不稳的人，一会儿冷冰冰，一会儿又热情四溢，让人摸不准。人都摸不准，鸟儿就更是摸不准了。当斑鸠夫妇在春寒未尽时开始抱窝，作为近邻的我看在眼里，是有几分担心的——真是糊涂胆大的一对，万一天气突然冷下来，雏鸟的命运堪忧啊。

看来是我多虑了，现在，斑鸠巢已经空了，雏鸟顺利出巢，也不知是哪天出巢的。上次观察斑鸠巢还是几天前，那时雏鸟的羽毛已经长齐。

找出剪刀，进卧室，爬上窗。这只我亲手用硬纸板为斑鸠搭建的"宅基地"，得亲手拆除了。不然天气热起来，鸟粪就会发臭，引来苍蝇蚊虫，对住在旁边的我来说可不是件美事。

如果鸟类也可以相互学习、传授知识，斑鸠真该向它的邻居乌鸫虚心求教，让乌鸫教教它怎么保持巢穴环境卫生，怎么清理雏鸟拉出来的小粪球，而不是让雏鸟在整个生长期都躺在自己的粪便里。

乌鸫算得上卫生典范，居室清洁小能手。亲鸟衔来虫子，站在巢穴边缘，喂进大张黄口、嗷嗷待哺的幼雏嘴里，并不马上飞开，幼雏也很灵泛，尾部一抬，转向亲鸟，亲鸟就会意了，伸过脑袋，用喙尖将幼雏的小粪球扯出，扔出巢。

这时节，走在人行道的香樟树下，若是看见地上斑斑点点的鸟粪，不用说，头顶上方的树冠上准有一个乌鸫巢。

不只是乌鸫，多数鸟类都善于保持巢穴的干净卫生，这样就不会滋生细菌，影响雏鸟的健康生长。唯有斑鸠，对此毫不在意，一代一代，延续着"让粪便成为巢穴温床"的粗放作风，也许斑鸠幼雏天然对细菌有抗体吧。

当我将窗台的斑鸠巢拆去，准备端水清洗窗栏时，飞过来一只斑鸠，钻进窗子，停在巢穴的位置上，左看右看，有点想不明白的样子。

又飞过来一只，站在它旁边，也是一副"怎么回事？发生了什么？"的表情。

两只斑鸠的脖子上都有珍珠斑纹，胸腹的羽毛棕红色，是成年的大斑鸠。它们就是在这里育雏的斑鸠夫妇，飞过来喂雏鸟，却发现这里有了变化——巢不见了，雏鸟也不见了。这么说来，斑鸠雏鸟也是刚出巢的，连家长都不知道这回事。

雏鸟应该就在窗子对面的香樟树上。刚出巢的鸟飞不远，它们还需要亲鸟投喂，直到学会捕食后，才会离开亲鸟，独自去广大的天地里生活。

好吧，今天就不洗窗子了，说不定雏鸟等会要飞回来。正当我这么想时，一只雏鸟果然飞了回来，落在斑鸠夫妇中间，片刻，另一只雏鸟也飞了过来。在我卧室的窗台上，一家四口聚齐了。

遇见乌鸫雏鸟

这两日刮起大风，马路边，悬铃木、香樟和红叶李在风里使劲摇摆，树枝与树枝相碰，叶子翻过去又翻过来，"唏——哗——唏——"风吹树叶的声音是一首骊歌，为即将告别的春天送行。

今早出门，香樟树下落了许多细树枝，铅笔一般长。这可是斑鸠筑巢的材料啊。看见细树枝就想到斑鸠巢。斑鸠在我窗台筑巢的那几天，嘴里就衔着这样的细枝，一趟趟地搬运，垒在我用硬纸板给它们搭建的"宅基地"上。

细树枝也是松鸦喜欢的筑巢材料，选好一棵大树后，就开始寻找细树枝，一根一根衔回，在树上——通常是主干分叉处交错搭建，垒成半个篮球的形状，再衔来柔软的青苔和草茎垫进去。

四月初，我在枫杨树上见到过完工的松鸦巢，后来树叶茂密起来，就看不清了。但我还是惦记着那个松鸦巢，经过枫杨树时会放慢脚步，抬头看。

昨天上午，经过那棵枫杨树，照常放慢脚步，忽而听到几声干哑又怯生生的鸣叫。还没等我朝着鸣叫的方向走去，就听到乌鸫发出的警报声，"叽呀——叽呀——"看来这里有乌鸫的雏鸟，那干哑又怯生生的鸣叫就是雏鸟发出的。

亲鸟的警报声并没有让雏鸟闭嘴，雏鸟仍然不明就里地鸣叫着。顺着声音，很快就在乌桕树的枝桠上看到两只乌鸫雏鸟，并排站立。这是两只刚出巢的雏鸟，还没掌握飞翔的要领，也没有学会捕食，仍旧依赖亲鸟喂养。

发出警报声的亲鸟就在旁边，见我发现了它的孩子们，着急起来，急促尖叫，两棵树之间来回飞着。尖叫声唤来另一只亲鸟，明白了情形，落到我身边，蹦跳，扑腾，企图转移我的注意力。而当我走近它，它就向另一边飞开·点，继续扑腾——它是想用这种方式把我从雏鸟身边引开。

两只雏鸟似乎接收到了危险信号，安静下来，它们仍旧站在乌桕树上，你看看我，我看看你，天真又无辜的样子。

雏鸟出巢后就不再回到巢里，它们会跟在亲鸟后面，在亲鸟的带领下学习飞翔、觅食和躲避危险的生存技能。往年五月初，走在路上，常看见乌鸫一家子在草地上散步，一只亲鸟在前，一只亲鸟在后，将雏鸟守护在中间，走在前面的亲鸟会用爪子拍拍草地，跳起来，嘴喙啄向草地，拖出还在扭动的蚯蚓，雏鸟见状赶上去，嘴里发出迫不及待的乞食声。

亲鸟并不会马上把蚯蚓喂给雏鸟，它向低处的灌木飞去，雏鸟跟着飞过去，姿态有些笨拙。亲鸟又往另一棵树飞去——这棵树看起来有点高，雏鸟迟疑片刻，还是飞过去了，落在亲鸟身边，把头伸向亲鸟，拍着稚嫩的翅膀，嘴喙大张，这回亲鸟总算没有再飞走，把蚯蚓喂给雏鸟。

当亲鸟觉得雏鸟可以独立生存的时候，就不再守在它们身边，会故意躲开，让雏鸟看不见。起初雏鸟会惊慌失措，鸣叫不息，向亲鸟发出呼唤，若是发现了亲鸟的身影，就赶紧飞过去，而亲鸟这时会显得异常冷漠，继续向前飞，看样子是下定决心要摆脱雏鸟了。

刚出巢的雏鸟很容易成为猛禽的猎物，这一带的猛禽可不少，黑鸢、红隼，还有看起来俊美的棕背伯劳，毫无抵抗能力的雏鸟若是遇到了它们，十有八九难逃脱。这是没办法的事，自然法则就是这么安排的，每一种鸟都有它们的食物和生存下去的机会，每一种鸟也都有它们的天敌。

为了让亲鸟安心，我离开了乌鸫雏鸟站立的乌桕树，继续向前走。那对亲鸟见我离开，也就停止了尖叫和扑腾，世界在这一刻安静下来。而在我看不见的地方，在那些被大风弯来折去的树梢上，在河岸和田野的深处，又有多少雏鸟此刻正经历出巢即成为猎物的遭遇。

天空之战

刚走到河边就看见天空中的一场战争。

起先听到声音，尖锐，急促，是灰头麦鸡拉响的警报。灰头麦鸡惯于虚张声势，从春初到春末，只要出门走在田边河畔，就能听到它神经质的呼号回荡在头顶，像是一个人不停喊着：狼来了，狼来了。听得太多也就不以为意。

不过这次似乎有点不同，不只是警报，更像是战斗号角，是冲锋陷阵的呐喊。

抬头看了一眼，呦嚯，还真是"狼来了"——在河流上空，那发出呐喊的灰头麦鸡正冲向一只黑鸢。不得了，灰头麦鸡居然敢向猛禽挑战。

从体型上看，黑鸢显然是占着优势的，再加上天生具有的战斗实力和阴鸷气质，仿佛没有对手——根本不用把灰头麦鸡放在眼里。但这只黑鸢此时似乎没有应战的意思，反倒向后退让着。

灰头麦鸡不肯罢休，依旧气势汹汹，连声嘶叫，再次冲向黑鸢。

黑鸢抵抗了一下，还是没有反击。如果它反击会有怎样的结果？黑鸢有锋利的爪子和可以轻易撕开猎物的钩状嘴喙，这使一切小型鸟类唯恐避之不及。

灰头麦鸡有什么呢？作为麦鸡属，它拥有翅膀弯曲处的尖锐突出部，那是它用于格斗的武器。而在黑鸢面前，这武器的威力实在不算什么。

对了，灰头麦鸡还拥有一副不好惹的暴脾气和"尖叫功"，一切靠近它领域的外来者，包括人类，都会成为它以尖叫暴击的对象。以攻为守，先声夺人，不管打得过打不过，先在气势上镇住对方——这就是灰头麦鸡一贯的战术。

黑鸢在遭到灰头麦鸡的冲撞后，没有回击，也没有马上离开，仍旧徐徐盘旋。这只黑鸢是盯上了灰头麦鸡的蛋（或者幼雏），瞅着空子要俯冲下去捕获。

灰头麦鸡之所以这么神经质，时刻处于紧张的防御状态，不是没有原因——它要保护它的孩子，而它的孩子就在巢里，毫无遮挡。也是灰头麦鸡在筑巢这件事上的本领太弱，它的巢不过是田间一小堆草，甚至直接把蛋下在河滩凹地里，对于飞在空中有着锐利眼神的黑鸢来说，简直就是摆在餐桌上的菜。

灰头麦鸡的孵化期有一个月。这一个月里，雌鸟和雄鸟轮换着孵蛋，当有外侵者靠近，孵蛋的灰头麦鸡不得不飞起来驱赶，或者以尖叫声唤来它的伴侣，共同赶走外侵者。

灰头麦鸡的幼雏是早成鸟，出壳后就能走路，跌跌撞撞地奔跑，只是在露天环境中，奔跑的雏鸟更容易成为猛禽的目标，灰头麦鸡的护雏之心也就更为急切了。灰头麦鸡看似强悍的作风，不过是对弱点的遮掩。或许一切看似强悍的东西，都有其不堪一击的软肋。

黑鸢的目标不是灰头麦鸡，而是河滩上的蛋或幼雏，也就不想多费力气与之交战。而灰头麦鸡尽管不是黑鸢的对手，还是一次次地冲上去，纠缠住黑鸢，拼死阻拦黑鸢的掠食。

灰头麦鸡的战斗号角召来了它的伴侣。另一只灰头麦鸡闻声赶着飞过来，呼号着，冲向黑鸢。当两只灰头麦鸡并肩作战时，黑鸢就显出它的慌乱来，左右躲避，随后离开了灰头麦鸡的领域，向着远处的山间飞去。在这个回合里，灰头麦鸡算是赢了，尖锐的战斗号角暂时停息，不过危险并未消除，因为远处又飞过来两只黑鸢。

我没有继续待在原地观看接下来的情形。立夏将至，头顶的太阳已然灼热，露天地里站个片刻就眼冒金星。当两只黑鸢的影子掠过我头顶，灰头麦鸡的警报声又在身后拉响，看样子又一场天空之战不可避免。

窗台乐队

下午三点半，领雀嘴鹎又来串门了。

前两次来也是这个时辰，一伙儿八九只，差不多算得上小型旅游团，叽里呱啦聊着天飞过来，两三只落在红叶李树上，两三只落在阳台雨篷顶，卧室防盗窗上也落了两三只。

不知它们可有看见我。我盘腿坐在阳台沙发里，手里捧着书，身边放着一盘哈密瓜。

有客人来串门，总得拿出点东西招待一下，要么把哈密瓜端出去，对它们说，你们过来玩我太高兴了，这瓜刚切开的，请随意享用，别客气。但我不敢动，怕我一动它们就飞走了。

落在红叶李树上的领雀嘴鹎开始在树上找吃的。阳台外的这几棵红叶李树今年少有果子。去年初夏，红叶李树被小区物业砍去一半枝丫，大约是伤了元气，今年开春，只有留下来的几根老枝开了花，新抽出来的枝条上一朵花也没有，直到红如花蕾的叶子长出来才算恢复了生气。

领雀嘴鹎在树上翻寻了一会，东啄啄西啄啄，没有什么收获，也飞到窗台上去了。五六只领雀嘴鹎，各把住一根窗栏，也不知是什么触动了它们，放开歌喉，开始了小型歌会的即兴表演。

喂，这可是人的居所啊，你们就这么钻进窗子大唱特唱，也不怕吵着人家，不怕人家来轰你们。心里这么想着，身体还是一动不动，假装屋里没有人。我当然不怕吵，无论什么鸟都吵不着我，我更不会轰走它们。我其实是有些受宠若惊，这个小区那么多户人家，那么多扇窗子，领雀嘴鹎偏就选中了我家，来这里串门。摆开场子开起演唱会，对我而言，这是多么大的信任与荣光。

认识领雀嘴鹎是去年的事。夏初时节，在小区里，经过一户人家院子门口，看见两只橄榄绿色翅膀的鸟追逐着从眼前飞过。什么鸟？羽毛这么鲜亮，以前好像从没见过。慢慢走过去，靠近了看，两只鸟正立在院墙上，其中一只伸长脖颈，将捕到的虫子递过去，喂给另一只。而另一只也伸过头来，乖顺地接过虫子。两只鸟嘴喙相触的瞬间，我按下了手中相机的快门。

也是在那个瞬间里，我看清了它们的头部与脖子的羽毛是黑色的，前颈有一圈白色颈环，嘴粗而短，上嘴略向下弯曲——这样的嘴喙显示出它们的食性，除了昆虫，也偏爱野果。

知道它们的名字叫领雀嘴鹎后，就经常能看见它们，小区里能见到，散步的路上能见到，村边菜园里更是常见。它们把头扎进菜园里寻食，人走过来也不管，一副小泼皮无赖的样子，倒也有趣。

窗台上的领雀嘴鹎唱得好不热闹，真把这当成它们的领地了，有一只像是给同伴打拍子，不停用嘴啄着窗栏，哒哒哒，哒哒哒。这配合还真是挺默契的，可以组一个乐队出道了。

组乐队得有名字，叫什么好呢？对了，就叫窗台乐队吧。

约莫唱了七八分钟，雨篷上的领雀嘴鹎呼啦啦飞起，窗台上的领雀嘴鹎也跟着飞起来，又一伙儿叽里呱啦聊着天离开："走啦走啦，这里真不错，明天再来。"

经过阳台的时候，有两只领雀嘴鹎分明朝我看了一眼。嘿，莫非你们知道我就在阳台上，特意上门唱歌给我听吗？

电线杆、稻田与鸟儿

日常散步的路边有片稻田，稻田里竖着一溜电线杆。对稻田摄影爱好者来说，这些电线杆可真是碍眼。

搬到这里居住的头两年，我就是个疯狂的稻田摄影爱好者。从夏初的育秧季到秋后的收割季，每日晨昏，只要不下暴雨，准会走到稻田旁边，举起手里的相机，选角度取景。只是无论怎么取景，都避不开稻田里的电线杆与电线，横一道竖一道，实在煞风景。

拍摄稻田时，时常会有鸟儿闯入镜头，落在电线上，逗号一样蹲着（有时是双引号），无论晨昏，一律面朝稻田，凝神专注的模样像是思考什么，又像心无旁骛观赏着稻田风光。当它们突然起身，扑向稻田，又以极快的速度飞起，嘴里衔着昆虫返回到电线上，这才明白，原来鸟儿选择这个高度和视角，是为了更清晰地搜寻稻田里的猎物。

对鸟儿来说，有一片稻田在眼皮底下，就意味着有食之不尽的美味，而电线杆和电线就为它们提供了歇脚俯瞰的便利。

喜欢蹲电线的鸟有珠颈斑鸠、乌鸫、棕背伯劳和椋鸟。这其中又以珠颈斑鸠为甚，一年到头都能在电线上见到它们的身影，冬天也不例外，像村里的老人蹲在墙根的太阳地里，有一种无所事事的悠闲。

也有一种鸟，只在特定季节出现在稻田上空的电线上。第一次看见它时并不认得，以为是乌鸫，不怪我眼拙，只因这种鸟和乌鸫有着共同的穿衣爱好，只穿黑色长外套——从头到尾一黑到底。稍加留神，就看出了这只鸟与乌鸫的区别，这只鸟穿的可不是普通黑外套，而是黑中泛蓝且有暗金属光泽的鱼尾裙，裙摆向上微卷，裁剪颇为洋气。

在黑色系的鸟里，这只鸟可算黑得纯粹，就连嘴喙也是黑色的，脚爪也是黑色的。这是什么鸟呢？正当我困惑不解时，碰巧就在一位鸟类爱好者的微博里看见了图片，图片上注明了这种鸟的名字——黑卷尾。图片是这位鸟类爱好者头天拍摄的，他的居住地在杭州，离我居住的黄山不远，两地气候接近，栖居的鸟类大致相同。在他的微博里，我认识了很多本地也能看见的鸟。

感谢这位先生，让我认识的鸟邻里又多了一个名字。黑卷尾，可真是名副其实，再也没有比这更恰当的名字了，"黑"是它的颜色，"卷尾"是它区别于其他鸟的特征。

黑卷尾是春末出现的，当一对黑卷尾相随着飞过河流上空，飞进对岸的林子，林子里很快就传出争斗的声音，一阵粗嘎刺耳的鸣叫过后，要么飞出一只红嘴蓝鹊，要么飞出一只棕背伯劳，带着战败者的神情离开了林子。

黑卷尾这是在为自己争夺地盘呢。它们来得迟，要想占领地盘就得把之前的领地占据者赶走，这需要一股子不畏对手的狠劲，也需要实力。黑卷尾两者兼备，因为它选择的对手——红嘴蓝鹊和棕背伯劳都不是好惹的鸟，敢与之为敌就已经是勇者了。

黑卷尾的出现总是伴随着打斗的场面，要么与林子里别的鸟打，要么与自己的同类打，边打边飞，嘴里发出聒噪的声音，与它们的着装打扮真是不符。要知道它们穿的可是鱼尾裙啊，只有举止端庄才配得上这样的衣着。

黑卷尾蹲在电线上的时候就安静多了，一安静，长长的卷尾拖在身后，也就有了优雅的气质。

黑卷尾捕食的姿态也很别致，笔直落下去，在稻田里画一个U型弧线，又笔直飞升上来，落在原来的位置。当电线上同时落着几只鸟，就像是一条河岸线上蹲坐着几位垂钓者，彼此保持适当的距离，互不干扰，全神贯注于钓竿的另一端。这个时候，鸟儿们之间已没有了敌意，它们的注意力不在对方，而在稻田。它们脚下紧抓着的电线就是它们共同的"生命线"。

站在鸟儿的立场，就不再厌恶那些立在稻田里的电线杆了。愿电线杆能长久立在这里，如同稻田和鸟儿的卫兵。愿它们成为乡村的风景，而不被钢筋水泥的建筑代替。

原载《天涯》2022年第2期

土地上的睡着和醒来

碧水丹山

何向阳

一

南朝诗人江淹曾用"碧水丹山"形容武夷山的形胜姿容，"碧水"当然指的是澄澈透明的水，"丹山"有些拗口，或者生僻，因为绿水绕青山常见，"丹山"却不常见。红色的山，又会是什么样的呢？在想象中，它当然会是朱红或是朱砂红的颜色，及至真的站在了这座山面前，朱或者砂都退后了，你所面对的就是一座赭石般的山，或者是一座历经了岁月风雨冲刷改造后的山。严格地讲，它都不是一座山，而是一大块巨石，或者是数不清的巨石组成的巨石阵。这气势磅礴的巨石阵，得到了后来人的一个命名——武夷山。

"武夷"两字，传说来源于彭祖，是彭姓父亲留在人间的两个儿子，武和夷。单从文字字面上看：武，是淘气一些的孩子吧，其形象是健硕勇武的，性格上也是刚毅要强的吧；夷则不同，是平和恬静的，甚至是宽厚从容的。有时我想，也许就是这样的两种性格的孩子在一起，才成就了武夷的山水和武夷山的性格，他是柔性与刚性并出的韧性。柔是与水媲美的山色，空蒙而神秘；韧是山石上经年的纹理，你都说不上是哪年哪月它变得老成持重。沧桑的里子在柔美清俊的外表包裹下，只能用赏心悦目形容。

但是等等，"丹山"之"丹"当然首先是指山的外观，另一方面，从地质学的角度而言，这个"丹"字还没那么简单，它指的是丹霞地貌。"丹霞地貌"也不是外来词汇，而是本土命名。一九三五年陈国达就使用

"丹霞地形"一词，而"丹霞"二字的最早发明者是冯景兰，他在一九二八年将"丹霞层"引入地球科学。"丹霞"这个地貌学术语，沿用至今已有九十三年。丹霞地貌所指"以陡崖坡为特征的红层地貌"，所述"红"的颜色和"陡崖"特征，叙述出流水侵蚀、红层抬升、风化而成的带有雕塑感的地貌景观。风、水、生物都成为无尽时间中的刻刀。武夷山向我们敞开的平层、棱角、崖壁、溶洞、凹槽、沟槽等，都如这宇宙宏阔叙事中的一章一节，它记录了沧海桑田的变迁。

当然，如若更早，从八亿至六亿年前的震旦纪，以一巨人的视角向下俯瞰，这里还是一片汪洋，此后的几亿年间，地壳抬升，深水中形成了多个隆起带与断裂带，一座古陆从海洋中缓慢升起，渐次甩去了大海的覆盖。此后燕山运动勾勒了武夷山的轮廓。这个轮廓是通过火山爆发的熔岩横流绘就的，沉降运动中的铁质被固化氧化，有了武夷山最初的造型。让武夷山成为"东南大屋脊"的还是喜马拉雅运动。一九四五年黄汲清命名的距今七千万至三百万年前新生代的这次造山运动，造就了地球上横贯东西的巨大山脉，成就了喜马拉雅山世界屋脊的地位，同时也成就了武夷山的现在雏形，使之像一个巨大的褶皱，与海并行。而此后的武夷山，都是在这一运动造型过的基础上，经由风、水、生物的各种画笔或雕刻刀，将之斧凿、涂染，成为今天的样子的。

当然这并不就是它最后的样子，正如一个山中修行的人的面容一样，它的面貌其实还没有最后定型。

哎，以前只知道喜山运动使得海水从青藏高原全部退出，现在想想，那时的地球空无一人，只有断裂、褶皱、岩浆，板块之间的大幅度冲撞与扭曲，大地在沉降与隆起之中，在水与火的淬炼之中，雕塑着自己的新的面容。那该是怎样一种宏阔壮观的景象。而此后，岁月的剥蚀造就的丹霞之奇观，只是那场壮阔运动的序幕之后的正常剧目。

丹霞地貌也分早、中、晚期，仿佛一个人的青年、壮年和老年，再细分下去，还会有青年早、晚期，壮年早、晚期，老年早、晚期。中国丹霞地貌分布很多，据考证有一千多处，南方居多。我脑海里的景象大约是这样的：早期的丹霞地貌如水墨画一样，浅淡而灵秀，还有些混沌初开的模样；晚期的丹霞地貌则是枯墨或焦墨，干涩而骨瘦，哪怕是残垣断壁，也有着不一样的风骨，瘦骨清相，如老僧；只有中期的丹霞地貌，如武夷山正处于盛年，有着葱茏的优雅秀美，同时又有着强韧而板正的筋骨，它站立在那里，孤傲而清高。

其实不然。我专为此查了两位丹霞研究专家的著作，一是彭华《丹霞地貌学》，一是黄进《武夷山丹霞地貌》。从彭华的著作中，我了解到丹霞的发育分期与我的个人想象不尽然相同，录入如下，以正视听：

"青年期一般有红层高原面或破碎的高原面，后者往往表现为大致等高的山峰代表的古夷平面或红层沉积顶面；青年晚期可形成密集的雏形峰丛和峡谷组合。壮年期是起伏最大的阶段，红层切割破碎，总体上表现为峰丛—峰林状外貌；一般早期为峰丛状，晚期为峰林状，或峰丛—峰林组合状。老年期总体上表现为高差较小，丹霞地貌浑圆化或丘陵化，组合常常为疏散峰林与宽谷形态，宽阔山谷或平原中散布孤峰，可能局部保留峰丛景观；老年晚期向消亡转化，地貌呈丘陵化或孤峰—孤石散布，准平原化。"

这应该是学术界认定的权威表述。

如此看来，武夷山的丹霞地貌从形态上即可判断，它同时拥有着多种概念中的地貌，就是说，丹霞地貌，一个武夷山就已经将它的青年、壮年、老年的不同阶段给囊括其中了，好像这种现象在其他地域并不多见。还是用权威的表述相对可靠。学者黄进以从一九七九年到二〇一〇年对武夷山丹霞地貌的七次考察为基点，写成的《武夷山丹霞地貌》一书，填补了武夷山丹霞地貌系统研究的空白。这部书列举出的溪南壮年幼年丹霞地貌区、溪北壮年幼年丹霞地貌区、邓家山—下回老年丹霞地貌及河流阶地区、百花岩壮年晚期丹霞地貌区这四个地貌区，以及我们足力或视力能够到达的三十六峰和九十九岩，印证着它的丰饶。大王峰和玉女峰所昭示的深厚，除了用岁月中相伴的坚贞解释，我们的语言似乎都到达不了那个地方和那个遥邈的岁月。

那时，还没有你我。世界混沌初生。

那个以相当复杂的算法算出了武夷山丹霞地貌年龄的，据说是取了武夷山丹霞最高峰三仰峰——七百二十九点二米——而得出它的年龄是六百零六点一万年。六百零六万年是什么概念？在七千万年与三百万年之间，这个年代的确是属于新生代。那是我们目力不及的年代，也是我们心无所属的年代。从时间的长河讲，它就是时间本身，是不能以纪年来估算的那片空茫。

由于对山峰的年龄极感兴趣，我还是找到了那个算式：

D 龄 = H/Dv 升

D 龄是地貌年龄，以万年计；H 是地貌相对高度，以米计；而 Dv 升是地壳上升速率，以米每万年计。

如此，三仰峰海拔七百二十九点二米，减去平水期水位一百八十五点五米，取其相对高度五百四十三点七米及本地地壳上升速率零点八九七米每万年，计算得出六百零六点一万年。

以这一公式算，玉女峰的年龄是一百四十九点五万年，大王峰的年龄是三百八十九点八万年。在公众眼中这是武夷山最著名的两座山峰了，两峰并峙，隔水而望。但从地貌学看，大王峰比玉女峰出生早二百四十点三万年。也就是说，在海枯石烂的漫长岁月里，大王峰足足等了玉女峰二百四十万年之久，这是一种怎样的等待呢？

如果不局限于丹霞地貌，而以完整的武夷山作为视点，武夷山的最高峰是黄岗山，海拔两千一百六十米，被称为"华东屋脊"。这座由花岗岩、玄武岩构成的山是中国大陆东南最高峰。山上的植物呈垂直带谱分布，分别是中山草甸带、苔藓矮曲林带、温性针叶林带、针叶阔叶混交林带、常绿阔叶林带五种不同群落的植被带谱。

到达桐木关的"要隘"刚刚立定，就被告知上山的路还不是柏油路，因为对国家公园的保护，也不可能修柏油路。那是真正的山路，是要一步一步走上去的。已近下午，若步行上山，需几个小时，再下山来，可能天就黑了，只得望山兴叹，折返而归。来的路上，我看到一个很有名的吊桥，以前，游人可以走在上面的，但也是由于对国家公园保护，游人不可以走了。来路上，山涧数不胜数，让我觉得车子的轮子就是在一些石头与另一些石头上穿越，当然实际上是在一条并不宽敞的林中路上。周边石滩上的清水，深浅不同的绿色树木，交替映入眼帘，路因山势而不断转弯，到处是叫不上名字的石头。与我同来的朋友介绍说，那个已空寂不用的吊桥上，曾测出负氧离子含量非常高，他说出的那个数字，令我非常吃惊，这是我听说过的也是到过的地方中最大的关于负氧离子的数字。怪不得一路颠簸，几天的行走，我都未有疲劳之感，原来是丰足氧气的护佑。

可能是看到我为未能攀登到黄岗山峰顶而感到遗憾吧，朋友路上向我讲起他曾登顶的所见。我的眼前出现了一片阔野，大面积的萱草在七月正午阳光的照射下闪着金色的光泽，那是它们自由开放的天地。现在城市的花园里我们也经常见到萱草。但二千一百六十米海拔峰顶的萱草，是真正野生的萱草。据说也是因了它们，这开满黄花的地方，才被称为黄岗山。

这次时间不巧，只能在想象中感受那一片萱草的艳丽。另一位同行者却有不同看法，他说他后来去到峰顶，已见不到萱草了，而是被另一种物种所代替。至于是什么野生植物，他也没有说清，只是解释，山巅上垒石崔嵬。大自然就是这样的，也许这就是物竞天择的道理。黄岗山作为中国东南部最高峰，当然不止于文学家的想象。看不见的还有隐藏在绿植下的花岗岩、片麻岩，还有在那岩石与深土中沉默的铜、钨、铅、锌、金、银、锡、铁、锰等矿产。

有幸躲过了第四纪冰川的浩劫，武夷山是地球上同纬度地带保存最完整、最典型、面积也最大的中亚热带原生森林生态系统，这一生态系统的完美体现，在黄岗山又最为典型。从山麓到山顶，我们看到自下而上的不同植被群的分布，从毛竹林到常绿阔叶林，到针叶阔叶混交林，再到针叶林，再到中山苔藓矮曲林，再到中山草甸。而与这些植被对应的，自下而上，则是红壤、黄壤、山地草甸土，它们掩映于翠绿墨绿淡绿的植被之间。而在这些总括性的学术语汇下面，是这里数不尽而在世上极珍贵的南方铁杉、鹅掌楸、紫茎和武夷山玉山竹等。一路上，我一定是与它们擦身而过了，虽然我还不能一一叫出它们的姓名。

大约是看到我离开了江西与福建交界的一夫当关、万夫莫开的桐木关关隘后一路沉默吧，同行者提出一同去瞭望塔看看。当爬上以保护与科研为功能的、星村境内最高的瞭望塔时，满目青山几乎是扑进怀抱。如果不是朋友指给我看，我都不知道我面对着的正是大名鼎鼎的桐木大峡谷。黄岗山西南麓的这个大峡谷，如一道白色的闪电，折叠于两座青山之间，在阳光下闪着白光，耀人眼目。北面是我曾去过的江西，而在这一眼望赣闽的地方，这深切大地的峡谷里，这桐木关断裂谷中就藏着闽江之源建溪次支流九曲溪的源头。那道白光就是吗？我不禁自问，作答于我的只有风中颤动的叶子，而我尚不能叫出它的名字。

一句诗就这样飞入脑海。

"我感到是山在行走/……而风是它们行进中的乐队。"

是的，这些我看过的青山，"没有一个愿意卑微地屈伏"。虽然这诗写的是桂林的山，但放在这里也依然合适，"没有一个愿意卑微地屈伏"。写下这些诗句的诗人蔡其矫在《武夷山》诗中写道：

"有什么样的秘密埋藏在你岩石下面？"

而这个答案，也是我来这里想寻找的。

二

从瞭望台转过身来，南边与桐木大峡谷相对也相连的，是大竹岚。大竹岚原来不叫大竹岚，是大竹篮的谐音，它是一处盆地，四边环山，四座山的高度都在千米以上。一路上听到的"先锋岭""先锋岭"，大竹岚就坐落在先锋岭的西南侧。这个地名的知名度之高，怎么形容呢？国际上的生物学研究者，如果不知道"大竹岚"，那么他的学术水准是可疑的。也就是说，这是世界生物学研究者无人不知、无人不晓的地方。

武夷山国家公园作为中国国家公园体制试点之一，其规划总面积一千零一点四一平方公里，约有二百一十点七平方公里原生性森林植被，有着世界同纬度最完整、最典型、面积最大的中亚热带原生性森林生态系统。如若不是大竹岚的存在，这些称谓将大打折扣。三百多种鸟儿在此啼鸣，三百多科昆虫在此定居，十九种珍稀濒危植物在此生存，四十七种国家保护动物于此栖居，它是竹子组成的绿色王国，同时也被称为"蛇的王国""鸟的天堂""昆虫的世界"。

麻阳溪穿流而过，为动植物的生活、繁衍提供了富足的条件，使得这个地点成为"世界生物模式标本产地"，同时也是研究亚洲两栖爬行动物的"钥匙"。在某些时候，它在物种学上的重要性并不小于武夷山。

准确地说，以桐木大峡谷（也称武夷山大峡谷）为基点的桐木、挂墩、大竹岚，并不是今天才声名远扬。早在一六九九年，英国人杰克明·萨姆就以生物学家的身份在桐木一带活动，采集植物标本，当然还有对当地红茶秘密的探寻。到了一八二三年，法国神父罗文正在挂墩建教堂，采集了三万一千多号植物标本。此后还有美国人、奥地利人来此采集。

一八四三、一八四八年英国人罗伯特·福琼两次到武夷山,秘密将红茶茶种运出的过程,在他所著的《两访中国茶乡》一书中记录分明。"1848 年秋天,我曾经送了大量茶树种到印度","我收集到的植物和种子,现在装满了 16 个玻璃柜子",这些树种被运到了印度加尔各答。福琼的这一举动对中国红茶在世界上的贸易占比影响之巨并给中国经济带来的巨大影响,难以用语言表达。此后的一八七三年,法国传教士大卫在挂墩采集大量动物标本,标本现在还存于巴黎自然博物馆。大卫之后,英国人在一八九六到一八九八年间多次采集动物标本,教堂成为收购标本的站点。此后近千种动植物新种被发现,这一地点成为蜚声中外的"生物之窗"。

对于这个"生物之窗",我一个人是没有勇气去的。那里面有太多的未知,超越了我的认知,或者说颠覆了我的已知。我能做的只是站在这座山间的瞭望塔上,远远地向它行注目礼,向那些我可能一生都无法得缘一见的生命,向那些在国家级自然保护区、联合国教科文组织的"人与生物圈"保护区、"世界自然与文化遗产"地、国家公园试行区里自由生长的生命们致意。

泼水在天空凝固
碧绿快滴下露珠

我能送给你们的也只能是蔡其矫在《大竹岚》一诗中的诗句。

然而,投给你们的目光却是温和而沉静的。我知道,在清冽的溪水和暗色的绿竹之间,有光明颤动,也有微风吹拂。有时,它们如呼吸般与你们交换,与你们接通。

而这一刻。也正如那首诗写的:

希望就在此一刻复活
来自失望的坟墓

来自失望的坟墓吗?也不尽然。或者还有那些生命的层层叠叠、代代相传,更多的生命叠藏在教科书里,我们难得一见。

比如闽越王城遗址。两千多年前,它何等繁华,但汉武帝时还是用一把火给烧掉了。在这座南北长八百六十米、东西宽五百五十米、面积约合北京故宫三分之二的城郭中行走，心情是复杂的。虽然岁月已令它成为断壁残垣、荒草荆莽，虽然它也只活了九十二年，终在第九十三年被征战付之一炬，而作为武夷山世界文化与自然遗产重要组成部分的城村古汉城遗址，这个越王勾践后裔无诸的城池，无论是作为当今中国南方保存最完整的汉代诸侯王城也好，还是被称为中国的"庞贝古城"也好，我们都只能从它那深土中发掘出来的铜镞、弩箭、瓦当，以及陶器、丝绸与苎麻，或者空心砖与铁犁等四万多件文物，想见当年的生活与战役。而夯土城墙、卵石古道、宫殿遗址、王宫古井以及室内浴池、排水管道等，它们向我们讲述着这片寂寞的土地上，也曾行走过一群群年轻蓬勃的人。

昔日的繁盛，在销蚀与残存中，两千年走过，那些人真正叠入了历史的皱褶之中，只有当你还想着他们的时候——"希望就在此一刻复活，来自失望的坟墓"——他们才可能复活于记忆里。

而说到坟墓，我们不能不谈一谈死亡。

古人对待死亡的态度让今人颇费思量。

乘竹筏穿越九曲，撑篙者是一位三十岁左右的女性。她瘦削而有力，长竹竿在她手里左右点划，简直是出神入化，以至于我会忘记置身于水上看两岸风景的惬意，而享受她在劳动中表现出来的纯粹美感，这是与眼前九曲的景致融为一体的美景。她在介绍了一座座峰峦叠嶂之后，顺手一指壁立万仞的高处，映入眼帘的，是一巨型岩石的高处缝隙间，碎裂不整的木片累积的"洞口"。如果不注意，你都分辨不清那是什么。明显那是人力所为，但真的已是久远以前的人了。

那是怎样有力气也有智慧的人做的事呢？

"虹桥"，也许是一种对于高度的向往，一种升天的愿望？这就是来之前你们大略听说过的架壑船棺。撑篙的女子说，现在还有十八处。而记载中类似的船棺似有千具之多，据说在观音岩崖洞发现的一号船棺残余长度近四米，而白岩处的二号船棺，约近五米长，大抵是底如梭形，底棺两端向上翘起，棺盖应是半圆，如船篷一般。

只能想象古闽族人这种奇特的丧葬方式，而那船形的棺木又是如何在三四千年前通过人力将之放于悬崖峭壁上的岩洞中的呢？无论是时间，还是方式，都有诸多解释，答案并不统一，只知道一号船棺经测定距今有四千一百九十八年，而二号船棺由楠木制成，或者那时已有相当锋利的工具可用。无论怎样，船作为闽族人的日常交通工具，已无可置疑。他们山居水行，以捕捞、采集和狩猎为生，而死后也以一船作为自己的去处，仿佛生时的泅渡。而高置于悬崖绝壁之上的岩石之间，我想可能一是为了与天接通，二是为了避过山林中野生动物的侵袭，毕竟绝壁之上，是任何虎豹豺狼都无法落脚的。那里，的确有足够的安静，可以以一种如生般有尊严的方式重回自然之中。

当然这只是我的猜想。

但是，不难解释那船棺为什么又称仙舟。

永生的渴望确是自古就有，而且绵延不绝的。武夷山之所以以"佛家道源"著称，以至于成为儒、释、道三教鼎盛的名山，其缘由也在于，它以万古不朽的仪态承载下了自古而来的一代代人的生命祈求，满足着远道而来的避世之人的隐遁修身的愿想。

唐天宝七载，公元七百四十八年，玄宗封武夷山为名山大川，禁樵采，佛、道两教自此兴旺。但若说佛教的更早传入，大约在魏晋南北朝时期，中原人为避战乱而入闽北，此后才有唐宋时期的佛寺，以及道教的宫观。

武夷山高僧中最有名的当数扣冰藻光，又称扣冰辟支佛，《五灯会元》《高僧传》中都有关于他的记载。他常爱在荆棘中打坐，往往坐定至静，以至于"虎踞左右，猕猴供果，朱雀衔花，群物侍伴"，终彻悟人生，证得禅学真谛，成为一代高僧，成为当地的保护神。关于扣冰藻光流传最广的传说，是他冬天不用热汤沐浴，而是扣冰盥沐。今天的瑞岩寺前，还有一扣冰溪，印证或纪念这位崇安人的凿冰沐浴、磨炼心性的妙法。也正是这种与众不同的修炼方式，使其最终证得了天心明月。

"置身星月上，濯魄水云中。"扣冰藻光只是众多僧人中的一个代表。更多的人来到这里，无论是向内的证悟，还是向自然的返归，都是要向局限的生命求证一个高于身体本来的生命，或者使得生命在天人合一的时刻回到生命的本来。佛教在自然构筑的大周天中见悟本心，破除一我的局限，以与天地共生。可能正是这一信念，让唐代灵一法师发出了"野泉烟火白云间，坐饮香茗爱此山"的感叹。与自然保持一种深层的联结，从而源源不断地从自然中获取能量，无论佛、道，都是相通的。所以，武夷山作为拥有大自然恢宏奇秀景象的一方净土，它吸引着历朝历代那么多前来修行的人。

而关于扣冰藻光，最打动我的还是《五灯会元》中的一个记载："闽王躬迎入城，馆于府沼之水亭。方啜茶，提起橐子曰：'大王会么？'王曰：'不会。'师曰：'人王法王各自照了。'"那年。藻光已八十五岁，被闽王请至福州，两人饮茶间的对话，令人觉得法王的确与众不同，他在以他的方式告知茶之大用。啜茶并不只是一种饮用习惯，茶也不是只有单纯解渴的功能，而是隐含了饮者与自然草木的联结。以茶净心，这也是"寺必有茶，僧必善茗"的道理所在。

"不怕秋风粗布衲，最宜泉水本山茶。"扣冰古佛是重内心修为的，对于日常的仪式，他倒并不在意。有人曾问他：何不诵经？他的回答是——心心常念；又有人问他：何不礼佛？他的回答——念念常敬；又是一问向他迫来：何不升堂？他的回答是——空空说无。

在这古木参天、篁竹蔽地之处，这样的恬淡与对我执的全然放下，其实是与更大自然的深度联结。他所要呈示给天地的，不过是一个本心一派本真而已。

天心永乐禅寺是武夷山最大也最著名的寺院。这个明代重修、清光绪八年（一八八二年）扩建的寺院，原名谓之"山心庵"，后改名谓之"天心"，气魄何其宏大，有接天地之势。寺院最兴盛之时，曾容纳过近两百人来此同时修行。三十六峰群峰并峙，九十九岩夹崖森列，重峦叠嶂，野泉白云，修行者整日面对着碧水丹山氤氲出的清洁之气。即便是如此恢宏的寺院，有如此盛大的建制，它的本心却是朴素的，在山林草木之间，寺院无论是极盛还是极寂，它立于天地之间，始终如一地守持着的，仍然是出家人与修行者的质朴本心。

南宋白玉蟾的《玉隆集》六卷、《上清集》八卷、《武夷集》八卷，这些顺水而生、与天合一的文字，大约只能诞生于著述人与人间仙境和谐共存的时刻。大王峰昇真洞通天台，开阔平坦，古木掩映，清风拂面，山林幽静。如果要具备与之深层对话的能力，或许也只能寄托于有一颗与山林俱寂的心。山泉汩汩，瑶池胜境，使寄居洞穴的人获得的不只是与天地对话的能力，同时也获得了与我心对话的能力，所以那氤氲于山林中的能量能够源源不断地流注入文字之中。道家之养，其奥秘也许就在于此。第十六小洞天，见识了多少心意合一的事迹，而当那不朽的愿想、永生的渴望，都要用有限的身体去实现时，人的心性之超拔，真是如万古丹山一般壮美的诗篇呢。

霞之氤氲，也许暗指"丹山"不只是一座孤山，而是连绵不断的山脉。正如武夷，我们的传说中也要把它变作"他们"，兄弟子嗣，这也与云蒸霞蔚在内里是一个意思。

于此，在这大历史中行进穿梭的人，才可能是"碧水丹山"的最好注释。

现在可考的最早写武夷山的文字记载，也就是这四个字了。一千五百四十多年前，写下《江文通集·自序》中这四个字的江淹江文通，一直生活于和福建相对而言的北方。济阳考城，据说是现今河南的兰考，他二十岁入幕僚，由江苏镇江贬到建安任吴兴令时，也才三十岁。而立之年对武夷山"碧水丹山"的命名，一直沿用到今天，可谓不朽。

与山共老，也许是一切文人的心愿。但是真正使得这座山与自己的全整生命浇铸在一起的，却是另一个人。

三

朱熹祖籍徽州府婺源，这一区域现归属江西。他出生的地方在福建尤溪，十一岁随父朱松寄居建州，今建瓯。后父病，又随母赴崇安五夫镇，这一年，他十四岁。十四岁定居五夫，一直到六十四岁迁居建阳考亭，除去各地论道及异地为官的时间，武夷山和他"纠缠"了五十年。这五十年，武夷山一直承载着他的学问精进，同时，他也从这里找到了他之所以为他而不可能是别人的、历史上的最终"形象"。

这是真正意义上的"与山共老"了。

人与山的相互成就，莫不如此。

走进五夫镇，首先映入眼帘的是田畴间的连片荷塘。时至五月，荷花还没有动静。"半亩方塘一鉴开，天光云影共徘徊。问渠那得清如许？为有源头活水来。"史传记载不一，有说朱熹写于江西，有说写于尤溪城南的南溪书院，我却认定它的写作地就是这里。此地此景，就是朱熹的"半亩方塘"吧？当地人讲，到了七八月，大片大片的荷花开时，远远就能闻到荷香。是啊，八百多年前的朱熹再熟悉不过的少时景象，应该就是这些荷花了，他就是从这清香之气中穿过，走到了每一个儒学之士八百多年的笔墨均绕不开的纸上。

史载，朱熹一生曾在闽、浙、赣三地为官，先后做过知州、知府等，《宋史》记其"仕于外者仅九考，立朝才四十日"。这样换算，朱熹在外为官二十七年，在朝廷中有四十天。虽然他主政期间，以民为本，做过不少好事。但真正让朱熹成为朱熹的，是他的著书立说、讲学教授。

这一点很像孔子，孔子也是志不得、运不通而在十四年的中原奔波之后找到了他的位置。《春秋》之大义，诞生于心境怆然的颠沛流离之后，同时也以一种安宁之心将那人生遭受的苦难幻化为文字，以成就立言，并以立言的方式为社会立德、立心。的确，如朱熹所言："天不生仲尼，万古如长夜。"朱熹本人，也不是一开始就成为现在学术史上的儒学思想家的，他最早接触到并感兴趣的不是儒学，而是佛、道。二十八岁前，他对于佛、道的兴趣远远大于对儒学的兴趣，但二十八岁是一个转折点，这个转折点，当然与他后来的老师李侗有关。

文学史上当然记录着这个转折，有朱熹本人的《春日》为证：

> 胜日寻芳泗水滨，无边光景一时新。
> 等闲识得东风面，万紫千红总是春。

这首诗并不生僻，初读十分易懂，甚至还有些浅显，连小学生都能读得朗朗上口。

以前总是将这首诗作为一首写景的诗去理解，并没有过多注意到其中的"泗水"一语。而"泗水"，如果从地理区划所属考察的话，情况十分繁复。五帝时期的泗水，就隶属于曲阜，而曲阜之于传统文人的意义是不言而喻的。现在的泗水县仍在山东中南，西接曲阜，南临邹城，一个孔子故里，一个孟子故里。两地我先后去过，但从我行探的寻索和读到的朱熹生平传记中，还未明确发现他实地到过泗水的经历。那么，"泗水"一语在此，是否可以确定为是对圣人孔子遗迹的代指呢？这是可以在读诗中寻味的。

诗中洋溢着一种开朗而高昂的喜悦调子，"无边光景"也好，"万紫千红"也好，朱熹以诗言志，心境大变。从这首看似普通犹如大白话的诗中，他借诗寓意，表达已经迎来了自己思想生命中的"新春"的欣悦之情。

"接伊洛之渊源，开闽海之邹鲁"，有人认为朱熹在历史上仅次于孔子，以至于赢得前一千多年是孔子，后七百多年是朱子的称誉。今天武夷山的武夷宫里，仍能看到康熙御笔"集大成而绪千百年绝传之学，开愚蒙而立亿万世一定之归"的评价，能够当得起这一切，当然并不仅仅始于一个李侗的教诲。

从朱松到朱松托付的刘子羽、刘勉之、胡宪等，再到李侗的教诲，以及所学的程颢、程颐等的著述，都深深地进入到朱熹的学术生命中，从而成就了他。而在这之前和之后，那些经书学问也存在，只不过在历史的进程中，它们一直在找，终而找到了一个传承。

这个传承的找到，也并不是毫无来由的。《宋史》朱熹本传中讲："熹幼颖悟，甫能言，父指天示之曰：'天也。'熹问曰：'天上何物？'"又传说，其父指日示之曰："此日也。"熹问："日何所附？"父答："附于天。"熹又问："天何所附？"所谓学问，便是不舍其问之学，穷尽义理。朱熹自幼与父朱松对答中的深究宇宙之穷尽的"天问"，或许正是我们理解朱熹的一把钥匙。这把钥匙，不但开了儒学之门，同样也让我们领会了大儒包纳万象之胸襟。在儒的格局之中，对于宇宙之所为是的探究，对于道、佛的之于宇宙、人心探求的吸纳，从这样一些小故事中是可以找到交错与共融的。

朱熹之于武夷山的贡献，与武夷山对于朱熹的造就，比较起来，后者对他的精神抚育程度并不弱于前者。可以说，是武夷山滋养出了朱熹这样一位不仅对中国文化而且对世界文化有大贡献的人。以我之见，无论是二十七年的出仕还是四十天的立朝，这些事功之于朱熹，并不能将他和他同时代的儒士区分开来，朱熹真正有影响的仍在他作为一个儒士的著述与思想上。史实证明，他一生的最大贡献也在于此，所以我更感兴趣的还是在他的学问与他所处的环境的关系，这个环境，当然包括他的生居之地。

一一六九年，朱熹回到崇安故居，为母亲守墓，建寒泉精舍，此后在此著述，长达六年。其中一一七一年，他于五夫镇建"社仓"，这一行为在当时是一创新，而这创新的立意在为生民着想。如若遇灾，能有储备，此心可鉴。这也是儒家民本思想的有形体现。我在五夫镇上行走，眼见朱子巷——传说他儿时读书常走的地方，眼见紫阳楼——传说后来重修的他的居住之所，还有他手植的已有参天巨冠的樟树，以及各类与之相关的地点。行走在兴贤街上，脚下是青石铺路，青石下面则是溪水清流。兴贤书院、刘氏家祠、刘氏节孝坊、朱子社仓、连氏节孝坊等古建筑两旁排列，其中兴贤书院建于一一六三至一一八九年间，为纪念胡宪而建，门楣横额写着"洙泗心源"。

这四个字，令我想起朱熹的那首《春日》的开头一句。朱熹的老师胡宪去没去过泗水，我没有考证，然而这里我以为也是寓意并深含了对于孔子的敬意。泗水，已经不再是一个单纯的地理概念，而指向一种文化的脉络、学术的道统，那"心源"之指，也与给朱熹带来的"无边风景"之欣悦相似。而一一七一年朱熹创建的社仓，其赈济之用，也来源于这济世之心，现有朱子亲撰的《建宁府崇安县五夫社仓记》可考，如果想进一步了解朱子思想中的民本根基，《社仓记》是一重要参考。

漫步于兴贤街上，有一种时光倒流的感觉。这个交通并不算便利的闽北小镇，始建于中晋，兴于唐而盛于宋，古称五夫里。历史上的兴盛真的如在昨日，太阳像是从远古照射过来的，街边的小摊子上整整齐齐地摆着五夫盛产的白莲。我想，如果这白莲早已有之，那么朱熹儿时也会爱吃的吧？

圣人离我们其实并不远。对于"凡人须以圣人为己任"的朱子而言，我以为他的一个关键之年，在一一七五年。

这一年的一次著述、一次论辩，注定了要载入史册。

一一七五年，从一一六九年算起，应是朱熹六年为母守墓的最后一年。这一年正月间，吕祖谦从浙江来访，两人切磋读书，几番论定，共同编订《近思录》。这是一部了解理学的入门书，同时也是理学的一部概论性著作，它选取了北宋理学家周敦颐、程颢、程颐、张载四人的语录共六百二十二条，分类编辑，其后世影响正如清人江永所言："凡义理根源，圣学体用，皆在此编。"足见其影响之巨。"近思"二字，取孔子《论语·宪问》中的"切问而近思"，即思考当前问题之意。朱子本人言及此书："四子，六经之阶梯；《近思录》，四子之阶梯。"既然是"阶梯"，便深含探究四人之精华要义，同时更是为后世学人士子提供性理之学的必备书。

站在五夫的土地上，念及八百四十六年前，两位学者均为三四十岁年纪，却担负此任，在寒泉精舍中研读周、张、二程著作，从那年的冬天直至一一七八年定稿，两人的编辑之功是如此谨严，我想他们作为继承人的快乐也注入了其中。以至于《四库全书总目提要》言及此书，有"宋明诸儒，若何氏基、薛氏瑄、罗氏钦顺，莫不服膺是书"句。明清以来的刊本，多到不可胜数，注家更是众多，见濂、洛、关、闽之学术精华，可以说持此一书，便能得门而入。

关于这部书的更深意义，存后再议。我想说的是，这次吕祖谦的来访，以及与朱熹两人的研读编辑，直至三年后《近思录》的定稿，对于儒学的发展而言，其重要程度随着时间的推移，会越来越鲜明地显现出来。一一七五年的吕、朱之会，于历史上称为"寒泉之会"。这一会晤的成果，是结在武夷山的。我想就是这两个人的不平凡的见面和他们于一个冬天开始的学术工作，注定了武夷山在今天的意义。它不再仅仅是指一个碧水环绕的自然青山，而使得这座不老青山有了文化传承上的万古意味。

一一七五年，注定是不平静的一年。

这年五月，朱熹送吕祖谦至信州鹅湖寺，陆九龄、陆九渊、刘清之来会。现在看来也极有可能是吕祖谦想从中调和朱、陆之间的学派分歧而有意组织的一次论辩。这场论辩达十日之久，对于朱、陆两人的影响同样深远，史称"鹅湖之会"。

在此次论辩中，陆讲心、理一体，而朱坚执心、理不同。两人各执一词，最终自然是谁也说服不了谁。"心学"与"理学"的"会归于一"的愿望终究落空，但上饶铅山鹅湖山麓下的这场会讲，当时却吸引了闽、浙、赣交界的诸多学者列席旁听。这里虽不属武夷山，但从大的概念上，应属大武夷山的地理范畴。这场论道，于当时是盛事，于学术史亦相当重要。两派分歧如陆九渊门人朱亨道所记："论及教人，元晦之意，欲令人泛观博览而后归之约，二陆之意欲先发明人之本心，而后使之博览。"足见两人的出发点不相同。而鹅湖之会的发起者吕祖谦的评论是："元晦英迈刚明，而工夫就实入细，殊未可量。子静亦坚实有力，但欠开阔。"

于这样的崇山峻岭之中，想一想当年鹅湖的各持己见，不禁神驰，那种求同存异的学术之辩，那种思想的交锋碰撞，不仅矫正着两人的各自观点，而且对于那个时代的学术精进也大有裨益。人心和善、和而不同的包容之心、开放之道，也是朱、陆之辩教会我们的，在那些言语思想的背面，不也包藏着武夷山的不一样的胸襟吗？生物多样化的武夷山，似乎是学术多元化的一个物理印证。贵和尚中，善而能容，中国文化不正是一直秉承着这至关重要的一点而走到了今天，走入了人心吗？

鹅湖之会，成就了后来的鹅湖书院，同样成就的，还有立足于包容性的儒家思想的学术传统与使命担当。

朱熹的担当，当然不只是个人的担当，他把儒家思想发展到了一个在他那个时代个人所能做到的最大范围。理解了这一点，我们就会理解他为什么如此重视书院建设。对于教育的重视，向来是儒家思想的一个重要方面，孔子学说就是由七十二弟子予以传承的，孔子去鲁在中原行走十四年，始终没有放弃的就是教育，教育的重要，对于时代而言，不言自明。

一一七五年的鹅湖之会之后，一定是认识到了教育之于思想体系成型与传承的重要性，四年后的一一七九年，朱子知南康军时，重修白鹿洞书院。唐贞元年间李渤的白鹿洞，南唐达到兴盛，而至北宋末毁于兵火。书院得以重建，至宋孝宗御赐"白鹿洞书院"门额。在此之前，白鹿洞书院虽然历史有名，但重修之前已是"屋宇不存""基地埋没""莽为荆榛""荒凉废坏"，如若不是朱熹考察书院现状后一再上本朝廷，书院的今天很可能是另外的样子。面对庐山境内以百十计的佛寺道观，朱熹更是忧心忡忡，所以他在上本朝廷的《白鹿洞牒》中，才那么切中要害而又恳切非常地说："至于儒生旧馆，只此一处，既是前朝名贤古迹，又蒙太宗皇帝给赐经书，所以教养一方之士，德意甚美。而一废累年，不复振起，吾道之衰既可悼惧，而太宗皇帝敦化育才之意，亦不著于此邦，以传于后世。"足见其对书院教化功能的重振之意。

在白鹿洞书院，在重建院宇、筹措院田、延请名师、充实图书等事之外，仍有两件事值得在此铭记。一是制定学规。《白鹿洞书院揭示》直到今天仍为教育界所重视，其中"父子有亲，君臣有义，夫妇有别，长幼有序，朋友有信。右为五教之目。……博学之、审问之、慎思之、明辨之、笃行之……"体现了儒家思想的精髓，也为当时书院所普遍遵行。二是南宋理学另一学派陆九渊来访。朱熹曾在鹅湖之会与他有过激烈论辩，两人并未达成意见的一致。然而对这个意见与自己并不统一，甚至各执一词，在学术上毫不退让的来访者，朱熹是如此欢迎和高兴。他先是答应了陆九渊邀他写陆九龄——鹅湖之会上也是朱熹论辩的主要对手——的墓志铭，再是热情邀请这位学术上有异于己的学人留在白鹿洞讲学，这是怎样的胸襟！

陆九渊在白鹿洞书院讲述了孔子所言"君子喻于义，小人喻于利"，这个讲义我还没有得以拜读，据说当时是刻在石头上的，以让后人有所遵循。史传记载听课的学生"至有流涕者"，足见陆九渊的研究之精微，同时也体现了朱熹不以个人喜好取人，而更看重教育传承的本义，从而以一种开放的态度维护、营造着学术道统也是书院文化所应秉持的百家争鸣的气氛。

怪不得在书院几经磨折而最终重修落成之时，朱子有诗录记，其中"重营旧馆喜初成，要共群贤听鹿鸣"句，言志言情，而"深源定自闲中得，妙用元从乐处生。莫问无穷庵外事，此心聊与此山盟"则将"深源""妙用"的探求，与那个更为广阔的文化之山结下盟约。

对于书院的贡献，朱熹之于白鹿洞书院并不是孤例。

一一九四年，朱熹任潭州知府，第一件事便是兴学岳麓，有言为证："学兼岳麓，修明远自前贤，而壤达洞庭。"其使这座自九七六年建成，一〇一五年宋真宗亲书"岳麓书院"匾额，两宋之交又遭战火而张栻主教书院后起死回生的书院，真正获得了重生与鼎盛。岳麓书院之所以当时被称为颇有影响的四大书院之一，而今仍有"千年学府"之称，与朱熹的作为是分不开的。

而朱熹之所以对岳麓书院有感情，虽与广义的对书院职能之治心修身的认定有关，同时也有自己生命中一段重要的体验带来的深情。

一一六七年，历史上著名的"朱张会讲"就发生在岳麓书院。理不辩不明，所谓会讲，就是学术上的切磋研讨。

这一年，朱熹三十七岁，他前往理学家张栻主教的岳麓书院，想解决的是心中一直所惑的师说不一的《中庸》之义。这次会讲的盛况是记入了史册的，来的听众着实太多，据说书院中的水池都干了，而讨论到最激越处，"二先生论《中庸》之义，三日夜而不能合"。

一边是南宋"闽学"创始人朱熹"往从而问"的诚恳与谦逊，一边是理学湖湘学派代表张栻的坦率与认真，两人同登麓山观日，但在学术上和而不同。会讲内容涉及中和说、太极说、知行说等，我觉得内容随着时间的迁移似乎已不重要了，相比较而言，两人的学术风度与学者气度更令人崇敬。分歧时时存在，而分歧双方仍能在分歧时手手相牵，同观日出，这是怎样让人羡慕的一种景象！

张栻诗言："怀古壮士志，忧时君子心。"这种情景，这种境界，的确是对古之君子的最好诠释。可以想见，岳麓山下，湘江之畔，治心修身、经世致用，那讲不尽的天理、太极以及仁之要义，可以看作南宋理学不同学派间的相互碰撞、相互渗透。朱张会讲，对于中国思想史的影响之巨，难以衡量，语言的表述对于这场会讲而言几乎是无力的，但元代吴澄在《岳麓书院重修记》中讲朱张会讲的意义，我以为堪称绝响——"自此之后，岳麓之为书院，非前之岳麓矣，地以人而重也。"

"地以人而重"。我深以为然。

让我深为感动的是朱张两人在学术论辩之后，同游南岳，衡山的俊美与巍峨见证了他们间的惺惺相惜，你只有在历史中领略到这种志同道合的情谊，才能对之倍加珍惜。相知之深，都放在了《南岳唱酬集》中，张栻有《诗送元晦尊兄》，而朱熹也有《二诗奉酬敬夫赠言并以为别》，诗中"昔我抱冰炭，从君识乾坤。始知太极蕴，要眇难名论"，是对张栻学问的极高评价。的确，雪中登山的，还有朱熹的弟子林用之，三人的《南岳唱酬集》共一百四十九首，成就了南岳衡山的第一部诗集。

"昔我抱冰炭，从君识乾坤。始知太极蕴，要眇难名论"也好，"晚峰云散碧千寻，落日冲飙霜气深。雾色登临寒夜月，行藏只此验天心"也好，都让我们看到了朱熹对山水的热爱，对友情的看重。"我行二千里，访子南山阴"，朱熹所来与所得，是有一种对于厚意的感念的。这种对人的厚意里面，有武夷山赋予他的自然观做根基。

千古风流，日月可鉴。朱张会讲的讲堂里，还有"道南正脉"匾额，为一七四四年乾隆所赐，言理学南传之正统在兹。在此之前，一六八七年康熙御赐的"学达性天"，武夷山的武夷精舍也有一个，是说学问修为达到的至高境界。而岳麓书院的"实事求是"，则出自《汉书》"修学好古，实事求是"，言求真务实，方为学问根本。

这三块匾，已然将岳麓书院作为南宋理学重镇以及在中国书院史上的重要地位揭示得透彻明晰。岳麓书院之兴盛，在历史的长河中成为必然，儒学之复兴而至繁盛，以至于人以"潇湘洙泗"相称，此后，王阳明、魏源、曾国藩、左宗棠等，千年弦歌而不绝。如果我们倒一个线头的话，是由于一一九四年朱熹的到来，也是由于一一六七年的朱张会讲，更是由于一一六五年刘珙任安抚使而重修岳麓书院使之成为论学之地。是的，学术也好，文化也好，总是有一脉相承的链条的。而刘珙是谁？崇安人，其父刘子羽，正是朱熹的父亲朱松将少时的朱熹托付在五夫里的老师。

这可能就是文化代代相传的奥秘吧。五夫里！那个远在千里之外的武夷山，仍能通过某种奇妙的联系，对江西九江的白鹿洞书院、湖南长沙的岳麓书院发生某种作用，这只是历史的偶然吗？

朱张会讲，衡云湘水，朗月清风，固然开书院会讲之先河，其中求同存异、兼收并蓄之学风，也使得言行一致、务实崇真的理学精神借助开放包容之襟怀而拥簇者众。一路上走，我不断俯身于展开在面前的地图，仔细地看，深入地看。你会发现，从武夷山出发，有一个文化的辐射线；你会发现，从程颢、程颐去世的一〇八五、一一〇七年到一一三〇年朱熹出生之间，学术上有一空当期，但不多时间便为南移的学术发展填平；你会发现，那维系着学术道统不致断裂的人众，他们的讨论，他们的著述，他们的探寻；你会发现，张栻的岳麓书院、朱熹的白鹿洞书院、吕祖谦的丽泽书院、陆九渊的象山书院，这一个个地名如文化经络上的一个个穴位，而一个个儒士所进行的正是一场场的"输血"工作，是他们，让在历史上由于战乱而委顿的文化不致荒芜。

当然，俯身于地图上的你还会发现，那些已然为现代人所忽略、为蔓草所淹没覆盖的岳麓峰、赫曦台等，也许还有更多你没有去过也认不出的地名，它们不属于武夷山，甚至连大武夷山也装不下它们，但谁又能说，它们以及它们所包含的历史，真的与武夷山无关呢？

四

"千载儒释道，万古山水茶。"已经记不得这个句子最初出自哪里了。

被尊为"茶圣"的陆羽在世界上第一部关于茶的专著《茶经》中写到茶与土的关系，"其地，上者生烂石，中者生砾壤，下者生黄土"。意谓茶树生长以土质论，长在乱石缝隙间的为最好，长在沙石砾壤里的次一等，而最差的是长在黄土中的。

《茶经》还对煮茶的水质提出了要求，分出了等次："其水，用山水上，江水中，井水下。"并言："其山水，拣乳泉、石池漫流者上。"就是说，煮茶用水，山水为上等，江水为中等，井水最次。而用上等的山水，则要找钟乳滴下或山崖中流出的泉水。

陆羽对于煮茶的火也是有讲究的："其火，用炭，次用劲薪。"就是说，煮茶的火，用木炭最好，如果没有木炭，用硬柴火也不错。

好了。水之用，火之用，以及茶之生——武夷山丹霞地貌，茶园土壤由细碎石和风化石组成，疏松透气，烂石砾壤，提供了茶树生长的先天条件。从理论上看，所有的条件都已具备，武夷山得天独厚，有山泉，有劲薪，更有长在乱石缝隙中的茶树，可以说，几乎没有哪一座山能够同时坐享这样的地利。

关键在于，《茶经》所言年代，是先于武夷山茶名声大噪之时的。陆羽是唐代人，他不可能对于宋代之后才渐渐有影响以至于名声远扬的武夷茶有如上的判断，他所说的水、火与茶之生长土壤环境的话，都是在原理的意义上的。如此说来，武夷茶生长的环境之得天独厚，它的水、火、土之于最终到我们手中的一杯茶的关系，真是有些现实合于书面的意思。茶，存在于武夷山这样合乎于《茶经》的优渥环境里，也有如天助。

但是，只是有这些自然条件就足以令一方水土与茶建立起紧密的关联了吗？清人陆廷灿著《续茶经》，对唐以后的茶事加以续写，其中，提到了陆羽著作中并没有提到的武夷山。以这样的眼光看，武夷山的茶在唐代茶圣笔下能够"隐身"，是不是意味着武夷山在唐代对于茶还没有大量自觉的种植？陆廷灿《续茶经》书中讲到《随见录》里的"凡茶见日则味夺，惟武夷茶喜日晒"，并言："武夷造茶，其岩茶以僧家所制者最为得法。至洲茶中采回时，逐片择其背上有白毛者，另炒另焙，谓之白毫，又名寿星眉。摘初发之芽，一旗未展者，谓之连子心。连枝二寸剪下烘焙者，谓之凤尾、龙须。要皆异其制造，以欺人射利，实无足取焉。"关于"茶之造"的这段文字信息量足够大，我们将之简化一下，可以想见，陆廷灿所言要义，一在僧家的参与。僧家心静，对于茶的制法得其要领，没有功利；而禅茶一味的传统，也使茶之制成为一种修行的内容——足见佛教于茶道的影响。另一意在"岩茶"这一名词的出现，我没有考证当今岩茶之谓是否来源于此，但我想这一称谓现如今已经传开，也许与这部清人论著有一定的关系。

就在这部书中，在关于"茶之器"的研读中，我还发现一节这样的文字："茶鼎，丹山碧水之乡，月涧云龛之品，涤烦消渴，功诚不在艺术下。然不有似泛乳花浮云脚，则草堂暮云阴，松窗残雪明，何以勺之野语清。噫！鼎之有功于茶大矣哉。"这说明清代之于唐代而言，对于器物的看重，究其原因，我想还是因为宋代生活方式的改变以及审美观的形成吧。唐代还是宫廷美学占上风，而宋代由于茶的普及、城市化的进步，形成了相对广泛的市井美学。武夷山的茶虽在《茶经》中语焉不详，但唐末关于武夷产茶已有诗句，如"武夷春暖月初圆，采摘新芽献地仙"。而刻在九曲溪崖石上的"晚甘侯"也是宋人所命名的武夷山茶的别称。总之到了清代，《续茶经》中武夷山的茶已经跃然纸上，而且当仁不让，比如"茶之出"一节，读来几乎是满目武夷了。

武夷山的茶洞，我没来得及去，但《续茶经》中记有"茶洞在接笋峰侧，洞门甚隘，内境夷旷，四周皆穹崖壁立。土人种茶，视他处为最盛"。松萝法制茶，我只是听过，这次未有机会见，但在此书中，已有记载："崇安殷令招黄山僧以松萝法制建茶，真堪并驾，人甚珍之，时有'武夷松萝'之目。"建茶，即武夷山茶的早年称呼，我以为它是一个大的范围概念，但在我的印象中，它似乎也可与武夷山茶相互替换。

太多了。武夷之茶已是写满纸上，这与《茶经》形成鲜明对比，说明自宋以后，武夷山茶名气大增。证明是一个接一个，王梓《茶说》："武夷山周回百二十里，皆可种茶。茶性，他产多寒，此独性温。其品有二：在山者为岩茶，上品；在地者为洲茶，次之。香清浊不同，且泡时岩茶汤白，洲茶汤红，以此为别。雨前者为头春，稍后者为二春，再后为三春。又有秋中采者，为秋露白，最香。须种植、采摘、烘焙得宜，则香味两绝。然武夷本石山，峰峦载土者寥寥，故所产无几。若洲茶，所在皆是，即邻邑近多栽植，运至山中及星村墟市贾售，皆冒充武夷。"这说明当时武夷山茶已大量上市，由于受欢迎而已有冒充者出现。我读其文，想着岩茶与洲茶之不同，可能也是水土的细微区分使然。再有张大复《梅花笔谈》："《经》云：'岭南生福州、建州。'今武夷所产，其味极佳，盖以诸峰拔立，正陆羽所云'茶上者生烂石中'者耶！"这是说产茶环境的绝佳。还有《草堂杂录》："武夷山有三味茶，苦酸甜也，别是一种，饮之味果屡变，相传能解醒消胀。然采制甚少，售者亦稀。"古人对于武夷山所产茶的功能已有研究，并指出了采、售量少，物以稀为贵。

《随见录》谈武夷茶，"在山上者为岩茶，水边者为洲茶。岩茶为上，洲茶次之。岩茶，北山者为上，南山者次之。南北两山，又以所产之岩名为名，其最佳者，名曰工夫茶。工夫之上，又有小种，则以树名为名。每株不过数两，不可多得。洲茶名色，有莲子心、白毫、紫毫、龙须、凤尾、花香、兰香、清香、奥香、选芽、漳芽等类"。足见那时人们对于武夷茶的认识。其中的小种，那在山崖上的几株野茶树，我以为就是现在我们称的正山小种；而诸多带有果香花香的茶，可能就是各种岩茶了。

武夷山茶可以追溯到南朝，文字记载最初在唐朝，但名气大增的时期在宋代。宋代武夷山茶频频入诗，经范仲淹、欧阳修、梅圣俞、苏轼、蔡襄、朱熹等人的书写，驰名天下，以至于到了元明时期被作为贡茶。一三〇二年，九曲溪设有御茶园，十七世纪，武夷茶远销欧洲。

在御茶园中小坐，当我拿起面前的茶品味，与我对面相望的，是亚热带季风气候以丰富的水资源、适中的气温、充沛的雨水、富含腐殖质的酸性土壤所养育的树木林丛。陆羽曾说："烹茶于所产处无不佳，盖水土之宜也。"诚哉斯言。在不远处的五曲的茶台上，朱熹也曾与弟子把茶临风，在仙翁留下的茶灶石上，饮山岚风露，将自己亲手种的茶饮罢，在茶香中乘舟而去，我能看见他的衣衫在风中飘舞并倒映在水中的样子。五曲摩崖之上，还有"庞公吃茶处"刻文。说明当时临水吃茶也是一大赏心事。与朱熹同时期在武夷山生活的道人白玉蟾，更有《茶歌》咏之："味如甘露胜醍醐，服之顿觉沉疴苏。身轻便欲登天衢，不知天上有茶无。"

在四围都是原生林木的环境下饮茶，你会体会到此前在城市中任一个地方饮茶都不曾有过的心静。慧苑寺不远，但也要用些脚力才能走到。"客至莫嫌茶当酒，山居偏隅竹为邻。"朱子曾在寺中悟道，不知他的"静我神"几个字，是对茶而言，还是对山而言呢？

武夷山的植被物种十分丰富，而且在红壤层多生矮小的灌木，它们不与茶树争阳光，反而供给茶树非凡的营养，它们开出的花所产生的清香，在峡谷中久久氤氲不去，形成了茶叶特有的花香果香。我走在去看大红袍的路上，人们将之称为岩骨花香漫步道。两山之间，峰崖耸立，一道峡谷，谷底水溪潺潺，是从更高的山上流下来汇聚于此的吧。那山泉水中，只见细细小小的鱼——它们简直是透明的——在成群自由地游动。阳光从峰顶照耀进来，随着峰回路转而洒下点点斑斓，山谷里的风时时吹过，给行路的人一些清凉。大红袍母株就在这深谷悠长、水流不息中映入了眼帘，它们长在岩石壁上，抬头刹那，我想起的倒不是传说中从朝廷那里归来的士子为它们披上的红袍，而是范仲淹的一首茶诗："年年春自东南来，建溪先暖冰微开。溪边奇茗冠天下，武夷仙人从古栽。"

能够长在悬崖绝壁上的茶树，只能是"仙人"所栽了。

在这首名为《和章岷从事斗茶歌》中，我们看到了宋代武夷茶的兴盛。茶走入民间深层的方式，已不只是饮以解渴，而是成了一种市井文化，这种民间嬉戏的方式，不经意间深藏着的也包含有宋代文化由上向下的普及性。也就是说，文化已不只是一种精英所专有的东西，而在各个层面有了更广泛的空间、更开阔的意味。武夷茶给民众带来的生活乐趣，从这一点上可作考量。正如坐在御茶园中的我，茶、水、山、树都已具备，手中所缺的只是那标志着宋代以来美学生活化的日常载体之——一把建盏。

从燕子窠上来，走上公路，不远处便是抬头可望的遇林亭窑遗址。

遇林亭窑遗址地处星村乡燕子窠自然村和武夷山镇白岩自然村交界处的群山之中，二十世纪五十年代发现时共有六处，规模很大。分布在高星公路的东西两侧。山上可见大量松树，原山谷有小溪，水、木皆备，可能所需的只是火了，松树用来烧窑，溪水用以淬火。但走到山上窑址，我还是着实震惊了，从山下蜿蜒到山上的龙形古窑，深黄颜色的土，夯实的土，经过了烈火的土，兀自立着的土。在站立着的土中间，是瓦的碎片，更确切地说是盏的碎片，它们叠摞在一起，与土粘连。它们来源于土，经了水火，经了古代工匠的手，更经了漫长的岁月，而向我们敞开一段艺术史上的秘密。

我曾说过，古代的工匠就是他们那个时代的艺术家。今天，我仍坚持这样的观点。不然，怎么会有那些神奇到没有一颗钉子的建筑？怎么会有在不同光线下变得五彩斑斓的建盏呢？艺术家并不是高高在上的人，而只是将生活中的物事做到美、做到极致的人啊。比如在我对面的孙建兴和他的女儿孙莉，他们一直致力于对宋代建盏艺术品和工艺的复原、研究与创造，他的院子里就有一座自盖的柴窑。他们父女对于中国非物质文化遗产保护的最大贡献，就是让这种千年以前的艺术活下去，活在我们今天的文化里。一边采访孙老师，一边从窗子望过去，那座柴窑沉默着，它还需要一些时日的降温才能开启。这次来，无法目睹大师的最新作品了，但从小孙老师忙碌而单薄的身影里，我又分明感到了薪火相传的意义。

莲花峰下的遇林亭窑，依山坡而建，或七十五米长，或百米多长，专烧制黑釉，也有青釉瓷，碗、盏为主，一次能烧五万到八万件瓷器。这里烧制的描金、银彩黑盏，证明了当时极高的工艺，而后来日本瓷器历史之开端，也是南宋嘉定年间随道元禅师的加藤四郎等从建窑学艺，并将其带回日本。今天在日本东京静嘉堂文库美术馆、大阪藤田美术馆和京都大德寺龙光院以及日本永青文库，都还收藏着宋代的"曜变天目"茶碗和茶洋窑的"灰被天目"茶碗。在日本茶道师能阿弥、相阿弥所著的《君台观左右帐记》中，我们读到了对于这些原产自中国的艺术品的介绍，大意如下：

曜变为建盏中的无上神品，乃世上罕见之物，其地很黑，有许多浓淡不同的琉璃状的星斑。另外，还有黄色、白色以及浓琉璃色和淡琉璃色等色泽互相交织，形成美如织锦的釉。相当于价值万匹之物也。

油滴为第二重——其地也很黑，盏心和盏外壁都呈现出许多淡紫泛白的星斑。存世量比曜变要多，价值等同于五千匹之物也。

星盏，不如油滴，其地釉发黑，色泽带有类似金子发光的效果。和油滴同样，也有带星斑的。价值等同于三千匹之物也。

乌盏，形似兔盏的样子。土釉与建盏同样，形状有大小之分。价廉。鳖盏，与天目茶碗的质地一样，釉色泛黄且发黑，有花鸟及其他各种纹样。价值千匹之物也。

玳皮盏，也与天目茶碗的质地相同。釉色黄中带橘色，盏内外布满淡紫色的星斑。廉价。

天目，众所周知，以灰被为上品，不是公方的御用之物。

其中可以确定的是，曜变、油滴、灰被天目均产自建窑。

我想起自己近年对建盏的追踪，始于几年前在福州"三坊七巷"的漫步，价高所造成的犹豫，让我并没有购得。到了二〇一八年年底的一次西双版纳之行，在我居住的酒店里有一家工艺品店，一向对旅游地的工艺品不太上心的我，这一次被一个建盏迷住了。待取出来，那炫目的五彩，如虹一般，上面竟兔毫与油滴都有，蓝色放射出荧光。反过来看，盏底刻的是作者姓名，我记住了——吴立主。因为太喜欢，便讨价还价，最终还是买了下来。回北京后以之饮茶，但一次搬家，不慎碰裂，那一刻我的心都有行将碎裂之感。也许是这个原因，我在行囊中带上孙建兴先生所赠《品味建盏——建窑系列建盏恢复研究》一书，踏上了赴建阳的旅程。

是修复、续缘？是寻根？还是朝圣？我说不清楚，但此行改变了我的艺术观已成必然。

毫无疑问，我遇见了一个更大的世界。或者说，一个后山的世界向我打开了门。在这里，我遇见了孙建兴的弟子，还有更多的做建盏的艺术家。我了解到建盏制作的方法。单从工艺上讲，建盏的制作就要经过选瓷矿、碎土、淘洗、配料、陈腐、练泥揉泥、拉坯、修坯、素烧、上釉、装窑、焙烧、出窑十三道工序。我才知道，只有这里特有的含铁量极高的泥制造出来的盏，才能称之为建盏；我也才知道，我原来购得的曜变建盏，那些斑斓夺目的图案根本不是艺术家画上去的，而是火与土与水的再创造。我还记得我看到装窑前竟是同一种釉色的盏排列在那里，惊奇得说不出话，惭愧于刚了解到"入窑一色，出窑万彩"。同样的窑，同样的土，同样的胎，同样的釉，同样的烧制，但出来的是完全不同的不可思议的艺术品。

一位名叫光明的工艺师告诉我："从来都是我做一半，天赐一半，而天赐的那一半，只可遇见，不可预见。"这是多么哲学的讲说啊。宇宙、星空、霞光、霓虹，同样的釉，居于不同的窑位、不同的天气、不同的季节、不同的温度，它们最终的呈现绝不相同，这是真正的窑中作画，是天意和神变。光明，的确是修来的，修炼一事，不仅在古代学者那里如此，在今天的艺术家这里更是如此。

如此看来，我们拿在手中的盏也不简单呢。

也是在这里，我第一次看到民间"大观点茶"还原了的宋代点茶。那可是宋徽宗《大观茶论》和蔡襄《茶录》中的步骤啊，从炙茶、碾茶、罗茶、灼盏到点茶、品尝，最后端过来的茶盏里的汤花是乳白色的。能够回忆起来的关键程序大约是，将研细后的茶末放入茶盏，先冲入少量沸水调羹，再慢慢注入沸水，用茶筅击拂，调匀后饮用。

茶兴于唐而盛于宋，所言不虚。我是徐徐饮尽的，当茶汤从我齿间缓缓进入身体，最先跳出来的句子便是："茶色白，宜黑盏，建安所造者绀黑，纹如兔毫，其坯微厚，熷之久热难冷，最为要用，出他处者，或薄或色紫，皆不及也。"蔡襄的书写历经历史的风尘，在这一刻真是走入了现实中。但无论是范仲淹的"黄金碾畔绿尘飞，碧玉瓯中翠涛起"，还是杨万里的"鹧鸪碗面云萦字，兔毫瓯心雪作泓"，更有陆游的"活眼砚凹宜墨色，长毫瓯小聚茶香"，其中所提到的"瓯"，最终要装的还是茶。

而茶之所得，同样不易。

诗里总是色香味俱全，茶人做茶则是与时间比赛。

我来武夷山正值暮春，谷雨之后，正值武夷茶人最忙的季节。最初进到茶庄，一股深重好闻的香气扑面而来，我以为是院子里的香樟木——那里陈列着几尊大型木雕——发出来的。友人讲，哪里，这是只有这个季节才有的做茶的香气，这种茶香弥漫到空气里，你呼吸进去，是可以治病的。我还从未有过这样的经历。果然是精神振奋的。而在赤石，夜晚探访一家做茶世家，与友人们在厅堂喝茶的间歇，跑到后面的茶作坊，看到他们一家正赶时间一样地做茶，怪不得与我们说话的年轻茶人已经鼻头上火红肿，说这样日夜做茶已经连续几天，接下来的还要赶紧做出来。而在另一茶厂，一位当家人与我们一边讲话，一边不忘到院子里与伙计们交代要怎么怎么样。他们都是在赶茶时啊，时时刻刻，茶提醒着他们，而与我讲话都只能三言两语，对此，他们的言谈中不无歉意，但真正应有歉意的该是我。就是在九曲溪这样幽静的地方，我也看到溪上的茶船摆过，一袋袋的茶青被采摘下来，运出去，如果误了工，便是辜负了一年的光景呢。

茶的制作，并不比盏的制作简单。当然茶的品种不一，制作工序也有差别，以大红袍为例，就包括采摘、萎凋、做青、炒青、揉捻、初焙、扬簸、晾索、拣剔、复焙、团包、补火、毛茶、装箱等多道工序。茶叶就是如此，就是说，当我们沉醉于"黄金碾畔绿尘飞，碧玉瓯中翠涛起"时，其实有那么多人为了这生活的诗意而付出艰辛的劳作。

心手之间的奥秘，只有真正沉入这一劳作的人才能体味，正如经由水火土木而放在我们面前的这一只盏，它俊逸的背后所凝结着的艺术家的智慧，又岂是外人所能轻易猜测和悟得的。

一盏一孤品。就是找到吴立主，我也再不能寻到和以前那只已经碎裂的盏一模一样的了。盏因茶而生，因茶而盛，两者相依相随，成就了宋代被茶学界称为"龙凤盛世"的时代。

不远地方的水吉窑我这次终究未能走到，它作为遇林亭窑之前的"鼻祖"，最长达一百三十六米，堪称世界之最。只有留待下次拜访了。

"曜乃日、月、星辰之光，变乃色彩变异之意。"于时间光色中，曜变的又岂止是盏？茶中乾坤，是一点儿也不亚于它的容器的。

我在武夷山星村、桐木关一路，在正山小种诞生的源头见到的茶人，他们虽居山林，但襟怀世界，要做最好的茶，使武夷山茶能够在世界上占有重要的一席之地。我知道，早在十七世纪，红茶就已通过海路运往欧洲，还出现在拜伦《唐璜》的诗里，而真正使英国人彬彬有礼并参与改变他们日常生活礼仪的，还是中国红茶。当然武夷茶运往欧洲并不止这一个海路，另一个已经开始引起研究者重视的"万里茶道"，走入了人们视野。我在下梅村，看到气势恢宏依旧的邹氏祠堂对面的梅溪，有些恍惚，我无法想象如此清浅的水，在当年能驮起如此众多沉重的船只，而下梅还只是万里茶道的起点。下梅、赤石我一一走过，可以想象，从下梅村一路北上，那些武夷山产的茶，辗转于（中国）武夷山—江西铅山—信江—鄱阳湖—九江—长江—湖北武汉—汉江—襄阳—河南唐河—社旗—洛阳—山西晋城—长治—祁县—河北张家口—内蒙古呼和浩特—（蒙古）乌兰巴托—（俄国）恰克图—莫斯科—圣彼得堡—欧洲。

想到这里，我忍不住笑了一下。二〇一九年秋天我在圣彼得堡一家品牌专卖店购得一对茶杯，这种一七四四年由伊丽莎白皇后创立的皇家罗蒙诺索夫瓷器厂生产的杯子，一定也斟满过武夷山出产的茶。

这走过了千万里的茶，这经过松木之火与山溪之水锤炼的盏，谁说不是受惠于武夷山上的一切的呢？它们的灵性与仙气，谁说与我未全部见过的至今仍然生长于山上的五千一百一十种动物、三千七百二十八种植物无关呢？谁能说它们与我在武夷山刚刚认识的钟萼木和还没有见到的金斑喙凤蝶无关呢？

当我站在晒布岩面前，站在"壁立万仞"四个大字面前，我知道我还会来。正如那位我并不认识的远在他国的女士说的那样——如果我在世界上迷了路，请把我送到武夷山。

而我所等待的，正是再一次的上路。

去武夷山！

原载《人民文学》2022 年第 2 期，有删节

土地上的睡着和醒来

刘亮程

一

我想从我现在生活的一个叫菜籽沟的村庄讲起，结合我多年的文学写作和我对家乡故乡的思考，聊一聊乡村文化体系中人的生老病死及对死亡的宽厚理解与温暖安置。我把生命的两种状态：死与生，表述为土地上的睡着和醒来。这是诗意的表达，也是乡村文化中生死如常生生不息的精神。

2013 年我偶然在新疆北疆的行走中发现了一个叫菜籽沟的村庄，当时这个原有四百多人的村庄半数已空。这跟中国许多空穴乡村一样。那些有人住的房子里大半住两个老人，过一段时间走掉一个，剩下一个被儿女接走，这个院子就空了。当时正好赶上一户人家在拆卖院子，一个百年老宅院，几千块钱就卖了，被人拆成木头拉走。剩下的就是一堆废墟，一个家族或者一个家庭延续百年的烟火就此中断。在这个村庄，可以看见一个又一个家的废墟在荒草中。没荒的院子里的生活还在往下过。但我知道那样的生活过不了多久，因为人在老，在走。那些老房子也在陪人老，在朽。因为年轻人都外出了，村里多少年没有出生过孩子。我们菜籽沟村所在的英格堡乡，户籍人口六千多，实住三千多人，每年出生两三个孩子，去世的人比来世的人多。这些年搞新农村建设，搞乡村振兴，倒塌的老房子拆了盖新房，走坏的路铺柏油。村庄的面貌换新了，但还是一村庄老人，他们不能重返青春。眼见的是山坡上的墓越来越多，荒掉的地越来越多。

这样的村庄看似是无望的。

但我却喜欢上这个村庄。它太像我离开多年的家乡了，甚至比我的那个破落在沙漠边上、让我度过童年少年时期的村庄更像我的家乡。它更丰富，或者说它更像我在唐宋诗词中读到的乡村。一条小河穿过山沟，人家疏朗地居于小山旁、树荫下。山高矮适当，能挡风又不遮阳压人。沟宽窄正好，从山梁上喊一声，对面山上的人能听见，鸡鸣狗吠相闻。还有就是村里的老旧房屋。老与旧，在我这个年纪，能看懂旧也喜欢旧。似乎我要下决心陪伴这些老旧的事物破败到底。

记得看过这个村庄回到县城后，我在宾馆连夜写了一个方案，第二天一早给县委、县政府领导汇报，我们想在这个村庄做点事。怎么做？我们先抢救性地把农民要卖要拆的老宅院收购了。收购来干什么？号召艺术家来认领这些老宅院，保护性地改造后做工作室，在这个老村子创建一个艺术家村落。方案得到了县委领导的大力支持。

我那时候有一个工作室，做地方旅游文化策划。回到乌鲁木齐后，我很快带着几位助手下来收购农宅，我们没去的时候一座农宅还是几千块钱，就是卖一车旧木头的钱，我们一开始收购立马变成几万块钱。即使这样我们也收购租赁了三十座农宅，很快有十几位艺术家入住村庄，建起了工作室。因为艺术家的入住，这个村庄多了一个名字：菜籽沟艺术家村落。

我们收的最大一个院子是 20 世纪 60 年代的老学校，是中学，在十年前荒弃，当了羊圈，这个羊圈现在变成了木垒书院。

我们在县上的支持下设立"菜籽沟乡村文学艺术奖"，每年一百万奖励一个艺术家，奖励的对象是对中国乡村文学、乡村绘画、乡村音乐和乡村设计有杰出贡献者。第一届乡村文学奖，奖给了贾平凹先生。第二届奖励乡村绘画，奖给了大地艺术画家王刚先生，他也被我们邀请在菜籽沟住了几年，在我们租来的一块山坡地上做大地艺术。我们最初的构想是，承接西域岩画和佛窟壁画传统，在山坡上做人头画。每一个头像都有上百亩地，算是中国最大的头像了。我们把这些人像刻画在那个荒弃的山坡上，想用这一山的人像把走远的人喊回来。我当时进入菜籽沟村时，还很有点抱负。我提出"让文学艺术的力量，加入这个村庄的万物生长"。村庄尽管衰败，尽管有一半人已经离开去了他乡，但村庄的根基还在，文化习俗尚完整。因为有作家和艺术家的进入，有文学艺术的召唤，我想那些走远的人会回来。

事实上村里走掉的人并没有回来，倒是来了不少游客。每年游客数都在增加，如今这个曾经荒寂的村庄已经很热闹了。我们来时只有一个小商店，现在开了几十家农家乐。当地政府非常重视艺术家村落的发展，几年来给这个村庄投入了不少资金做基础建设，现在菜籽沟村已经是木垒的一张旅游文化名片，文学和艺术的力量，确实改变了这个村庄，使它和周围村庄都不一样。

我们和王刚先生做的大地艺术，整个一座山全是人，我们将它命名为大地生长艺术，那些人像大地上的生命会生长，会随四季变化，它们既是过去的走掉的人，也是现在这片土地上到来的人。

二

我是在五十岁时入住到这个村庄，它不是我的家乡，我只是在此养老。虽然老还尚远，但是在乡村文化体系中，养老从来都不是年老以后的事，人们早早从青年时代就开始养老，琢磨着老，在中年时就开始安排老。老一直陪伴左右。你很小时，爷爷奶奶已经老了。成年时父母开始变老。你看够家人和别人的老，然后才看见自己的老。

我没有看见我父亲的老，他在我八岁、他自己三十七岁那年不在了。后来我有了一个后父。

记得我十六岁那年，有一天，后父把我和我大哥叫到一起，很郑重地给我们安排一件事。后父说，我已经五十多岁了，你们两个是家里的长子和二子，你们该为我的老去做一件事了。后父的意思是让我和大哥去为他定做一口棺材，放在院子的柴棚下面备着。在我们村里，人到了这个年龄，送走了父母，前面再无老人，变得光秃秃的只剩下自己的时候，就可以说自己老了。父母在的时候没有资格去老，你还是一个要养老的儿子。一旦父母离世，人生朝向未来的那个面就再无遮风挡雨的墙了，你迎面而来的是从老年吹过来的寒风，这时候一个父亲就开始为自己准备老房，老房是要儿子去准备的。

当时我和我大哥都觉得不可思议，我们才十几岁，就要去给看上去还很年轻壮实的后父准备老房。其实村里家家户户都准备有老房，就摆在柴棚下面，主人还不时地会躺进去试一试长短、宽窄、舒不舒服。就这样五十多岁时准备老房，一直到八九十岁，可能人还活着，棺材在慢慢地腐朽，慢慢地走形。这期间，若有先去世而没来得及备棺材的，木匠做又来不及，这个棺材可以借出去。这被认为是好事。

记得后父给我们安排过几次，要我们为他准备老房，但最后也没能如愿。我后父是在前年去世的，他去世时已经八十九岁，他走的那天下午我在乌鲁木齐。听母亲说，到半下午时后父把所有的衣物打包，然后在那儿自言自语说要走了，说马车已经来了，他听见马车的声音了，来接他的人在路上喊。我母亲说你活糊涂了，现在哪儿有马车，马车早都不让进城了，村里也早没有马车了。结果两个小时后，我后父不在了。

后来我就反复想他在临终前听到的马车的声音。尽管我们把他埋在了县城边的公墓，但是我想我父亲的灵魂一定是乘着那辆来接他的马车，回到了沙漠边那个叫太平渠的村庄，那是他的家乡。

三

我在菜籽沟第二年，遇到了一个老太太的死亡。这个老太太住在我们书院后面的路边，每次我开车经过的时候，都看见她靠着西墙根在晒太阳，她长得慈眉善目，干干净净，很清高的一个老太太，一点不像是从土地里摸爬长老的。我想哪天方便了闲了，去跟这个老太太聊聊天、说说话。这个老太太的脑子里，或许装着这个村庄所有的事情。但是，这样的机缘永远错过了。那天我开着车回菜籽沟，突然发现沟里面停满了车，从车牌号看，有本县的，有州上的，还有外地的。打听才知道那个老太太不在了。这么多的人来给一个村里去世的老太太送葬，他们或许是这个老太太的亲戚，或许是她儿子的朋友，或者是沾亲带故的早已忘记这个老太太的远亲。我想，这些人在老太太活着的时候可能都不会来看她，老太太在村庄里的生活跟他们没有关系。但是，当老太太去世的时候，她的死跟远远近近的这些人有了关系，他们远道而来，奔赴一个村里面没人注意的老太太的死亡。

我们中国人讲究死为大，生是自己的，只有死才是一个村庄、一个家族、一个地方的事，只有死才能把那么多人召唤过来。当我站在这个老太太的葬礼上，朝她的一生去回望的时候，会发现这个老太太在她的一生中，有许许多多的人生礼——从出生礼、成人礼到婚礼等等。所有的人生礼可能都不如这个葬礼隆重而宏大，仿佛老太太一生所有的人生礼仪都是为这场葬礼而做的预演。从落地的那一天开始，走过漫长一生的寂寞与喧哗，走过一生的贫穷和富裕，走过有儿女相陪伴的快乐和老年独处的漫长寂寞。当她断了那一口气的时候，她的人生、她最后的死亡成了村庄的一件大事。这样的死亡会发生在村庄，发生在县城。在乡村大地上，所有的人都在这样生，也在这样死。

由此我想到我们逐渐衰落的乡村文化中，死亡文化还在起着作用。那些离乡的游子，他们还是把最后的死亡礼留给了家乡。我在菜籽沟村遇见过已经居住在城市，去世后回葬在村里的。村里有祖坟，那是亲人最后的居所。那些还在恋土的在城市生活的乡人，知道家乡还给他留有一块墓地。家乡还有一群人在默默地生活，即使再走掉一半人，剩下的人还是要生老病死，那些陪伴生老病死的乡俗便不会消失。这是菜籽沟村的希望，也是我们乡村文化传承下去的希望。在菜籽沟村，这样普通但又隆重的葬礼，让我这个异乡人仿佛回到了家乡，一个共同文化风俗中的家乡。

四

真正地让我理解和认识家乡是我回了一趟老家。写完《一个人的村庄》之后，我一直想给我的先父写一篇文章。我八岁的时候父亲不在了。母亲带着五个孩子在村里艰难度日，父亲死后给母亲和我们留下了无尽的苦日子。我一直想写早逝的父亲，但是当我落笔的时候，竟想不起父亲的模样，不知道他在我的幼年对我做过些什么，说过什么话，我甚至想不起来他是不是抱过我。这样一个八岁之前的父亲，被我忘得干干净净，家里面一张照片都没留下。这样的父亲如何去写，但是又不能不写。每年清明到坟上去给他烧纸，磕头。女儿渐渐长大的时候也带着女儿去，指着那个墓碑上的名字说，这是你的爷爷，女儿更加不知道她曾经有这样一个爷爷，安睡在土地下的爷爷。

直到有一年我带着母亲回了趟甘肃老家，我觉得我一下子知道了故乡是什么，我也从关于家乡和故乡的思索中突然找到了那个沉入时间和遗忘深处的父亲。

那是母亲逃荒到新疆四十年后，我带着她第一次回甘肃金塔县山下村。村庄尽管经过了新农村建设改造，但还保持了传统建筑样式，家家都是四合院。我带母亲找到叔叔刘四德家。院门进去，一方照壁，照壁后面是堂屋，那是一间供奉祖宗的屋子。

叔叔家的房子在村里算中等的，但堂屋修得比其他房子都高，都讲究。叔叔先带我们进堂屋给祖先进香磕头。祖先的排位整齐地立在正中的供桌上，看过去全是刘姓名字。供桌上还放着一大盘蒸好的大馒头。平时家里做了好吃的会端过来先让祖先品尝，祖先品尝了再端回去给家人享用。家里出了什么事，家长会过来给祖宗磕个头，念叨念叨，已经变成一个名字牌位的祖先会听，还在活着的人也会听。

我们现在不管是农村还是城市，人们居住的建筑空间中，都没有祖先的位置了，所有的空间用来盛放物质了，没有一个地方安放祖先和精神。更不会有一个隔世的祖先听你诉说，当然也就没有了祖先神灵的佑护。

我就是在这个堂屋中看到了我们家的家谱，从四百年前记起，我的刘姓祖先一个一个排列下来，排列到我父亲时停下来。那个家谱写在一张大白布上，名字排列的形状就像一棵大树，先由一个祖先开始，逐渐地开叶展枝，家族的阵容越来越大。看到白布下面的空白时，我突然停住了。我想多少年后，我的名字会跟在父亲名字的后面，写在这个家谱中，我的牌位也一样会插在父亲牌位的前面。当这个叫刘亮程的人，有一天突然断了呼吸，成为一个名字，所有的喊声到达不了他那里，他也再不回应人们对他的呼喊，那时候，这个名字就归到刘姓祖先的序列中。他只是作为一个名字存在，跟祖先的名字排列在一起。时间再往后推移，这个名字会越来越后，越来越远，因为前面不断有新的小辈加入。等推后到一定程度，过了五服或更远的时候，这个名字在族谱中就没有了，并入到了祖先中，多少代以后的先人统称为祖，剩下的就是他的子孙，也会在多少年后归入到祖先的灵位中。

五

看完家谱后，叔叔带着我们去上祖坟。刘姓在那地方还是个大家族，后来家族太大，分成了两拨，一拨离另一拨越来越远。我们家的祖坟也因为村里平整土地，让家家户户都把自己家的坟迁走。我叔叔就把祖坟迁到自家的耕地中间。在我老家，家家户户的坟都在自家的耕地中间。因为没有单个的地方再让这些亡人去占地了，每一家的几亩地中间有一块不长庄稼的地方，长着一些荒草，起着几个墓。家人干活的时候会把农具、吃食和带的水放在墓地旁，活干累了想歇息一会儿的时候，从那个长着庄稼的地里走出来，坐到那块不长庄稼的只起着几个土包的墓地上喝水，吃馍馍，聊着天。

叔叔把我带到坟地后，一一地给我介绍这些墓的主人。叔叔说我们家的爷爷辈以上的祖先，因为太多不能单个起坟，只有归为一处，尸骨归到一个墓里面，立碑叫祖先灵位。我上了香磕了头。叔叔指着祖先灵位后面的墓说，亮程，这个是你二爷的墓，你二爷因为膝下无子，从另外一个叔叔那儿过继过来一个儿子，顶了脚后跟。以前我不知道顶脚后跟是怎么回事，经叔叔那样一指才突然明白。原来一个家里父亲死了，他的脚后跟后面会留一块墓地，留给儿子。等到儿子也去世了，会头顶着父亲的脚后跟下葬在后面，这叫后继有人。所以后继有人的那个人，不是地上活着的人，是已经归入土中、头顶着父亲的脚后跟的那个人。

然后我叔叔又指着旁边我爷爷的坟说，你的爷爷也是只有你父亲一个独子，你父亲远走新疆，逃荒新疆，把命丢在新疆，但是那个地方还留着。你爷爷的脚后跟后面就是留给你父亲的。我叔叔又指着后面那一小片空地说，亮程，这个地方就是留给你的。

这句话一说，我的头突然轰的一下炸开了，我从来没有想过死亡的事，也从来没有想过自己百年后会归入哪里，因为那时候我四十岁，感觉生命终点还远。尽管不断地看到别人在死，也经常给亲友去送葬，看到一场一场的死亡都跟自己没有关系，都是别的人在死，从来都没考虑自己也会死。但是你不考虑的事你的老家在给你考虑，你的那个远在甘肃酒泉金塔县山下村的刘姓家族在为你考虑。当他埋你爷爷的时候，早已在爷爷的脚后跟后面留下了你父亲的位置和你的位置，因为那样的脚后跟是不能空的。

这就是乡村文化习俗中我们每个中国人的死。当你在那样一个村庄度完今生，归到自家那一块不长粮食的地中间的时候，你就回到了一个类似于天堂的地方，那是所有的祖先归入的地方。

当我想到百年之后归到我叔叔家的那块地中间，葬在那样的厚土中，跟祖先归到一处，这是一个多么好的去处。坟头旁就长着自己家的麦子玉米棉花，作物生长的声音会传入地下，那个地方离村子也不远，高高垒起的坟头跟村庄的屋顶和炊烟相望。鸡鸣狗吠时时入耳，听人们的脚步声，在四周走来走去，走着走着有一个亲人走来了，头顶在你的脚后跟后面。这样的归宿是多么让人踏实。它在我们还小的时候，还在青年、壮年的时候就通过那些老了的人和已经去了的人，把这样一个死亡的归宿告诉你，让你别无选择也无须做别的选择。

你在那样的乡村生活中，感到生命的开始和终结都是有数的，是可以想象且容易到达的。我们这个民族可能没有给我们创造一个像佛教和基督教那样的天堂，但是它用乡村文化体系给我们在厚土中安置了一个归处，这个归处已经近似于天堂了。这个天堂在地下，也在天上。

六

从老家回来之后，我在很短的时间里写出了《先父》那篇文章。我把那个被我遗忘得干干净净的父亲找了回来，从我老家的那个祖坟中找了回来，从那个族谱中找了回来，从我的叔叔对他的隐隐约约的言说中找了回来。我跟那个已经去世多年、想不起他容颜的父亲，有了一种精神和血脉的关系。《先父》这篇文章的第一句是："我比年少时更需要一个父亲。"就这样开始写，写我人到中年的时候对父亲的渴望，尽管很小的时候父亲不在了，家里的顶梁柱断裂，一家人在那样一个村庄中艰难生活，那时候年幼无知，还感觉不到丧失父亲的痛和缺失。但是，当我到了中年之后，突然觉得那个父亲给我留下的生命的空缺太大，使我早早地就暴露在那个没有挡风墙的岁月和时光面前。记得我三十多岁的时候就想把《先父》这篇文章写出来，尤其是到三十七岁那一年，我说我这一年一定要把关于父亲的这篇文章写出来。我父亲是三十七岁不在的，我想过了三十七岁这一年，我就比他都大了。那时候我会一年年地大过我的父亲。到我五十多岁的时候，再回想那个三十多岁去世的父亲，他永远停在三十七岁，我为他去过那个老年。我把他没有到达的老年一点点地过下去，我给他长胡子，我给他长皱纹，我给他长年龄，把他停下的那个岁数一直长到五十多岁，长到七十多岁。但是我的生命参照在哪儿？若家里有个老父亲，你会知道老是什么，你三十岁的时候你父亲五十多岁，你的父亲在把五十岁的生命活给你看；你五十岁的时候你的父亲七十多岁，他是一个老的向导，他在前面引路，让你往老年走，他的老也是你的老。等到他终于老到该去那个世界了，作为一个儿子，你为他体面地办一场葬礼。父亲去世以后，剩下的岁月就是你自己的了。家里面最老的那个人已经离世，你的老在一点一点地到来。你在前面又在替你的儿女在老，你的儿女在你的老中学会接受衰老，最终学会接受死亡。

七

我们就是在这样的乡村文化体系中学会了如何衰老和死亡。我的文学写作中也浸透了这样一种生和死的观念。我在《一个人的村庄》这本书中写到了许多死亡，在我新近出版的长篇小说《捎话》中，从头到尾都在写死亡。因为有这样一种乡村文化的死亡对我的教育，或者死亡对我的关怀。我写的所有的死亡都是温暖的，都是不恐怖的。一个作家需要去体验生活，更需要去创造和创生出高于生活的自己和他人的死亡。那样的死亡不是断气之后、闭眼之后就把人生草草结束掉。我们从乡村的祖坟和族谱中看到的死亡是一个悠长的延续，是接近于永生的死亡，是不死。当此生的生活结束，彼生开始，那是一种在族谱和祖坟中的生活，是在那个黄土之下，去世的人时时被活人念起，时时又回来参与我们的生活和精神。

我在《一个人的村庄》中有一篇文章，叫《空气中多了一个人的呼吸》，写一个孩子的出生，在他降生的那个夜晚，因为一个人的降生，整个村庄，这片大地上的空气被重新分配了一次。多少年后这个孩子经历自己的生老病死，又悄然地离开村庄的那个夜晚，这个村庄的空气又重新分配了一次。他断掉的那一口气被一只鸟或者一头羊，或者被多年后再出生的一个孩子稳稳当当地接住，开始延续。那一口气是如此漫长，在一个生命的呼吸中断掉，又被另一个生命接住。

我还写过一只甲壳虫的死亡，在春天的田野上，我躺在一只四脚朝天、眼看就要死亡的甲壳虫旁边，等待它一点一点地死去。它最后的挣扎是那样的长，它黑色的小腿，一下一下地蹬着天空，什么都蹬不到。它也翻不了身，那只甲壳虫，当它最后一动不动的时候，我写了一段话，我说在这个春天的原野上，别的虫子在叫，别的鸟在飞，大地一片复苏的时候，在这只小甲壳虫的眼睛中，世界永远地暗淡了。世界的光芒，世界的白天和黑夜，在这样一个生命的眼睛中消失了。世界因一只小虫子的死已经泯灭了一次。

我还在这本书中写了一头牛的死亡，它被人宰杀的过程，它的肢体，它的肌肉，它的蹄子，不知道生命已经结束，还在本能地抽搐、伸展。

我也在长篇小说《凿空》中，写了那个时代一种叫毛驴的动物的大规模死亡。那个年代我所居住的新疆，还有成千上万的毛驴在拉着驴车，在驮着人，在乡村大道上来来去去。驴是人最好的帮手，是人的亲戚和邻居。每家的院子里面都拴着一头或两头驴，驴圈挨着人的房子，晚上出门，家里的院子里会有一双驴眼睛在跟你打招呼，在星光和月光下泛着幽暗的光在跟你说话。从地里回来家里会有一个活畜在院子的角落里对你鸣叫，给你跺蹄子。但是，家家都拥有的毛驴后来被三轮车替代了。政府倡导用三轮车替代毛驴车，说毛驴太慢，阻碍了当地的发展。一千头一千头的驴都去了哪里？去了阿胶厂，被熬成了阿胶。现在时间过去了十几年，我又回到南疆那些乡村去调研的时候，那些农民开始怀念失去的驴了。农民说几千块钱买一辆电动车，用两年变成一堆废铁。不像以前的毛驴，养几年生几头小毛驴，家里又多了一笔财富。电动车不会生小电动车。以前进到院子总是能看到家人之外的另外一种动物的眼光在跟你打招呼，在跟你问好，现在回到院子只有老婆和孩子的眼神在看自己。《凿空》写毛驴从大地上消失的那个年代，写驴的叫声在尘土中不再升起的那个年代，还写当人们把毛驴这种动物从生活中删除掉，人的世界中只剩下人的时候，人的生活变得多么的荒谬和不可靠。人的生活只被人看见。而在以前毛驴遍地的乡间，除了人的眼光，还有一种非常重要的驴的眼光在打量人世，在侧着头、眯着眼睛看人世，在竖起长长的耳朵听人的声音。那时人的声音和世界是可靠的，是毛驴见证的。当这样的眼睛从人间消失，当人不能证明人的存在，当我们的生活中就只剩下人和人孤单的相望，人的世界便真的荒谬了。

我新近出版的长篇小说《捎话》，贯穿始末的死亡书写，是我从那样的乡村文化中得到的死亡的滋养。我把每一个死亡都写得那样的悠长，我不认为一个生命从闭上眼睛、断掉呼吸的那一刻，便结束了一切，死亡就变成了一个冰冷的存在。死亡依然有其生命，文学要创生出自己的死亡，要创生出生命之后的那个更加隐秘、更加温暖、更加璀璨、如花盛开的死亡。那样的死亡在我们的传统乡土文化中曾经存在。我们曾经有一个地上的家乡和归入祖先的厚土中的故乡。在我的观念中，家乡在土地上承载你的今生，故乡在厚土中接纳你的灵魂和来世。那个在厚土中一代人头顶着另一代人的脚后跟、延绵不绝的归处，是我们灵魂寄居的真正的故乡，也是温暖的天堂。我的文字也是朝着这样的故乡在书写。

原载《广西文学》2022 年第 2 期

两棵树

江　子

　　我要说的第一棵树长在一大片菜地中间。距它身后二百米的地方是距离我家三里路远的杨家村，它的右边是一段堤。堤在前面不远处拐了个弯儿，堤内，一条蓝色赣江不紧不慢地流着。

　　那棵树三百岁，或者四百岁？没有官方机构给它测量过。它就是一棵自由自在的野树，生长在赣江边的野地上。没有谁故意给它施过肥，剪过枝。在我之前，没有任何文字把它记录在案。它的根部，没有人给它做个保护的围栏，在围栏里竖一块牌子，上写它的科属、年龄，编上一个漏洞百出的传说。

　　它是野物，自然就是许多野物的朋友。它的枝头上，谁也记不清有多少只鸟筑巢。牛走到它身旁，身体痒了就靠着它蹭几下。狗走过来，热了就在它的浓荫里蜷起身子睡一觉。

　　那是一棵樟树，是故乡赣江以西乃至整个江西到处可见的树种。

　　可是它不是一棵普通的樟树。它的样子，太奇特了。可以说，我走遍了江西的山山水水，从没有见过有比它更好看的樟树。

　　它的整个树冠是一个半圆状。那是十分标准的半圆状，像是被人用圆规画的那么圆。或者说，像是被设计师精心设计出来的圆状——它那么有设计感，让人怀疑，有人暗中对它动了手脚。当然，这又是不可能的事。

　　看到如此造型的它，你会猜想这是一棵有灵魂的树。会猜想它的性格，爱美，天真，浪漫，又严谨，精致，追求秩序感，讲究仪式，有一点偏执，有一点强迫症。这样的一棵树，如果让它去剧院看演出或者去参加宴会，它一定会梳妆打扮，西装革履，盛装出行。它的形状会让人猜想，它地下的根系，是不是与地上的树冠一样，有着克隆一般的半圆状？

它的另一个特点是绿。它的绿，是蓬勃的、野性的、汹涌的、激情四射的。一到春天，整棵树感觉要爆炸一般地生长，随便攥一把叶子就可以挤出绿汁来的那种。它新长出来的绿，有着鸟雀绒毛一般的质地，人们很容易会发生错觉：是一朵被春天染绿了的云暂时停落在赣江边的大地上。

冬天了，很多树都掉光了叶子。整个堤岸内的田地都是荒凉的、无力的，然而它依然是苍翠的、磅礴的。

它可真称得上磅礴。它应该有十余米高，数百平方米那么大。那是什么概念呢？就是相当于一栋三四层、面积数百平方米的大楼房。它真是一个丰饶的生命体啊！

说它是一个丰饶的生命体，不仅是指它自身的野蛮生长，不仅指它两三百岁了，可依然看不到一根枯枝，主干上没有一点空心的、老迈衰弱的迹象。还有就是，这么多年来，有多少鸟雀在它的枝条上醒来？多少蚂蚁把它当作了故乡？多少孩子把它当作了乐园？多少乡亲把它当作了祖宗？——它当然是两三百年来整个杨家村活着的唯一祖宗。毫无疑问，两三百年来，这个村庄乃至方圆十里的村庄的婚丧嫁娶，悲欢离合，生死祸福，它都了然于胸。

不记得是从什么时候起，杨家村的老人们，每到初一十五，都会相约到这棵树下焚香，家人生病的祈求病人早日康复，有人在外的，希望远行人出入平安。有人身涉险境的，希望逢凶化吉。无病无灾的，恳请老祖宗给他们添福添寿。人们相信，它在这个地方长了两三百年，一定具有神力。它看起来那么祥瑞，那么亲切，他们向它索取，它一定倾其所有。

杨家村始建于明朝，至今六百多年。全村杨、何、王、黎四姓杂居，20 世纪 80 年代以前经济以种水稻为主，是赣江以西一个普普通通的村庄。

可是因为有这棵树，这个村庄就与别的村不一样了。它是杨家村的门头、招幌，是关于杨家村风水好的活广告。因为它，原本普通的杨家村，就显得吉祥、葱茏、绚烂，甚至有那么一股仙气（如果有人说，曾在某个月夜从树下经过，看到树上坐着白胡子的仙人，所有人都会相信）。赣江以西的人们，对杨家村，就有了特别的好感。

赣江以西的媒婆，介绍起杨家村的姑娘小伙，总是说，你看这个地方，树都长得那么好，人会差到哪里去？——树都长得这么好，嫁到村里去，人还不容易活吗？

我有不少亲戚在杨家村。我爷爷的妹妹（我叫老姑婆）就是这个村子的媳妇。她生下了一大堆孩子。因为这棵树，我最愿意到这个村子里去做客。想想能到有这样一棵漂亮的、童话般的树庇护的村子里走亲戚，心情就会莫名地美好和愉悦。

它是历史的见证，也是未来的期许。它是生、是活、是永恒……没有人怀疑这一点：在属于它的土地上，已经活了三四百年的它，依然可以肆无忌惮地活下去，直到地老天荒的那一天。

然而事情出现了一点纰漏。有一天，原本宁静的赣江河堤上来了一群穿工装、戴安全帽的人。他们带着许多仪器在河堤上走来走去，一天到晚测量个不停。

不久后有更多的人来到了这棵树不远的河堤上。他们操着外省口音，用本地人很少有的眼神看人。他们在河堤上搭建工棚，开来了许多重型卡车。卡车在河堤上开来开去，装来了砂石、泥土。原本宁静的乡野之地，没过几天就成了一个热火朝天的建筑工地。

人们从不同的渠道了解到，赣江下游要建造一个巨型水利工程，通过造坝蓄水，改善下游几十万亩农田的灌溉水平，每年增加全省的发电量以十几亿度计。赣江以西的人都知道一度电的价值。如果一度电按五毛钱计算，那就是数亿元那么多。那么多的钱！那么大的一个数字！

这对赣江以西乃至全县甚至全省当然是一件天大的好事。这块土地将因工程的建设迎来千载难逢的机遇，发生天大的变化。对这即将到来的变化，几乎所有人都欢呼雀跃，拊掌相庆。

经过一年多的时间，人们发现，赣江边的环境大变样了。因为要抬高水位，许多村子在工程的资助下从地势低处搬迁到了高处。因此得到了前所未有的好处，新开辟的村庄，就像画一样，让没有搬迁的人们眼热得很。

还有，河堤变宽了也增高了。原本黄土堆砌、下雨就泥泞不堪的堤面铺上了水泥，增加了护栏，成了可供两辆车跑动的沿江公路。赣江边的人们回家就方便了。河堤内那棵树旁边的菜地上，盖起了一座据说是国家级标准的两层楼的排灌站，有专技人员成天守着它。这意味着，这块乡野进入了更高级别的治理体系中，享受到更高的待遇！

赣江里的水明显多了起来。以前能看到的河滩，现在一点也看不见了。以前冬天江水枯成一条细线，现在一年四季河堤内都是满河床的水。对岸村庄的倒影漂浮在水面上，就像一个陌生的、模糊的、虚幻的梦境。

一切都那么让人欣喜……可并不是所有一切都是这项国家工程的获益者，比如那三四百岁却一直郁郁苍苍的老祖宗。

起初它的样子与往日并无不同。人们发现它的叶子不过是有点蔫，很多叶片耷拉了下来，紧接着它们不断地落下来。正是秋天，人们也并没有过于在意。可是它少有地露出了枝丫，就像一个严重脱发或者被鬼剃头的中年男子那样。它的半圆状因此有了破绽，已不是精心设计的模样了。

人们变得忧心忡忡。可是他们都相互安慰着，这棵树说不定进入了一个调整期。就像人会抑郁，会有情绪低谷的时刻，可要不了多久，就都会好起来。它在这块土地上长了三四百年，啥阵势没见过？到了明年春天，它就会重新野蛮生长，所有的枝头，都会长出汁水充盈的树叶来。

可是人们的美好愿望落了空。第二年春天人们发现，老祖宗不仅一片新叶没有长出来，原有的叶子也全部掉光了。它成了一棵只有树干树枝没有叶子的树。也就是说，它死了。它成了一具尸体，或者说，成了它自己的墓碑。

即使死了，它依然那么好看。它依然是半圆的，那些枝条折曲婉转相互交错，仿佛是一件神造的精密仪器。没有了树叶的装饰，那些枝条竟有了特别的质地，仿佛它是一副不同凡响的龙骨。早晨的太阳升起来，阳光洒在它的身上，它停落在地上的影子，阴影重重，充满了死亡的凝重与悲伤。

它怎么啦？是受不了那些重型卡车经过时发出的马达轰鸣的声响、浓重呛人的柴油味，还是河堤内突然增多的水，让它深入到河床的根系喘不过气来？是这块土地风水、生态发生的改变，让它因水土不服得了重症？

它死了，死在工程建成、赣江以西发生了人人称许的变化之后。这是不是意味着，这个世界有新生就会有死亡？如果所有的新生都必须要有成本，那它是不是用自己的身躯，抵消了这块土地因为新的增长所该承受的苦难？

它死了。没有它预告的春去冬来，杨家村即使新建起了许多崭新的楼房，依然显得灰暗、陈旧。透过那棵树去看杨家村，杨家村表情暗淡，有了葬礼一般的肃穆与不安。

接下来我要说的第二棵树，却与第一棵有所不同：它比它年轻多了，只有不到十岁。它长在我老家——赣江以西的下陇洲村祖屋里。

那是我曾祖父攒钱盖起的一栋南方乡间常见的砖木结构的房子。外面是混凝土垒起的墙，小小的窗户，一条长长的天井。从我记事起里面住的是我的祖父和祖母。

曾祖父是个颇有些头脑的农民。他靠着一家杂货店及极度的节俭积累了一些钱财。他用这些钱财买了几亩薄地，并且盖了这栋房子。

说是一栋，其实是半栋。估计是曾祖父钱不够，就想到与叔伯兄弟合伙盖房。祖父祖母，其实住在半边房子里。

房子分上部和下部。上部是厨房和饭厅，另外还用木头隔了一间小小的卧房。卧房无窗，只靠上面的几片明瓦透光。下部主要是两间卧房——同样是黑漆漆的，只靠小小的窗户透光的两间卧房。

很小的时候就记得，祖父祖母是分开睡的。祖母睡在上部灶台旁的小卧房里。祖父呢，睡在下部的一间卧房。另一间，曾经做过五叔叔的婚房——那么小又那么暗的一间婚房！如果不点灯，进去后要过好久才能看到里面的摆设，看到床架上用漆画的彩色花朵。

我的祖父祖母在这半栋房子里过了一生。他们生了十二个孩子，最终活下来九个。

我的祖父早年是一个颇有些志向的人。他上过私塾，粗通文墨，并且练过武术。他成年时也就是 20 世纪 30 年代初期，离故乡几百里的赣州正闹红。他想去投军从戎建功立业，可因曾祖父阻止而作罢。从此，他接受了一个农民的命运，在这半栋房子里生儿育女，直到终老。

可是生存谈何容易！他要养活九个孩子，还有两个老人。他在种田之余，不得不操持不少副业。他有杀猪的手艺，农闲时还经常出门做点小生意，把土产贩卖给吉安府商家，又把城市里的日常商品贩卖到赣江以西，赚取差价。据父亲说他也有过阔绰的时候，他记得有一次深夜，祖父从外面回来，把身上的褡裢解开，银圆哐当哐当滚落，堆成了一小堆，简直让整栋原本阴暗的房子光芒万丈！

但这毕竟是少有的时候。大多数时候，祖父是困顿的。这么多张嘴！

祖父并没有因为生活的困顿而变得萎靡不振。相反他是爽朗的、喜怒形于色的、快意江湖的。他笑起来声音可以穿过几条巷子，发起怒来就像是有雷霆经过。他争强好胜，曾经有过与人打赌搬起曾家祠堂前有三百多斤重的石头转圈的经历。也爱读古书，经常对人们讲三国水浒薛仁贵征西的故事，仿佛他是得了哪个说书人的真传。

他是个杀猪匠，可他竟然还拉得一手好二胡，吹得一手好笛子。天知道他是怎么会的。偶尔得空，他就会在那栋阴暗的房子里拉起二胡，或吹起笛子。他的二胡和笛子的演奏功夫，都到了十分流畅的程度。那一刻，他哪里是一个满身血污的杀猪匠，分明是一名乡村生活家！他就是这么一个充满了生命能量的人！

他爱交朋友。经常有说外地口音的人到这栋房子里。祖父与他们推杯把盏，谈天说地，好不痛快！

为了补贴家用，祖母也没闲着。我们家有一个织布机，祖母在织布机上织布，经常织到半夜才睡。那种特殊的织布的声响——梭子穿梭的声响，扳机在丝线上往来的声响，让故乡的午夜，以及祖父母颇有些苦楚的生活，变得深邃而悠长。

祖母把织成的布卖给衣铺，换来钱购买家里的生活用品。

拮据的生活并没有让祖母蓬头垢面。她会每天清晨起来把自己收拾得一丝不苟。她有一个银质发簪，别在她收拾利落的发髻上。她的两只耳朵上，长期戴着两个金耳环。我不知道两个金耳环的来历，但我知道上面有十分古老而精美的纹饰。

春天播种，秋天收获。种瓜得瓜，种豆得豆。端午插艾条、包粽子、中秋吃月饼、烧瓦塔，冬至烧包袱（以焚烧方式给死者送钱物），春节敬天地、走亲友。农耕的日子凡俗、沉重，却又不无美意……在这座光线并不明亮的房子里，祖父祖母使出浑身解数把他们的孩子一个个养大成人，女儿纷纷嫁了出去，儿子成家后自立门户。他们在房子的后面又盖了一栋房子，几个儿子婚后都分住在那里。

儿子们一个个搬离了老宅子。祖父祖母在时光中慢慢变老了。

祖父在他六十八岁时中了风。春耕时农忙的某个晚上，祖母把一只老母鸡杀了以犒劳田地归来的祖父，当祖父洗净，伸长筷子准备夹起一块鸡肉时，他不小心跌倒在地。一年后他死了。若干年后父辈们说起这个细节，总是说祖父到嘴的鸡肉都吃不上，可见命中注定是一个福薄之人。

祖母在这栋房子里继续住了一段时间。后来她的儿子们在村里其他地址纷纷盖起了新房。她每年轮流着在几家人中住着。后来他们纷纷去了县城生活，她又跟着他们到县城居住。2009年，她以90高龄去世。

那栋老宅子早就空了下来。合住的人家早就搬离了。比起宽敞明亮的楼房，这栋房子太老了。空置其实是早晚的事。

不仅是这座老宅子，就是整座村庄，已经鲜有人住了。人们纷纷在县城买房居住。村庄户籍上有一千三百多人，可真正在村里居住的，只有一两百人了。

房子在几年前终于坍塌了。其实坍塌早有前兆，比如年久失修漏雨，房梁腐烂……可是没有人会去修缮。没有人认为它还有修缮的价值。终于，它在厨房的位置坍塌了。并且坍塌口越来越大，整个厨房、上部的卧房都显露无遗。整座房子，就像被暴力拆开的家书一样，让人尴尬与无措。虽然，那封家书，早已随着岁月的流逝，字迹漫漶不清。

每年清明回家，经过这栋老宅的时候，我们的神情是沉重的、悲伤的。我们无力阻止它的坍塌，并且认为，用不了多久，这栋老宅将会彻底颓圮，并且从这世界上消失不见。

不仅如此，随着生产生活方式的改变，许多村庄会消失，许多传统会消亡，这是历史规律，无人能够阻拦。

可是事情远没有我们预想的那样坏。有一年清明回家，我们发现，在老宅子坍塌的地方，竟然长出了一棵小树！

那棵小树开始并没有让我们在意。它混迹在一群蓬勃的野草和荆棘中间，我们以为它不过是野草和荆棘的一种。可是几年后我们发现它竟然是一棵树。而且它的长势很快，几年时间就越出了原来的屋顶，无所顾忌地向着天空攀升。

它树干笔直，身姿挺拔，枝条宛如伞状，是树中的王子。从它的样子，以及在春天开大朵的白花，可以判断它是一棵梧桐。

它是怎么来到这栋老宅的？是鸟经过时故意把它遗落在这里的吗，还是风把它吹到这里来的？或者，它原本就属于这里，多年来隐藏在这栋老宅子的地下，直到这栋房子坍塌了，原本被人踩实了的地面在风雨中变得疏松，它才开始钻破土层，开始了属于它的野蛮生长。

它的生长充分证明了这一点：正如所有的新生都要付出死的代价，所有的死亡也都会伴随着新生。德国作家黑塞说得好：每条道路都是回家的路，每一步都是诞生，每一步都是死亡，每一座坟墓都是母亲。

是的，无论传统，还是村庄，活过那么多年的生命并没有那么容易死去。它们会以其他的方式活着。这棵树就是活生生的证明。

它长在我家的祖屋里，体内自然就带了我家祖屋的精血。这座祖屋的陈年往事，应该都在它的年轮之中吧。它应该熟悉我祖父与祖母的劳作，祖父的讲古，祖父拉响二胡和吹响笛子的声音，祖母金耳环的古老纹饰，以及那些农耕文明里的诗意，我的家族的历史吧？

它远比我们村其他地方的梧桐树长得快，才几年就越过了屋顶。毫无疑问，是这栋老宅子的营养太丰富了。

每次回家，我都把它当作我的家人，会走上前抱抱它，与它静静地待一会儿。它应该就是我的家族的成员了。可是我没想好，它应该是我的同辈，还是比我小一辈的侄儿？它是男性，还是女性？它那么挺拔、俊俏，最像我的家族的人们，少年时都是如此的玉树临风、风流洒脱。

有时候我不免把它当作我的家族的恩人。我总是对它怀着感激，是的，至今为止，我的家族的所有人，都告别了这个村庄，进入了城市，务工、考学，或随着子女生活。只有它代替我们留下来，继续固守着村子，守着这个村子的日出日落，冬去春来，爱着这个村子的过去与现在，爱着这个曾经繁华的村子越来越无人问津的消逝与生长。

是的，一切都不必要那么悲观，生死会轮回，能量会转换，每一条道路的尽头，很可能是另一条路。时间的灰烬里，也许遍布着竖起耳朵等待春天的种子。

原载《北京文学》2022 年第 7 期

敦煌路途中

熊　亮

关于路途

我在纸上写下——敦煌的行程记录：

　　1. 落地敦煌……

但是，我是怎么来的？坐的是飞机还是火车？路上发生了什么？

仅仅是几个月前的事，用了几天我也想不起来，毫无印象。

为什么会这样？也许是行程的便捷和快速，还有从忙碌工作中抽身的仓促感，都会使人心不在焉，整段路程中身体和感知都在睡，外界发生的事一丝也没透入，我想，大部分人也都是这样吧。

所以我翻看肖怀德老师日程记录，上面写满了更重要的事，每天的课程、知识、老师和参观过的洞窟和景点，以及发生的精确时间点。

来和去的事上面都没有写，路途不是重要的事，记忆中只有点，没有线。

丢失的记忆，究竟去了哪里？

看我们的行程记录，每天都有上课和参观，这些繁杂的知识，内容此刻我都有点记不起来，但可以保证，听过的每个字都会储存在记忆的架子上，一字不落，暂时搁放，随时取用——知识就是这种状态，但不会替我们去真实地感受和记忆。

关于面孔的记忆

没有直飞航班，敦煌火车站还没建好，绿皮慢速火车停在距离敦煌市几十公里的柳园站，而且是凌晨的班次。司机一遍遍揽客才能凑齐一辆中巴车，上上下下几小时才到市区，四面皆是荒滩，戈壁上很冷，也没有灯火。那天是阴历十六，月亮特别大且圆，我们像是在另一个星球上。

我从北京过来，一落地，入眼完全是戈壁，印象是颇震撼的，自然环境是一个场域，我能想象，不止是现代游客或本地人，那些古代画工和来往商队来到这里，感受都是一样的。

第二天早上四点半就出发，从敦煌市骑到莫高窟二十六公里。想在六点多看日出，计划是非常好的，但是没有路，没有路灯，到处是坑坑洼洼，不知道自己去了什么地方，只有一个帐篷亮着小灯，可能是修路的人。好歹拐上了去莫高窟的路，天已经微亮，风沙太大，根本就是原地蹬车，窄路上沙子像龙一样，飘来卷去的，路一会儿有一会儿没。

那时的敦煌，因为还保持着最初的荒凉，所以给了我一种边际感，地理、文化，甚至生命的边际。

现在有了双向八车道的高速公路、路边隔离带、整夜亮过星空的路灯、机场、火车站，各种场所，甚至虚拟空间，自然环境被掩盖和推远了，我倒不是反对基建，不过，快捷高速的生活，确实失去了可观察的细节。

这就是我为什么想不起 2020 年的敦煌之路，却能清晰记得 2006 年细节的原因：我还做了几篇非常详尽的旅程记录。

普通人与罗汉像

画画时凭的是手眼控制力，动用直觉，把握平衡，画与文字是头脑里的不同分区，所以谈到绘画时不免口拙，只能将诸多关于画像的念头逐一罗列。

去敦煌前，就想好了：这次，画脸孔。

我要为普通人造像，放到大幅画面上，就像洞窟里的罗汉像。

罗汉是我儿时的人物画的范本，但家里却是有基督教影响，所以那时我心里默念着耶稣，想象出的信徒形象却是罗汉，他们面容极尽奇崛，初看可以说很丑，正是这种惊诧感吸引了我。

这一段是我二十年前写的关于对罗汉像的感觉，今天看来仍算合适：

> 我想画一张有着更多涵盖的脸。罗汉的脸从表面上看不悲不喜，是一种抑制，但又是复杂的表情流露，还得有全然安静和神思畅游。
>
> 罗汉像总是很像正在写一首诗，当然，他也像诗歌本身，并不是确定的。
>
> 罗汉像总是显得很怪异，这是因为他不只与世界，甚至同自我，也保持着距离。
>
> 他那忘我般的慈祥，使他能更深入地发现生活的本相。他眼中看到的世界，自然与别人所见完全不同，所以他得暗暗地表情诡异。当然，他从没有高高地飘浮在生活之上，一种真实的感情，牵动着他衰老的脸上的每一丝皱纹。

十岁那年，奶奶与外公在我的房间里探讨人类起源。一个是唯物主义达尔文主义者，相信人是猿猴变的；另一个说是神创造了世人，亚当和夏娃是所有人的祖先。接下去说到人死后去向何处的问题，一个说上天堂，另一个相信湮灭，所以这种探讨没有结果。

作为一个旁听者，我只记得那时，光线从窗口斜射进来，暗蓝色的傍晚光线。

之后两年，他们先后离世，外公去世时我还是小学生。作为男孩，我们必须守夜，看着最熟悉的人一动不动进入死亡，然后再对着他的身体整整盯一晚上。

一个孩子的生活本来应该是指向未来，从那天起就变成了漫长的倒计时。

我忘记了哪首诗说，死亡每夜躲在你屋子的窗帘后移动。

2015 年罗汉像，一直挂在我画室，朋友问我，这幅有原型吗？这幅，恰恰是我的画像，并且是我整个童年的画像。

小时候读到威廉·布莱克的诗集序，他的弟弟夭折时，他能看见弟弟的灵魂穿过屋顶冉冉上升，在窗外的院中，与小天使们一起，在欢喜中拍着手。死亡如果有幻象可以安慰，对他而言就是树上栖满的小天使。对我来说，则是一张受苦而平静的老者脸孔。

这是我小时候爱上罗汉像的原因。我第一次看到贯休的《十六罗汉图》，我觉得那就是我外公，他们长得像患病而悲伤的老人。

罗汉的深意我理解有错，我知道他们是证悟者，但不知道证悟是什么，我画他们，可能只是因为跟死亡的预知有关。

敦煌的祈福者

十几年前，莫高窟九层塔大佛前是有香炉和垫子的，方便信众或游客祈福，这一点延续了古代莫高窟的真正用途，但近来被取消了。

民间的各种祈求都有不同职责的神灵来达成，但佛陀就和老天爷一样，有着无远弗届的权限，面对大佛，你什么都可以交托出去。

祈福者，虽然一开始祈求的只是平安与财富，但一个人膝盖落地，就是某种彻底的谦卑，身体伏向尘土大地，你当然会意识到潜藏的命运、自我消亡和离别等。

我喜欢观察他们的脸，他们举起香，双手遮盖下，闭目的、肃穆的面孔，这是生活里少有的静默一刻，他们的脸应该是重叠的、呼喊的，然而他们自己是完全不自知的。

我在 2009 年画了一批涅槃窟的水墨罗汉头像。中国的甘肃、新疆，日本馆藏的涅槃图，弟子围绕佛陀哭泣的场景，童年时的送葬队伍，都对这组作品有启发，但直接的来源就出自对莫高窟祈祷者的印象。

这组作品中的人脸是他们在苦海中沉溺过的纹理，每一张年轻的脸也是老人，不是衰老，而是叠加，爱憎离别喜悦痛苦叠加，像恒河挟沙无数次流过。

表情重叠的脸、情绪的线条、交叠的痕迹，笔墨对我而言，是写一首关于人的诗歌。一次聚合，就是一张狂喜的脸。

这些面孔曾挂在画室墙上，每次经过，画面都散发出一种询问感，这很好。

现在谈论死亡或涅槃也许比古代更缥缈。那时的吞黄金服白玉，变成了今天的生命科学和人工智能探索，也许很快，穿越奇点、永生不死的秘密被解开，意识可以作为信息下载；也许，经变画的佛国世界通过科技手段就可以体验，想要悟道或得极乐体验就安插脑机接口，会有更多的新图景来掩饰死亡。

人像的创作笔记

罗汉像另一个吸引我的地方恰恰是难画。初中时同学来找我玩，我说不想出去，是因为有点沮丧，临摹石涛的《十六应真图》失败，其中一幅脸部怎么都画不好。同学仔细看了墙上十几幅罗汉脸，疑惑地说："这不都一样吗？"

大不一样。差之毫厘则气质全变。

人像的最大秘密在于"瞬间"，将变未变，欲转却静，喜泣之前……将这样的瞬间以静止之态截画下来。

我在童年经历了一次葬礼，印象最深的一幕是，在整体的悲伤气氛中，小舅妈却很松弛，胖胖的，脸色红润，穿一身厚呢子大衣，刚烫了一头蓬松的过腰鬈发，站着背靠桌子，开始说一些家常，以度过长而闷的时间。

然后我看见她整个人忽地明亮起来，好像敦煌佛像的背光一样熠熠生辉，墙壁像天空般放亮，她的头发被后面的烛火燎着了，迅速燃烧起来，大家都惊叫起来，而她却一无所觉。

这幅画面给了我生动的启示，什么是人像的最佳状态呢？似是而非，人物开始燃烧，在未被灼痛的前一秒，她的微笑，时间裂成两半，一半在流动在发生，一半进入永恒，留下截面。

一张具有启示意义的脸，本人应该是完全不知道的，甚至处于相反状态。

说实话，我在初唐窟里看到菩萨的画像时，心里说：这我认识！——就是她的脸。

大部分壁画内容是令人向往的佛国，死亡是缺席的，只有涅槃窟直接表现哀悼，窟形像个巨大棺椁的内部，出殡的队列在棺壁，而我们从侧边的一个小洞里进入。

一五八窟建于吐蕃统治时期，丧葬心理状态与中原不同，对死者或说上师的依恋展现无遗。

执迷于表现死亡的画，并非我趣味阴郁暗黑，而是有死亡迫切存在，人的面孔才能显现出活生生的本相。从这点说，其他洞窟里无论佛菩萨弟子还是天王及众护法们，都有些超越生活。

但我总觉得群像画得不够好，感染力差一点火候，太夸张太表面，导致不够动人。这不怪画家，因为罗汉们的恸哭和各国王子们的自戕，不是为了引发观者悲哀，而是表明他们因缺少智慧无法理解涅槃，艺术家恰当地完成了这一要求。

洞窟的重心是涅槃像，这是最完美的创作，在我心里是无与伦比、不可直视的，从任何角度看，嘴的起伏与折角、绿色的眉毛、饱满的面颊、倾泻下来的衣褶，每一处都是世界上最圆润和温暖的弧线。他死去，但进入涅槃，看起来仍像在呼吸，慈悲继续铺展。他脸上的表情是看到未知世界的一扇门对他开启，说着：来吧，越过这道槛，你会发现痛苦和记忆也是幻觉。

只要一看他，我就会禁不住颤抖，所以我快速逃离洞窟。

如果由我来画这些哀悼者群像，会是什么样的？

吐鲁番的柏孜克里克千佛洞里也有涅槃图，那个窟损毁严重，佛像被盗，墙上只剩一些罗汉残影，表现力却令人战栗：他们没有挥舞双臂或咧嘴流泪，都是静静的，但每位罗汉的瞳孔都不一样。不需要激动的表情和动作，光表现眼睛就够了，经历过至亲故去的人，眼睛里都会永远地望着一个方向，又像什么也不期待。

这里的壁画不掩藏悲伤，相反，他们在强化氛围，我每次都待很久，盯着他们的眼睛看，火焰一般的涡轮，在墙上显现，在幽暗的窟中燃烧。

然后，重新回到阳光下，视线忽然明亮起来，看着门口卖瓜的大叔和姑娘，我都觉得他们的脸异常清晰好看，又有了新的体会：只要如实地观察一个人的脸孔，他所有的生活都会涌入细纹和沟壑。

眼睛反而可以是不重要的，放空和淡化亦可，不要迷信点睛传神，目光炯炯，反而会看不到人的面貌。

其实不需要表现悲伤，只要画出一个人最专注或最自然时的状态就足够了。这就需要把握一个度，虽然画中人物睁着双眼，但脸孔却仍像是紧闭双眼的状态。

眼睛是重要的部分，反而不用强调。

敦煌在地者的造像

一位研究工匠史的老师，我先是拜读了他的书，然后在北京的一个小旅社见到他，旅社的门是木头的，门锁仍是旋钮式的，门和窗户都有插销和挂扣，窗框是油泥封边的，一切都是古老的，我之前从不知道北京还有这样停留在计划经济时期的旅社。

他兴致勃勃讲了些古代工匠的故事，壁画中几乎没有署名，信息都是从敦煌文书的片段中慢慢总结出来的，窟主、供养人、僧侣、都料、博士、生匠、泥工、开窟的石工、买油饼的人……所有湮没的人，似乎都被他一一还原勾勒出来。

最后他说："每次在单位里，受了委屈，就跑到宕泉河的芦苇丛里，想想那些辛苦而无名的工匠，什么烦恼都能忘记了。"

我在宕泉河的芦苇丛前，用地上的泥土和河水，作了这幅画。

另一位老师是研究佛教史的，他在头脑里复原了一整个莫高窟和榆林窟。肖怀德老师说他的样子就像一个僧侣，的确。

我以为他大我很多，不是说他显老，而是他"无龄"，你会觉得这样的人生来属于历史。我不禁好奇：他平时除了学术，还有其他爱好吗？

"看二人转。"他笑起来,"放松,好玩。"

在河边沙地上,我用地上的盐碱,混合墨与蛤粉,为他作了一幅画像。

这位老师是莫高窟的守护者,也是意义发掘者,莫高窟同样赋予他价值感。每次听课都颇有收获,但我觉得他不好接近,如果在古代,我身上的气息属于行旅或漫游者,而他像是一位当地望族。

他散发出的,是尊严还是骄傲?

作为一个游离在团体外的艺术从业者,我对敦煌这个地方有一种特别的感受:它是一个孤悬在广阔戈壁和宏大历史中的小小体制单位,也许需要某种更跳脱的眼界,才能不为其所围役。

这位老师的状态恰是如此,对自己的固执和局限有充分的警觉,时刻处于开放的状态。我画得不辨性别,其实她是一位女性,女性在自我成长方面比男人要好得多。

接着,在戈壁的寒风里待了两天,用地上的沙粒、泥土、盐碱调色,在结冰的画面上完成了几幅人像。

最后那天,由于摄影师去拍别的老师,我一个人无法搬动五幅大画及画材,也不敢离开,只能一个人等到九点多,没有食物和御寒衣物,手机电量只剩个位数。夜晚越来越冷,我躲进一个低矮的天然洞穴里避寒,看着星空,喝着最后一包酸奶。

不观察状态,反而会成为其后写作的契机。

记忆具有闪忽的特质。你努力观察并记录的,都会被忘记;而你被动经历的事,比如抛锚、错过时间、迷路、偶遇这些意外,反而有可能留下印象。

2020 年发生太多事,对我个人而言是倾覆之年,不会没有印象,只是我现在还无法去回忆。刚经历过的事,我们都看不清,要过上很久它们才会再次浮现,纤毫毕现,变作双重的体验。

2020 年再见。再次与这段记忆相遇,也许是 2040 年以后了,又或是在我生命尾声,而当下的每一天都与这一年重叠着,永远不会过去。

原载《散文》2022 年第 2 期

上河之畔

周荣池

一

运河高邮段被人们称为上河。

很长一段时间内，我常一个人骑车过老淮江公路沿上河北去界首古镇。公路在京杭大运河的东堤上延绵，是一条可以上溯到秦朝的古老道路。公路沿线东去数百里内，便是以小城高邮引首的里下河平原。骑行这段往返百公里的路程，是地理上的穿越，也是城市心理中的探幽。

高邮城北上骑行三十五公里就似乎回到秦朝。界首古镇与宝兴县相邻，以子婴河为界限。东去入海的子婴河，是小城高邮地理上北部的界限。高邮，因秦王嬴政在此"筑高台、置邮亭"而名，子婴河乃因子婴在此兴水利而名。到了这里，便抵达了当年滨海驰道上的秦朝。但事实上，到了界首古镇的南北大街，现实遗存以明清风情为主。如果那些"修旧如旧"的街道显得不够真诚，至少在街边两块钱吃三块闻名遐迩的界首茶干，还是能解除一些口舌和心理上的疑虑的。

茶干并不是什么稀奇的食物，甚至都不要太多的解释。长江下游十二圩、当涂采石和界首茶干被称为"三大香干"。豆腐干成为香干乃因为酱，酱是江南的科学也是深情。湿润的江南需要酱汁的浸入才能久贮食物。界首茶干制作的工艺有二十道，其中有十三道事关酱水。茶干的形状犹如银币，如同国漆一样黑里带红，红中发亮，就像下河老人深沉的肤色。外表满是蒲包纵横交错、细密有致的纹路。茶干味道扎实老到，加之中药"莳萝"的特别参与，成就了特别的食物意境。

传说乾隆皇帝因为茶干从界首大码头登岸流连。皇帝的威风从京城吹到江南，远望的人们愿意自己脚下的土地沾染点贵气也并不过分。界首大码头并不大——是岸边人觉得很大，就像里下河的人们坚定地认为所有的河流都通向东海。过去码头边好些人拎着篮子卖东西，除了茶干还有茶鸡蛋或瓜子，都是消遣的吃食。初夏时还有卖栀子花的，它的香味和其蓬勃的枝头一样热闹。人们买了花在鼻子边猛嗅，有些人过后就扔进上河水里，有些忘记在衣兜里成为花干，记忆就像花香一样久久不散——就像今天记忆里散不去的码头上热闹的场景。

码头上的机帆船，就像是那傲慢的船工一样悠然，一切按照他们自己的节奏来往两岸之间。待渡是一种无奈的对抗，也是一种诗意的盼望。从城里骑车而来如我，常被行色匆匆的人们眼里的不解所包围。我知道他们心里一定在想：这些城里人到底是有多无聊，要骑车几十公里来等一条渡船？其实，我只能算是在城里生活的人。我也并非总是无所事事。正是因为繁忙过度得来的无助，我们更渴望无聊等待中的停顿。大码头向南三十五公里外的生活，比起这里人们的简朴与无奈，其实充满着更多的疑惑和无助。正如上河之畔不断生长的城市，对于千百年来按部就班流淌的河水，在快与慢、多与少、新与旧的对峙与纠结中，人们还是没有找到最标准或妥当的答案。

船家脸上的绛红，有些与夕阳一色的意思，也让人怀疑那是不是中午残留的粗暴酒意。反正他和船都是这个样子，一辈子在东西两岸来回，任何人奈何不了他们。船帮挂着粗厚的旧车轮胎，撞击着坚硬的岸边。除了登上西去的渡船，我已经等不到卖花的老人。有些人现在赶去城里卖花，还带着湖上新长的莲蓬。这些他们眼里的平素之物，在三十五公里之外的城市，价格不菲且颇受欢迎。

三千里运河流到界首大码头停顿一下，成全了等待的人们来来往往。上岸后便忘记了轻易就可以被忘记的经过，包括那晴天的夕阳无限。我登上了荒烟蔓草的西岸往南，朝着出发的地方逶迤而去。此岸西去，浩瀚的高邮湖承接着喜人的暮色。大运河流到高邮，成就了河湖相连的壮阔景致。大河之畔的东西对峙很有意味，一面是炊烟袅袅的人间，一面是人迹罕至的天然。它们其实都是古老的，只不过一面是古韵新姿，一面是故道旧意。

二

轻便的山地车将渔村抛在身后，再往前是彻底的野地，草木都显得无比陌生。骑行在这样的静谧之路上，孤独但并不会恐惧。遮天蔽日的树木间偶然掉下来的细碎光线，就像是历史深处的小故事一样别有滋味。

离界首大码头往前十数公里，河流在马棚小镇打了个弯，就像一篇文章点了个顿号。马棚湾边岸上卧着一头铁水牛，目光炯炯地望着南来北往的一切。我曾见这尊镇水铁牛被安放在纪念馆里，可是经年累月锈迹斑斑毫无精神。后来人们将它送回老家，它又立刻精神焕发起来——盼望回家看来是万物生灵共同拥有的情绪。民间说马棚湾铁牛为刘伯温所铸，这当然也是善意的演绎。

马棚湾及其所临清水潭一带水患频仍，水是破坏也是一种建设，这里也是传说、诗文以及风物的茂盛生长之地。此地还是吴三桂祖籍地——其祖上因养马之事在高邮生活过。

我妄自揣摩他无论走到哪里，有一种密码定是生命里长持的，那就是风物所养育的口味。有一年，我在云南某县的路边，见到大堆的慈姑待售。那一刻我立刻想到了自己家乡的马棚湾大慈姑。此处弯急水深，梅雨和秋汛常让稻米难有收成，当地人便靠水吃水种养慈姑荸荠。"马棚大慈姑"是远近闻名的土产风物。吴三桂在云南平西王府里不知道有没有吃到过慈姑？又有没有因此想到家乡马棚湾的味水？一个人的口味隐秘而顽固，是不会轻易改变的。同样从高邮到云南的汪曾祺，最后定居北京却还一直记得这种寓意着苦痛和不安的味道。他在北京的菜场看到这种家乡常见的风物，这样说道：北京的慈姑卖得很贵，价钱和"洞子货"（温室所产）的西红柿、野鸡脖韭菜差不多。我很想喝一碗咸菜慈姑汤。我想念家乡的雪。

上河之畔的儿女们都是带着家乡的风物与滋味从码头出发的。他们不管所去何方都顽固地暗记故乡的风土。马棚湾也有一处码头，不过是一叶扁舟的小渡口。这里的摆渡并不需要等待，岸边的人们只要扯着嗓子喊一声方言土语，老渡工就像隐士一样出没在横亘于时光的波涛里。从西岸到东堤的西墩渡口，就像是从虚无游走到了现实。舍船靠岸便见草木丰美的清水潭，水乡的风物大抵"窝藏"在此地的水土之中。听说早年生活困苦的时候，祖辈们曾经从这里贩了慈姑，去里下河平原东沿线的盐城兜售——很多年后我去那里读书时，有老人问到我的老家后，淡淡地说一句："哦，你们那边马棚是产大慈姑的。"

今天我们坐的船，除了过河的需要，已然空无一物。人站的船在水里一漾，波浪就像有了穿梭时光的力量，把古往今来都模糊得让人觉得失真——多少年来有多少上河的子孙，是靠水上的漂泊把乡愁与风味带到他乡的呢？

一〇七八年秋日，才子秦观从运河北上。看着家乡风光渐远，他不问日夜地逆流而去，北上寻找自己想见的世界。他把古邗沟边的一切都装在行囊里："霜落邗沟积水清，寒星无数傍船明。菰蒲深处疑无地，忽有人家笑语声。"此时家乡的儿女情长和他心里想见的人比起来，似乎又不那么重要。他学着李白的豪情，一声"我独不愿万户侯，惟愿一识苏徐州"，就像是船老大的吆喝，决绝地直往徐州奔去。在这位高邮人看来，这次"追星"之旅甚至比科考还重要。

秦观还带着运河畔"菰蒲深处"的风物到了徐州，并用诗写了一份礼单《寄莼姜法鱼糟蟹》。诗人就是有这样的本事，能够在平俗的事物上看到深情。并不需要太多的修辞，正如古道西风瘦马的几个名词放在一起，万物竟然有了惊人的意趣：

> 鲜鲫经年渍醽酼，团脐紫蟹脂填腹。后春莼苗滑于酥，先社姜芽肥胜肉。凫卵累累何足道，叮饤盘飧亦时欲。淮南风俗事瓶罂，方法相传为旨蓄。鱼鳢虿醢荐笾豆，山藠溪毛例蒙录。辄送行庖当击鲜，泽居备礼无麇鹿。

这份礼单在内容和形式上都是"土特产"，秦观是以方言写高邮风物。莼、姜、鱼、蟹点在题目中就说明了，"法鱼"是风干的鱼，"糟蟹"即是醉蟹。又有"先社姜芽"乃秋社前采的子姜。"凫卵"，当然是天下闻名的高邮鸭蛋。凫本指野鸭，而趋之若鹜的"鹜"才是驯养的鸭子——这两种鸭子今天仍然游走在上河之畔的日里。秦观的诗用方言写土产，押仄声韵，和这些土产一样新鲜而充满了欢快的情绪。方言是一种很有魔力的东西，用土语写自己家乡的土产，可见这位高邮人的自信。带着上河之畔所产风物的秦观，一定也是带着"江淮官话"的家乡口音。不知他见到坡仙的时候，是不是规避这种土产的口音，而努力让眉山的苏东坡能听懂呢？

三

沿着大河之畔的野地继续南行，城市渐渐进入了视野——现代化早就是运河城市的新主题。但就像车载代替了步行，生活的前行和流水的变化一直是善变的主题。城市已然高楼林立，仍是历史事实的承载和缔造者，一直在产生着生动的内容和情绪。如今，大河之畔的高邮小城，如果说算是"小有名气"的话，除了"鸭生双黄"之外，似乎总有与汪曾祺绕不开的话题——他与故乡的风物是互相成就的。

我停伫在一段民国二十三年修筑而成的石工面前。九十年前的那场水灾，似乎还在翻滚着暴躁而伤感的波浪。从马棚湾而来的路上，想着汪曾祺游走他乡仍怀有对慈姑之类种种风物的怀念，也会时时想到那场依旧听得到悲情风浪声的水灾。汪曾祺之所以对慈姑有特别的记忆，是因为这种平凡的风物寓意着一个夏天的苦楚与艰难。慈姑某种程度上成为一种意象和寄托，而不仅只是风物本身。一九三一年水患暴发的时候，汪曾祺才十一岁。他日后回忆道："我小时候对慈姑实在没有好感。这东西有一种苦味。民国二十年，我们家乡闹大水，各种作物减产，只有慈姑却丰收。那一年我吃了很多慈姑，而且是不去慈姑的嘴子的，真难吃。我十九岁离乡，辗转漂流，三四十年没有吃到慈姑，并不想……"

汪曾祺说不想，只是不想因此再提起那场灾难。或者不想再让苦水久矣的运河小城，再因为水患而附带某种作物的丰收。这场灾难留下太多的记忆，顽强得像运河的石工一样，附着在地理表层和人心深处。今天，当明清运河成为干涸的故道，新开运河的涛声之畔，仍能看到那民国二十三年修成的石工。一九三一年夏天江淮特大水灾暴发后，运河的伤口引起了国人甚至世界的关注。林德伯格夫妇的飞机在灾难的上空，留下满目疮痍的记录。而后，一个自救与互救的故事在运河边发生。匿名的林隐士毁家纾难以求修复运河大堤，美国人何伯奎举家在运河边参与修复工程，退隐的王叔相将军指挥十数万民工以工代赈，运河的伤口才被人们的善意和坚毅修复。

运河流到这个被称为上河的地方，像石工一样坚强的物事多矣。他们在历史深处守护和生长着无数的事实。历史深处上河一直在流淌与奔波，在人心和文字中表达着自己的腾挪跌宕。否则，一代一代人远离了这里，为什么还会记得这河边已经消失的物与事，以及消失的波涛与歌声呢？这些也许并不像我想得那么重要，只是我一个人的自说自话。重要的还是大河之畔的生活，那些被河水浇灌和养育的日常——最后让人想起这场大水的，也许就是几颗马棚大慈姑与大咸菜同烧的苦涩汤水。

今天我们眼下的日常，对于历史留下的记忆好像都显得不够"段位"。就像我们今天笔下没有力量，总是用"温暖"这样俗套的词语糊弄自己和别人。但温暖无有罪过，比如船坞对于河湖而言便是温暖之地。高邮湖与大运河平行南下，被岸边人称为"西湖"与"上河"。引接河湖的船坞装着生民多艰的生活。盼望在水里寻找营生的人们，加上沿湖几省县市漂泊而来的流浪者，齐聚在这个叫作万家塘的船坞——这里藏着因生活所迫而成的独特滋味。

漂泊的炊烟中虽然夹杂着南蛮北侉的口音，但是船坞就像是河湖之神的臂弯，收容了被叫作"渔花子"的倔强面孔。靠水吃水的渔民，因为"十网倒有九网空"的现实，历来是暴躁和倔强的。这也并非什么祖传的恶劣，所有的贫困都会挤压出独特个性。他们不像上河东岸的人们耕种土地或者经营心思，他们只是靠天收地"取鱼"。他们的倔强也并非一无是处，就像他们自有秘诀的烹饪方式，将这大水之中若隐若现的慷慨调理得有滋有味。

湖鲜是大河之畔的炊烟中生长出来的滋味。渔家善治小鱼，并非追求"治大国如烹小鲜"的境界，是因为大的渔获都交给了城市里体面的生活。他们船尾的锅箱中有独家的味道——河水煮河鱼，自有原汤化原食的妙境。吃河湖之鲜，最要在摇晃的船上。陶醉的人是水里摇晃的鱼，也好像鱼仍在味觉里游动。渔民们也学耕地的农民按照节刻取鱼烹调，就像是按照时令获取菜蔬。正月的虎头鲨，二月的季花鱼，三月的菜花鳖，四月的清明螺，五月的翘嘴鲌，六月的鳊鱼，七月的昂刺，八月的杂鱼，九月的鲫鱼，十月的螃蟹，冬月的鲢鱼头，十二月的青鱼尾——这些都是渔民们在船尾漂泊的厨房中研究出来的"鱼味指南"。

后来船坞萎缩了，像人年长后苍老的胃，容不下太多的食物或营生。骑车经过的时候，偶然见到路边有打鱼归来的人们，那些鱼像谷子被堆在地上待价而沽。拾上十来条回去煮上，仍有湖水骄傲的鲜味——当某种生活方式在河畔貌似失效或者消亡的时候，它们又一定会在记忆的深处清晰而又蓬勃地生长。

四

上河与城市相望的地方，再往南十数里便是他乡。

除了买鱼，我还时常在连接东西两岸的桥上伫立张望，而后离开西岸回到现实——如今上河有很多桥在不断地生长。一路来往的身形疲惫，让人不禁停留在即将黑透的暮色中休憩，就像那些依旧南来北往的船一样，面无表情却思绪万千。运河里的船就像移动的村庄，格外的清晰和热闹——它们在我的眼睛里甚至比必须要归去的城市还动人。

船是上河行走的鞋子。来来往往的船，让运河在水土之外的时间里也一直游动。上河之水推动着船舶的南来北往，而船让水的流动显得具体而生机盎然。就这样，水流中产生了无比强烈而丰赡的情绪。就像是水里的鱼，隐秘而又活跃。每一条船都是有故乡的，就像每一个人都有故乡。船还和人一样把故乡背在行囊里，最后船和人本身也成了故乡。很多人要感谢这些漂泊的船舶，它们把很多孩子变成了游子。他们从码头上出发，去各处兜售自己的乡愁。兜售乡愁并不是什么可耻的事情。一个人总是惦记着自己的家，一定不会可恨到哪里去。

船是有神性的，它们能通天。它们游走在人间与天界的接口处，当然也包容了不少平俗的传说。《镜花缘》中林洋之这么讲："高邮人绰号叫作'黑尻'，妹夫细细模拟黑尻形状，就知俺猜得不错了。"多九公诧异道："怎么高邮人的'黑尻'，他们外国也都晓得？却也奇怪！"

"黑尻"即是黑屁股之意。高邮人对此多不以为然——我们当然都不是黑屁股。黑屁股指的是一种救生船。这种船专在大风大浪的湖水中救人、救船，因为船尾被涂成黑色，所以叫作黑屁股。这话说的是船，不是人——也许人们也想把上河里的船当成人。

天边残余最后一抹亮色，我赶紧用力挣脱上河之畔的意境，从此岸奔回灯火通明的现实。好在一切还都存在，在聚散、来往、虚实之间存在，如流水、光影、念想一样存在——如此，上河就永远不会断流，上河之畔永远生机勃勃，古往今来的事实如村落、遗存和草木，及至传说、风味和诗情，都在流水的默默无言中不朽——也正是上河之畔虚实相生的风物在生长和失去中，孕育和滋润了一方水土的血脉，它是历史的命脉，是地方的命运，也是我们可以十分骄傲的命数。

原载《长江文艺》2022 年第 1 期

季节里的中国原理

楚字是这样写成的

刘汉俊

楚国是一个传奇。

楚国地处蛮夷之地，与商朝无亲，与周朝非戚，起步时面对的是势力强大的周王朝和齐、晋、鲁、卫、宋、郑、蔡、燕等周王室的同姓近亲诸侯国，周边是趋炎附势狐假虎威的附庸国，身后是更原始更野蛮更落后的南蛮。地处边缘、身置夹缝，环境复杂而险恶，但楚国突出重围，先后跻身春秋三小霸、春秋五霸、战国七雄之列，疆域范围东临大海、西抵巴蜀、南达两广、北至陕南，覆盖到今鄂、湘、川、赣、皖、苏、浙、豫、陕、鲁等地，雄峙中华八百年，创造了从小到大、由弱变强的奇迹，却最终没能逃脱覆灭的命运。但栉风沐雨的楚文化像一座轩昂绮丽、姿态万千的高峰，屹立在中华民族历史长河的岸边。

一

楚字头上木成林，楚人从草莽间走来。

"清华简"中《楚居》记载，楚部族的先君叫鬻熊，鬻熊的妻子妣厉生熊丽时难产而死，巫师用荆条"楚"掩埋了妣厉。为了纪念她，部族人称自己的地域为"楚"，或者"荆楚"。

楚人认为自己的先人是祝融。《史记·楚世家》载，"楚之先祖出自帝颛顼高阳。高阳者，黄帝之孙，昌意之子也"；《山海经·海内经》载，"黄帝妻雷祖，生昌意。昌意降处若水，生韩流。韩流……取淖子曰阿女，生帝颛顼"，也就是说，楚人是黄帝的后代。《史记·楚世家》还记载，"高阳生称，称生卷章，卷章生重黎。重黎为帝喾高辛居火正，甚有功，

121

能光融天下，帝喾命曰祝融"；《山海经·大荒西经》载，"颛顼生老童，老童生祝融"，祝融也是黄帝的后代。《山海经·海内经》载，"炎帝之妻，赤水之子听沃，生炎居，炎居生节并，节并生戏器，戏器生祝融"，祝融又是炎帝的后代。

多版本性是中国神话故事的特点，无论是炎帝族的祝融氏，还是颛顼族的祝融氏，楚人都认作是自己的先人，自己是炎黄子孙、祝融的后代。考古发现，祝融八姓原分布在中原地区，《汉书·地理志》说："今河南之新郑，本高辛氏之火正祝融之虚也。"就是说，楚人最早是祝融家族的，家住中原新郑，在商朝晚期被赶出去了。

被赶出中原的这一支部族姓羋，流浪到了荆楚。先是被商朝逼得到处跑，后来被周朝挤得没地儿跑，大包小包挈妇将雏，走向风雨凄迷蛮荒混沌的南方，又与南蛮三苗各族争地盘，漂泊到了远离中原，位于今天湖北宜城一带的睢山与荆山丛林、蛮河与沮水河川，沦为楚蛮。想北返中原，但周朝防线紧箍、城门紧闭，拒楚于门外，还不断扩大封地，挤得楚只剩立锥之地。

等到第四任酋长熊绎上任，周王室才看在楚部族先君鬻熊当年辅佐先王有功的面子上，封了一块土地、赐了一个国名，叫楚国，授了一个爵位，是子爵。爵位是最低档的，位置是最边缘的，国土面积是最小的，"土不过同"，即不到方圆五十里。圈养在汉水流域丹水一带，国都设在丹阳，也就是今天河南淅川。楚部族从此成了楚国，是周王朝的异姓诸侯，人称"楚子"。按周王朝年谱算，大约是公元前 1040 年的事，距今已 3000多年。

当年周武王灭商之后分封，"立七十一国，姬姓独居五十三人""皆举亲也"，天下诸侯几乎都姓姬，但楚不是。楚国最早的家业不是靠分封得到的，也不像商对夏、周对商，一个朝代替换前朝，一个国家灭掉别国，把江山社稷、臣民粉黛、锅碗瓢盆等一股脑儿全盘剥夺、照单全收，楚完全靠自己打拼。楚国创立之初很穷，连祭祀的牺牲都是从邻国鄀国偷来的，留下了"鄀国盗牛"的典故。从熊绎开始，历代君王率黎民百姓"筚路蓝缕，以启山林"，开山拓荒 300 年，地盘一寸寸扩大，渐成气候。

公元前 740 年，杀伐果敢的熊通一刀杀掉无能的亲侄子，夺过权杖成为楚第二十任酋长，开写历史新篇。熊通显然不满足酋长这个称谓，自立为王，曰楚武王。这是中华历史上商周王朝之外第一例自称为王的，而且是非王室血亲。在他之前150年的楚国第九任酋长熊渠开疆拓土，打下长江中游的庸国、扬越、鄂国，封三子分别为王，以镇守这三个要地，被视为效仿、挑战周王朝，已经是惊世骇俗之举了，直到今天我们还没有称呼熊渠为王，因为他没敢自封为王。有如此豪胆的，楚武王熊通是第一个。

楚国像一根带刺的荆条，在蛮荒之地野蛮而自由地生长。

楚武王熊通在任五十年，治楚兴楚，对内以铁腕治国敢作敢为，对外以铁拳出击敢打敢拼，把尚处蛮夷之地的江汉平原拓展成楚国新天地，楚武王因此与郑庄公、齐僖公跻身最早的"春秋三小霸"，为后来的强盛打下最初的底子。

其时，楚武王接过的江山不过是弹丸之地，尽管前面十多位国君勤勉力为，但周王室给楚圈定的城邦范围有限，楚君们不敢越出一步，增加的土地不过是城墙边的菜园子、土围子、后花园，并不是真正意义上的国土面积。随着封国增多、蛮夷蜂起，掣肘频繁，竞争加剧，楚国已是强邻环伺，被视若囊中之物了。打得一拳开，免得百拳来，楚武王上位三年即以攻为守、南征北战。首攻选南阳，虽未攻下，但军阵前锋直抵周王室眼皮底下，让周王和护卫诸侯们看得目瞪口呆心惊肉跳。楚国北攻不成便调头南下，一举打下位于今天当阳的权国，派了一个人去当县官，这是中国历史上第一个设县制，这个由楚国发明的伟大专利，后来被秦始皇借鉴为郡县制。但这个权县县长却闹独立，楚武王再打再占，这才搞定。之后楚文王继承父王遗志乘势出击，州国、蓼国、邓国、申国、息国依次拿下，迁都到位于今天湖北荆沙的郢都，延续着楚武王的余威，但好景不长，只在位十三年。经过楚武王时期和后武王时期的砥砺奋进和接续奋斗，楚国渐渐跻身春秋大国之列。

楚国的快速崛起，归功于第二十三位国君熊恽，即楚文王之孙楚成王。楚成王在位四十六年，励精图治、发愤图强，地盘扩大至"楚地千里"，气势逼人，使楚国从"横者"成为"强者"，令中原各国心生羡慕嫉妒恨。面对这个离经叛道的异族，诸侯们经常合伙打着尊王攘夷的旗号，想打击楚国分一杯羹，但又惧怕楚人那寒光凛凛削铁如泥的青铜利剑、钢铁利剑，以及野性偾张浑不吝的蛮劲。权杖传到第二十五任国君楚庄王熊旅手里，楚国已发展成为令中原诸侯艳羡惧怕、邻邦争说的泱泱大国，楚都郢城更是"车毂击，民肩摩，市路相排突，号曰朝衣鲜而暮衣敝"，俨然世界大都市了。经过楚成王、楚庄王跨越八九十年的勤勉奋斗，楚国这个南方大国终于成为天下强国、春秋霸主。

楚国在强大，但"强"字的背后，是一个"忍"字。面对商周二代形成的先天生长环境，楚人忍受、忍耐，忍让、忍痛，隐忍不发、忍辱负重，楚国历代君王的心底都深深地烙着"忍"这个字，入骨三分。楚人被商朝赶出中原，一路南迁，在荆棘之地苦苦等待了几百年，忍；晚商时期，强盛的商朝视楚为眼中钉，赶走了不算，还想赶尽杀绝，武丁王甚至亲自率兵剿楚，楚到处躲匿，忍；帮助周人推翻了商朝，却反受周王室和诸侯的冷落、欺负，忍；《诗经》列有十五国风，没有楚，还训诫周家子弟不要追逐南方女子，"汉有游女，不可求思"，楚地楚人楚文化一直受歧视，忍；《诗经》甚至以斥责的口气说"蠢尔蛮荆，大邦为仇"，意思是蛮夷之地愚蠢的楚人啊，你竟然敢跟强大的周王朝为仇，面对如此傲慢、无礼，忍；封楚为国却地处偏远、大小如弹丸，授了爵位，却位列王公侯伯之末，忍；齐国挟天子令诸侯讨伐楚，指责楚长期不向周天子进贡"包茅"，忍；楚成王即位，提着贡品想缓和与周王室的关系，周天子回赐了一刀腊肉，但警告说，你就在南边待着，别侵犯到北方来，忍；周天子举行诸侯会盟，楚国君连个吃瓜群众都当不上，好不容易得到请柬参加了一次岐阳盟会，却只能挨着鲜卑部族首领一起坐冷板凳喝凉粥，忍；楚庄王兵临周朝城下，打探鼎的模样，被周天子的特使王孙满一通奚落，忍。踌躇满志的楚庄王在周王室城门外搞军事演习和阅兵仪式，但愣是没敢动手。

忍字头上一把刀，忍天下难忍之事，是磨炼心性。世事维艰像磨刀石，楚人在砥砺中强健，楚国从荆棘中站起。

盟会，是商周以来各方诸侯首脑、部族首领的议事机制，各国都很看重。据《春秋》经文和《左传》记载，春秋时期的公元前701年到公元前506年的近两百年间，各诸侯国和各部族举行过九十多次会盟，其中重要的有二十次，而楚国只参加过三次，第三次是在公元前538年，楚灵王欲效仿当年霸主齐桓公代天子行事的做派，想秀一下肌肉，主动要求并主持召开的，晋、宋、鲁、卫、曹、邾等国还借口不来。盟会上楚灵王面露骄色，引起诸侯们的暗怨，埋下杀身之隐患；公元前506年的第二十次重要会盟，是背着楚国召开的，代理周王室朝政、总领百官的轮值主席国刘国的国君刘文公，召集晋、齐、鲁、宋、蔡、卫、陈、郑、许、曹、莒、邾、顿、胡、滕、薛、杞、小邾共十八国在召陵会盟，会议由晋国主持，商议怎么伐楚。此时，吴、唐、蔡三国联军正以三万兵力猛烈攻楚，吴王阖闾亲率武器装备最精良的吴军，悄无声息地绕过大别山偷袭楚国，从楚军守备最薄弱的信阳攻入，直捣汉水，五战而杀入楚都郢都，焚毁宗庙，疯狂屠城，楚国军民奋起死战，打得尸山血海、昏天黑地。楚昭王逃亡到郧国、随国才保住性命，楚平王被拉出墓穴鞭尸。要不是越国从背后袭击吴国帮了楚国，秦国也派五百雷霆战车相救，楚国就画上句号了。这次战斗在楚国史上留下奇耻大辱。

这一切，楚国忍了。但"忍"不是忍声吞气，忍的背后是不认输。

楚国，在等待利剑出鞘的那一刻。

二

楚人有自己的乡愁。

打开春秋战国时期的地图会发现，几百年间楚国用兵的重点一直在北方。

那里，有楚人曾经的家园。

在江汉之间成长起来的楚国，要北进中原，遇到的最大障碍是随国，而随国正是周王室用来遏制打击楚国的先锋，又是占有长江流域铜矿资源的前卫。从公元前958年起，周昭王姬瑕在十多年间发起三次大规模伐楚，最后身死楚地汉水，每战必经随地，随国必是主力；楚国也誓言拿下随国，楚武王熊通三次征伐随国，一直打到公元前790年，七旬高龄的楚武王抱病征随，中道崩殂，死在征途上一棵檀树下。随着楚国势力增大，随、楚两国关系一度亲密，在公元前506年吴国杀入楚都郢都时，楚昭王还躲进随国避难，而随国也死不交出楚昭王，在两国关系史上留下珍贵的回忆。战国时期楚国为北上而清剿周王室派来的各个子孙诸侯国，唯留随国独存、交好，一直到公元前339年楚威王时期随国不复存在，随地成为楚国进军中原的前沿阵地。

拿下北邻随这个姬姓诸侯，既清侧除患、敲山震虎、搦战周王室，又修建起安全隔离带，楚国地盘迅速扩大、势力向北挺进。春秋时期与齐桓公、晋文公、宋襄公、秦穆公并雄的楚国君王是楚庄王，齐国一直是楚庄王的对手。公元前656年，最早的霸主齐桓公忌惮于楚国对陈、蔡两国的威胁，拉着八个诸侯国伐楚，发现吃不下，便与楚国会盟于召陵，这是历史上第一次召陵之盟，由齐主持。楚国强势北上，其意是想引起周王室或者至少是齐霸主的注意，参与游戏规则制定，分得话语权。公元前318年，楚在最后一刻中了张仪的计，放弃齐国，六国合纵失败，终为秦灭。与晋国抗衡，是为了拒之于北方、不让晋这个周王室的亲儿子染指和回归中原。公元前506年召开的历史上第二次召陵之盟，共商伐楚之计，就是由晋主持的。与吴国较量，是想遏制这个东方势力往中原方向的扩张，且抵挡"无岁不有吴师"的侵扰。与东夷越国交好战少，"天下之国，莫强于越"，楚国联手越国灭了吴国，然后再回戈一击灭了越国。与崛起于西部的秦国则展开了长达百年的持久战，直到楚拼光了家底，功亏一篑，满盘皆输，遗恨千古。

身在南楚，心在中原，乡愁不曾淡忘，目标从未改变，楚人以战争的形式去实现自己的梦想，向着故园的方向打拼，每赢一场、挪近一步；每输一次、伤心一场，直到最后梦断秦手。

丛林法则是血腥的。蛮族时代的任何一个部落都是军事集团，其生存方式主要是战斗。部落之间争地盘、抢猎物、分财富靠打，部落内部争权位、排座次、抢女人靠打，恶劣的进化环境和险恶的生存空间决定文明程度。中国社会进入西周时期、春秋战国时代，从奴隶社会向封建社会转型，文明程度在提高，冷兵器战争状态未改但武器在优化，频数密集、规模扩大、程度更惨烈，卷入的政治军事集团更多、纵横关系更加复杂，动辄数十万人参与、上十万人殒命。各种利权的争占、争抢、争夺，各种力量的对比、对杀、对峙，一次次刷新中国历史的版图。国际关系此时为友、彼时为敌，世上皆敌、天下无友，既有朝秦暮楚，又有朝晋暮楚，没有永远的朋友、只有永远的战斗，因此动荡是常态、摇摆是常事、分分合合是常数，战争从不离席，胜负决定一切，血性在血泊中凝成，狼性在狼烟中练就。久而久之，这种状态培养出三种国家心理，一种是仇外、一种是惧外、一种是崇外，导致两种结果，一是强者为王、强者愈强，斗争意识、危机意识、学习意识、创新意识增强；二是强弱分化，弱者为朋，弱肉强食、弱者愈弱，在大浪淘沙中被淘洗出局。从夏禹时期"执玉帛者万国"到周武王伐纣时诸侯三千，从西周时期天下方国八百到战国七雄，最后天下一国为朝、最终一统，地图被一次次改写涂抹，格局被一遍遍打破重启。这是战争的发展史、文化的舞台剧、人类的教科书。中华民族在跟跟跄跄中前行，但方向明确、目标坚定。

血雨腥风春秋史，刀光剑影战国册，西周东周享国 791 年，春秋战国历时 549 年，在这两条古老的数轴上，楚国贯通首尾，从未缺位。

面对强手如林、虎豹环伺，在夹缝中求生存、在边缘处求发展，从一角蛮夷之地野蛮任性地生长的楚人，深刻而清醒地认识到打是硬道理，扩张的欲望得到了充分的发育。剑锋出真理，敢打才会赢，由小到大、由弱变强的历史，逐鹿中原、群雄并起的现实，使楚国信奉奋斗的哲学。战斗只为重返，隐忍只为梦想，上千年来楚人从来没有放弃艰难的回归之路，一步步走向中原故土，一次次走向梦想高地，在风云际会中走近历史舞台的中央，创造了先秦历史上一个被驱逐之部族终归故里、一个蛮夷之国走向强盛的奇迹。

回望新石器时代中华文化版图，长江、黄河无疑是两大文明的源头，由此滋生出六大文化圈，色彩逐渐明朗，边界日益清晰。以仰韶文化为代表的中原文化，在黄河岸边郁郁葱葱地生长；以大汶口文化为代表的黄淮流域文化，在红陶黑陶器物中散发出幽幽陈香；以湘楚文化和巴蜀文化为代表的南方文化，在长江上中游地区遍地开花；以河姆渡文化为代表的江南文化，在长江下游以南的田野水乡馥郁芳香，以红山文化和大地湾文化为代表的北方文化，覆盖长城以北、辽河流域、陇东地区；以鄱阳湖、珠三角为轴线，辐射赣粤闽台的南部地区文化。这些文化圈出现有先后，覆盖有大小，但都是数千年的底蕴，共同形成中华文化最古老的底色，楚文化则是这些文化圈中成长最快、生长最久，最活跃、最强劲、最坚挺的一支。

历史给楚文化一个空间，楚文化还神州一片灿烂葱茏。

三

天下分久必合，春秋棋局正在重新谋篇。

让我们拂却历史的烟云，看看秦是如何走向历史舞台中心的；看看韩赵魏楚燕齐六国是如何走进历史倒计时的读秒阶段的；看看楚国是如何走向穷途末路、梦幻破灭的。

六国有六种活法，也有六种死法。

韩国始祖韩武子，是周武王之子，周成王之弟唐叔虞的臣下。唐叔虞受封于山西河津的晋水之侧，韩武子作为晋国大夫，受封于今天陕西韩城的韩原，后迁到今天山西临汾的平阳，成为晋国望族。春秋末年，韩、赵、魏三家分晋，中国历史进入战国时代，公元前403年周王室承认并封韩、赵、魏为诸侯，韩国建都于今天河南禹州的阳翟。韩国曾以兵器闻名天下，"天下之强弓劲弩皆从韩出"，韩国弩能射八百米之外的目标，韩国剑也是锋利无比，"陆断牛马，水截鹄雁""当敌则斩坚甲铁幕"。但是韩国地处多国之间，尤其是夹在齐、秦两个大国之间，与谁走近都不行，两头受气、两边挨打；地盘狭窄，灭郑国、迁都新郑扩充了一些地盘，仍然没有战场纵深，经不起打。关键是韩国地处秦国东进之要道，秦想灭六国，必先灭韩国，所以六国中第一个被灭的就是韩，几乎是秒杀。

赵国始祖造父，是商朝嬴姓部族，商纣王名臣飞廉次子季胜之后，周朝时是周穆王的驾车大夫。周穆王远会西王母时，徐国造反，造父以日驱千里的速度送周穆王回镐京指挥平乱，因此立功被封于赵地。赵家后代因不满周幽王的昏暗统治，移居晋国，成为晋国与智氏、韩氏、魏氏、范氏、中行氏势力相当的六大家族之一。公元前453年，赵、魏、韩三大家族分解了智氏家族，公元前403年三家分晋后被周王室封为诸侯国。赵国在盖世英雄赵武灵王时期，实行胡服骑射的政策，军队以步兵为主转变为以骑兵和弓弩兵为主，士兵装束一律采用短衣紧袖、皮带束身、脚穿皮靴的胡服，战斗力大大提升，赵国骑兵的嘚嘚马蹄声和嗖嗖箭响令各国闻风丧胆，驱胡狄、灭中山、筑长城，连续打败齐、秦、燕，成为军事强国，一度与秦比肩。赵武灵王死于宫廷内斗后，赵惠文王继位，虽有廉颇、蔺相如等名将辅佐，但公元前260年长平一战，赵孝成王用只会"纸上谈兵"的赵括取代老将廉颇，导致赵国大败，秦将白起斩杀坑杀赵兵45万之众，史载"长平之战，血流漂橹"，赵国元气顿失，"沿街满市，号痛之声不绝"。一年后的邯郸之战，赵国奋起合纵抗秦，虽有短暂中兴，但终因心力不足。从此一蹶不振、苟延残喘，直到赵王被俘、赵国被灭。赵国可谓被秦坑杀。

魏国始祖毕高公，是周文王第十五子，因封国在毕地而得姓。西周末年毕国亡于西戎，后裔毕万投奔晋献公，成为晋大夫。公元前661年，晋献公命毕万灭姬姓魏国，成功后将今天山西芮城一带的魏地封赏给毕万，并赐魏姓。魏氏毕万之孙魏犨因为护送晋公子重耳逃亡有功，被赐爵封地赏官，成为晋国六大家族之一。三家分晋之后，魏国开国君主魏文侯任用李悝、翟璜为相，乐羊、吴起为将，变法图治、称雄图霸，是七国中最早的强国，楚国的吴起变法、秦国的商鞅变法都是因为受到李悝变法的影响。但后来南受辱于楚、西输给秦、东败于齐，元气大伤。公元前293年，秦将白起发动伊阙之战，灭韩、魏联军24万人，魏精锐尽丧。公元前225年，秦将王翦之子王贲攻魏国都大梁，以黄河水淹城，死伤无数，魏王投降，魏国灭亡。魏国可谓被淹杀。

燕国始祖姬奭，是周武王之弟，正宗的周王亲。燕享国822年，在先秦各国中是寿命最长的。公元前664年，燕国不堪山戎袭扰，燕庄公向霸主齐桓公求救，战事告毕，燕庄公千恩万谢长亭相送，把齐桓公一直送进齐国境内，且一送再送，恨不能送回王宫扶上炕。齐桓公也是性情义气之人，干脆一跺脚，你送我到哪儿，我就把脚下这地儿送给你，燕国受益多多。从此燕齐两国交好，高层互访密切。120年后，燕国宫廷内乱，燕惠公逃到齐国，齐约晋一起重兵护送燕惠公回国归位。再过150年后，齐、燕反目，齐偷袭燕，燕求救于晋，晋帮燕败齐。公元前355年，燕国在易水之畔再次打败齐国，立住脚跟，纳才图强，与韩、魏、赵、中山组成五国朋友圈，互认为王，地位开始提升。实力见长的燕国，又开始了与齐国的长期对峙，并与紧邻的赵国多次交战。公元前228年，秦国破赵国邯郸，兵临易水，唇亡齿寒，燕国上下一片惊恐。公元前227年，燕太子丹派刺客荆轲携带燕之地图和秦之叛将樊於期的首级前往秦国，企图诈降以刺杀秦王嬴政。刺秦失败后，被激怒的秦国派出最猛战将王翦大举攻燕，一路追击，燕王杀太子丹向秦求和也不行。公元前222年，秦国派王翦之子王贲追到辽东，生擒燕王，燕国被怒杀。燕的悠久历史，被秦一刀了断、一剑改写。

齐国历史有两段，始祖或称两位，一位是姜齐，姜太公姜子牙吕尚，一位田齐，齐太公田和。周朝之初，周武王封师父、功臣、姜子牙吕尚于今天山东淄博的齐地，授侯爵。齐是周朝也是中国历史上第一个诸侯国，是为姜齐。齐国历史上宫廷斗争激烈，国君屡屡被弑，公子频频争位，剑拔弩张，危机暗伏。公元前685年齐桓公成为齐国第十六任国君，齐国才由乱而治进入稳定发展期。齐桓公志向远大、才干卓越，以曾经的政敌管仲为相，强力改革军政，推动经济增长，在位43年，使国家得以长足发展，富甲一方，兵甲数万，实力超强。他以"尊王攘夷"之名，"九合诸侯，一匡天下"之功，成为春秋五霸之首。齐桓公之后，宫廷内讧频仍，卿大夫们继续掌政干政，势力越来越大，甚至废立国君、大开杀戒。内乱必受外侮，宋、曹、卫、邾、鲁、郑、莒、滕、薛、杞、小邾等国攻齐，齐国日显颓势。公元前547年，齐景公即位，在位58年致力光复霸业，国内相对稳定，战事相对稀少。公元前490年齐景公病逝后，卿大夫们裹胁公子们再次拉开互相残杀大幕，齐国断断续续维持了近两个世纪的霸业风光不再。之后的近100年，齐国政坛基本上被田氏家族把持。公元前391年，齐国的国相、田氏家族代表人物田和干脆废了国君齐康公，把他放逐到一个海岛上，"食一城，以奉其先祀"，田和自立为国君齐太公，是谓田齐。五年后，周王室承认田和为齐侯。因此，齐国的上半场是姜齐姓吕，下半场是田齐姓田。齐国历史的下半场，争斗比当年姜齐更残酷、更惨烈。田齐第四代国君齐威王以邹忌、田忌、孙膑为佐，纳谏用能、礼贤重士，接续奋斗，国力日渐强大；齐威王之子齐宣王好战善战、武功卓著，征燕、攻楚、打秦、灭宋、袭晋，出击韩、赵、魏，打了150多年，打出了天地，也打乱了格局，而早已成竹在胸的秦国，在剿灭五国的同时也悄悄地逼近这个腰缠万贯却阵脚已乱的昔日大国、今日富国。公元前221年，秦兵绕开齐国40万兵力，突然出现在齐都临淄，齐国上下大惊失色。佐政的后胜是齐废王田建的王后之族弟，收受了秦国巨额贿赂的后胜建议齐王不做抵抗，出城投降。就这样，享国823年的春秋首霸齐国成为最后一个被秦国所灭的国家，可谓被劫杀。

无论是被秦国秒杀、淹杀、坑杀，或者怒杀、劫杀，本质上都是自杀，此所谓"灭六国者，六国也，非秦也"。

春秋长歌远，战国蹄声疾。战国版图翻到尾声，三个国家板块最值得关注：最大的是楚国、最富的是齐国、最强的是秦国。楚国虽大，但大而不强；齐国虽富，但富而不强。大而不强者被吃，富而不强者被劫，这是人类生存的铁律。公元前 221 年，"六王毕，四海一"，历经十年艰辛奋斗的秦始皇，终于完成一统天下的帝业，成为中国历史上最伟大的始皇帝。

秦始皇是六国的终结者、春秋战国的终结者，是楚国梦的终结者。秦风凄厉，楚歌哀婉。楚人饮马黄河、牧马中原的梦想灰飞烟灭。秦朝也是自己的终结者，"族秦者，秦也"。虽然楚朝未立、楚国不再，但楚人仍在、楚风依在。双木成林，众木森森，面对强秦暴政，天下唯楚人后代揭竿而起、执木为戈。陈胜、吴广是楚地草民，项羽是楚将之后，刘邦是楚国小吏，楚之"三户"奋起亡秦，一语成谶。

秦承楚风，汉袭秦制，一代翘楚刘邦终成帝业，开创了大汉王朝 400 多年的宏伟基业。历史不是简单的轮回，而是在螺旋式上升中书写斑斓与辉煌，一个民族在血泊中前进。

楚风烈烈古道边，芳草萋萋碧连天。抬头望，故国星空上的那个楚字，依然是中华民族的文化乡愁。

原载《湖南文学》2022 年第 1 期

季节里的中国原理

穆 涛

季节转换的典礼

一年之中四个季节的转换，是天地大序在调控制式。古代的中国，很重视这些转制的环节，在立春、立夏、立秋、立冬这四天，分别举行隆重的迎接典礼。《礼记·月令》对四次典礼的程序和规格，都有生动的描述和具体的记载。

> 先立春三日，大史谒之天子曰：某日立春，盛德在木。天子乃齐（斋）。立春之日，天子亲帅三公、九卿、诸侯、大夫以迎春于东郊。还反，赏公卿、诸侯、大夫于朝。命相布德和令，行庆施惠，下及兆民。

立春前三天，掌天象的官员上奏天子："某日立春，盛德在木"。天子开始斋戒三日。荤事、热闹事、老天爷不待见的事，都暂停三天。"盛德在木"有两层含义：春天，万物萌发生长的季节，"天地之大德曰生"，因而称盛德；依五行序次，木主春。

迎春典礼在东郊举行，天子亲自主持，国家的重要官员全部出席。大礼结束后回朝，天子封赏有功德的官员，并且责成宰相颁布惠及百姓苍生的行令和禁令，"布德和令"中的"和"指当行之事，"令"指当禁之事。相当于颁布一年中的"一号文件"，主题内容是"行庆施惠，下及兆民"。用今天的话说，就是让老百姓获得实惠。

立春所在的这个月，还有两个"规定动作"。一是责成天象官准确计算出一年之中日月星辰运行的轨迹，并予以颁布，相当于颁布一年的"日历"。"乃命大史守典奉法，司天日月星辰之行，宿离不贷，毋失经纪，以初为常"。"宿离不贷，毋失经纪"，是中国古代天文学用语。"宿"是太阳运行的位置；"离"是月亮运行的位置；"贷"通"忒"，差错的意思；"经纪"，指日月星辰运行轨迹的具体度数。这句话的意思是，太阳运行的位置、月亮运行的位置，都不能有差错。准确计算出星辰运行轨道路线的度数，以契合天地经纬。

立春之月，天子还要举行"祭天礼"和"耕地礼"。"是月也，天子乃以元日祈谷于上帝"，祭天的时间定在"元日"，"元日"也称"上辛日"，一个月内有上、中、下三个"辛"日，第一个辛日即"元日"。"乃择元辰，天子亲载耒耜，措之参保介之御间，帅三公、九卿、诸侯、大夫，躬耕帝藉（皇田）。天子三推，三公五推，卿诸侯九推。""耕地礼"的时间定在"元辰"，"元辰"是第一个"亥日"，在中国古代，以天干地支记时间，甲、乙、丙、丁等十天干称"日"，子、丑、寅、卯等十二个地支称"辰"。天子手持耕地工具（耒耜），在卫士和御车者保护之下耕地。天子以耒耜耕地推土三次，三公五次，卿诸侯九次。行礼如仪，以这种形式主义的方式，强化"农本"的重要。

> 先立夏三日，大史谒之天子曰：某日立夏，盛德在火。天子乃齐（斋），立夏之日，天子亲帅三公、九卿、大夫以迎夏于南郊。还反，行赏，封诸侯。庆赐遂行，无不欣说。乃命乐师，习合礼乐。命太尉，赞桀俊，遂贤良，举长大，行爵出禄，必当其位。

迎夏典礼在南郊举行。立夏之前三天，天象官上奏天子："某日立夏，盛德在火"。天子自此斋戒三日。立夏这一天，天子帅三公、九卿、大夫在南郊举行迎夏大礼。返朝后，册封诸侯，命太尉选拔并奖掖国家的杰出人才。

中国古代奖掖人才，不放在年终，而是放在立夏。夏天是生长的季节，而人才是助国家生长的动力资源。"赞桀俊，遂贤良，举长大，行爵出禄，必当其位"，讲的就是这一层意思。

先立秋三日，大史谒之天子曰：某日立秋，盛德在金。天子乃齐（斋），立秋之日，天子亲帅三公、九卿、诸侯、大夫，以迎秋于西郊。还反，赏军帅武人于朝。天子乃命将帅，选士厉兵，简练桀俊，专任有功，以征不义。诘诛暴慢，以明好恶，顺彼远方。

迎秋典礼在西郊举行。立秋之前三天，天象官上奏天子："某日立秋，盛德在金"。天子自此斋戒三日。立秋这一天，天子亲帅三公、九卿、大夫在西郊举行迎秋大礼。返朝后，奖掖军界功勋人物，并责成将帅强兵利器，以军事训练发现并选拔军事人才，为战争做充分准备。"选士厉兵，简练桀俊"，"选士"指强兵，"厉兵"指磨砺兵器。

立秋之月，在中国古代是"司法普及月"，"是月也，命有司修法制，缮囹圄，具桎梏，禁止奸，慎罪邪，务搏执。命理瞻伤，察创，视折，审断。决狱讼，必端平。戮有罪，严断刑。天地始肃，不可以赢"。

立秋之月，"天地始肃，不可以赢"，赢是松懈的意思，天地开始进入肃然季候，政令法度不可以松懈。"修法制，缮囹圄，具桎梏，禁止奸，慎罪邪，务搏执"，整饬法规制度，修缮监狱，完备脚镣手铐，止奸佞，防罪恶，严厉打击违法之人。"命理瞻伤，察创，视折，审断。决狱讼，必端平。戮有罪，严断刑。"古代审理案件，"刑讯逼供"不违法，给案犯"大刑伺候"是常态。古代监狱中，把在押犯人的伤分为四种，"皮曰伤，肉曰创，骨曰折，骨肉皆绝曰断"，立秋之月，治狱官员（理）到狱中，实际勘验在押犯人的伤情，公正审核案件，处决死刑罪犯，即人们常说的"秋后处斩"。

先立冬三日，大史谒之天子曰：某日立冬，盛德在水。天子乃齐（斋）。立冬之日，天子亲帅三公、九卿、大夫以迎冬于北郊。还反，赏死事，恤孤寡。

迎冬典礼在北郊举行。立冬之前三天，天象官上奏天子："某日立冬，盛德在水"。天子自此斋戒三日。立冬这一天，天子亲帅三公、九卿、大夫在北郊举行迎冬大礼。返朝后，奖赐为国捐躯的烈士，抚恤烈士的家属子女。

立冬之月，责成官员妥善做好物资储备，巩固城郭，加强边防，充实边塞等工作。"天气上腾，地气下降，天地不通，闭塞而成冬。命百官谨盖藏。命司徒循行积聚，无有不敛。坏（坯）城郭，戒门闾（内外城门），修键闭（门闩），慎管籥（城门钥匙），固封疆，备边竟（境），完要塞，谨关梁，塞徯径。"

冬，即是终。冬字甲骨文的写法是"∧"，中国古人结绳记事，在绳子两端都系个疙瘩，即表示终结。冬天的别称是"安宁"，"天气上腾，地气下降，天地不通，闭塞而成冬"，天地之气因背向而行失联，万物收藏皆入安宁。

春夏秋冬是天之四时，对应着地之四方东南西北，换季典礼分别在国都的东郊、南郊、西郊、北郊举行，基于中国早期天文学的"四象"说，左（东）青龙，右（西）白虎，南朱雀，北玄武。青龙寓春，白虎寓秋，朱雀寓夏，玄武寓冬。中国哲学的五行原理，也融汇入一年四季的流转之间。春主木，夏主火，秋主金，冬主水，土居四季中央。五行之中蕴藏着五色，春为青、夏为赤、秋为白、冬为玄黑。黄土居中做五色的基础。

《礼记·月令》具体规范古代政府一年之中当行和当为，"名曰月令者，以其纪十二月政之所行也"。礼的基本涵义是规矩，《礼记》（与《周礼》《仪礼》合称三礼），是中国人的规矩大全。中国古人自称"礼仪之邦"，就是以这一系列规矩为底气的。

二十四节气是有警惕心的

二十四节气是中国人的天地观。

中国人对天地的认知是循序而进的，夏商周三代以前，只有春和秋的概念，"以春秋知四时"。到西周时期，多个诸侯国的国史以"春秋"为书名，"吾见百国《春秋》"（《墨子》），再后来孔子以鲁国史书为基本线索，又兼容一百二十个诸侯国的史料，写出了那部大历史著作，仍以"春秋"为名称。因而这一历史段落，后人就以"春秋"来命名。从战国开始，陆续有了节气时令的记载。二十四节气首次清晰阐述是在汉景帝时的《淮南子》一书中，汉武帝时，作为国家历法写入《太初历》。中国古人有两个了不起的科学贡献：一是发现并细化了一年之中这个井然有序的生态变化规律；再是以春秋命名国家史书，把天文、地理、人间沧桑事态相互参照起来看待世界。

《淮南子·天文训》中，古人精确地把一年做了二十四等份，并加以命名，形成了我们今天所熟知的二十四节气，这是二十四节气第一次被完整叙述。

二十四节气是以天文学做基础，并经由数学科学计算得出的缜密结果。每个节气十五天，二十四个十五天是三百六十天。但每个节气到来的那一天，不是整时整点，而是精确到具体时辰的。事实上，每个节气都是十五天再多出一点点，二十四个一点点共累积出五天多。现代高科技手段测定一回归年的确切时间是三百六十五天五小时四十八分四十六秒。中国古人用中国方法，在两千多年前就做到了如此精细的科学认定。

《淮南子·天文训》是中国古代天文学的集大成作品，以中国哲学原理为基础，以北斗斗柄旋转确定一年四时，阐述天地运行规律，以及气象、物候、农事、军事、政府施政管理，且涵及干支和十二音律。

> 两维之间，九十一度十六分度之五而升，日行一度，十五日为一节，以生二十四时之变。斗指子则冬至，音比黄钟。加十五日指癸则小寒，音比应钟。加十五日指丑是大寒，音比无射。加十五日指报德之维，则越阴在地，故曰距日冬至四十六日而立春，阳气冻解，音比南吕。加十五日指寅则雨水，音比夷则。加十五日指甲则雷惊蛰，音比林钟。加十五日指卯中绳，故曰春分则雷行，音比蕤宾。
>
> 加十五日指乙则清明风至，音比仲吕。加十五日指辰则谷雨，音比姑洗。加十五日指常羊之维则春分尽，故曰有四十六日而立夏，大风济，音比夹钟。加十五日指巳则小满，音比太蔟。加十五日指丙则芒种，音比大吕。加十五日指午则阳气极，故曰有四十六日而夏至，音比黄钟。
>
> 加十五日指丁则小暑，音比大吕。加十五日指未则大暑，音比太蔟。加十五日指背阳之维则夏分尽，故曰有四十六日而立秋，凉风至，音比夹钟。加十五日指申则处暑，音比姑洗。加十五日指庚则白露降，音比仲吕。加十五日指酉中绳，故曰秋分雷臧，蛰虫北乡，音

比蕤宾。

加十五日指辛则寒露，音比林钟。加十五日指戌则霜降，音比夷则。加十五日指蹄通之维则秋分尽，故日有四十六日而立冬，草木毕死，音比南吕。加十五日指亥则小雪，音比无射。加十五日指壬则大雪，音比应钟。加十五日指子，故日阳生于子，阴生于午。阳生于子，故十一月日冬至，鹊始加巢，人气钟首。阴生于午，故五月为小刑，荠麦亭历枯，冬生草木必死。

《淮南子·天文训》以敬畏心知天地，察四时，辨二十四节气。天、地、人共通互融，深度感应。尽管一些认识存在着科学局限，但仍给人丰富的启迪和联想。

天地以设，分而为阴阳。阳生于阴，阴生于阳，阴阳相错，四维乃通，或生或死，万物乃成。支行喙息，莫贵于人，孔窍肢体，皆通于天。天有九重，人亦有九窍；天有四时以制十二月，人亦有四肢以使十二节；天有十二月以制三百六十日，人亦有十二肢以使三百六十节。故举事而不顺天者，逆其生者也。

天地之袭精为阴阳，阴阳之专精为四时，四时之散精为万物。积阳之热气生火，火气之精者为日；积阴之寒气为水，水气之精者为月。日月之淫为精者为星辰。天受日月星辰，地受水潦尘埃。昔者共工与颛顼争为帝，怒而触不周之山，天柱折，地维绝。天倾西北，故日月星辰移焉；地不满东南，故水潦尘埃归焉。

天之偏气，怒者为风；地之含气，和者为雨。阴阳相薄，感而为雷，激而为霆，乱而为雾。阳气胜则散而为雨露，阴气胜则凝而为霜雪。

二十四节气是讲变和不变的。一年之中二十四个节点的运行原则是不变的，但每个节点里都饱含着变化。气候这个词的意思，是节气变化的外在体征。医生治病看症候，厨师炒菜看火候，老百姓过日子，要看天地的气候。古人的观察是很具体的，五天为一候，每个节气里有三候。如"立春"三候：初候，"东风解冻"；二候，"蛰虫始振"；三候，"鱼陟负冰"

（鱼自河底上游，抵近冰层）。"雨水"三候：初候，"鱼上冰，獭祭鱼"（鱼肥而出冰面，獭捉到鱼一条条排起来，如祭祀一样）；二候，"鸿雁来"；三候，"天气下降，地气上腾，天地和同，草木萌动"。"春分"三候：初候，"玄鸟（燕子）至"；二候，"雷乃发声"；三候，"始电（闪电）"。"立秋"三候：初候，"凉风至"；二候，"白露降"；三候，"寒蝉鸣"。"秋分"三候：初候，"雷始收声"；二候，"蛰虫坏户"（冬眠之虫开始在洞口培土）；三候，"水始涸"（雨水减少）。天和地就是这么丰富变化着的，人活着，就要适应这种不变和万变。

二十四节气里，不仅有敬畏心，还有警惕心。在每个节气里，古人都规定了具体的禁忌条款，如"立春"和"雨水"：祭品不得用母畜，禁止伐木，不得毁鸟巢，不得捕杀幼小的、怀胎的、刚出生的动物，不得捕杀学习飞翔的鸟及小兽，不得掏鸟蛋，不得聚众起事，不得大兴土木，不可以起兵征伐，军事冲突不得由我方挑起。"牺牲毋用牝。禁止伐木。毋覆巢，毋杀孩虫、胎、夭、飞鸟。毋麛。毋卵。毋聚大众，毋置城郭。""不可以称兵，称兵必天殃。兵戎不起，不可从我始。"这些规定，都是以"顺天时，应人心"为基础的。

二十四节气的路线图，由立春到大寒，不是一条线，而是一个圆，是轮回。设定这个顺序的基础不仅是天文，还有地势和农时。在汉代之前，中国有六种历法，其中黄帝历、周历和鲁历，以冬至所在月份（即今天农历十一月）为正月，这是以天文为基础的。如果按阳历计算，每年的冬至是在十二月二十二日前后，阳历是西方的历法，也是以天文做基础的。从中国的冬至到阳历的元月一日，这中间有八九天差距。中国古人是站在黄河流域，更具体说是在渭河流域观测天象的。西方的阳历，是站在他们那里观测的，这之间有地理站位的差距。二十四节气，是以渭河流域为落脚点和出发点，比较着说，长江流域再往南的区域，或中国的东北区域，时令的变化与这个路线图出入也是很显著的。

二十四节气里的警惕心，是对人妄为妄行的警惕，戒欺天，戒逆天。谢天谢地这句话，是有初心的。

端午节，自汉代开启的国家防疫日

农历五月，依照十二地支的月历次序，属午，因而又称午月。端午，指五月的首个第五天，即五月初五。

古代中国人对五月有顾虑，甚至有恐惧。五月不宜盖房子，"五月盖屋，令人头秃"。五月上任官员的仕途，就此止步，再不升迁，"五月到官，至免不迁"。这个月，须处处谨慎行事，"掩身，毋躁，止声色"。夫妻房事也暂停，一些地方的民俗，新媳妇要送回娘家住一个月，叫"躲五"，这个月播种出生的孩子，男伤父，女伤母。在古代，五月还称"毒月"，上中下旬的五、六、七日，合称"九毒日"。古代的这些认识，与对瘟疫的恐惧有关联。五月阳气炽盛，同时阴气滋生，阴阳交争易发瘟邪。"九毒日"，用今天的话表述，叫"瘟疫高发期"。端午，是"九毒日"之首，在汉代，这一天要举行国家大祭祀驱瘟。把这一天确立为节日，是唐代之后（此说依据马汉麟先生），这个节日的涵义特殊，不是节庆，可以理解为古代的"全民防疫日"。

中国古代的四个节日，中秋、春节、清明、端午，都是以对天地的尊重为前提的，是谢天谢地，每个节日各有清晰的内涵和具体的指向。

中秋节是丰收节，也是月神节，是向月亮致敬。古代中国人看天过日子，看日头，也看月亮，日积月累，年复一年。中国人的天文历法有"阳历"，有"阴历"，还有通行的"农历"。阳历是地球绕太阳运转的时间规律，阴历是月亮绕地球运转的时间规律，农历是阴阳合历。阴历一年的十二个月，按大小月计算有三种天数，分别是三百五十三天，三百五十四天和三百五十五天，比一回归年相差十一天左右。因此要通过"设置闰月"的方式，给予"补充"，这样就形成了"农历"。"置闰时间表"是经过缜密计算的，基本原理是"三年一闰，五年两闰，十九年七闰。四百年九十七闰"。公元前一〇四年，是汉武帝太初元年，这一年是中国历法集大成的改革年。颁行新历法，同时开始"置闰"。但汉代的庆"中秋"，是"秋分"这一天，唐代之后，才确定为农历的八月十五。

春节是农历新年，是向太阳致敬。中国古人在对地球绕太阳运行的观测中，把一个回归年的"首日"锁定在"冬至"这一天，"冬至"是天文学概念中的"元旦","冬至大如年，纳履添新岁"。这一天，阳气由地心萌发上行，古称"一阳"，"今日交冬至，已报一阳生"，阳气在地下运行四十五天，到"立春"那天突破地表，万象自此更新。"立春"也称"三阳"，这是"三阳开泰"一词的来头。周朝的历法（《周历》），把"冬至"所在的月定为"岁首正月"，即农历的十一月，就是据此原理。商朝的历法（《殷历》），后置一个月，农历十二月是"正月"。秦朝的历法（《颛顼历》），前置一个月，农历十月是"正月"。西汉立国后，承袭秦制，一直到汉武帝太初元年的一百年间（公元前二〇六至前一〇四年），均实行《颛顼历》，汉武帝颁行《太初历》后，把农历一月确定为"岁首正月"，正月初一是新年首日。我们读《汉书》和《史记》时会注意到一桩"怪事"，记写皇帝一年之中的"大事记"，是从十月开始写起。这是史官在特别强调，汉代太初元年实行的这次重大"改朔"。

清明节，是以风命名的，清明风是东南风。中国古人对天地的观察与研究细致入微，把一年四季中不同方向的风分别命名，从冬至这一天开始，每隔四十五天转变一种风向，古称"八风"。冬至到立春是东北风，称"条风"；立春到春分是东风，称"明庶风"；春分到立夏是东南风，称"清明风"；立夏到夏至是南风，称"景风"；夏至到立秋是西南风，称"凉风"；立秋到秋分是西风，称"阊阖风"；秋分到立冬是西北风，称"不周风"；立冬到冬至是北风，称"广莫风"。清明风从东南吹来，大地气象景明，万物茂盛生长，"物至此时，皆以洁齐而清明矣"。清明节是祈福节，也是环境保护节，礼敬先人，念祖追宗，同时祈福于天地万物。

我说说汉代时候人们对端午的一些认识：

十二地支纪年，从"冬至"所在的农历十一月开始，"冬至子之半，天心无改移。一阳初动处，万物未生时"。子，对应农历十一月，丑是腊月，寅是正月，卯是二月，辰是三月，巳是四月，午是五月，未是六月，申是七月，酉是八月，戌是九月，亥是十月。

十二地支也有具体的涵义和指向，子即"兹"，一阳初动，万物由此萌动。丑是"纽"，阳气上通，阴气固结已渐解。寅是"演"，万物衍然而生。卯是"冒"，万物出地表。辰是"震"，蛰伏的动物苏醒，蠢蠢而动。巳，本义是胎儿，引申为后嗣，生机旺盛。午是"杵"，春米的木杵，引申为"牾"，抵触、忤逆。"五月，阴气午逆阳，冒地而出。"（《说文解字》）"午者，阴阳交"（《史记·律书》），阴气和阳气交相抵触。未是味，万物成长，有滋有味。申是神，"七月，阴气成，体自申束"。酉，本义是酒的器皿，引申为"成就"，"八月黍成，可为酎酒"。戌，本义是宽刃兵器，引申为"灭"，"九月阳气微，万物毕成，阳下入地"。亥是"荄"，草根。"十月，微阳起，接盛阴"，"阳气根于地下"。

　　午，在一天的时辰里，对应十一时至十三时之间，是最热的时候。在一年中，对应五月，是最热的季节。这个月里，有"夏至"，"是月也，日长至，阴阳争，死生分"（《礼记·月令》）。夏至，不是夏天到来，而是夏之极至。这一天，白天时间最长，是"阳极"。中国古代哲学讲究辩证法，"阳极"之中藏着"阴变"。这一天，阴气由地心开始上行，称"一阴"，"夏至一阴生，阴动而阳复于静也"（《周易正义》）。"璿枢无停运，四序相错行。寄言赫曦景，今日一阴生。"（权德舆《夏至日作》，此公为唐人。）这一天，阴气上行，与阳气抵触，纷相争扰。汉代的《淮南子·天文训》对五月的概括是"阴生于午，故五月为小刑，荠、麦、亭历枯"。一阴生于夏至，五月已有轻度的肃杀之气，荠菜、麦子、葶苈子等植物枯黄。

　　五月也称"毒月"，上中下旬的五六七日，合称"九毒日"，再加上五月十四"天地交泰日"，共十天，是传统认识里的"疫情多发期"。进入五月，长江流域是梅雨季，雨多，溽热，潮湿，吃的穿的住的用的易霉变。在黄河流域，蝼蛄（拉拉蛄）、螳螂等害虫现身，而且这个季节，北方最怕干旱，旱则百虫生，秋收基本就没有指望了。端午这一天，是"九毒日"之首，从汉代开始，这一天要举行国家大祭祀，用以南方防疫，北方祈雨。"命有司为民祈祀山川百源。大雩帝（祈雨祭祀），用盛乐（祭祀时多种乐器合奏）。乃命百县雩祀，百辟卿士有益于民者，以祈谷实。"（《礼记·月令》）"乃命渔人伐蛟取鼍（扬子鳄一类），登龟取鼋。令漖人（湖政官员）入材苇（湖畔蒲苇）。命四监大夫，令百县之秩刍（有防疫效用的百草），以养牺牲，以供皇天上帝、名山大川、四方之神、宗庙社稷，为民祈福行惠"（《淮南子·时则训》）。今天的民俗里，仍散落着当年国家大祭祀的一些细节，门前悬菖蒲、艾草，苇叶包粽子，雄黄酒涂于孩子额头、手心、脚心等。《礼记·月令》中"乃命百县雩祀，百辟卿士有益于民者"这句话，指各地的祭祀要因地制宜，多挖掘一些有影响的历史人物，"百辟卿士"，以使祭祀免于形式主义，贴近老百姓的生活，"有益于民者"。端午节与屈原的关联，当年应该是这么挖掘出来的。

古人对天地的观察是细致入理的。五月有"芒种"和"夏至"两个节气，各十五天。每个节气又分为"三候"，候，是时令变化后发生的自然界状态的变化，五天为一候。芒种三候：初候，螳螂生；二候，伯劳始鸣；三候反舌无声。伯劳和反舌是两种鸟，一种开始叫，一种不再发声。夏至三候：初候，鹿角解，鹿是阳物，此时一阴生，遇阴气，鹿角脱落；二候，蜩始鸣，蜩是蝉；三候，半夏生。半夏，中草药一种，生于此时，故名半夏。

《礼记·月令》对五月里人们的行为有具体的规范和建议，归纳一下，大致有七种：

一、"仲夏之月，其帝炎帝，其神祝融"。五月的主宰，天帝是炎帝，天神是祝融。两位均是火神，居南方。五行属水，主色是赤。

二、命乐师修鼗鞞鼓，均琴瑟管箫，执干戚戈羽，调竽笙埙篪，饬钟磬柷敔（上述均为祭祀乐器）。命有司为民祈祀山川百原，大雩帝，用盛乐。乃命百县雩祀，百辟卿士有益于民者，以祈谷实。

三、令民毋艾蓝以染，毋烧灰，毋暴布。门闾毋闭，关市毋索。这些是防疫的具体措施，不以蓝草染布，不烧灰涑布，不晒布。家门街户多通风，关隘和市场畅通。

四、"是月也，日长至，阴阳争，死生分。毋或进。"这个月，阴阳纷扰，严禁给君主进献嫔妃。

五、君子齐（斋）戒，处必掩身，毋躁，止声色。斋，指养斋心，心安是斋。吃素食不是斋，是戒。有些人天天吃素食，但做出的事，比吃生肉的还凶猛，这样就和"斋"这个字有距离了。止声色，夫妻间房事这个月暂停。

六、是月也，毋用火南方。可以居高明，可以远眺望，可以升山陵，可以处台榭。这个月，宜登高远望，但登高先要知自卑。知自卑，戒自大，才有自重，这是中国人的生存哲学。

七、五月，给乱作为的警告是：仲夏行冬令，则雹冻伤谷，道路不通，暴兵来至。行春令，则五谷晚熟，百螣（蝗虫）时起，其国乃饥。行秋令，则草木零落，果实早成，民殃于疫。

原载《人民文学》2022 年第 3 期

襄阳隐士

王跃文

襄阳好山水，最宜隐逸。登武当山可振衣千仞冈，临汉水则可濯足万里流。然襄阳自古却少有真隐逸者。若论享清福，谁都愿做隐士，世上充耳皆闻欲隐不得的喟叹，无论假意或真心。若说襄阳之真隐者，汉江是第一大隐。汉江极是壮阔，立岸而视，不见水端。有时平波缓进，有时深不可测。汉江比长江更古老，但自长江出世，汉江便归隐了。

襄阳历史上，有不少能隐而不隐的高士。襄阳隐士，首推卞和。和氏抱璞，三献两刖，泣血荆山。幸遇楚文王不像厉王和武王那么昏愚，不然已无足可刖的卞和就只有脑袋可砍了。楚文王使人理石得玉，和氏璧始出。楚文王为褒奖忠信，封卞和陵阳侯。卞和却说："宝玉面世，吾愿足矣！"长揖归去，终老荆山草莽间。

卞和若是真隐者，他应携玉同隐，唯求远避，何以要冒死献玉？世人或讥其痴，或嘉其诚。明人冯梦龙说："堪笑卞和献宝傻，何如完璧天地知。"这是对卞和献玉的质疑。汉人伪托卞和作《退怨歌》曰："进宝得刑足离分兮，去封立信守休芸兮！"这也道出了卞和的风德。卞和不去做陵阳侯，宁可"去封"，也要"立信"。他以对富贵的弃绝，证明自己非为富贵献玉。也许他最初献玉只是为让美玉见世，但当他被视为骗子刖足后，这位襄阳先祖冒死再献，则是为证明自己的人格。卞和最终为立信献玉，历楚室三世而不屈，不惜一刖再刖，冒丧命之险。如此赤诚、倔强、血性的人，若只将他视为荆山隐者，真有些轻薄了。

东汉末年的庞德公看上去终生隐逸，其实也未必是真隐逸。庞德公结庐鱼梁洲的时候，这个半岛孤悬汉江，远离城郭，开阔寂静。常来打扰庞德公的是刘表，这个荆州牧在鱼梁洲筑了呼鹰台。刘表每次打马鱼梁洲，地面尘土喧嚣，天空鹰隼盘旋。刘表久闻庞德公名，再三相邀他入城辅政，庞德公屡屡谢绝。刘表问："您辛辛苦苦种地，能留给后人什么呢？"庞德公说："商取代夏得到了天下，商纣王的首级最终又挂到了周的旗杆上。周公摄政却杀了兄长，假如周公兄弟只是过老百姓的平常日子，怎么会有这样的悲剧呢？"庞德公此言，刘表未必真能听明白。

庞德公并没有把心里话全部告诉刘表。杜甫有诗说："昔者庞德公，未曾入州府。襄阳耆旧间，处士节独苦。岂无济世策，终竟畏罗罟。林茂鸟有归，水深鱼知聚。举家依鹿门，刘表焉得取。"杜甫说庞德公不愿入州府，是畏惧官场罗网，也未必确切。倒是清人阮函的评价，很有几分道理："庞公却辟刘表，知其不足与为。"原来，邦有道则仕，邦无道则隐。用舍行藏，君子有守，匹夫竖子，不足与谋。

庞德公躬耕鱼梁洲，襄阳乡野亦颇多隐士。当时，庞德公谓之卧龙的诸葛亮，谓之凤雏的庞统，谓之水镜的司马徽，也都散逸襄阳林泉间。然正是玉在椟中，钗于奁内。若依古人齿序，庞德公属诸葛亮、庞统和司马徽三人的父兄辈。庞德公虽不与州府相往来，他在士人间却有尚贤好客之名。诸葛亮在庞德公堂下执弟子礼，庞统本就是庞德公从子，司马徽亦颇受庞德公赏识。真隐士应是不问世事的，庞德公却常与三五知己纵论古今，想也是能经天纬地、胸隐甲兵的人。阮函称其"智辩昭烈，隐然出武侯以自代"，道出庞德公隐而非隐的真相。所谓"智辩昭烈"，讲的就是诸葛亮闻名千古的隆中对，三分天下应是庞德公同诸士子经常讨论的话题。庞德公不过是请诸葛亮替他出山"扶炎鼎之衰"，他自己却"无改岩林之乐"，上鹿门山采药去了。

庞德公遁入鹿门山约五十年之后，山东泰山羊祜驻守襄阳，都督荆州，抵抗孙吴。此时，蜀汉已经归晋，晋帝司马炎有吞吴雄心。

羊祜赴襄阳，志在平复天下。兵多累民，军粮重，百姓苦。羊祜一到襄阳上任，就把荆州士兵分成两半，一半扛枪戍防，一半荷锄种地。荆州军粮储备原不足百日食，羊祜任都督时囤了十年的军粮，都是士兵们自己种的。军人自己种粮吃，襄阳百姓就安居乐业了。

两军对峙本是仇雠，羊祜却与敌人以礼相抗，以礼相处。他与士兵出营打猎，常遇着吴军也在打猎。边界相遇，倘有吴军射中的猎物跑过襄阳界来，羊祜便要士兵把猎物送回去。羊祜行军打仗越过边界，把吴国百姓

145

地里的粮食收割吃了，事后必折算成布匹还回去。与吴军战，必先下战书，约定时间和地点，绝不偷袭。有时担心不守规矩的军官仍去偷袭，战前就把那军官灌醉。自古所谓兵不厌诈，却是羊祜所耻。羊祜与吴军屡战，其法一派天真如儿童游戏，甚而似称痴愚，却从未失手。

当是时，驻守南荆州的吴将陆抗也是条好汉，英雄相惜自古有之，羊祜同陆抗相处得更像朋友，常相互置酒遣使访问。一日，陆抗急病，向羊祜求药。羊祜派人火速送上自配良药，治好了陆抗的病。羊祜恩信远播，吴国军民皆拜服，赢得百万来归。范仲淹后来写诗赞颂羊祜说："化行江汉间，恩被疆场外。"

羊祜治军严明有方，自己却不喜戎装，常在军中宽袍缓带，自在如仙君。他喜欢登岘山远眺，又爱下汉江垂钓，偶尔因贪玩耽误公事。一日，羊祜想出营夜游，被当值司马拿个正着，还被狠狠地教训了："将军都督万里疆域，岂可如此轻心放纵！今夜除非杀了我，否则营门不得开！"羊祜自知孟浪，忙向司马道歉，从此夜不出营。

羊祜驻守襄阳九年，修饬军政，功业卓著，颇有清誉。他看似天真烂漫，如神仙中人，却胸有大丘壑。他一边同陆抗诗酒往来，一边已谋划好了平吴方略。可惜羊祜壮志未酬，五十七岁时抱病北归。回到洛阳，羊祜向司马炎详陈平吴之策，并推举杜预任镇南大将军。羊祜故去第二年，杜预依先将军遗策平吴功成。庆功宴上，司马炎含泪举杯说："平吴都是羊太傅的功劳啊！"

羊祜生就不可能做隐者，他不想成名都不行。他的外公叫蔡邕，有个姨妈叫蔡文姬。他们家族的人在世自有功业，身后却是活在文学史里的。羊祜甚爱襄阳山水，曾登上岘山，对同游者感叹说："自有宇宙便有此山，由来贤达高士登此远望如我与卿者多矣，皆湮灭无闻，使人悲伤！"羊祜这番感慨让人想起日本平安时代武士平敦盛所作《和歌》："人生五十年，与天地相比，不过渺小一物。看世事，梦幻似水，任人生一度，入灭随即当前。"羊祜才高志大，却只有五十多年寿命，思之令人摧伤。羊祜去世后，襄阳人在他登岘山发幽思的话音落处，立了"晋征南大将军羊公祜之碑"，追述他的功德与风神。近五百年后，唐人孟浩然仍有诗赞曰："羊公碑尚在，读罢泪沾襟！"

羊祜倒是说过归隐的事，却是想在他功成身退之后。他曾在襄阳军帐里写信给弟弟羊琇说，待东吴平定，自己便戴上隐士角巾，回山东老家去，像汉代先贤疏广那样散尽田产，只给自己留一块放得下棺材的小墓地。羊祜之欲隐是匡世济民之后的淡泊，与庄周、陶潜之隐大有分别。

中国古时的隐者，很多其实也是大侠，可立大功业，可出亦可隐。世有大事，所谓高士若只求做隐者，不过是冷漠与逃避。郭靖和黄蓉江湖成名之后，相携隐于桃花岛，然遇国家生死存亡，则率英雄重出江湖，以血肉之躯死守襄阳。此二人虽是小说人物，却与襄阳有生死不解之缘。所谓"铁打的襄阳"，此话既是襄阳的骄傲，更饱含襄阳千年的血泪。历史上的襄阳，每二十多年便遇战火，无数将士的头颅从城头滚落。郭靖、黄蓉两位大侠，可以看作千百年来无数襄阳英魂的传神写照。

自古襄阳少真隐者，皆因襄阳人有慷慨气。古人论襄阳形势与盛景，谓此地南援三州，北集京都，上控陇坻，下接江湖，往来行舟，夹岸停泊，千帆所聚，万商云集。正因襄阳是如此宝地，战乱一起，兵家必争，生灵涂炭，在所难免。真的襄阳高士，不忍苍生劫难，哪里还肯做隐士！

原载《湘江文艺》2022 年第 3 期

金克木解李约瑟难题

黄德海

一

关于"李约瑟难题"或"李约瑟问题"的表述，现在大部分以他本人《东西方的科学与社会》中的一段话为准。文章刊发于一九六四年，距《中国科学技术史》第一卷出版已经过去了十三年："大约在一九三八年，我开始酝酿写一部系统、客观、权威的专著，讨论中国文化区的科学、科学思想和技术的历史。当时我认为最重要的问题是：为什么现代科学没有在中国（或印度）文明中发展，而只在欧洲发展出来？不过随着时光的流逝，我终于对中国的科学和社会有所了解，我渐渐认识到还有一个问题至少同样重要，那就是：为什么从公元前一世纪到公元十五世纪，在把人类的自然知识应用于人的实际需要方面，中国文明要比西方文明有效得多？"（《文明的滴定》，张卜天译，商务印书馆 2016 年；下李约瑟引文同）

文中提到了这一问题的酝酿期，不是一九四二年李约瑟到中国考察之后，而是一九三七年包括鲁桂珍在内的三个中国学生到美之后。鲁桂珍《李约瑟小传》里的一段话，也可以侧面证明这一点："随着他与中国学生的交往，他越来越觉得他们在科学上的理解和智力的敏锐方面并不亚于他，但是为什么现代科学却起源于西方世界呢？后来，他在研究了中国历史之后，又感到诧异：为什么前十四个世纪中国的科学技术远远超过欧洲而后来落后了呢？这些问题都是导致李约瑟写《中国科学技术史》的主要动机。"也就是说，上述问题在一九三八年已基本成形。不过，虽然李约瑟不断表述，但"李约瑟难题"的最终命名，却要等到一九七六年由美国经济学家肯尼思·博尔丁（Kenneth Boulding）来完成。自此之后，这个称呼才广泛传播开来。

文章实际提出了两个相关问题，但因为两个问题之间没有完全重合的术语，并不容易合并成一个。为了陈述的方便，不妨按时间顺序把它们放在一起——以公元十五世纪为界，为什么此前中国把自然知识应用于实际需要方面如此有效，却没有在此后发展出普适性的现代科学？不待后来者纷纷猜测，李约瑟已经在文中尝试给出了思考方向："对所有这些问题的回答首先在于不同文明的社会、思想、经济结构。……科学突破只发生在欧洲，与文艺复兴时期欧洲在社会、思想、经济等方面的特殊情况有关，而绝不能用中国人的思想缺陷或哲学传统的缺陷来解释。在许多方面，中国传统都比基督教世界观更符合科学。"也就是说，现代科学的出现取决于文艺复兴时期欧洲特殊的社会、思想、经济情况，中国缺乏这些特殊因素，因而没能发展起来。

或许是社会、思想、经济外延太广以致无法简单处理，或许是李约瑟并没有在三方面提出具体的洞见，后来参与解题的人们，虽然多数在方向上与此有关，却很少提到他本人的这一说法。不过，李约瑟的这一思路很早就影响过一个中国人。在《中国官僚政治研究》自序中，王亚南曾讲到这段因缘："一九四三年，英国李约瑟教授因为某种特殊文化使命，曾到那时尚在粤北坪石一带的中山大学。我在坪石一个旅馆中同他作过两度长谈。临到分手的时候，他突然提出'中国官僚政治'这个话题，要我从历史与社会方面作一扼要解释。他是一个自然科学者，但他对一般经济史，特别是中国社会经济史，饶有研究兴趣。他提出这样一个话题来，究竟是由他研究中国社会经济史对此发生疑难，或是由于他当时旅游中国各地临时引起的感触，我不曾问个明白，我实在已被这个平素未大留意的问题窘住了。当时虽然以'没有研究，容后研究有得，再来奉告'的话敷衍过去，但此后却随时像有这么一个难题在逼着我去解答。我从此即注意搜集有关这方面的研究资料了。"

照金克木《李约瑟·王亚南·陈寅恪》一文的说法，"王亚南的答复官僚政治问题是基于一个简单的公式：经济决定上层建筑。经济一变革，上层必变革"，正是我们耳熟能详的马克思主义政治经济学思路。王亚南在书中写道："中国社会的长期停滞问题，事实上，无非是中国典型的或特殊的封建组织的长期存续问题，又因为中国特殊的封建组织在政治上是采取集中的、专制的官僚的形态，于是，我们那种特殊封建社会体制的长期存续问题，自始就与专制官僚政治形态保有极其密切的联系。"不知道李约瑟后来是否读到过王亚南的著作，但在前面提到的文章里，他明确说："将所有社会罪恶归咎于官僚制度乃是纯粹的胡说。恰恰相反，官僚制度在各个时代都是组织人类社会的极好工具。不仅如此，倘若人性持久不变，那么在未来的许多个世纪里，官僚制度仍将与我们同在。"

一九八四年，李约瑟曾为《少年科学》写过一篇文章，题为《CHI-NA——创造与发明的乐土》，其中有段话，应该可以看成对以上所言的一种补充（或是面对中国读者的特殊表达）："中国经历的是一个官僚政治的封建主义社会，官僚政治在开始时对科学技术起过积极的作用，但最终却阻碍了科技的发展。"金克木的思路，跟王亚南和李约瑟有同有不同，他关注此一问题的核心是："官僚政治不等于官僚作风或专制政体。有政治就有统治。统治包括管理，必定有机构、法规、人，合起来称为制度。机构是硬件，法规是软件，即运行规律。人是能源。没有人，硬件软件都不起作用。政治或统治中的人就是官和僚和吏。除非结束了统治，无政府，无统治，那就必有官、僚、吏。必须区别官、僚、吏，不能含混。……这三种人各有传统，各起各的作用，互相推动又互相制约。……他们决定制度的灵不灵。单说制度，不说人，不够。"

二

对李约瑟难题的解答，除了上面提到的官僚政治制度，还牵扯到中国的地理环境、汉语本身的特征、儒道思想的局限等。由果追因，难免纷纭，弄不好，一只蝴蝶的意外死亡都可能被认为是某种结果的必然因由。就像金克木在《数学花木兰·李约瑟难题》中说的："对历史问为什么，难有准确答案得到大家公认，因为历史是已经过去的事实，不能重复，无法验证因果关系。"更困难的是，李约瑟问的不是已经发生，而是未曾发生的事。这也就难怪美国科学史家席文（Nathan Sivin）会在一篇文章里略显促狭地说："提出这个问题，同提出你的名字没有出现在今天报纸第三版上这样的问题是很相似的。它属于一组可以无休止地提下去的问题，因为得不到直接的答案。"让人生疑的是，这样一个看起来有点浅陋的问题，为什么会引起那么多人的兴趣呢？

认真追溯起来，并非李约瑟首先提出类似的问题。从国外来看，利玛窦十六世纪进中国之后就对此有所察觉，伏尔泰、休谟、狄德罗十八世纪时都曾于此有过关注。需要特别提到的是，魏特夫一九三一年问世的《中国的经济和社会》中"中国为什么没有产生自然科学"一节，曾对李约瑟产生过非常直接的影响。从中国来说，清末，尤其是辛亥革命之后，相关问题便不断有人提起。下面试着列出几个时间点和作品名称，应该可以大体窥见其时人们的关注所在：一九一五年，任鸿隽《说中国无科学之原因》；一九二二年，冯友兰《为什么中国没有科学——对中国哲学的历史及其后果的一种解释》；一九四四年，陈立《我国科学不发达原因之心理分析》；一九四六年，竺可桢《为什么中国古代没有产生自然科学？》……

讨论过程中，不管把原因归为中国古代科学方法的缺失、哲学思想的局限，还是教育方向的错误、政治制度的停滞，有一个问题已经呼之欲出，即"中国近代科学落后原因"——这也正是一九八二年成都会议讨论此一问题时的主题，并自此掀起李约瑟难题解答的热潮。只要考虑到清末、辛亥革命、抗战时期中国面对的巨大危机，或者二十世纪八十年代初期中国百废待兴的情势，差不多就可以明白，中国人为什么要从各个方面寻求李约瑟难题的答案了。徐模的《中国与现代科学》刊于一九四四年，开头部分的一段话，可以部分透露出探讨此问题者面对当时局势的心理状态："为什么中国并不能代替欧洲诸国诞育近代的科学呢？倘若我们知道其中的道理，我们就能明了：何以那个泱泱古国在近日是比较孤立无援，奄奄待毙；而许多半野蛮国家，享受着近代文明的果实，却能耀武扬威跻身于世界巨头之列。"

在中国面临的诸多问题中，科学之所以成为首要对象，是因为科学及与其紧密相关的技术，带来的社会变化太过巨大，几乎成为衡量社会进步或落后的最重要标准。如同冯友兰在上面提及的文章中写到的，"西方的优点，在于其有了近代自然科学。这是西方富强的根源。中国贫弱的根源是中国没有近代自然科学"。或许是因为二十世纪上半期过分重视科学的缘故，有学者提出，中国现代思想中存在需要警惕的"唯科学主义"倾向。从这个方向来看，或许不妨说，李约瑟难题或所有相似问题的提出，恰恰是"科学重要"这一前提下的必然结果。这也就能解释，为什么回应和求解李约瑟难题的文章和观点那么多，只有身为科学家的钱学森提出的问题（"为什么我们的学校总是培养不出杰出人才？"），才成为承接李约瑟难题的"钱学森之问"。

再进一步，在中国语境下，李约瑟难题其实可以转换得更为彻底，那就是，中国近代为什么落后了？这一简单问题的提出和答案寻求，内里包含着人们对并非只是地缘意义上的中国的留恋和担忧——在当时情景下，救亡原本就是比单纯学术重要得多的问题，根本做不到（或许也用不着）"价值中立"。集中阅读跟这一主题相关的文献，不难看出当时身为中国人的内在焦虑。我们甚至可以合理怀疑，李约瑟之所以提出这个问题，也跟他对中国文化的留恋有关："后来我发生了信仰上的皈依，我深思熟虑地用了这个词，因为颇有点像圣保罗在去大马士革的路上发生的皈依那样。……命运使我以一种特殊的方式皈依到中国文化价值和中国文明这方面来。"（《李约瑟文集》中文版序）

金克木对李约瑟难题的求解，当然没有离开这一留恋和担忧交织的前提。用他自己的说法，儿童时期，他即"从小学所受教育中得出一些问题：为什么中国这样一个文明大国却会受小得多的日本的欺侮呢？"学英文时，他也会想到，"英国人的脑袋这么不通，怎么能把中国人打得上吐下泻？什么地方出了毛病？"少年时期，金克木"背负着'戊戌''辛亥''五四''北伐'四次革命失败的思想感情负担，在一九三〇年，我刚满十八岁，经过上海，由海道到了'故都'北平，也就是北京"。不料仅仅过了一年，"就来了震动全国以至世界的'九一八'。日本侵略者公然占领我们的东三省，要先吞并'满蒙'，进而吞并中国。这比'八国联军'严重得多，真要亡国了，我们要做'亡国奴'了"。这还没完，"随后是'七七'抗战，一九三九年欧战，一九四一年德国攻苏联，日本打美国。"乱离之人，哪有安宁可言？

在这样的家国形势下，难怪金克木很早就提出诸多疑问："为什么英国少年瓦特能'从开水壶想到发明蒸汽机'开始工业革命，而别的地方的大人反而不能呢？为什么法国和德国是紧邻而两国情况大不相同，多年成为'世仇'呢？为什么《书经》的《尧典》《禹贡》那么早就有了系统的天文和地理知识，而现在中国还要向外国去学天文、地理呢？我一心想知道外国人本身是什么样子，想知道他们在本国对待自己人是不是也像"八国联军"在北京时对待中国人那样。外国人和中国人究竟有什么不同？为什么连文字都从中国借去的日本竟然能'明治维新'成功，而堂堂中国的'戊戌变法'却归于失败呢？为什么中国有那么多人（汉族）会癖好裹小脚和吸鸦片以致被外国人看不起还'自得其乐'不怕亡国呢？"这一系列问题，既是李约瑟难题产生的现实缘起，也为金克木后来的求解奠定了坚实的情感基础。

三

探究欧洲科学革命发生的原因，不属于李约瑟难题的主要诉求，因此求解的过程中，大部分答案都倾向于从中国寻找原因，仿佛只要找到某个固定的按钮，在现实世界中轻轻按一下，此后中国科学的发展将立刻进入高速轨道。金克木的求解思路，从起始就不太相同，他更注重的是中西之间的比较。写于一九八六年的《文化的解说》中，金克木就显示出比较的意图（中西比较是否也是李约瑟难题的起点？）："明代的城市经济并不比同时的欧洲低，文化也很发达，尤其是民间文化；可是没有出现科学、哲学、艺术的分别突破前人的发展。经济和文化的发展不能是同步的，却是相关的，大致先后相应的。……那么，为什么近代欧洲能有突飞猛进的发展，而明代中国不能呢？"

二十世纪八十年代末，金克木重视晚明一段，写于一九八七年的《我们的文化难题》中，他进一步表示，"在十六世纪以前，中国的科学并不弱于欧洲。正在欧洲开始前进的关头，耶稣会的传教士来到中国。利玛窦等人带来的还是近代以前的科学，同中国的可以合流。可惜没有合成，更没有发展。这正在明清之际。这时和以后的欧洲近代科学直到十九世纪后半才打进中国来，而我们自己在这段期间没有和欧洲作同步发展"。在科学方面，其时中国并不弱，"只是从明朝末叶即十七世纪起和欧洲对不上头了。当然这以前彼此也不一样，但难分轩轾；可是这以后中国就有点相形见绌了"。这个时间点，是以十六世纪耶稣会传教士进中国为界，那正是中国大规模接受西方科学及文化的先路，可利玛窦们带来的只是西方近代以前的科学，此后风起云涌的科学进步不与焉。

或许是因为没有找到理想的答案，二十世纪九十年代起，金克木把比较的时间节点移动，中国前移到了金、元时期，西方则定位到了文艺复兴，连续写出了《金、元旧书新刊》《元代的辉煌》《文化百川汇大都》等篇。"作为中国文化史的一个时代，元代可以从十三世纪初期到十四世纪中期，正是欧洲'文艺复兴'前夕。这个时期内，中国的社会生活、学术思想、科学技术、文学艺术都开始了巨大变化，直贯明清两代。是不是可以说，现代中国文化变革的底子是从元代开始的？……那时中国在许多方面强过欧洲。例如元代开始实行的授时历（1281）准确计算一年的周期，和国际通用的格里历一样，但比欧洲采用格里历（1582）早了三百年。为什么我们没有引向'文艺复兴'？"类似的问句，在金克木这一时期的文章中比比皆是，但无论表述得如何复杂，合起来，差不多都可以看成从不同方向提出的李约瑟难题："从十五世纪到十七世纪，欧洲蓬勃发展了，我们衰落了。十七世纪一过，我们赶不上了，剩下了自高自大自以为是。十三世纪建设大都（北京）的能力哪里去了？怎么耗散的？"

应该是出于此前提到的留恋和担忧（有些担忧因为世事的变幻，已经成为当时需要面对的历史或现实），金克木一直在寻求这些问题的答案，随时有不同的思考结果提出。甚至在似真似幻的《孔乙己还乡》中，金克木还假托孔老先生的话，劝人重写文艺复兴史。

不管围绕这个问题思考了多久，涉及的答案有多少，在一九九九年之前，金克木始终没有为他的解答确定一个精确的时间起点。一九九九年，金克木读到辛格的《费马大定理》，随后写《数学花木兰·李约瑟难题》，可以看成他最后一次求解李约瑟难题："十五世纪是明朝，这时期中国的科学、技术，或扩大说文化，仍旧照原来的千余年不变的步伐、节奏走，没有巨大激烈的变化。不过是来了欧洲的耶稣会教士，翻译了《几何原本》，改变历法引起纠纷，最后到清初，十七世纪，康熙皇帝向外国人学代数。可是欧洲不同，十五世纪起了空前巨变，和从前大不一样了。所以问题不在中国而在欧洲。不是中国忽然走慢了，而是欧洲突变，有了大跃进的文艺复兴。"这个一盛一衰的分水岭，也就是解答李约瑟难题的精确起点，金克木认为是《费马大定理》中写到的："西方数学的重大转折点出现于一四五三年。"

这一年，土耳其人洗劫了东罗马帝国首都君士坦丁堡，城陷时，学者带着图书馆的残书逃向西方。

> 原先罗马共和国继承了希腊语文化，后来西罗马帝国是拉丁语文化，现在希腊语文化回来了，还加上阿拉伯语（渗透土耳其语和波斯语）文化和希伯来语（犹太语）文化，形成了多种文化大汇合，发生了激烈的矛盾、冲突、排斥、吸收、转换、变化的情景。……数学，也许可以说是科学的神经，显示出文化的缩微景象。这时期，欧洲人普遍应用了阿拉伯人的记数法，承认了被长期否定的零（印度人发明"用零除"表示无穷大，中国佛经译零为空），学会了阿拉伯人的代数学（欧洲语言里的这个词就是阿拉伯字）等。（若没有这些就不会有牛顿的微积分和电子计算机了。）现在的高等数学公式里的希腊字母、拉丁字母、阿拉伯数字合用正好鲜明显现出这种文化汇合。……西欧的多种高级文化汇合产生新文化，突出表现在仿佛前锋的数学和文学艺术方面，构成所谓文艺复兴。这就是一四五三年东罗马灭亡的意义。（金克木《数学花木兰·李约瑟难题》，《读书》2000年3月号）

找到了这个时间点，许多问题就可以看得清晰了，如金克木二〇〇〇年写的《蒙族皇帝论法治》中所言："十五世纪前后的欧洲文艺复兴期是政治混乱，道德败坏，市场发展，思想开放，文艺界出现新天地，那么，十四世纪的中国正好有同样的情景。阿拉伯人，蒙古人在亚、欧、非三洲相连的大陆上打了几百年的天下，这时东西两头都出现了强烈的效应。全世界的近代、现代开始了。"时间往前走，到明末清初的中国，"秦、汉时期奠基的汉语文化一直以独尊的姿态迈着四方步向前走，外来文化大都是'入境随俗'。从秦到清，没有全面的，只有部分的，类似欧洲的文艺复兴现象。显然，在十五世纪后的这段时期里，在文化方面，中国对欧洲是处于一对多的弱势"。

金克木去世前不久，曾跟一个朋友谈起上面的问题，清楚地点出了其中的关键："任何一种文化，如果没有外来文化的冲击、影响和补充，是难以产生革命性变异的。"或许，这就是他解李约瑟难题的核心收获，虽然算不上石破天惊，但足以当得起执拗的提醒。现在，距金克木离开这个世界已经过去了二十多年，不同文化的互相冲击和多样交流仍在不断进行，甚至引发了更多、更深入也更复杂的问题，有心人会在李约瑟难题的发展演变和金克木的求解过程中，看到些什么呢？上帝造不出只有一头的棍子，没有人真的栖身孤岛——"过去是未来的镜子。别人是自己的影子。"

原载《书城》2022 年第 4 期

别处的生长

落英缤纷忆故人

陈建功

一

人在年轻的时候，都有些调皮。就算表面上老实，心底还是调皮的。近半个世纪以前，一九八二年初，我大学毕业，入职北京市文联所辖的作家协会从事专业创作。那时已过而立之年，却是北京市属的"专业作家"里最年轻的一个。专业作家们大抵每月集中一次，传达文件啦、领会精神啦，如赶上有重要的文件，甚至得集中几天，反复学习，反复领会。我所说的"调皮"，就是有些会议开到累时，就不得不"调皮"一下——拎起会议室的空暖瓶，名正言顺地走出去，顺道儿到隔壁的《北京文学》，找陈世崇、傅用霖等，和他们意气扬扬海阔天空。当然，我也"乖"，不出半个时辰，也会拎着灌满的暖瓶回去，继续学习领会。时隔半个世纪，犹记当年蹑步轻声溜回会场的"肃然"。我知道，端坐于堂的前辈、师长——萧军啦、骆宾基啦，直到杲向真、浩然，谁不心如明镜儿？当然人家也不点破。长者，总会有长者的矜持。只有一次，我被正在讲话的王蒙现场抓了个"哏"。

回屋时，王蒙大概谈兴正浓，暖瓶的归来打断了他的话题。他看看我，索性不再继续，说："你小子干吗去了？我刚才说得那么精彩，你整个儿就没听着！"我不无遗憾地苦笑，说："打水。您总得有水喝！"王蒙说："您这'雷锋'也学得忒费劲儿了，一壶水打了一个钟头，您这是到人民大会堂打水去了？"人皆大笑，他却不动声色，继续昏天黑地谈那学习心得。

159

王蒙揶揄我，并不令我意外。人家也有资格揶揄我，我的第一本小说集《迷乱的星空》，就是他写的序言。因此敬其为"恩师"也不为过，只是不知他认不认。一起开会时，他也时不时揶揄别人，有时，一语言罢，还看看我，我们便会心地笑。他的揶揄绝无敌意，说他是"幽默"或是"耍笑"更为准确。其实大概也就是"调皮"而已，但不能否认，这调皮里还是有内涵的。比如有一次，言必呼吁关注"现代派"的李陀在会上宏论世界文学大势。一会儿说萨特，一会儿说弗洛伊德，一会儿说"拉美文学爆炸"。李陀阅读的广泛和思想的敏锐在北京作协是众口一词称许的，当然，观点上未必一致，但大家都承认，因为他，活跃了思想，打开了眼界。就连当时年近古稀的雷加都听得全神贯注，因为耳力不逮，甚至用手掌拢着耳朵听，听不清楚，还得打断李陀请重复一遍。时值开放之始，很多洋人名字前所未闻。雷加好学，有时李陀叽里咕噜说出的名字，对不起，您还得慢慢地、一字一顿地告诉我，我得找他们的书来看呀。坦率地说，初始我觉得这老爷子有点儿"装"——您都七十岁了，还看啥"现代派"嘛。雷加逝世后，读他子女整理出版的《雷加日记》才发现，当年他一次次追问的书名儿人名儿，赫然记在日记里，很多我们当年读起来佶屈聱牙的现代派小说，他不光读了，还都记下了读后感。和雷加的"刨根问底"相映照，插科打诨百无禁忌更是北京作家们的"家常菜"。那次，李陀从海德格尔一直讲到德里达，给雷加掰开揉碎报洋名儿的时候，王蒙颔首一笑。他歪着脑袋对我说："啧，瞧人家！人家不说'好'，人家说'蒿'，多有洋味儿……"看过《茶馆》的，是不会不知道这句经典台词的。没等我笑出来，学戏剧文学专业出身的陈祖芬已经笑喷了……

　　王蒙的大脑永远如陀螺般飞转，从他脸上读出，不难。别人发言时，他会凝神倾听，有所触动时，也会微微点头。触动更大时，这"颔首"就变成了扬下巴——微张着嘴，一扬一扬，满脸都是照单全收的沉浸。当然，这"沉浸"也曾遭我揶揄——某次有位老同志年事较高，发言的逻辑有些混乱，我听得一头雾水，王蒙竟也下巴一扬一扬，貌似有滋有味地品咂。会议休息时我便调侃他："您真听懂了？我怎么听不懂呢？"王蒙不置可否地笑。我说："看您扬那下巴，以为您拳拳服膺呢。"他咧开嘴，正色道："十二级以上，一分钟扬一次；十二级到十八级，两分钟扬一次。要是你小子上去摆活，我这下巴一下儿也不扬！……"

八十年代的北京作协，开心解颐，甚至可以肆无忌惮。

二

初到北京作协驻会，发现早已相熟的作家不少。不只是王蒙，我应称之为"恩师"的，还有好几位。"文革"后期，在京西挖煤的我，得以凭"煤矿工人"的身份，参加北京业余作者的培训。几位应邀改稿的作者都住到花市东兴隆街五十一号，似乎是北洋政府某机构的旧址。院子里有前后两幢小洋楼。浩然和李学鳌住在前楼，分别在写长篇小说《金光大道》和长诗《向秀丽》。因为同在一个食堂吃饭，住在后楼的我们就和二位逐渐熟悉起来。浩然、学鳌工农出身，对业余作者格外体贴。承蒙他们推荐，我才在《北京文艺》发表了处女作。所谓"文学之路"，尽管起步稚嫩，迈开第一步，对浩然和李学鳌是不敢忘怀的。此外还有草明老师，她因《原动力》《火车头》和《乘风破浪》，被誉为"新中国工业题材"的开拓者。我也是由写工人开始创作的，听说有一个请教的机会，就很认真地誊抄了小说的稿子，请她指教。没想到入职北京文联，竟和草明老师在一个党支部！令我感动的是，几天前，有位青年文学研究者来访，说在中国现代文学馆查到我发表的第一篇小说《铁扁担上任》的誊写稿。捐赠人叫吴纳嘉。立刻想起，他所说的就是一九七三年我向草明老师登门求教时，特别认真地誊抄的那篇。从那时到二〇〇二年草明老师逝世，已近三十年，难得的是，老师居然把这稚嫩的文稿保留到辞世，而后才由她的女儿吴纳嘉捐赠到了现代文学馆。

彼时北京作协的驻会作家们，说是"四世同堂"也不为过。时已年逾七旬的"鲁门弟子"萧军，应是最年长的。萧军屡遭磨难，那时终于被认可为"有民族气节的革命作家"，最终到北京作协驻会。萧军戏称自己是"出土文物"。同时"出土"的，还有同属东北作家群的端木蕻良、骆宾基。年龄介于端木和骆宾基之间的，是雷加。我在大学时，曾循着现代文学史的踪迹，一一读过他们及其他被纳入"东北作家群"作家的作品。

鲁迅在为萧军《八月的乡村》所写的序言里说："作者的心血和失去的天空，土地，受难的人民，以至失去的茂草，高粱，蝈蝈，蚊子，搅成一团，鲜红的在读者眼前展开，显示着中国的一份和全部，现在和未来，死路与活路。"鲁迅精准地概括出那一时期流亡关内的东北作家们的望乡泣血之思及其苍凉粗粝的艺术风貌。我熟悉萧军们的早期作品，当然也知道萧军、萧红、端木蕻良、骆宾基之间的恩怨故事，甚至还曾试图甄别各种八卦。后来看到许鞍华导演拍成的《黄金时代》，在人物塑造上，我以为有些拘谨，或在潜意识深处，仍有不便臧否的因由？但这影片毕竟讲出了一群颠沛流离的年轻人，他们青春与爱情的黄金时代，如何与离乱的中国搅作一团，使人叹惋人生之惨烈，青春之悲壮。入职北京文联，给我的第一个意外就是，和萧红密切相关的三个男人都聚齐于此。萧军并不如他所自嘲，是"出土文物"，反倒使我一下想到他发表处女作时的笔名：酡颜三郎。人固老矣，寸头，白发，脸膛红润，和扣在白发之上的暗红色毛线帽一起，昭示"虫沙劫历身犹健，烽火频经胆未寒"。人说十五年前，也就是"文革"初起时，萧军还撸胳膊挽袖子，为骆宾基跟居委会叫板。萧军是习过武的，遭难时曾经教习武术为生。据说那时萧军往街口一戳，威风八面，"拼命三郎"的架势端得有模有样儿，真就把人吓了回去。自此骆宾基才活得安生了。后来我见到萧军的女儿萧耘，忍不住求证此事。萧耘说，可不是！老爷子老那么豪横，挨了斗也没断了出门溜达。您猜我妈每次都叮嘱他什么？——"早去早回，别找人打架去啊！"……

相比之下，比萧军小十岁的骆宾基似乎柔弱许多。初见几次后，就很久没能见到他来开会，再见时已因中风而蹒跚。一次会议相邻而坐，很偶然看到他打开的笔记本，满页的字没几个，个个如核桃大，他说是他记下的钟鼎铭文。当时李陀正向我力荐老人家写于二十世纪五十至六十年代间的一篇报告文学，感慨说，看他把春天写得何等富于激情！可惜他不写啦，迷上上古金文啦。我也不禁连说可惜。几年后，看到骆宾老有四五十万字的《金文新考》出版，据说他为此书殚精竭虑凡三十年之久。那一次，看着蹒跚离会的骆宾老的身影，李陀忽然问我：你读过《乡亲——康天刚》吗？当时只觉得他话里有不胜今昔之概。多年之后，忽想，李陀所说，或是感叹这身影里，透着康天刚式的倔强？

三

李陀在许多人眼里，是激进而好辩的，初识者或会以为他桀骜不驯，睥睨众生。我也没少被他"睥睨",说这篇写得太笨,那篇写得太浅。有时他甚至连粗话都带出来了。当然他对成功的作品——不管是老人还是新人——也不吝夸赞。那种欣喜是由衷的,比如他跟我夸过端木蕻良的《科尔沁旗草原》——"老辣!那是他二十一岁时的文笔啊。"给我背阮章竞的《漳河水》——"艳艳红天掉在河里面,漳水染成桃花片";背张志民的《死不着》——"豆渣麻饼常断顿儿,嚼一口盐花儿喝一口水儿"。他说,他们的贡献是用诗歌证明,向民歌民谣索取,诗歌才有活力。

故此,大家乐见李陀滔滔不绝,即便被他骂到头上,也明白他是每时每刻为文场诸公着急上火。何况李陀还会给你开书单,让你自己去读、去想、去试。如同古人所说"道之所存,师之所存",岂不乐哉?

坦率地说,就文学观念而言,几代作家,或说不同时代不同阅历的作家们,持论未必一致,有些甚至分歧巨大。比如浩然,二十世纪七十年代,他几乎是中国唯一的作家,故有"八个样板戏一个作家"之说。而到了七八十年代之交,他似乎跌入人生和创作的谷底。噤声多年的老同志有些怨气,以"新时期文学"的实绩"走红"的中青年一代,包括我以及受过他关照的北京业余作家们,也都渐渐觉得,在对文学的理解上和浩然有了"代沟"。不过大家相处,还是平等的、良善的。

……

每个人都有自己的心路历程,也都知道自己会有局限性。大家都理解这种局限,也相信别人在寻找着、完善着。所谓各美其美、美美与共,包括了"文人相亲"的良善,也包括了对艺术风格的宽厚。

即使是同一"科"的作家,比如当年风头正劲的"四只小天鹅"——我已经忘记这是哪位对王蒙、邓友梅、从维熙和刘绍棠的戏谑了——王蒙汪洋恣肆地放飞"风筝飘带",邓友梅有滋有味儿地讲述旧京故事,从维熙营造他的"大墙文学",刘绍棠则沉浸于大运河的桨声灯影……他们文学主张和风格上的似与不似,也几乎人所共知。再加上新时期文学探路者之一的刘心武,持寂寞之道、醉心于"怪味小说"的林斤澜,还有对"个人化"和"社会性"命题有不同关注的张洁和谌容……八十年代北京的驻会作家们,"人人握灵蛇之珠,家家抱荆山之玉"。而小说之外,还有理由、陈祖芬以报告文学鼎立一方,枭向真、葛翠琳、刘厚明在儿童文学独辟天地……也有几位交流不多的作家,我甚至对他们的作品所读有限,但想起他们，无不充满敬意。如管桦、古立高、李克、钱小惠、李方立，几位都年长我二三十岁，也就是说，我还没出生，他们就参加革命并有代表作问世了。管桦的《小英雄雨来》，是我读小学时就出现在课本上的篇章。二十世纪五十年代，古立高以长篇小说《群峰屹立》和一系列中短篇小说赢得读者的喜爱。李克，则是人们熟悉的《地道战》的作者之一。钱小惠的父亲，就是戏剧家、藏书家、太阳社创办者之一阿英（钱杏邨），在现代文学史上颇负盛名。小惠的长兄钱毅是作家，也是烈士，战地采访时被俘，"威武不能屈，临难不苟免"（黄克诚语），牺牲时年仅二十二岁。钱小惠的身上，丝毫没有身份承袭上的自负。那不是刻意的低调，而是本色的素朴。他去世后，子女整理《钱小惠作品集》出版并寄赠给我，我才知道他不仅是作家，而且还是版画家，有木刻、速写、漫画存世。李方立，则另有一番传奇。刘心武告诉我，他就是一九四○年带着十六岁的贺敬之和另外两个同学，从四川梓潼投奔延安鲁艺的"方立大哥"呀……

身边诸位似乎都裹挟着某一时代的风雨，而最不动声色的几位，故事一点不少。

比如杨沫，她投身时代洪流的写照，其实已经在《青春之歌》里面了。一九九五年她逝世前，曾嘱托我把这部长篇小说改编为电视剧。她说，希望改编后的电视剧，尽可能葆有她当年的激情，也尽可能加入她经霜历雨之后的人生思考。我和李功达，合作中念兹在兹，特别注意对余永泽的形象进行再创造。我以为，倘若杨沫大姐有知，或许也会认可的吧。

杨沫作品写得好，为人也慈善。有一次，任职于鲁迅博物馆的作家韩蔼丽就笑着告诉我：你们那杨沫老太太，真是一个好老太太！韩蔼丽说那天到北京文联办事，碰上了杨沫，走时又被老太太截住，非让去她办公室一趟。"你猜她干吗？她非塞给我一包袜子，说小韩呀，天凉了，你得穿袜子呀。"——"天哪，"韩蔼丽说自己当时都笑歪了，"我老老实实对老太太说，我从来不穿袜子的，冬天也不穿，您不会以为我买不起袜子吧？"

四

有位曾经和我一起挖过煤的朋友，稍晚到了北京市委宣传部工作。初入宣传部，他在某个场合遇见我，说，实在闹不明白，为什么每次派人到文化口各单位去听会，小青年们都抢着去你们那儿？你们怎么那么招人？

我说这有啥新鲜，我们这儿净是有故事的人啊，何况人人都是讲故事出身。到这儿开会，就是听故事来啦。

最会讲故事的，赵大年应算一个。

赵大年调入北京作协驻会，比我早一年多。那时他是北京农机局的干部，因电影剧本《车水马龙》而成名。大年那时应已年过半百，秃顶油亮，只有一圈银发烘托，我戏说是"彩云追月"。他架着一副金丝眼镜，言语擅夸饰而又透着自嘲。我总是想，这是不是由贵而衰的"子弟"们习成的修辞方式？大年的举止透着令我艳羡的"范儿"，以至于我曾问过他鼻梁上的眼镜架是否是真真儿的金丝？大年撇了撇嘴说，甭管是不是金丝，九百块钱呢！二十世纪九十年代，九百块钱算是天价，24K 金每克也不过一百元。您这哪儿淘换的"金贵玩意儿"？闹得我心惊肉跳！

大年便说这眼镜的故事，原是到深圳参观，欲领风气之先，不想被不良商家坑了。大年始终不说"坑"字，面儿上绝对不能服软。我说既让人宰了就甭嘴硬啦，大年还不认，只说开了眼了。"怕啥，不就九百块吗？把这事写篇文章，立马赚回来！"我只好学阿 Q 口气，说赵太爷真是豪横啊，咱家阔，咱怕谁？

我比大年小十八岁，却可以毫无顾忌地和他抬杠，打击他"八旗子弟"的优越，当然也逗他把有趣的故事讲下去。他却不恼，呵呵笑着，越发"倚老卖老"。

他甚至自豪于腿上的肌肉。那天由我的腰椎受伤肌肉萎缩说起，正好他身着短裤，伸直了大腿秀给我看，自诩重庆参军后到湘西剿匪，登山越岭，便落下这"丰腿肥臀"。"别不当回事儿！有个日本作家来家做客，非跟我较劲，让他掐来掐去愣没掐住这股四头肌，输了我一根日本名牌儿钓鱼竿儿呢。"

有一次话题扯到戏剧。邓友梅说自己之所以走上文学道路，源于在新四军文工团被分配担纲"提词"——"那时演的大多是'活报剧'，下午剧本编出来，晚上就演出了。哪有什么排练呀，连台词都背不下来！文工团的领导看我小，演不了恶霸，更演不了英雄，好歹认得俩字，说，小邓，站到大幕后边去，提词儿！……这活儿干着干着我就想，原来剧本儿就是这么一回事呀，不就是甲说乙说吗，得，我也来一个！就这么着，我也写了一个活报剧的剧本，没想到还在部队的小报儿上印出来了。有一天，我们班长拿来一袋花生米，说小邓，这是你的稿费！我一想，呵，真不赖，写剧本还能赚稿费，有花生米吃，就这么做上文艺战士啦……"闻之大年接话，说，你得好好反省你做文艺的动机！革命有早晚，起点可不一样！我演戏，可是"反封建"起家，怎么着也是重庆南开中学男女同台第一人呢！——为找机会抄他"拐子"，我逗他：您比曹禺还"前卫"呢，还有一个黄宗江！曹禺、黄宗江在天津南开演戏的时代，还不允许男女同台，因此他们都是男饰女角。而大年演话剧时，世风已渐渐开禁，据他说，"那也得到学校的训导处立下'军令状'，谨记'男女之大防'呢"。

有一次学习的话题似乎是抗美援朝。大年直指我说，像陈建功这样的，我当志愿军出国时，你才生下来！我说，可不，多亏您保家卫国，我今儿这好日子，有您的牺牲奉献！我又问：你真刀真枪冲锋陷阵了没有？大年呵呵两下，说，我是翻译，我的任务是教战士们说英文。我说，咳！你那英文，也就是"缴枪不杀"呗，不服你说点儿新词儿我听听！大年大笑，说几十年了，我一句也不会说了。旁边看不过去的邓友梅说："大年你别让这小子给唬住，我教你一招儿，喝点儿酒，你就全想起来了！我告诉你，我在日本当劳工那几年，日本话已经说得溜溜儿的了。一九四五年回来，四十年，全忘了。前几天接待日本作家代表团，开始一句也说不上来。可等到几杯酒下肚，我叽里咕噜一通说，那些日本作家，还有陈喜儒，都听傻了！"所说的陈喜儒，那时是中国作协外联部的日语翻译，我听他说过这事。"几杯清酒下肚，老邓如有神助！日语说得叽里呱啦。那些日本作家听得目瞪口呆，我问日本客人都听懂了吗，他们连说，听懂了听懂了！我说，怎么我反倒听不大懂？日本客人们哈哈大笑。有位作家委婉地说，邓先生说的，是比较粗俗的底层用语，真得在日本的底层混过，才说得出来呢。"我当即证明邓友梅所言不虚，至于赵大年能不能说得比"缴枪不杀"多一点儿，得赶紧喝一回酒才知道。

斗嘴归斗嘴，交情是深的。回想起来，甚至还一起在文学界"兴风作浪"过。二十世纪八九十年代之交，文场兴起了"换笔"风。其实先行者是四川的马识途和湖北的徐迟，人家已经悄悄开始电脑写作了。北京人似乎更心忧天下，自己换了笔，还要张罗着更多的作家换笔。一九九二年，经某文化公司筹划，北京作协居然在长城饭店开起一个"换笔大会"。参与的有张洁、谌容、李国文、王蒙、史铁生、叶楠、邵燕祥、邓友梅、阎纲……更有一位痴迷于"奇技淫巧"的作家吴越，通俗小说纪实文学叙事长诗民俗调查等无所不作，甚至连世界语都很热衷，普及电脑写作岂可或缺？便见他在作家间奔走。当时的电脑也就286型，每台竟至七八千元，是笔不菲的开销。作家们"换笔"，大年同样"伯也执殳，为王前驱"，甚至把杨沫拉来了。杨沫称自己年岁已高，无力新潮，但动员作家们早换快换，跟上时代。赵大年说自己虽年届甲子，猛志犹在，一通勇立潮头霸气十足地忽悠。我记得和他们开玩笑，说你们一个唱白脸儿一个唱红脸儿，有点儿闹上史册的豪迈呢。

那时人还傻，不知道跟电脑公司索取"代言费"，也不知道让商家给打个折扣。

别看会上豪言煌煌，俨然电脑写作的行家，其实大年于电脑，也是初学乍练，用后来的说法，菜鸟一枚而已。我比他略强，于是惨的便是我了——两家楼上楼下住着，大年又是半夜三更才开始写作，午夜惊铃便时时响起。有时问："我这回车键怎么就没反应呢？"有时说："你还是下来一趟吧，我这页面儿怎么也对不齐哦！"……夜深人静，守电梯的女工已下班，只能摸黑走楼道，幸好只有一层。如此夜半登门，大约三个月之久。

那时大年乖得很，也不摆"老革命"资格了。每次进门，都是客客气气地把我往电脑桌前让："您来！您来！"

我说，我现在是"翻身农奴把歌唱"啦！

五

终于，抬杠抬到了九十年代，《皇城根》就把我和大年捏到了一块儿。时任北京电视剧中心主任的李牧，对大众文化的趋势足够敏锐。他先是组织了《渴望》的创作，未待杀青，已经开始组织《编辑部的故事》和《皇城根》了。"《渴望》算是正剧，《编辑部的故事》是个喜剧，《皇城根》算是悬疑剧……"我当时就惊叹李牧的谋划何以如此精心，后来才知道是大众文化产品生产的思路。以后他和他的团队，又选中了曹桂林的《北京人在纽约》，这部剧更是借鉴海外文化、拓展文化产业的典范。"观众都关心出国打拼的呢，得先让王启明惨惨惨，满足他们的嫉妒心。等到观众也觉得惨不忍睹了，就得让王启明火火火，满足他们的同情心！"我已忘记这话出自何人，但这话经常被我引述，成为市场经济条件下文化产品与市场互动的例证。

我和大年，就是为这"悬疑剧"的设置开始合作的。

大年擅编故事，我则注重塑造人物。为这我们没少吵来吵去，甚至面红耳赤。好在都是豁达之人，心思全在剧本上，并不计较。

三十集电视连续剧各写十五集，凑到一块儿，大年问我："咱找端木题写片名怎样？"

那时端木蕻良已年近八十。固然是熟人，又都住在一个家属楼里，找他，还是不情之请。

我知道赵大年早在会上说过，一九五〇年在重庆参军，唱的就是端木蕻良作词的《嘉陵江上》，为此被解放军文工团挑上。因此可说，端木蕻良是他与文艺结缘的"红娘"。

我笑着说，你这马屁拍得倒蛮到位的，不过老端木那歌，的确雄浑大气啊——

> ……
> 敌人打到了我的村庄，
> 我便失去了我的田舍、家人和牛羊。
> 如今我徘徊在嘉陵江上，
> 我仿佛闻到故乡泥土的芳香。
> 一样的流水，一样的月亮，
> 我已失去了一切欢笑和梦想。
> 江水每夜呜咽地流过，
> 都仿佛流在我的心上。
> ……

这支歌，现在想来依然荡气回肠。其实初学写作时，我也反复揣摩过这歌词。

当然，端木老很快就题写了《皇城根》的篇名。我们把它用在电视连续剧片头和同名长篇小说的封面。

几年以后，端木去世了。那时我没在北京，事过之后在楼道里遇见端木的夫人钟耀群。钟大姐说，端木走得安详而从容，他远行前甚至和家人一一拥抱。

我问钟大姐，当年端木剪下的萧红的那缕头发在哪里？——我想起了普希金纪念馆里展陈着的普希金的那一绺——大姐说，已经捐给萧红家乡了，葬在萧红的衣冠冢里。

二〇一九年七月，大年也离我们而去了。

呜呼！上面提及的师长，不少竟已先后离去。还有一位活泼开朗的好朋友，也已远行。不知是否是家人或她本人的意愿，至今没有对外宣布，在此我只能默默地为她祈祷。也好，就像她永远在我们中间一样。

所幸还有几位师友，硬硬朗朗的。有人还通过电子腕表，天天发来计步的结果，闹得我若不努力奔着每天一万步，都有些羞愧。

我不敢说每位经历过八十年代的北京驻会作家都会怀念那些日子。我却是怀念的。

原载《人民文学》2021 年第 10 期

拯救父亲

陈　仓

一

爹是一尊活佛，没有寺庙的活佛，或者是被佛派来的，他来到世上的目的就是先养我，再来化我。但是爹逢人就说，不是我儿子呀，我坟上的草都长多深了。按照他的意思，是我救了他，我像他的救命恩人。不过，我感觉恰恰相反，好比一个泥水匠，他揉了一团泥巴，捏出了一尊菩萨，似乎是他造就了菩萨，其实是菩萨成全了他，让他借着这么一个机会，有了普度芸芸众生的法力。

二

事情得从 2017 年冬天讲起。姐有一天打电话来，说爹病了。我当时非常忙，第二天要去山东，有几千块的好处要拿，而且已经订好了机票。爹已经八十岁了，以往也经常生病，比如便秘啊咳嗽啊感冒啊，无论轻重都被瞒哄过去了。他的理由只有一个，我离家远，又忙，不要打扰我。这一次，姐打电话的时候，明显是强忍着泪水的。我问爹怎么了？姐说老毛病犯了，已经送到了医院。爹从来拒绝进医院，这次应该是比较严重的。我试探地问，我要不要回来？姐没有任何犹豫，说回来吧，爹说欠你了。

"欠"是我们村子的方言，就是非常非常想念的意思。爹能说出这个"欠"字，看来情况有些不妙。

第二天大清早，我就改变了行程，从上海绕道杭州，坐火车回到了丹凤县城。我推开病房的时候，看到病床上有两个人，一个是姐，一个是爹。姐靠着床头坐着，怀里静静地抱着爹，像抱着巨大的婴儿。两个人似乎都睡着了。护士轻手轻脚地跟过来，对着病房外指了指，示意去外边说话，以免吵醒了他们。护士告诉我，爹患的是心血管疾病，心肌已经大面积梗死，加上肺部出现感染，所以呼吸十分困难，医院已经下过两次病危通知。姐之所以那么抱着爹，是为了缓解爹的痛苦，让爹能好好地睡会儿。护士说着，眼泪就流下来了，不晓得她的泪水是为了爹还是为了姐。

我回到病房，姐已经醒了，她笑着说，你刚到吧？我说，刚下火车。姐把爹从怀里轻轻地放下来，然后对着爹的耳朵说，爹呀，你看看你儿子回来了。爹嘟哝着说，哪个儿子啊？

爹原来是有两个儿子的，哥在十九岁的时候，定了个漂亮的媳妇。那时候家里穷，婚礼本来可以一切从简，但哥不愿意，非要办酒席，还想请戏班子唱几天老戏，为了筹集费用就去河南灵宝淘金。不承想，半路发生了车祸，哥在关键时候推了我一把，救了我，自己没有来得及跳车，被车轮子轧在小河里活活地淹死了，我则躲过一难，不过这已经是三十多年前的事了。

我说，爹呀，你不认识我了吧？爹似乎真的不认识我了，闭着眼睛没有吱声。我说，我是喜娃呀，我刚从上海回来。爹似乎被扎了一针，惊了一下，眨巴着睁开了眼睛，然后挣扎着要从床上下来。我按住爹，说你想吃什么吗？爹没有一点推辞，说想吃锅盔。姐看到爹一下子精神起来，就笑着说，爹，你偏心。

爹说，我怎么偏心了？我对儿女的一碗水都是平的。姐说，这些天，每次让你吃饭，你总是发脾气，说我要害死你，你看看现在，你儿子一回来，你马上就要吃东西了。

爹一辈子最爱的就是锅盔，当年出门干活的时候，有个锅盔作为干粮，那是幸福的。如今生活变好了，大部分人已经不吃锅盔了，改吃大肉包子了，或者改吃芝麻大饼了，但是人的身体最忠诚于自己，贫贱不能移，富贵不相忘，无论生活发生了多少变化，胃口一点都不合弈。虽然锅盔硬邦邦的，没有添加任何味道，但在生命岌岌可危的时候，爹挂念着的还是锅盔。

我亲自去街上买锅盔。昨晚刚刚下过的一场雪，把县城后边的凤冠

171

山、前边的丹江河、中间的房檐屋顶，打扮得十分素净，加上天已经放晴，阳光淡淡地照着，像涂了一层淡淡的红粉胭脂，行人呵出浓浓的雾气，像戴上了轻盈的面纱。锅盔并不难买，作为陕西八大怪之一，不仅是当地最具风味的一种食品，也是几代人在这块土地上最美好的留恋，所以街头巷尾，有的专卖锅盔，有的兼卖羊肉汤，老头老太或者小媳妇大闺女，他们的摊子多数摆在自家门口，支着一个炉子，放着一张桌子，围着几条板凳，并非当成生意来做的，而是当成一种生活来过的，像在热情地招待着客人一样。

我带着一个火烧火燎的大锅盔回到病房，姐已经给爹穿好衣服、擦好脸让他勉强坐起来了。爹毕竟几天滴水未进，我害怕干巴巴的难以下咽，就搅了一大碗糖水，把锅盔掰开，在糖水里蘸一蘸，然后一口一口地喂给爹。这种吃法，也是爹教我的，小时候，爹带着我扛着床板，去河南那边赶集。来回整整一天，中间吃一块锅盔充饥，遇到口干舌燥难以下咽的时候，爹就带我来到小河边，掰一块锅盔，放在潺潺流动的溪水里泡一泡。如果小河里有鱼，鱼儿们闻到味道，以为遇到了龙王爷请客，自然会馋着嘴纷纷游过来，亲一亲，咬一咬。被溪水泡过的、被鱼儿亲过的锅盔，虽然有一点若有若无的腥咸，却是软软的滑滑的了，在咀嚼和吞咽的时候，有甜丝丝的味道会掠过舌尖。

医生查房的时间到了，看到爹精神起来，就把听诊器搭在爹的胸口听了听，说昨天还滴水不进呢，今天怎么胃口大开，而且吃的不是流食，你们私下里给他吃过什么灵丹了吗？护士笑着指了指我，说灵丹就是他的宝贝儿子，估计看到儿子回来了，心里高兴吧。

其实，我已经注意到了异样，爹在吃锅盔的时候，不再像以往一样，你能从他的目光中，看到他的享受，体会到香喷喷的味道，把你馋得直流口水。但是，这一次，他的目光是呆滞的、无神的，焦点不在嘴里，似乎已经游离到了世界之外，或者已经失去了注意力，而且他的嘴巴毫无节奏，我喂一下他，他就张一下，我不喂他，他并不主动要求。他不像在咀嚼食物，倒像一台水泥搅拌机，那么机械，那么麻木，只有力量，并无欲望。

我想，爹最大的事情永远是吃，是活着的象征。如今爹不在乎吃饭，他只是表现给我看的。他以吃的方式和礼仪，表示他见到儿子的喜悦。

三

中午的时候，元明哥来了，他是我的大堂兄，突然出现在医院，意思是明白的，来见爹最后一面。我们家族，父辈们兄弟四人，如今只剩下爹一个人了。大伯是滑进茅坑里淹死的，大佬是得胃病死的，小佬是得肺炎死的，除了小婶还健在，其他三个婶婶从没有认真看过医生，都死得稀里糊涂。我们堂兄弟也是四人，各自成家添丁进口，已经散落在天南海北了。三十年前，由于邻里关系纠纷不断，元明哥有点归隐空门的意思，带着嫂子顺河而下，搬到了"关门不锁寒溪水，一夜潺湲送客愁"的武关少习山，傍依着一座寺庙，两口子在农忙的时候开荒种地，在农闲的时候讲经事佛（也许是道）。元明哥自小信佛，经常去周边的寺庙帮忙洒扫，还带回一些经书，在家里认真地抄写研读。后来娶了一个媳妇，也是信佛的，所以他们家一日三餐都是吃素的，他们到别人家串门子的时候，大家请他们吃饭，都会从地里铲一些泥巴，把碗反复擦洗几遍。都是不沾丝毫腥荤的，大葱大蒜等五辛佐料都是不放的。

有一年，元明哥突然打电话给我，要我帮忙购买一本经书。不就一本经书吗？上海这么多名刹古寺，又有那么多高僧大德隐居其中，我就满口应承下来，说买到了送给他。哪承想，跑遍各大新旧书店，静安寺、玉佛寺也问了，还讨教了几位法师，都没有找到那本经书，最后在图书馆查到了，是从日本翻译过来的孤本，可见元明哥的修行之深了。我原本有些迷惑，他们夫妻两个算不算出家呢？如果是出家的话，那不是有违清规戒律吗？在我们老家，所有人是分不清佛和神的，什么是寺什么是庙，就更是区分不开了，也并不妨碍我们祈福许愿。后来才明白，元明哥修行的，确实不是寺也不是庙，皈依的不是道观也不是佛门。不管信仰任何宗教，其本质是积德行善，这就足够了。

记得大半年前，姐打电话告诉我，元明哥回家看望爹，摸着自己的山羊小胡子，摇着头叹着气说，爹过不了今年年关。话传到爹的耳朵里，爹一下子失去了求生的欲望，经常坐在门枕上，尤其喜欢在黄昏的时候，呆呆地看着门前的山头，似乎白云飘过的高出山头三尺的地方就是他要离开的路。就那样过了春天，爹开始嘟哝着为自己准备后事。首先，爹带着姐，在房前房后、山上山下、地尾村头，仔仔细细地转了一圈，告诉姐哪些庄稼地、哪些自留山、哪些果树是我们家的，地畔和山界在哪里，哪块地适合种麦子，哪块地适合种玉米，哪棵树打的核桃是夹仁的，哪棵树结的柿子适合渗着吃。爹最放心不下的是几块地，再三叮嘱不能撂荒了。姐说，如今又不缺几把粮食。爹说，我们都是这些地养大的，它们是我们的家当，不好好种的话，家就算败掉了。其次，爹带着姐去坟地，哪些坟里埋着亲戚，和我们什么关系，都指认得清清楚楚，包括无后的哥呀，子孙不在身边的亲人呀。交代过年过节的时候，千万不要忘记给他们上坟送灯。

最后，爹开始着手给自己准备老衣，都是暗红色绸缎的，挂在家里的阁楼上，隔三差五地拿出来，放在太阳下晒一晒，然后披在身上比画着大小。另外，爹一有空闲，就拿着毛巾去擦自己的寿木，还提着铲子去给自己的墓培土，爹的寿木和墓都是自己好多年前就造好了的。寿木被他擦得黑漆漆的一尘不染，墓被他培得又高又大，像一座小山，而且在后边栽上了一棵核桃树，说是等树长大了，既可以打核桃，又可以福荫子孙后代。

爹看到元明哥来医院看他，目光顿时变得恍惚起来，像一个灯泡子遇到了高压。我明白，爹又想起了那个预言，以为元明哥和上天走得很近，所以他的预言应该是灵验的。

我拉着元明哥离开病房，找了一家餐馆，点了几个素菜，然后坐下来聊天。元明哥忧心忡忡地说，我说得不假吧，二伯看来日子不多了。我把话题支开了，我总是觉得，上天有时候也是欺软怕硬的家伙，面对爹这样吃尽苦头的倔老头，要拿下他，可不是那么容易的。

我趁机向元明哥了解了几个关于家族的问题。爹虽然还可以说话，但是思路已经不太清晰了，很多事情已经回忆不起来了，甚至连人都不认识了。如果元明哥某一天也老了，我连我们家族是从哪里迁徙来的，我们的老先人叫什么名字，具体埋在什么地方都搞不清楚的话，是不是就有些可悲呢？首先，我们把爷爷叫 dià，这个字到底是怎么写的；其次，我们的爷爷和奶奶叫什么名字；再次，我们的老先人埋在什么地方。元明哥告诉我，几辈人都那么叫下来，确实没有人晓得 dià 字怎么写；我们的排行是"宜治先元正"，爷爷是"治"字辈，叫陈治坤，奶奶不晓得名字，只晓得姓周。听到奶奶姓周的时候，我内心顿时有了一丝温暖，这就意味着，在我的血管里流动的，有四分之一周氏血脉，换一句话说，凡是姓周的，都和我有着血缘上的关系，我在这个世界上并非那么孤单了。

至于老先人埋在哪里，元明哥给我讲了一个故事。由于我家的成分不好，老是受人欺负，所以当时的队长以改河修地为名，要求我们把老太爷的坟迁走，而且不能侵占平地，实在没有办法，最后就安葬在了山上。不承想，挖墓穴的时候，大冬天的，泥巴不仅没有上冻，而且从下边冒着热气，因为那座山叫九龙山，无意中把老坟埋在了龙脉上。我说，假的吧？元明哥说，怎么会是假的，老太爷的尸骨是我背上去的，而且是我挖坑埋下去的，所以我们这一族出了多少人才，你看看你们，当官的、发财的，剩下我，拜拜佛、念念经，虽然没有出息，也算积德行善的事情。

我说，老太爷埋的那个地方，上边有一棵大树，下边有一眼泉水，确实是一块风水宝地。元明哥说，再好的风水还要有德行，没有德行的人把他们的老祖先埋在那里试试，肯定就不灵了。我们村里另外一族，也是老太爷死了，请风水先生选了一块坟地，据说在龙头上，但是出殡的那天，有一条流浪狗，钻进厨房找东西吃，主人拿起菜刀砍了一刀，不偏不倚地砍在狗头上。狗受伤了，使劲地逃窜，正好跑到那块坟地，流了一摊血。狗血是辟邪的，也是破风水的，老先人埋在龙头上有什么用，后人全部败掉了。我说，这个是假的吧？元明哥笑了笑说，真的假的不晓得，如果后人有德行，给狗喂一根骨头，风水就不会失灵了。

我和元明哥吃完饭回到医院，爹的病情和早晨一样，并没有出现回落，除了插着氧气管，输着液，已经好转多了，仍然靠在姐的怀里，静静地躺在床上，而且发出均匀的呼噜声，这声音显得少有的安详。似乎世界已经太平，痛苦和疾病已经远去。

元明哥也许意识到自己的判断是错误的，就悄悄地告辞了。他在踏上公交车的时候，还是不忘回头叮嘱一句，你们小心点，有什么事情早点通知我们。

四

县医院位于北新街中段，有一个坐南朝北的院子，对面是百年老企业葡萄酒厂，再朝前就是当地一景凤冠山；背后是一片民房，走过一条狭窄的弯弯曲曲的小巷子，就是"南结吴楚，北通秦晋"的丹江了。

　　姐连续几天照顾爹，没有好好地睡过一觉，所以我在附近的宾馆订了一间房子，逼着姐好好休息一下，到天亮的时候再来换班。晚上十点多，姐把爹像孩子一样哄睡，然后走偏门去宾馆。经过几间平房，姐告诉我，前一天晚上，有个男人三十几岁，被送进我们隔壁那间病房的时候还有说有笑，不一会儿心脏病发作，抢救了几分钟，还是死了，现在就停在那几间平房里。我说，为什么停在那里？姐说那是太平间。我放慢了脚步，认真地打量了一下，它是水泥的，四四方方的，蹲在黑漆漆的夜色中，和普通住房并没有什么差别。不一样的是，它没有一扇窗户——人需不需要窗户，或许就是活和死的区别吧？活着总是需要一扇窗户去透气去眺望，而死了永远就用不着了。门是有的，这是活人与死人共用的最后一个通道。门是不锈钢的，上边挂着一把大锁，在静静地保护着什么……

　　此时，偏门吱扭一声开了，从外边深深的巷子里拐进来一个人，他戴着一顶黑色的鸭舌帽，遮挡住了大半张脸，在昏暗的灯光下看不清面目。他竟然认识我们，淡淡地问了一句"你爹怎么样了"，然后迅速地消失了。我恐惧地想，人如果没有灵魂，仅仅是尸体的话，似乎并没有什么威胁，也没有想象的那么恐惧，我们多数时候恐惧的是看不见摸不着的东西。

　　我返回病房的时候，爹的呼噜声还在，并不响亮，也不匀称，穿过夜色像一只落于蜘蛛网内扑棱的蝉，一会儿挣扎，一会儿停止，夹杂着几声咳嗽和喘息。我坐在旁边，借着窗外的一盏路灯，仔细地打量着爹，爹的脸全是皱褶，没有任何舒展的地方，像一张麻纸被揉成了一团。爹的眼睛深深陷了进去，双眼皮耷拉着；鼻子歪向一边，嘴巴咧向一边，几乎连到了耳根，像刚刚遭到人的撕扯和毒打；下巴瘦瘦的，像被刀削过一样；胡子花白而稀疏，像干旱时候歉收的庄稼……爹的身体像木乃伊，似乎被掏空了、被榨干了，没有血气，没有五脏六腑，只有浓烈的药水味和腐烂的气息。啊，在我的印象中，他是背着三百斤东西健步如飞的，是每顿饭可以吃五六个馒头的，是凭着双腿当天从县城打个来回的，是见到村里的寡妇们还可以眉飞色舞地开开玩笑的……我真不敢相信，爹怎么说老就老了呢？几乎一夜之间就老了呢？

　　我在心里一直盘算，等什么时候放假了，我要和他一起，骑着自行车，吹着口哨，穿过一排排杨树林，再下一次南阳看看卧龙岗；我要和他一起，带着干粮，背着床板，凌晨三点起床，听着鸡鸣狗叫，再去河南卢氏赶一次集；我要和他一起，在烈日炎炎的夏天，站在绿油油的玉米地里，再举行一次薅草比赛……这一切已经不可能了，我真后悔，这么多年干什么去了呢？我总是埋怨生活有多艰难，工作有多忙碌，其实都是借口而已，我忙碌的哪一件事情和爹有关，和天伦之乐有关呢？没有天伦之乐的人生，不过是毫无生趣的人生罢了。

夜已经深了，除了偶尔传出病人痛苦的呻吟声和护士小跑着的脚步声，医院暂时恢复了平静。我没有看手机，此时此刻，我不在乎手机微信上那铺天盖地的信息，不在乎中美关系，不在乎叙利亚危机，不在乎五花八门的圈子和八卦。今夜，我不在乎世界，只在乎卧病在床的爹，只有爹才能静静地支配我的时光。我轻轻地握着爹的手，爹的整个手，包括手指头，都生满了茧子，像一块珊瑚礁一样，冰冷、生硬、粗糙。我认真地体会着爹呼吸的节奏，仔细观察着爹的每一个小小的动作。凌晨三点的时候，爹咳嗽加重，喉咙里起痰了，像灌满了胶水一样，发出呼呼啦啦的声响；然后，爹像蚯蚓一样开始抽搐，一会儿抬起左手朝着空中抓一抓，一会儿伸出右手撕扯着床单，一会儿捏起拳头朝着床头砸去……

天已经开始放亮了，麻雀陆陆续续地醒过来了，还有几只喜鹊站在杨树梢上喳喳地叫着，很久没有听到这种吉祥的叫声了。姐早早地回到了病房，说自己眼睛一闭就做噩梦，刚刚梦见爹变成了一个呱呱坠地的孩子，跳啊跳啊又变成了一个肉球。我安慰姐，这不算什么噩梦，而且喜鹊都在叫了。姐说，喜鹊是靠不住的，咱妈去世的那天下午喜鹊叫得更欢了。

爹的手一下一下地有节奏地抓着，姐笑着告诉我，爹这是在种地呢，前几天就这样子，问他在干什么，他一会儿说在摘枣皮子，一会儿说在拔草，一会儿说在破柴火。我看了看爹的动作，那么优美，那么熟悉，那么古老。但是爹不在家里，不在庄稼地里，而是在病床上。一个在病床上种地的人，一个在生命最后一刻仍念念不忘种地的人，他一辈子种下去的，已经不再是庄稼，而应该是他自己。他把自己一点点地种进了时间的长河中。

姐说要给爹洗漱了，让我出去吃饭，不用急着回来。我坐在巷子深处，捧着一碗羊汤正喝着呢，突然意识到忘记带钱了。但是小城民风淳朴，我准备回去取钱的时候，旁边有个陌生的小伙子说，我请客，赶紧喝吧。摊主也告诉我，你下次一起付。趁热喝吧，不然就冷了。我还是有些不好意思，急急地喝完羊汤赶回医院取钱。当我推开病房的时候，我一下子呆住了……我装作若无其事的样子靠着走廊，顺着半遮半掩的门缝盯着病房里发生的一切。

事后才晓得，爹便秘严重，需要使用一种叫开塞露的药，而且由于卧床不起，下身出现红肿，需要用硫酸镁溶液进行擦洗。每天早晨等爹醒来，姐第一件事情就是给爹通便，她拿出几张废旧报纸，铺在爹的身子下边，然后帮爹把裤子脱下去，把一个葫芦状的白色塑料瓶插进爹的魄门，把药水挤入爹的体内，等待三五分钟，药水就会生效，大便就会流出来。在这期间，姐必须端着盆子，耐心地在后边接着……姐第二件事情是给爹擦洗身子，她先打来一盆开水，加入硫酸镁搅一搅，把手伸进去试一试，太热就兑凉水，太凉就兑热水。爹身体好的时候并没有那么娇气，但是如今生病了，却敏感起来了，不能烫，也不能冷。啊，天啊，爹赤裸着下身……老实说，姐给爹插入开塞露的时候，端着盆子接着大便的时候，卷起报纸的时候，整个过程十分平静，没有捂着鼻子，没有厌恶的表情。

我并不意外，因为在老家，给老人端屎倒尿的例子普遍存在，这是作为子女应尽的孝道。但是，接下来，令人吃惊的是，我看到我的姐，她佝偻着身子站在床边，拿着毛巾，蘸着药水，擦拭着爹的下身。

我终于明白什么才叫伟大，什么才叫真正的孝顺，我真的不敢肯定，我能做到这些，记得曾经和爹一起洗澡的时候，我都不敢正视爹的下身。在这个世上，起码有很多人，端一碗水给老人都不高兴。再仔细想想，姐这么对待爹，也是自然而然的。妈在我很小很小的时候就去世了，姐从此肩负起了照顾爹又照顾我的责任，在姐的眼里，我和爹都是她的孩子，当妈的在孩子面前，还有什么好顾忌的呢？

五

爹的病情是在第二天下午急转直下的，医生把我单独叫到了办公室，向我通报了会诊结果，大意是心肌又出现了部分梗死，而且肺部出现了并发症，随时都有生命危险。我询问医生，还有什么办法没有？医生摇了摇头说，县医院条件有限，他们都尽力了，最好的药也都用过了，如果说还有办法的话，那就是赶紧转院，去西安治疗，比如做支架手术。医生解释说，按照拍出来的片子看，起码需要安装三个支架，总费用大概七八万块，农村医保大概报销百分之五十左右。钱是一个问题，另一个问题是，八十岁的人了，身体又这么虚弱，能不能做支架手术，做支架手术的意义有多大。正好，有一位大爷来找医生，说自己有一位朋友做了三次支架手术，花了十几万块，后来还是照样死掉了。要他说呀，他们土农民，何况又那么一把年纪，多活两年、少活两年，也没有太大差别，无非多吃几碗饭、多受几年苦而已，而且做完支架手术，必须天天吃药。

大爷说，你爹那么倔强，平时都不好好吃药，如果不坚持吃药，支架得不到维护，那钱就等于白花了。

我犹豫地回到病房。爹的心绞痛也发作了，像一条搁浅在沙滩上的鱼，使出最后一点力气，伸手挠自己、抓自己。姐哭了，又爬上病床，把爹紧紧地搂在怀里。护士也哭了，就给爹打了一针药，估计是哌替啶什么的，但是没有制止住爹的痛苦。爹仍然挣扎着，到最后的时候，也许没有力气了吧，目光十分游离、散淡，像手电筒的电量即将耗尽，也像一块方糖即将化尽。原来，人在绝望的时候，眼里不仅无光，也不存在绝望，而是空空洞洞的。

在金钱、活着的意义和儿女的道义之间，我权衡再三之后，本来已经选择了放弃，但是，面对绝望的爹，我忽然又改变了心意。我告诉姐，我们转院吧。姐开始是沉默的，过了几分钟才问，关键还是钱的问题，大概需要多少钱？我说，大概需要七八万块。姐说，你带回来的烟呀酒呀，爹舍不得吃舍不得喝，都被他寄在小店里卖掉了，他这件毛衣穿了好几年，给他买了件新的，三百多块呢，也被他一百多块卖掉了，他辛辛苦苦积攒了一辈子，有些钱都储存了三十多年，你晓得他有多少存款吗？直到前几天，估计是身体不行了，他才告诉我们，还不到七万块。我开玩笑说，拿些出来给我花花，你晓得他怎么说吗？他的钱谁也别想惦记，要一分不少地留给自己儿子。

姐又讲了一个小插曲，刚来医院的那天，医生给他检查身体，听诊器刚刚搭到他的胸口，就被他一把推开了，说人家要掏他的钱，因为他的存折就装在贴身的口袋里。

我明白姐的意思，如果去西安做手术花掉七万块，爹一辈子积攒的七万块，就被抵消了，就被清零了。那么，爹的一生是不是也被清零了呢？爹经历那么多苦难、绕那么大圈子，是不是又回到起点了呢？从爹的角度而言，这七万块是他用一生换来的，确实比他的生命更重要，几乎就是他生命的象征，也是他活着的意义所在。他根本不愿意全部花在自己身上，而是分文不少地交给我，因为这是他精心准备的遗产，他要以继承这笔遗产的方式证明，他的血脉香火被我继承了下来。

但是，从我们的角度来看，爹是不能被抵消的，他一生的路不是圆的，他并没有回到起点，他是活着或者死去，似乎对他自己意义不大，对这个世界的影响可以忽略不计，在历史的长河中也留不下任何痕迹，但是，对我们就完全不同了。爹活着，我们的家就活着；爹死了，这个家就死了。姐的提醒也是有道理的，我们最最纠结的，不好意思说出口的，归根到底不就是钱吗？如果我非常有钱的话，或者爹不在乎存钱的话，我还会权衡手术有没有意义吗？我反反复复推算了几遍，最直接最简单的账目是，如果去西安做手术的话，扣除医保报销的那部分，再加上其他开销的那部分，应该需要七万块，在这个数目之内，我还是承担得了的。

为了减少折腾，不花冤枉钱，不跑冤枉路，不陷入进退两难的处境，我决定立即动身，先到西安把一切咨询清楚了，再决定是否把爹转过去。我踏上了那天的最后一趟火车，当我坐在车窗前，看着已经灯火阑珊的小县城，再想一想那空空洞洞随时都有可能熄灭的目光，我的泪水禁不住流了下来。

我直奔西安某某三甲医院，从医院墙壁上的宣传栏看到一位专家：主任医师，医学博士，美国某某大学医学博士后，主要从事心血管疾病的临床、基础研究，擅长各种心血管疾病的介入治疗，尤其是复杂或重症冠心病的介入治疗，在心血管疾病方面造诣很深……我装作若无其事的样子溜进了住院部，笑眯眯地向护士打听这位医生，我说我不是药品推销的，也不是来看病的，我有一个学术方面的问题想请教他。护士看了看我这个光头，有些怀疑地问，你也是医生？我说，是啊，不过，我是下边医院的，我很崇拜他，这次来西安培训，顺便想看看他，我刚刚打他电话，一直不在服务区。护士说，他忙着呢，现在还在手术室。我说，难怪了，你看看他的手机号码对不对？我把手机递了过去，护士看了一眼说，错了。我说，原来他换号码了，你把新号码给我吧。

我骗取了医生的电话号码，然后下到三楼手术室一打听，这位医生确实在做手术。夜已经很深了，好多门诊已经关门，只有手术室外边灯火通明，三五成群的人站在楼道里，在焦急不安地等待着，有人在等待着把病人送进去，有人在等待着病人出来。手术室旁边的墙上，有一个透明玻璃窗口，它不时地会被打开，医生站在里边，家属站在外边，用麦克风进行交流，把手术中间出现的情况及时通报给家属。比如需要增加一根支架，比如出现其他异常，对于治疗方案的更改，都需要征求家属同意，在相关资料上签字画押，手术才能继续进行。

我一下子陷入深思，如果爹被送进去了，正躺在手术台上，那个窗口突然打开了，麦克风里忽然传出自己的名字，我隔着一层厚厚的玻璃，看到医生摘掉口罩，脱下血淋淋的手套，告诉我，哪里哪里又堵塞了，在造影检查的时候，原来计划搭三根支架，如今最好搭上四根，甚至是五根六根，我应该怎么办呢？在众目睽睽之下，在良心与金钱的天平上，想一想自己所剩不多的账户余额，再想一想爹紧紧揣在胸口的那些存款，我能说出一个"不"字吗？

老人生病了是痛苦的，是煎熬的，而对于家属又何尝不是一种煎熬呢？

我苦苦地等待了三个小时，在凌晨一点多的时候，终于见到了那位主任医生。我像拦路喊冤一样，冲上去拦住了他。他长得高高瘦瘦的，而且又白白净净的，给我的第一印象，天生就是当医生的。医生看了看我带着的资料，痛快而坚定地说，你明天把病人转过来，我们系统地检查一下，然后才能商量治疗方案。真不愧是优秀的医生，他看我有些犹犹豫豫的样子，然后又补充了一句，你放心吧，年龄不是问题，我的病人不少八十多岁，搭支架还是传统药物治疗，我没有见到病人是不太好下结论的。

他简单一句话就打消了我的许多顾虑，我立即通知姐，做好准备，等天亮之后，就办理转院手续。为了防止两百公里的途中出现不测，干脆花费四千块叫一辆救护车，配备一名医生和一名护士。

爹是第二天中午被送到西安的，正好有一个病人走了，空出了一个床位，就顺利地住进了重症病房。姐问我，你是不是托了关系？不然要排很长时间的队。确实如此，夏天的时候，有个在北京工作的朋友，把他妈从渭南转来这家医院，在楼道里奄奄一息地等了两天，哭着打电话向我求助，我找到了报社的记者，还找到了机关干部，最后都解决不了。我告诉姐，我哪里有什么关系啊，也许是我们运气好，也许是爹的福气好，但是真正的原因，还是大医院比较正规。此时，爹的呼吸相当困难，像一个破风箱；爹的腹胀严重，像一面牛皮鼓；爹的整个腰部已经发紫，像被蒸熟的紫薯；爹的下身肿大，像绑着两个被充气的气球……护士们忙作一团，更换病床、吸氧、吸痰、挂吊瓶、清洗红肿、插入导尿管，她们的每个动作、每个细节，都那么专业，又那么规范……几个小时之后，她们的衣服被汗水浸湿了，生命在她们的面前条理清晰起来，我们悬着的心也慢慢踏实起来。

这家医院位于城南，不愧是陕西地区最好的，已经晚上九点多了，四处都排着长长的队伍。有挂号的，有抓药的，有化验的，有呆坐在地板上哭泣的，也有看透生死的微笑者。上上下下的电梯都很拥挤，每个人心急如焚又抱着希望，有人被匆匆地送进来了，有人被缓缓地推出去了，也有人一脚就迈入了天堂。只有这时候，你才晓得有病的人真多，世事如此无常，生命如此脆弱。我站在病房的窗前，顺着长安路朝北几公里望去，可以隐约地看到古老的城墙，顺着雁塔路朝东望去，可以清晰地看到庄严肃穆的大雁塔，宛如一口口青铜器，经过上千年的加温被烧红了，满满地盛装着所有流逝的时光和岁月。

我看了看躺在病床上的爹，想起曾经带着他，爬古城墙，登大雁塔，吃羊肉泡馍。那时的爹多么健康，浑身有使不完的力气，还一直笑话我，变成城里人了，上楼都要喘气了。仅仅七八年过去，他竟然枯瘦如柴，生活不能自理了。时间也许是铁质的，也许是一把无形的铁锤，几乎不经意间，仅仅几下子，就把爹抽空了，把爹砸碎了，而且碎得这么可怕，像一把玻璃碴子，似乎没有复原的可能。

姐问，窗子外边是什么地方，好漂亮啊。我说，东边那个就是大雁塔，唐僧从西天取经回来之后念经拜佛的地方；北边那些是城墙，城墙里边有个钟楼，钟楼旁边有一家饭店叫同盛祥，羊肉泡馍特别香。姐说，前几年经常出门，去新疆给人家摘棉花，去内蒙古煤矿给人家做饭，每次在西安转车的时候，都是匆匆忙忙的，还没有逛过西安呢。我心里一酸，说等爹的病好点了，我带你好好逛逛去，包括兵马俑和华清池。姐说，还是算了，我哪里有心思呀。

各种检查和化验结果都出来了，医生指着黑乎乎的毛玻璃状的胸片，非常吃惊地告诉我，爹的肺部出现大面积积水。我想不通，不是心血管疾病吗？医生解释，这是心脏衰竭引起的，他的身体条件还不适合搭支架，而是赶紧治疗肺积水。晚上十一点多，医生派助手把我叫到办公室，下发了第一份病危通知书。我没有仔细阅读通知书都写了什么，也没有在意都交代了什么，毫不犹豫地签了字。原来，每个人无论是什么身份，都无权处理自己的最后时刻，命运并不掌握在自己手中，也没有掌握在上天的手中，而是掌握在活着的亲人的手中。

爹的重症病房不大，里边安排了两个床位，另外一个患者是杨陵农村那边的，大概五十多岁，他正在进行着血透，他的身体和一台巨大的机器连在一起，机器正在自动地运转着，发出恒定的轰鸣声，像一台排放污水的小水泵，把他的血液循环往复地抽到体外，进行净化处理之后再输回他的血管。几个小时的血透结束的时候，已经凌晨两点了，这个身体发胖浮肿的男人，用轻微的嗡嗡声告诉我，也许在告诉他自己，这是最后一次血透，明天他就出院了。我以为他痊愈了，说，那恭喜你呀，终于可以回家了。他以嘲讽的口气说，是啊，回家等死去了。姐悄悄地告诉我，他肾衰竭已经到了晚期，是由糖尿病引起的，已经花了十几万了。他本想继续治疗的，但是老婆决定放弃，说治不治都是一样的，干脆回家吃吃中草药，儿子明天过来接他回家。

男人似乎听到了议论，说儿子是开车过来，刚刚花了十几万买的，牌子是福克斯，他喜欢黑色的，但是儿子选了红色的。我说，年轻人嘛，红色的漂亮。男人说，我还没有坐过，这车子怎么样？我说，这是美国品牌，看上去非常不错，空间比较大，安全性能也好，就是耗油量有些大。我心里犯起了嘀咕，不是需要钱看病吗，为什么还买车呢？但是反过来一想，也许他们是对的，对于绝症患者而言，就像选择安乐死一样，重点是活着的人。如果倾其所有去看病，那么一家人的日子都会陷入灰暗，如今买了一辆车，结果就不同了，起码活着的人活得更好了。

我正想着呢，他的老婆从外边回来，在床上支起了餐桌，摆出一顿丰盛的晚餐。老婆埋怨说，糖尿病人呢，死活要吃这么多大鱼大肉，真是不要命了！他像自言自语地说，都这样了，你还能管我吃什么？

我真有点佩服他的老婆，和其他家属不一样，她显得十分轻松，似乎不是住院，而是在住宾馆。她从塑料袋里拿出一件棉袄，是黑色的，告诉男人，吃完饭试一试，明天路上风大，得穿暖和一点。她又拿出一件外套，是深绿色的，在身上比画着，说刚刚买的，八十五块钱，问贵不贵，颜色是不是太艳了？姐说，一点都不贵，这么绵乎的料子，颜色也好看着呢。她得到夸奖，就咋咋呼呼地说，来西安一次不容易，你们也趁机转转去吧，尤其回民一条街，镜糕、果子、蜜饯，好吃的太多。而且有不少清真寺，对面的鼓楼和钟楼，简直像画出来的一样。

整个晚上，爹的病情没有加重，但也没有什么起色。毕竟是大医院，医护人员都是二十四小时值守的，尤其对重症病人照顾得非常仔细，还有一台心电监护仪，心率、血压、呼吸、血氧饱和度，除了一个个数字，还有一条条曲线，像股市行情一样，把病人的生命体征在屏幕上一目了然地显示着，而且一旦出现异常就会报警。我本来要找宾馆，和姐轮换着休息一会儿，但是爹每次睁开眼睛，就会搜寻我们，似乎看到我们，他就踏实了。如果我们不在，他就非常迷茫。

姐说，爹怕他一口气上不来，我们不在身边，尤其你这个儿子。

这就是送终。在农村人的心里，他哪怕受了再多的磨难，忍受了一生的孤独，在临终的那一刻，只要儿女们守在身边，他就算有福气的人，就心满意足了。

第二天早晨，我下楼去取化验单，顺便又买了一些早点，当我回到病房的时候，另一张病床上换成了另一个人，那个放弃治疗的男人已经被接走了。我无法想象，他坐在儿子新买的汽车里，看着楼房、树木、池塘、田野都在迅速地后退，全世界只有他一个人在迅速地向前，提前冲向生命终点的时候，他是什么样的心情呢？

六

爹转院之后，定时排尿，用开塞露通便，擦洗红肿的下身，这些非常难堪和不舒服的事情，仍然由姐这个女儿承担着。姐为了避免尴尬，总以吃饭呀交费呀等理由，尽量把我支开，惹得大家纷纷地说，现在看来，还是有个女儿好，养个儿子关键时候是指望不上的。有人故意嘲笑我，你不是娶了个大上海的媳妇吗？你把媳妇叫来伺候几天吧。我媳妇不算千金大小姐，但是在家里从来不下厨，依靠洗衣机洗洗衣服可以，收拾收拾杂物可以，帮儿子清理清理屎尿可以。如果让她来照顾几天爹，倒水喂药都没有问题，让她和姐一样，去擦洗爹的身子，那肯定不行，不是她不愿意，而是忍受不了如此的尴尬。

爹原来脾气非常好，姐从小到大没有受过一根指头。但是由于被病痛折磨，爹显得十分暴躁，有一次，姐端水让他喝药，他一把把水打翻了，说自己解不下手，都是被姐坑害的。还有一次，姐放开塞露的时候，估计不小心弄痛了他，他一脚出去踢在姐的脸上，踢出一大块淤青。姐经常抹着眼泪说，什么时候才是头啊？到底造了什么孽啊？我就会安慰姐，爹肯定会好起来的，我们尽力就行了。我的心态，确实慢慢恢复了平静，因为我既不是医生，又不是死神，作为儿子把爹送到医院，唯一能做的就是对治疗方案进行选择，承担由此带来的所有风险，然后把钱源源不断地存进医院的账户。

有位送外卖的小哥说，挣钱像便秘，花钱如穿心。我说，挣钱就像流汗，花钱总像流水。每次交钱的时候，姐也心疼地说，哗哗啦啦的，像流水一样。

第四天黄昏，迟迟不见下雪的西安城，下了这年冬天的第一场雪。虽然雪下得不大，很快就被融化掉了，大家还是乐坏了。见面就问，你晓得吗？外边下雪了！似乎老天不是下雪，而是一次深呼吸，或者撕碎了阎王爷的生死簿，让人吐出了郁结在胸口的一股闷气。我的情绪受到了感染，趁着去银行转账的机会，在大街上走了走，那零零落落的雪花，像一只只小精灵，要安慰我似的，伸出舌头轻轻地舔舔我的脖子，偷偷地碰我的脸，痒痒地揪我的耳朵，趁我还没有反应过来，就躲起来了，躲进我的皮肤，躲进我的内心，留下一丝冰凉的梦幻的气息。

我买了两个烤红薯，这也是爹最爱吃的，又给姐买了一件橙色的羽绒服，姐身上的棉袄袖子已经烂了。回到医院的时候，爹看到红薯有些高兴，但是放在嘴边咬了咬，还是放下了。姐也连连地夸奖说，棉袄不仅好看，而且暖和。但是在身上试了试，就脱下来装进柜子，意思是等到过年的时候再穿。

最艰难的时刻，在那天晚上十点左右，爹突然睁开眼睛，死死地盯着天花板，惊慌地说，有鬼。我朝着天花板看去，除了一盏灯，什么都没有。我说，那是灯，怎么会是鬼呢？鬼怎么可能发光呢？爹又盯着病房的门，惊慌地说，那是鬼。我走出门看了看，不时地有病人或者护士从楼道里穿过。我说，都是人，这个世上哪里有鬼呀？即使有鬼，你儿子我在这里，你还怕什么啊。

爹轻轻地嘟哝了一句："那是你妈。"眼睛就恍恍惚惚地闭上了，旁边的心电监护仪随之叫了起来。

爹陷入了昏迷。姐真是太累了，已经几天几夜没有好好休息了，本来躺在楼道的条椅上眯瞪一会儿，但是听到动静，立即冲过去把医生们叫了过来。在抢救的时候，姐隔着玻璃窗使劲地抹泪，我则望着远处的大雁塔，在心里默默地祈祷着。也许是菩萨显灵了，也许是医生们医术高明，经过一个多小时，各种数字爬上了正常值，只是非常不稳定，像坐过山车一样，一会儿冲上顶峰，一会儿滑入低谷。爹勉强地恢复了意识，但是已经不认识我们了，他像刚刚睡醒一样蒙蒙眬眬地问，这在哪里？我说，在医院。爹说，在医院干什么？我说，你生病了，我们在给你看病。爹说，我要回家收麦子。爹的季节错乱了，大冬天的呢，竟然说麦子黄了，要收了。

助理医生再次把我叫到了办公室，语气沉重地告诉我，爹估计不行了。我说。不行了是什么意思？他说，就是不治了。我说，大概还能坚持多久？他说，我们的判断过不了今晚。我说，现在十二点了，离天亮还有几个小时，你们的意思是等不到天亮？他说，除非出现奇迹。

我情绪有些失控地说，我有个大堂兄，出家当了和尚，或者是道士，他掐指算了算，预言我爹活不过今年，你们是医生呢，不能和他一样神神道道的吧？奇迹是什么东西？奇迹不就是希望吗？既然还有希望，我们就得尽最大努力。

主任医生赶了过来，向我解释，从感情上来说，希望还是存在的，现在还有一个选择，送进 ICU 重症监护室，赶紧做气管切开术，就是从颈子上切一条口子，插一根管子进去，帮助病人进行呼吸，而且那里有更好的药品，也有最先进的设备，比如呼吸机。我说，什么是呼吸机？医生说，它是一种帮助呼吸的机器，我看你也是拿工资的，要不要送进 ICU，首先还是考虑费用，每天需要七八千块朝上，在医保范围内的，还可以报销一部分。

我像在黑暗的尽头看到了一线光亮，又问了一句，在 ICU 大概需要多长时间？医生说，这可说不清，少则一周，也有大半年的，刚刚有一个病人，儿子是开公司的，家里经济条件好，花了六十多万。

　　我忽然想起来，我认识一位作家前辈，前段时间去医院看望他。他躺在病床上，身上插满了胶管，有两根管子非常打眼，其中一根就是呼吸管，插在喉结的位置；另一根插在鼻孔里。护工正在用注射器，向管子里注射营养液。那是他的午餐，像稀饭一样的液体，不再是色、香、味、形俱全的美食。这意味着，他的鼻子和嘴巴已经成了纯粹的装饰，鼻子不是用来呼吸的，嘴巴不是用来吃饭的。他的生命是靠着外力维持的，不是靠自己维持的，这样的生命还属于自己吗？

　　我回到病房，把姐叫到了楼道，对利害关系进行了认真商量。姐说，关键还是钱，你在外边挣点钱也不容易，受了多少苦遭了多少罪我们也是晓得的，而且在上海喝口水呀上个厕所呀，处处都是花钱的地方。现在把爹送进 ICU 住几天，豁出去花费七八万就算了，如果一月半月的好不了，不放弃吧，费用承受不了；放弃吧，良心上又过不去。而且从颈子上切个口子，插根管子，如果那根管子拔不掉，那还像人的样子吗？

　　我告诉姐，这是最后的办法，不然爹就过不了今晚。姐抹着眼泪说，刚刚听护士说，家属不准进 ICU，爹万一在里边走了，我们都不在他的身边。

　　我和姐的想法是一致的，我们着重考虑的，其实并不是病人，而是病人的家属，只不过我们被一种力量紧紧地绑住了。这种力量，一部分来自远古时代，一部分来自现实世界；一部分是道德，一部分是物质。我说，如果这里逼着出院，我们就返回县医院，反正既不进 ICU，也不能回家等死。姐说，估计县医院也不收了，原来住着的时候，人家一直想撵我们。我拨打了县医院医生的电话，医生果然说，县医院不仅没有 ICU，连一台呼吸机也没有，病情这么重，他们哪里敢收啊，不行看看市医院吧。我又联系了几位朋友，转了好大一圈，找到一位远房亲戚，依着辈分叫我舅舅，他是商洛市医院的外科医生，二十分钟后，回复我说，已经联系好了，随时可以转过去。

　　我放下电话的时候，有个小光头凑上来说，我劝你还是放弃吧，我看你也不是什么大款，花这么多冤枉钱，无非让老人多受几天罪，还不如拿这些钱，给家里添几件家具。你们同病房的，儿子买了一辆新车，那样多好啊。小光头递给我一张小卡片，说他不是病人，是跑长途运输的，专拉病人也拉遗体，在这里待了五六年，把什么都看透了。

我说，去商洛，一百二十公里，需要多少钱？小光头说，我就收你两千五百块吧。我说，你车上有氧气瓶吗？小光头说，不是回家准备后事吗？你要氧气瓶干什么？我说，我们不是回家，我们需要转院。小光头愣了一下说，你们还不放弃？我说，他还有一口气，说句不好听的，如果是你的亲人，你把他拉回家等死，良心上过得去吗？小光头说，我看在你是孝子的面子上，开一辆真正的救护车给你，就收你两千块，你如果决定了，二十四小时随时打我电话。

我把后路安排好再次来到医生办公室的时候，医生已经把 ICU 的专家请过来了，他们会诊的结果基本相同。医生说，你们商量得怎么样了？我说，我们商量好了，不进 ICU 了。医生说，这是对的，好多家属倾家荡产来治这些无力回天的病，其实是做给别人看的，每个人应该量力而行，建议还是收拾收拾，回家准备后事去吧。

我说，我们也不想出院，我们必须坚持到最后一口气。医生着急地说，你们不赶紧出院，到时候连老衣都穿不上去了。我说，这你放心，我马上派人，打一辆出租车，把老衣送过来。

我向医生解释，这么做的原因有两点：第一，我们就算不为老人着想，我们给老人看病的过程，也是自己修行的过程，上天安排我成为他的儿子，安排他成为我的爹，这是一种荣幸，也是一种缘分。他生出这么一场大病，都是因为老天从来不露真容，而是打扮成这么个老头，前来度我、化我，检验我们之间的关系。第二，医生在治病方面比我专业，但是我比医生更了解爹。他种了一辈子地，受过太多的苦，吃过草皮、树根、玉米芯，甚至还吃过石头粉。有一次山林发生大火，在灭火的时候眼睛被烧伤，他竟然用酒精去洗眼睛，你们给他检查的时候已经看到了，他的身上布满了各种各样的伤疤，他的骨头比石头还硬……我说，他的生命力非常顽强，已经超过了你们的想象，我隐隐地觉得，这一次，他会扛过去的，如果人间真有奇迹，只能发生在苦难者的身上，所以请你们行行好，再想想办法吧。

总之，我想告诉他们，爹只要还有最后一口气，我们绝对不会把他拉回家。如果拉回家，放在那张床上，不给他扎针，不给他吃药，闻不到浓烈的药水味，看不到任何医生护士的身影，这不就是等死吗？对爹而言，这种见死不救的感受简直太绝情、太麻木了……

感谢上天，医生们商量了一下，同意爹继续留在病区，让我以个人的名义，从ICU借一台呼吸机过来再做最后的努力。无论出现什么意外，我们只有感激不尽，绝对不会找医院的任何麻烦。

我打了一张借条，交了几千块押金，推着那台乳白色的机器，大义凛然地从人群中穿过的时候，像一名士兵推着刚刚研制成功的导弹，自信极了，骄傲极了，神圣极了，全身注满了力量。护士们刚刚还十分沮丧，如今也受到了鼓舞，很快就把呼吸机调试好了。大约半个小时之后，心电监护仪屏幕上显示的数据，尤其是血氧饱和度，慢慢爬上90%，稳定在正常值的范围内，旁边的几条曲线像一条条冬眠过后的蛇，慢慢地扭动起来了，活跃起来了。

时间已经凌晨三点，呼吸机像巨人的脚步有节奏地运行着，整个病区都能听到呼哧呼哧的呼吸声，希望随之一步步靠近。爹的脸慢慢地舒展开来了，爹的眼睛又微微地睁开了，爹的意识慢慢地清晰了。天再次亮了，西安也晴了，阳光明媚而温暖地照射着，远处的大雁塔和古城墙又恢复了血色，显得更加雄伟壮观了。

爹抬起手指了指我，大概意思是说，这不是他的儿子喜娃吗？他的表情有了几分生气，多了几分色彩。看到爹的样子，姐又开始抹眼泪，这一次像下了一阵太阳雨，夹杂着一丝宽慰的笑。

在爹的身上，奇迹出现了。

爹的老衣是花了六百块赶了几百公里，在天亮的时候被连夜送到医院的。我害怕爹看到了伤心，一直偷偷地藏在病床下边。后来，姐把老衣重新带回家，重新挂在阁楼上，常常把它们拿出来，挂在院了里，晒晒太阳，吹吹风。

虽然爹的情况一再好转，毕竟是靠着呼吸机在维持的，我担心爹对呼吸机产生依赖，建议逐步调整呼吸机的压力，但是遇到了周末，主任医生不在，值班的助理又不敢贸然做主，我就去请求一名实习护士。她说自己得听医生的，万一出事了她负不起责任，不过可以悄悄地教我一下使用方法。进入后半夜的时候，整个医院都安静了下来，每过一个小时，我就像提心吊胆的小偷一样，把呼吸机的压力向下调整一次，然后静静地盯着心电监护仪，观察着那些数据和曲线的变化，90%，80%，70%，到天亮查房的时候，医生看到呼吸机已经被调整在了50%，而且各种数据都很正常，于是开心地叫来护士，把呼吸机给撤走了。

爹摆脱呼吸机之后，并没有出现什么反复，不几天肺积水也逐渐消失了。我得意地告诉姐，我是不是当医生的天才？姐也开心地说，你忘记了吗？你本来就是学医的，学的不过是兽医而已。

医生们也都感受到了希望，想尽一切办法来照顾爹。有一位博士发现爹严重缺钠，如果不赶紧补钠的话，可能会再次引起昏迷。于是就突发奇想，从外面买回一些空壳胶囊，把盐装在胶囊里，自制成了药，每天给爹口服两粒，这样吃了几天，效果竟然十分明显。由于各种各样的配合治疗，慢慢地，除了肺功能基本恢复之外，爹喉咙里的浓痰减少了，爹腹部的鼓胀消失了，爹腰部的紫色褪去了，爹下身的两个气球像遭到针扎一样瘪掉了。唯一让人头痛的，是拔掉导尿管之后，爹小便一下子失禁了，这一次是我突发灵感，给爹买了许多成人纸尿裤。

爹一天天好起来了，不仅可以吃饭了，还可以坐起来和我们简单地聊几句。爹和我们聊的，无非是家里的粮食怎么样了，村子里几个生病的老人怎么样了；这世上对他最好最好的是姐，这次把姐给累坏了，明显都瘦了。姐开玩笑地说，那你把身上的钱掏出来给我花花行不行？爹从怀里掏出一个塑料袋，摸出五百块钱，数了两遍，递给姐。这是爹最大方的一次，即使见到了孙子，见面礼也不过五百块。姐说，太少了。爹说，嫌少算了。然后又装进了怀里。

爹不管聊什么，聊多长时间，最后都会强烈要求回家，有一次竟然一着急，把针管子都给拔下来了。

爹重新出现在村子里的时候，村子里的人几乎都围过来了。爹在人群中没有看到老杨和舅妈，一打听才晓得，老杨从树上摔下来，送到县医院治了几天，舅妈卧床不起好多年了，至死都没有送过医院，这两个人都还年轻，却在爹住院的这些日子相继去世了。大家唏嘘不已地说，你命真大啊。爹笑着说，不是我命大，是我的福气好。

爹摸了摸自己的头发和胡子嘟哝着说，以后只好自己给自己剃头了。因为老杨是村子里唯一的剃头佬。

七

仔细回想一下，爹在住院的时候，那么多人好意相劝，还是放弃吧。他们的理由无非三点：第一，八十多岁的人了，不管怎么样都活不了几年了；第二，这样一个土农民，多活几年少活几年都差不多。大家还有一个理由，爹的几万块积蓄如果被花光了，爹的一辈子就等于白活了。对于这一点，在出院的时候，爹心疼地问，这次看病花了不少钱吧？我骗他，总共花了七八万，不过都被国家报销了，我们个人分文未花。我塞给爹两千块，爹推让了一会儿，最后蘸着唾沫数了数，认真地装进了自己贴身的那个口袋。

爹又可以开玩笑了，说住了一个多月的医院，还赚了这么多钱，太划算了。

爹回家已经三年了，虽然各种各样的毛病不断，药物也从未间断，但是如果真要算算账，确实是太划算了。每次看到从老家传来的照片，爹有时候坐在门前晒太阳，有时候坐在炉子前烤火，有时候还去庄稼地里转转，扶一扶玉米，捉一捉虫子，拔一拔草，我都会会心一笑。我就这么个爹，这世界唯一的爹，他的生命太轻了，太卑微了，还不如一棵树。一棵树死了，还可以燃烧。如果他死了，能干什么呢？但是，他只要活着，我的故乡就是活着的，那一片土地就是活着的。

如今又是冬天了，姐刚刚告诉我，老家下大雪了，大雪已经覆盖住了整个屋顶……白花花的屋顶上应该又是炊烟袅袅了。

炊烟活着，故乡的那片天空就是活着的。

原载《北京文学》2021 年第 10 期

191

凉山少年

冯　良（彝族）

　　家兄名，单字"维"，初中以前，以为是"伟"，他自己也总在课本的封皮上落以"伟"字。等到小弟出生时起名"瑜"，方知家兄名"维"，取自三国人物姜维；"瑜"也取自三国人物，东吴大将军周瑜是也。

　　从没问过父亲，三国人物有的是大牌，起码周瑜不如诸葛亮吧，为何给两个儿子一个名之维一个名之瑜，都算不上三国时的大英雄大机灵鬼。

　　忆当年，冬天的夜里围着红红的炭火盆，门外北风呼啸，冷得浸骨，父亲给我们讲水浒说三国，演义过的版本，最能触发他讲述的热情。我听得多的有王矮虎和扈三娘的故事、武松的故事、浪里白条的故事、李鬼不是李逵的故事，晁盖也在其中。等我有了阅读能力，自己去读书时，才知道我父亲讲到的这些人物只是瞬间的精彩，不像他讲给我的感觉，仿佛他们在全本小说里呼风唤雨，是小说的灵魂所在。最让我失望的是，这些人物，比如王矮虎和扈三娘，他们不打不相识，具备了男女浪漫的基本且十分诱人的情愫，而且女强于男，反传统，按我父亲的讲述，完全是天造一双地设一对，看到终篇，才发现原来在后面捣鼓的是宋公明，不免扫兴！随着年龄渐长，我也越来越认识到，我父亲作为讲述者，是在自己的立场上对故事内容做了发挥的。他对讲述内容的选择和发挥令我钦佩，虽然在日常生活里他常常表现出崇敬大人物大事件的一面，但内心喜好的对象却更多是有个性的配角和小人物，对由这些小人物生发的趣事、囧事津津乐道。天性里的喜剧感让他一生不势利，心疼自己，凡事不那么在乎；跟得上时尚，哪怕一点点，所以也不很在意别人的看法，包括子女的。

　　说到他对大人物的崇敬，有案可查。比如当他从某个信息源知悉司马迁为避祸，留嘱让自己的后人改姓司或马，甚而姓冯时，他觉得特别光荣，想不到自己竟然可能与司马迁血脉相关。

以上两个方面谈不上是家父的矛盾处，就像我们学的哲学，得辩证地、唯物地来看世界，事物都是波浪式地前进，螺旋式地上升，当然，也会反向行之，人生也如此。

总之，不知道姜维哪里打动了父亲，他用"维"来做了长子的名字。而"维"字在我们的成长阶段不具特殊意义，远不如"伟大"的"伟"通俗易懂。或者源于姜维的武将身份，父亲对儿子的期望于此，毕竟他是军人出身。

不论"伟"，还是"维"，1959 年 4 月生人，母彝父汉，家兄，展开了只属于他的人间旅途。

家兄，包括我在内的一代人成长的二十世纪六七十年代，从军几乎是我们那偏僻山区男孩们的唯一理想，它展现的荣耀、威武、浪漫，令男孩子们神魂颠倒，孜孜以求。这个理想贯穿于他们对社会、对人生的理解，是学校教育、社会教育，包括历来尚武的民间风气促成的。

小学三五年级时，我哥哥每天进入梦乡前的常规活动基本是一个人的战斗。最常听见的是他模拟的枪炮声，"哒哒哒""轰轰轰"，点射声"啾啾"，子弹随意穿行，余音尚绕梁，已然击中假想敌。随之响起的，是战死者临终前的呼痛声、倒地声。情景也模拟得很充分，你冲锋我掩护，手榴弹支援，竟然还有迂回、包抄、堵截这样的专业作战术语，伴随着他的翻滚声、匍匐声。他还会压低嗓门，略带惊恐地报告连长，有条蟒蛇出现在坑道，正朝他爬来。但他表示自己扛得住，绝对不会弄出动静来被敌人发现。夏天蚊帐里有赶之不尽的蚊子，他如果"啪"的一声打中了的话，会欣喜地欢呼自己打下来敌人的一架飞机。

他当然也会和自己的伙伴们玩实战。箭竹竿、家家必备的红缨枪是他们的武器。他们呼啸着跑过家属区、办公区，通常会招来大人的呵斥，偶尔也有赞扬，说，如果发生战争，如我哥哥一般的男娃娃们有备而上，一定能凯旋。

记忆里，我跟着哥哥与邮电局的男孩子们玩过一次他们的"打仗"。我们几个女孩子帮着挖陷阱，再搭上细棍子，铺上竹篾、油毡，最后轻轻地覆上土。为求逼真，潮土上再撒以干土，还缀上几片树叶子。"战斗"爆发在夜间，人影憧憧，声气喧阗，持续的时间不长，以邮电局一个孩子的惨叫结束互殴。按大人们事后所说，那个孩子踏入的陷阱差点折断他的小腿骨。

这起严重的事故，搞得双方的家长对峙了一段时间。至于我哥哥是不是被父亲收拾了一顿，我不记得了。那一仗他就算不是主导者也是战场提供者，我父亲单位的子弟中和他年纪相仿的男孩有限，发起和参战的都是他和他的朋友。

他的这些朋友的父母散布在小小县城的各个单位，政府机关、商业局、邮电局、公安局等，来自天南地北，都是解放后随军转业或调干来凉山的。对来自这些单位的子弟，当地人——主要构成者为农民——一般将他们称为机关上的娃儿。这些娃儿年龄相仿、投契者互为玩伴，少有和当地孩子往来的。

家兄终其一生相伴左右的"毛根儿"朋友，一位是刘雅曦，一位是刘志刚。所谓毛根儿相当于发小，树根草根刚冒芽就做了朋友的意思，感情深厚。刘雅曦长大后做刑警之余还画画，他做的雕塑写实且张力十足，直逼专业人士。

我哥哥少年时也喜欢绘画，不记得他是否和刘雅曦一样跟专业人士学习过。但后来他曾负责所在小学校的美术课，还曾以美术字在乡村的墙壁上挣过外快，想必他的绘画兴趣已攀升为一定程度的技能。

记得少年时的他画过一幅戏谑味十足、漫画类的东西：那是个看戏的场景，基本都是观众的背影，唯有一位只及前排观众腰部的小个子男子，侧仰脸，鼻子眼睛嘴皱成一团，很是难受的样子。特别题曰：高个子看戏矮个子闻屁。

家兄少年有型，长相俊朗，小学中学都是校宣传队的一员。这让与唱歌跳舞根本无缘的我极度膨胀。看演出时，只要家兄出现在舞台上，我就会环顾左右而发声：我哥哥！我哥哥！还不断地以指相点。

小学有段时间，我在课间常向小友们炫耀说，我家哥哥每次演出回来都会给我们带油炸花生米。"我们"，特指的是我和妹妹。那种自豪的语气，仿佛花生米取之不尽，其实大概也只有七八粒到十三四粒不等，包在一张作业纸里，还经常沾着稀饭汤。想来那花生米一定是我哥哥拣自演出后所谓宵夜的碗中，以满足他妹妹我的虚荣心。那个年代，一个山区县城少年业余文艺演出者能够吃到的宵夜，也就一两碗黏稠的稀饭配馒头和榨菜丝、泡菜、豆腐乳吧，油炸花生米算是奢侈的。

家兄演出给我留下最深印象的是打"鬼子"的歌舞，一队头扎羊肚毛巾、脸蛋涂得红红的游击队员绕台慢走，一会儿半蹲一会儿直立，要么甩胳膊，要么两手相握朝下压。歌词反复，有两句至今仍随时袭来盘绕脑海："八路军来了烧开水，'鬼子'兵来了埋地雷。"

很多时候，我并不知道哥哥在哪里和谁玩耍，又是怎么消磨成长的烦恼。相对地，他大概也不知道我的生活吧。但回想起来，在他十五岁离家以前，我们在一个屋檐下的时间多过和父亲的相处。

父亲长年不是出差就是下乡、驻村，在他离家的时间里，家政大权一直由家兄掌管，直到他去凉山民族师范学校上学。

没有大人管束，不用被催着睡觉，可以躺在床上看书、听趣闻，放学也不着急回家，踢毽子跳房子，可劲玩，再跑去帮农村同学摘猪草、给菜园子浇水，吃人家用新玉米面做的饼子，趴在人家的樱桃树、桑葚树上大吃特吃，再兜着走。还有小钱可以支配，父亲按出门时间的长短，会专门留多则三五元、少则两三元的买菜钱，这是何等愉快！一切喜欢的小玩意儿，吃的、玩的，都可以小遂心愿，代价就是少买或不买所有的蔬菜。如果手头宽裕，家兄偶尔还会带我和妹妹去打一次牙祭，去县城唯一的街道上一家集体性质的面馆吃碗素面，或者臊子面。他还会巧妙地用三五分小钱达成自己的"交易"，免去做饭、洗碗的烦劳，或者指使两个妹妹中的某一个帮自己跑腿。最后，大概率事件是透支了妹妹们的劳动，"等爸爸出差有钱了再补给你们"却成了空头许诺。

如此自在的快乐当年的我感受不到，反而羡慕朋友家有母亲按计划进行的各种管理和督促，每天两颗糖、一块饼干，苹果橘子分瓣吃，硬糖含在嘴里别急着吸别急着嚼，硬币存在外形可爱的陶罐里，摇一摇，叮叮当当响，大感富足。我们呢，有就海吃，没有就干瞪眼。比起海吃，干瞪眼的时候多到不计其数。

于哥哥而言，更快乐的是，我们家简直变成了他邀集朋友玩耍的乐园。他们借宿在此，动手做吃的，主要用的是我家的库存，也从各自家中摸索一些带来，家兄后来拥有的人人叫好的厨艺也许就奠基在这个时期。家里能够找到的珍藏食品，都被他们翻腾出来吃掉了。印象最深的是一搪瓷盆碗状红糖，有七八块吧，也不幸落入他们腹中。在那个挨饿、缺乏享受的年代，他们可是安逸无比，随便把自己瘫在床上、凳子上，一边呷着红糖甜汁，一边比声高，神乎其神地嚷嚷着自以为是的冒险和胆大。父亲归家，面向那空空的搪瓷盆，心痛到暴跳如雷，我只好掩护哥哥过关。我们常常互相掩护，这一次是我帮他，也挨了几条棍。家兄的那帮朋友一贯奚落我为管家婆，烦我动辄出面干涉他们，哪里晓得我也曾被动地帮过他们。

家兄招待客人的大手笔何止于他的朋友，我们的小姨小舅也在其列。他们和家兄年龄相仿，贵为长辈，却更像是玩伴。寒暑假来做客，哥哥热情相待，腊肉成块地取来煮食，家父碍于面子，婉转相告，腊肉有限，一年都得靠它们解馋。家兄全不入耳，父亲终于愤而呼喊，也不顾及长辈小辈："你们这些憨娃儿，不晓得珍惜食物，早晚饿死！"大多数时候，腊肉是各种菜肴的提味儿之物，煎辣椒、炒或烩土豆、南瓜、四季豆、蒜薹，都会有腊肉的影子，晶亮的，干酥的，图的是肉香气。再比如薄薄地切上几片，铺在装满豆豉的碗里，放在蒸笼或者米锅里，靠被腊肉油脂包裹的豆豉下饭。

由小姨小舅讲来，我哥哥总是在调皮捣蛋，说他小时候玩跳房子的游戏，单腿跳到最后一格，不料被推出的一扇窗框碰疼了脑袋，未必破了皮，他却大怒，捡起随处可见的石头便砸了人家的窗玻璃；又说他某一天撕了街墙上的标语纸，一手一大张，舒展开双臂，将标语纸当成翅膀，快速跑起来作飞翔状，对大人受的惊吓一无感知。

对于这个时期的家兄，我怎么也回想不起来他在哪里和谁一起玩耍。因母亲突然病逝，我俩被托庇给二姨，一起生活在那个因伐木而兴起繁荣的小镇，那时他九岁我五岁，直到半年后父亲才来接我们回家。两岁多的妹妹被送去了夹江县大伯家，两年后，已经五岁的妹妹才回到凉山和我们一起生活。

反而，我记得的是母亲去世前，某次哥哥带我坐父亲为我们自制的滚珠车，从坡上滑行到坡下，越滑越快，哥哥刹车不及时，连车带人，一块儿跌进了坡底的水沟里。我们的母亲，身着医务人员的白大褂，立在水沟沿上，笑微微的，身后是喜德县两河口区卫生院的一排平房。我甚至记得舔食过从其中的药房里流出的药片上的糖衣。我还记得，哥哥在阳光下晃动着一块儿小玻璃也可能是小镜子，逗比他年幼的包括我在内的几个小屁孩跳抓映在墙上的光影玩。

然后，至今我还清晰地记得父亲在呼喊我哥哥时眼中含着的泪，"冯维，回来。"他喊的是哥哥。我也跟着哥哥往家跑，小小的心眼儿里恐怕有啥好吃好玩的落下我。那一天，我们从早饭后就在院子里玩耍。某个时刻我回去过一趟，我母亲躺在床上，也是笑微微的。我甚至记得她反手叠了叠枕头，为的是让枕头高一点舒服点。隔壁的易阿姨端着一只大碗在吃饭，她好像说，那一天可别让她三顿饭都在我妈妈的床前吃啊！她在等着给我妈妈接生，她希望新生儿快点诞生，好让她回家安心吃午餐和晚餐。其实，她那是在给我妈妈鼓劲。妈妈本来要给我们添一个弟弟的，却留下三个儿女，带着那个可能连眼睛都没睁的婴儿飘逝了。

直到现在，我父亲悲伤时总会说：你妈妈太犟，如果当年她没有追着我从县上调到区里，她就不会因为区卫生院简陋的医疗条件猝然离世。我母亲去世后，父亲从区里又调回了县上，而我母亲却永远留在了那个过去叫两河口区，现在区改成镇的狭小的峡谷里。

时常，我会因为母亲的笑微微怀疑我的记忆可能出错，毕竟那时我只是一个小屁孩，我母亲，她怎么一直都是笑微微的呢？就是我缠着她给我们一众小朋友讲故事，她蹿坐在床上，夹在指头间的香烟烟气缭绕，她也是笑微微的。难道是她留在照片上的笑容操纵了我的记忆？

我母亲逝于三十五周岁，年轻、美丽的容颜永驻儿女心间。

年长我四岁的兄长有更多的时间承欢母亲膝下，和母亲的合影也最多。不是那种在照相馆摆姿作势的合影，而是拍自我父亲的相机。那是一部海鸥牌相机，但似乎不等我出生，它已下落不明。按父亲的说法，被朋友借来借去，不知道借哪里去了。

其实，更可能是父亲不再有心情玩了，他的年轻时光随着妻子的早逝悄然而去，落在他肩上的担子是三个年幼的儿女，最小的一个两岁半。

家兄的心情呢？

除了丧母的彻骨哀痛，我哥哥在成为乡村教师前，和邻家男孩无异，顽皮、义气、不和女孩啰唆，因为经常充当临时家长，主意笃定，相对于同龄人更具权威，因而更快乐吧。

成为乡村教师后，他越来越寡言少语。

他任教的第一个小学，当时在团结公社，后来公社改乡，他已经调离那里，去了另一个叫贺波罗的乡，再以后是新联乡，然后就是冕山镇了，他一直在那里工作，从镇小学副校长的位子上退休。

记得他在团结公社小学时，他的一个杨姓同学，也是邻家哥哥约我，准确地说是叫上我，打算去找我哥哥玩耍。那是1977年冬天，他们中学的同学，除刘雅曦、杨雪平等几位高中毕业便参了军，余下的有参加当年恢复高考后第一次高考正在等通知的，也有等着招干招工的，反正没人上山下乡了。

大概就在这段等待的时间里，他的杨姓同学想去我哥哥的工作地点探望一番，毕竟家兄是他那一拨同学里第一或第二个挣工资的。

结果只沿着公路边走了三分之一，我们就打道回府了。有明白人看着我直摇头，他们认为杨姓哥哥带着我这样一个拖累，后半夜都未必能到达团结公社，除非能搭上顺风车。

再以后，初三一年和高中两年，我忙学业忙得晕头转向。我的哥哥则辗转在联合乡、贺波罗乡，那时候还叫公社。我知道，也听见他请父亲帮忙，他想转行，想起码调来县上。哪怕转不了行，来城关小学教美术、教体育都可以。他的愿望却好像总是绕着他走，把他一次又一次地甩在他出发的地方。

周末或寒暑假，他回到家里，总像是一个沉默的存在，感觉他是借宿在家里的，事实也如此，家里并没有他特定的一隅。慢慢地，他回家少了，至多吃顿饭，基本长在朋友那里。

他的毛根儿有当完兵回来做了警察的，也有子承父业招工招干的。从州里招干来到县里后来成了他朋友的两位青年，一位进了法院，一位去了新华书店。后来，他们又都陆续调回了州上。

在法院工作的那位，因为某次执行公务的英勇行为声名鹊起。家兄实心赞佩，我回凉山探亲，他给我讲他的这位朋友如何反应灵敏、身手矫健，从已经启动正在加速的火车上钻窗而出，跳落在支棱着石块儿的路基上，伤了腿脚，还是抓住了嫌犯。我哥哥也感叹，怎么让他碰到了呢！他指的是他这位朋友的人生机遇。

家兄的理想坚定，他不停地在做他童年少年的行伍梦，都用不着我挑明。而自从我离家上大学再工作后，我们每一次见面，理想似乎成了我和他的对话戛然而止的一个敏感话题。

然后，我会走开，找我嫂子聊天，或者逗我的侄儿——相差五岁的两个侄儿，渐渐地也开始加入他们的妈妈与我的聊天中。

　　我哥哥呢，每一次，他会一直坐在那里，静止的神情、体态、灯光和由窗户漫进来的天光也仿佛都是静止的。正对着他的那堵白墙上挂着幅装饰画，下边摆放的电视机荧光闪跳，却像是更深的沉静笼罩着我哥哥。好几回，我丈夫翟跃飞打赌说他要熬到我哥哥主动找他说话为止，哪能够！

　　有时，我哥哥也可能随时撇下我，或任何一位打算继续和他交谈的人，比如翟跃飞，嘟囔一句他要去厨房做菜了。

　　这即便是借口，也让人无法反驳。不单我，和我哥嫂相关的所有亲朋，都很贪他们家的一口菜肴，大菜如鸡鸭鱼的烹调、腊肉香肠的熏制，小菜如豆腐乳、泡腌菜、水豆豉，调料如豆瓣酱，比起云贵川三角地带的口味更多了泼辣中的蕴藉。那一种味道，从舌尖直抵心里，恐怕只有相当级别的食客才能体会得到。所以，谁能阻挡我哥哥去往厨房的脚步呢，又有谁能有我们的幸运呢！

　　这一种味道，来自我哥哥的独家秘方，是他从少年时代起练就的独门绝技。

　　我哥哥开始给我和妹妹做饭时，不过十一岁，按童年少年的分期，应该还在童年阶段吧！

　　那个年代的孩子，六七岁起就被家长催迫着为他们分担家务的不在少数。小学一年级时，我同学的妈妈正教她如何才能不把米饭焖糊，看我在旁边溜达，扣住我，让我也跟着听讲，还示范点燃柴火、翻转灶火的技巧。记得我那同学家的早饭从那时起都是她在做，清晨早于父母和弟妹起床，点火煮烫饭，捞泡菜、豆腐乳，摆好饭桌后，等待父母弟妹陆续就座。

　　我因为有哥哥，起码小学四五年级以前，也即我哥哥离家去凉山民族师范读书前，有关早上的记忆不是为上学而艰难起床，就是难咽的南瓜或红薯烫饭。

　　那时候凭粮票买粮食，定量大人多于小孩，男孩又多于女孩，即便这样，女孩子的定量每月也在20斤左右，大米白面除外，配以杂粮，放现在，哪里吃得完，但当时即便添上南瓜、红薯、洋芋，也不够吃，因为没有副食。

我们家一般会在做晚饭时，先将煮到五六成熟的大米滤干，米汤待用，再在铁锅里码上切成块儿的南瓜或红薯，铺上半熟的米粒儿，沿着锅边均匀地浇上水，盖严锅盖，小火焖得一锅南瓜或红薯米饭。

　　要是放在今天，养生人士一定会抢着吃南瓜或红薯，但我们那个时候，物以米为贵，无论如何都想吃上哪怕一口白米饭。

　　在我们家的晚饭桌上，我和妹妹何止一口米饭，我俩受优待，米饭管饱。而哥哥，在父亲的带领下，吃的是混合在一起的南瓜或红薯米饭。没听见他有怨言，似乎理所当然，做哥哥的就该被当作大人来对待。

　　在父亲一年到头不断下乡和出差的时间里，家兄也确实是我们家的大人，所谓少年家长。他当然不只负责早饭，父亲不在家时，午饭晚饭也主要由他主持。他的厨艺因此主要奠基在那个时候。

　　在那个缺油少肉的年代，能做的有限，家兄又只是一个少年。可他炒菜薹、煮青菜豆腐，哪怕做蘸水，也从不含糊，如果临时少了葱或者蒜，非要差遣我紧急跑去街上买，父亲留给我们的伙食费告罄时也去邻居家要。总有我拒绝执行他命令的时候，那一顿的某样菜，他就会拿筷子尖敲打着盘子沿说，都怪小良不去买蒜苗，光配点蒜，煎炒豆腐哪有清香味儿嘛！

　　等他成家后，这份打下手的活儿改由他的妻子承担。那可不是单纯地跑个腿就能奏效的事，连豆瓣酱都得我嫂子来做，因为我哥哥认定只有自家做的当地风味十足的豆瓣酱才能和他的菜品相匹配。

　　这种自家做的当地风味，具体划归的话可以称为响河坝风味。它还包括另一种佐餐用的豆瓣酱，较之做菜用的，制作更加精细，轻辣、微甜，下饭刚刚好！

　　不只豆瓣酱，每年家里吃的豆腐乳、水豆豉、糯米辣椒渣、腌菜也都由我嫂子一人包办，按她的响河坝风味。

　　响河坝，是一处叫深沟的峡谷的出水口，慢坡下来，都是山洪冲泻下来的大小石头，每年夏秋，山区的冷雨急躁地击打在上面，再有裹石夹泥、连带树木花草这样倾泻而下的洪水，不响才怪！也算名副其实。就是不知道起这地名的人是响河坝的哪一代居民，毕竟它是湖广填四川的清初才在凉山有的一个小小的汉族人聚落，追寻起来应该容易。

　　这些汉族人来到这里，在出水口形成的冲积坡顶，靠近山根的地方，栽上果树，围起菜园子，盖起房子，住了进去。在半山腰种玉米、高粱，在石头阵以下入水口的两侧——孙水河畔种水稻、小麦。从此往上是今天的喜德县城，当年叫甘相营；往下，是今天仍然叫冕宁县的地盘，孙水河在这里注入安宁河，再随着安宁河一起流进金沙江。

这个基本形成于清初的汉族人聚落，在公社化时代是喜德县冕山公社下属的一个生产大队。1949年以前，行政区划和现属的冕山镇、喜德县都归冕宁县辖治。我对冕宁县的认知始终停留在年少时，直到我都老大不小了，仍然以为它的居民几乎是清一色的汉族，也因此，我会想当然地把响河坝当成汉族村子。

它当然是。但冕宁县所辖地区却并非如此，汉族之外，不仅有彝族，还有藏族。我的一个朋友就是冕宁藏族，她告诉我，她家来自西藏西部的阿里，多遥远的地方啊！时间还得上溯到唐朝，那个时候，西藏正当吐蕃时期。

她的祖先是迁来冕宁的，最有可能是随军征战留在了冕宁，我母亲祖上某一代却由冕宁迁到了大渡河的下游——雅安地区的汉源，那里与中上游的藏族地区近在咫尺。

至于我嫂子家的祖先，据她说是湖广填四川时来的凉山。我父亲家祖上也是那个时期从湖南迁来的，去的是内江地区，还算是腹地成都平原的边缘，凉山就距离太远了点。

当我听说我嫂子家祖先也来自湖广一带，为的是填川而来时，惊讶之下，不免赞佩她的先辈跋涉来到山高水险的凉山之筚路蓝缕。

来到凉山后，她的先辈们就在今天的喜德县、冕宁县兜兜转转，到她外公那一代，才定居在了响河坝。

在那个年代，一个僻壤的农人——我嫂子的外公，竟然是开明的父亲，心疼外嫁的女儿在婆家活得艰难，不顾根深叶茂的风俗，连带外孙们都一起接回来，安顿在自己身边相看顾。

我嫂子依照在外婆、母亲做的食物里品尝到的味道，结合在她们的调教下掌握的食物制作方法，制成了独特的响河坝风味。那种风味可不简单，是迁来迁去的人们综合了各地的食材、口味，包括他们填川前老家的，一代一代由自己的刁嘴巴捕捉到的。食材呢，一般而言，有众人皆知的四川人最喜好的辣椒花椒，至于特别的，我不知道是否有专词，反正有我们叫的木姜子、苏子，前者与肉相配，后者为汤圆心子提味儿。

家兄就是苏子的拥趸。我嫂子多少次讲：如今少有人做汤圆心子了，就是做，也几乎没人用苏子了，可你家哥哥就是稀罕它，年年自己调汤圆心子，还都必须要苏子。

如果没有加苏子的汤圆心子，我哥哥他就不会吃汤圆，而他是多么喜爱汤圆的那一口糯和那一口甜啊，早餐吃，夜宵也吃，朋友来家还陪吃。

虽然嫌给我哥哥找苏子麻烦，我嫂子也不得不夸她的响河坝风味在我哥哥的手里变得更有吃头了，也因此她会甘打下手。在她品来，我哥哥从我父亲那里学做的部队伙食大锅烩，尽管食材不变，比较我父亲做的，也香得人饭都要多吃两碗！

他们家盛行大锅炖时，他们刚有了第一个孩子，也刚从更山里的一个乡调到响河坝旁边的冕山镇所在地，家兄在镇小学工作，我嫂子在镇卫生院。

之前，他们把婚房安顿在我嫂子的娘家。接受出嫁的女儿似乎成了我嫂子家的传统。

那年的暑假，我从北京出发，因为宝成线、成昆线遭遇山洪，一直在西安、夹江等地停靠等待，我几乎耗去半个月，才回到凉山家里。我带了一株半寸高的文竹给他们作结婚礼物，一路颠簸，那文竹居然安然无恙，送礼的人和收礼的人为此都很欣喜。

伴随着文竹茎叶的蔓延、蓬勃，五年时间里，两个新生命陆续降临，在乡卫生院那前后套间附一个小厨房的宿舍里，充满了孩子清脆而喜悦的各种声响、气味，一个家庭开始成长，也成了我和妹妹的另一个家。

雨后，我站在窄窄的屋檐下，如缕的云烟就在眼前青绿的山腰冉冉而升，但即便脖子后仰到肩上了，也难以看见它们升到峰顶、融入天空中的景象。

某一次，或者仅有那一次，我哥哥经过那里，他说，换个地方看，就能看到顶。

我不一定非要看到山顶，因而也没听他的话为了看到山顶换个地方。

我听见他在和另一扇门出来的一位自称我应该叫她姐姐的妇女，也是我嫂子的同事，在商量去某家出席葬礼的事。他们说的是彝语，我当然听不懂，但内容我早在之前就已知晓。

不只我不懂彝语，我那些玩伴的父母都是彝族的，他们的彝语水平也很有限，几乎不会彝语的不在少数，他们的父母力求用汉语来和他们交流。以我们家的情况为例，父亲汉族，继母虽仍为彝族，但她和我母亲一样，也是在彝汉杂居的地方长大的，汉语不输彝语，也可能和我父亲不间断的争吵使她的汉语表达更有提高！她只在家里来了彝族亲戚时才说彝语。当然，我也听过她在教室里、在田间地头讲课时用彝语。她很长时间都在党校做教员，学员大多数是来自基层的彝族干部，比如生产队的队长、妇女主任等。我继母没有教科书，也不见她备课，她能认识的汉字有限，彝文估计半个字母都不会，那不是给一般人用的，是祭师兼医者的专享。即便如此，我继母口若悬河，要不是太阳下山，肚皮饿了，都收不了尾。她那不是讲课，而是在宣讲她能理解的当时的国际国内形势、领导讲话，也包括共产主义的理想，不是背书，全凭发挥。

我继母好像从没想到要教我们中的哪一个说几句彝语。但等社会风潮改变，她就很夸我哥哥了，因为这个时候我哥哥的彝语已经如流水般发乎自然了。

我哥哥在当乡村教师前并不会彝语，至多会几句骂人的话，左不过"傻瓜""笨蛋"这一类的。他如果分在彝汉学生比较平均的乡村小学也未必会说彝语，但他被分配去的乡村小学以彝族孩子为主，即便有一两个汉族孩子也都彝化了，所以他不得不学说彝语，间杂着汉语彝语来教他的学生，他的学生也间杂着学会了汉语。某一次，他带回家来几个彝族学生，他们和我哥哥说彝语，和我说汉语，一个词甚至一个字一个字地往外蹦，也可能害羞，不肯多说。

在我们家，在我众多的表兄弟表姐妹里，我哥哥的彝语可以说是最娴熟自然的。就是在我的同学里、我哥哥的同学里，前后都算上，像他这样后天学得彝语还流畅的也少之又少。

初中时来我们班插班的梁小凤也是这少之又少中的一员，她姐姐也是。

小凤来自的尼波区，和我哥哥所在的团结公社相同，也是一色的彝族。她的父母也是1949年后分配来凉山工作的汉族干部。一般来说，类似她父母的汉族干部多会因凉山深处自然气候、生活条件的苦寒，把孩子寄养在老家，但小凤和她姐姐是在父母身边，也即偏远的彝族山区长大的，还学得一口流利的彝语，她姐姐更因此在我们县电影院——露天坝子，现场为电影《春苗》做过同声传译。随着她和他们同声传译的春苗姑娘一直深入到彝乡彝寨，赤脚医生也因此在凉山彝族地区遍地开花。

前些年回凉山参加同学聚会时，曾问过小凤她姐姐的去处，说在乐山工作，具体的单位我记不得了，但和彝语有一些关系。乐山市辖下的马边、峨边两个县是小凉山的一部分，都有世居彝族，峨边为彝族自治县，她的彝语也的确能派上用场，而且是标准音。

我长于此的喜德县和我生于彼的米市镇，是全国彝语标准音所在地——标准到可以落脚在那条峡谷高处的寂寥山乡，作为喜德籍人士，很值得我欢呼！

这是"大我"在欢呼，"小我"也有值得欢呼的，不只欢呼，还有感慨，为我父亲种在镇政府院里的一棵蓬勃如云的核桃树，我见到它时已经是五十年后了。

栽树的人——我父亲也在现场，他比画说，挖来种在这里时，只有拇指这么粗！还说，我哥哥那时四五岁，每天给和自己一样高的核桃树浇水的都是他。"可是，你看，"我父亲自以为幽默地对自己那也已经是他人爷爷的儿子说，"你长不过它吧！"

我哥哥脸上不着任何表情，这在他而言已经是有表情了，与父亲长期龃龉后的表情，微抗拒，父亲却自有一套罔顾的本领，也是渐行渐远的老派为父者的境界，不改说话行事的专断方式，且随着年老尤甚。

我十七岁离家上大学前，父亲郑重地给过我一页纸，上面是他手书的内江市乐至县永胜乡冯姓一族的字辈排序，五言一句，共八句："万紫映景秀，朝政兴良天；学永宗先德，光昌盛大联；文武勋成烈，相道继能贤；太清为有化，琼林宴兆元。"至今已传二十二代。

我们这一代是联字辈，按我父亲的意思，我不如在我的名字里加上"联"字，趁上大学前。他名大舜，号历山，当兵后，所属指导员嫌"历"繁体写起来费劲，做主将"历"改为林，申言山上长林，理所当然。此事我父亲一直耿耿于怀，积年尤甚。社会风潮回流，尘封于他心底的旧规矩"复辟"了。他确也有所得，他的四个孙子延续了字辈里的"文"、大重孙延续了字辈里的"武"。

最近几年，我父亲忘了他曾经给过我他亲笔抄录的字辈，也忘了他当然也给过我哥哥和弟弟。前年，我回家看望他，他当着我的面又给了我嫂子一次，叮嘱她千万保存好。我都没要求，他手一摆，竟然说，你们女儿家不需要！

他还会更多地讲到乡俗对没有男孩人家的嘲笑，比喻为牛没有尾巴。童年相随祖父做客人家和祭祖时的在场感，那一份骄傲也是他常提及的。借养在我家半辈子的二姑对他的担待显而易见。

在谈及他从军来到凉山并留在凉山时，他称自己将冯姓从乐至永顺传至凉山，就像当年他的祖辈将冯姓这一支由湖南带到了四川。说我哥哥就是他在凉山的一脉子息，另一脉是我弟弟。

他在说这话时，我哥哥已经当了爷爷。我哥哥当爹当爷爷都比同龄的朋友早，当爹早四五年，当爷爷得早七八年，或者更多。而那时我弟弟还在上大学，他比哥哥小十八岁。

我父亲当时所说的一脉子息特别指的是我哥哥。至于凉山，算得上是内地的边疆，我父亲称自己就像古代戍边的兵丁，回首、举目，真的是"云横群山家何在"！

怀有我父亲这种乡关情的人，在我成长的年代不在少数，甚至于我还听我中学的老师说过自己是充军来的凉山，又有说某个冬天看着随妻子来探亲的小儿女被凉山的山风吹皱裂了脸皮，心疼之下发声慨叹，啥时候才能离开这个山旮旯儿哦！

离开的时间说来就来，改革开放之初，落实知识分子政策，当真走了不少人。我高考那一年，1980年，我们县中学升学率列榜凉山州（与西昌地区合并之前）的第一名，但还不等我大学毕业，曾经教过我的那些六七十年代从四川大学、四川师范大学、西南师大按国家计划分来凉山的老师已经调离得差不多了。不只教师，医生、行政人员等等能回籍贯所在地的也走了不少，还携家带口。单位若以工作需要拦阻，就豁出去地闹，竟有背负老母在教育局唱苦情戏的，可知非离开凉山这个山旮旯儿不可了。

这些调离和1980年施行的政策相关，涉及面是全国的民族地区。当时认为民族干部已经成长起来了，陆续来帮助建设的汉族或其他民族的干部可以回老家了。这些人巴不得走似的，以西藏来的为甚，走得太狠，短时期内有些医院都没有做手术的大夫了。西藏的这类调动叫"内调"，调回内地的简称，一说就明白；凉山的叫"下山"，得加注解。

我不认为我父亲也有回他老家的打算，毕竟他的第二任妻子也是彝族，虽然不是喜德本地人。也正因为不是当地人，她的想法和我父亲这样或当兵或调干或学校分配来当医生当教师做行政工作的人一样，喜德只是他们工作的地方。比之她的老家——邻近乐山的雷波县——那土肥水好因而茶果丰饶的地方——喜德不过尔尔。尤其她的童年在她母亲去世前是在土司衙门的后花园度过的，她对老家的美好情感几成永恒。

　　保持着这种外来人的姿态，他们一开始就在自己和当地人之间划了条界线，这也成了我父亲反对我哥哥婚事的一个理由，我哥哥竟然要娶当地某户人家的女儿做老婆。

　　哪能拦得住，我哥哥他们可以把新房暂时性地安在妻子的娘家，也难得我嫂子的母亲接纳他们，一如当年她的父母接纳她。

　　我嫂子之前告诉我，她母亲家先祖走的是湖广填四川那一路，为写这篇文章，我在电话里请她核实，她去看望她大舅，经问询后，向我更正说，她娘家先祖是在距今三百多近四百年前的清初，从南京来凉山的移民，她大舅的原话是"皇帝派来的"，且有家谱为证。再往前，说是从河南南迁而至南京的，也不知道是明朝的遗民，还是北宋末年和李清照一起南渡的汉人。如果是后者的话，何其纯正的血统啊！

　　电话里问我嫂子，她母亲家祖先到底什么时候去的南京。她把她大舅的电话号码给了我，让我自己问。

　　她从响河坝村她大舅家出来，又到相隔三四里地的冕山街上去看望她伯伯。她在那里翻看了她家的家谱，打电话给我说，那上面记载说，她父亲家祖先也来自南京，和她母亲家一样。

　　她说得轻描淡写，全然忘记了她告诉过我的湖南版本。

　　她的这个湖南版本我还和父亲叨叨过，根上毕竟都是湖南老乡嘛，还分啥当地人外地人的。

　　追想起来，也已经是三十年前的事了，那时我父亲还因为我哥哥的婚事带点不忿。过后没多久，大概大侄儿六七岁时，我父亲再聊起这事的后续时，态度有了明显的变化，觉得当个当地人也不错，虽然新情旧谊的各种应酬麻烦，那也抵不上互相有照拂、接济，随便走到谁家的园子里都能摘几个枇杷樱桃吃，掐菜薹、豌豆尖、小葱也都没问题，娃儿们也好耍，亲戚多嘛！然后，他说，活得多热闹啊。还具体告诉我，他在我哥哥家做客的那几天，有几拨喊我哥哥姐夫、姑爷、姨爹的男女来访，甚至于还拽上他一块儿去某家赶了场婚礼，在那里人人争相照顾他，让他很有老爷子的面子。

我们兄妹四个对父亲家乡也是我们老家的无视、无感他也慢慢接受了，看我写的那数篇有关凉山、喜德和彝族人、汉族人的散文，他问我，人家问你的老家在哪里，你肯定想不起乐至来，只会说在凉山喜德吧！

当然，我回答，您不是也只会说乐至，而不是您祖辈来自的湖南某地嘛。

是啊，他带点惆怅说，我记得的都是乐至的故事，你们记得的都是喜德的故事。还有，看你哥哥，和喜德对接得简直天衣无缝！

让我父亲感到奇怪的是，连我母亲一方的各路彝族亲戚也和我哥哥有了联系。之前，因我母亲是独生女，我母亲家与我们频繁来往的都只是她在那里长大的叔叔家的子女及孙子女。现在，我父亲说，和我哥哥搭上关系的我母亲家那些近的远的亲戚，其中有些人，恐怕我母亲都不认得，如果她还在世的话。

比如说我前面提到的某个夏天的早上，我在雨后的屋檐下望云时，我哥哥正与之商量参加某个葬礼的女邻居，她也是我母亲的一个可能仅仅是相同家支的亲戚。

至于是亲到哪个程度的亲戚，通过攀亲一般都能知道，也不一定细追究，知道互为亲戚就足够共同出席相关彼此的仪式了。那一次，说来已是20世纪80年代末了，家兄他们商量着要去参加某位共同的亲戚的葬礼。

在凉山的彝族礼俗，民间丧葬上致哀者，以枪声来送别德高望重的人（当时尚未绝对禁止）。家兄那一次领队去送别的大概是某位和我母亲家有关联的长者。

那位长者关联到的人自然也包括那位自称我姐姐的女邻居，以及其他几位一起去的男女。他们和那位逝者不是同一个家族，就是姻亲，也未必是当世的，都可能不是上一代而是上几代的亲戚关系，这一代一代的，都在心里印刻着彼此错综复杂的关系。这就是谱系，网结一样密密匝匝。

他们商定后，在某一天先乘火车再步行，前往为那位逝去的老人举行葬礼的地方。

这一行十来位行走在山路上时，前后相随的也是一队一队奔丧的人。

进到举办丧礼的地方，大家会整饬服装，妇女会取出随身携带的盛装，百褶裙、绣花的上衣、马甲、帽子、银饰，最起码得换上一件绣花上衣，男子的标配是山羊毛织的披风，彝语叫"查尔瓦"，一般都搭在肩头，斜在身体的左边右边，尺长的穗子晃悠在小腿处，行走无碍。

进到现场，各队来宾中的持枪者，各一位，冲天打响送别的枪声，那枪响，瞬间密集，迅即疏落，没有那么多子弹来供他们扣动扳机，却已尖锐地穿云裂空，惊得鸟儿飞兽儿跑。

人们呢，安之若素，轻缓地行走、动作、说话，即便女人的哭诉——倾吐的是逝者一生的荣耀和骄傲。眼睛所向，是松林的空地上那正在熊熊烈火中消散的肉体。

而亡者的灵魂会在葬场留下一个分身，另一个分身会飘去彝族人的故乡，再一个分身，会驻守在家园的上空。这便是传统说法里人逝去后灵魂共有的三个分身。

上述有关葬礼的文字有所不逮，幸有程丛林有关彝族葬礼的画作撼动人心。

四川画家里以彝族为题材的不在少数，我认识还互相引以为朋友的只有一位：程丛林。不用我多嘴，其重量级已然定论。1991 年，我们还在西藏工作，他来拉萨，刚完成《送葬的人们》，告诉说有十米长，人物都真人大小。等到 2012 年在中国美术馆见到原作时，尽管有基本信息垫底，仍然被几乎环绕整个展厅的画作惊住了，体量是一方面，最主要的是作品的表现力，那份优美，倾诉的是彝族人万事隐忍的沉静。

葬礼的最后，丧主家杀来招待宾客的牛，牛头会专门留给放最后一枪的那一位来宾，礼仪隆重。那最后一枪，相当于压哨声。谁把别人的子弹消耗掉，挺到最后，谁赢。那一次，牛头归家兄。他不会带回去，当场分而食之，带回去的只是荣誉。

在凉山，二十年前，你总会听见很多这样的故事，带着炫耀，还互相较劲，寡言如家兄，也会放大声音加入热烈的争论。强调自己某一回如何用有限的五颗子弹打熬着、算计着、虚张声势着，简直把《孙子兵法》的诈术都用上了，出奇制胜，总算把显然子弹最多、十颗都不止的那一位彻底比下去，打响了最后的一发子弹。之前，他们联手耗掉了其他几位的子弹又哪一回哪一回……其过程充满了惊险和戏剧性。那种场合上，看对象，主要用彝语，间插着，也喊汉语，给够力度。

这些时候的家兄是快乐幸福的吧！

那一天，我嫂子在电话里回答完我的问询，有关她父母家先人来自何处、何时到的凉山，这些一直以来我们通话的正事后，不像以前，看季节，会安顿我说：回来嘛，樱桃熟了、杜鹃花开满山了、该捡菌了、火把节到了、快过年了；现在她安顿我的是：回来看你的哥哥！此话她挂在嘴边，一字不减一字不增已经两个年头了。

我嫂子说的"看"，其实指的是祭奠。

家兄因病逝于 2018 年 11 月 11 日，时年 60 岁，人世一个甲子。

他的葬礼，家人还是决定按汉族的风俗办。考虑到我们母亲的彝族身份，也给他准备了一套彝族的"查尔瓦"。

家兄葬在水拐子湾湾向阳的山坡上，面朝喜德县最大的坝子，孙水河在这一段冲积出宽阔的河谷。

原载《民族文学》2022 年第 1 期

别处的生长

雍　措

风怕一些比自己还老的东西

自从十年前的那场大风过后，才旦就把自家的那块地用密密麻麻的棘刺围了起来。才旦围了十天的地边，那十天的脸都拉得长长的，他还在气一场风吹断了一季的麦子。

"气个锤，你气风，风又不会疼。"有人对才旦说。

"看我怎么收拾一场风。"才旦拉着马脸，又花了几天的工夫把棘刺墙加高加厚了几层。

才旦相信风会疼。

风疼发出的声音就是那刮过麦芒、拐过墙角、挤进门缝时发出的"嘤嘤"声。没有几场风从你身边过时走得安安静静的，没有几场风刮过一把锄头、经过一个刀口时静悄悄的，风都是带着大疼和小疼在村子里转悠。风的疼来自很多地方，它把其他地方的疼带到凹村，一并在凹村白天夜里"嘤嘤"地喊。风叫疼的地方很多，风有时叫出的疼是自己的疼，有时叫出的疼是其他村庄带来的疼。无论是自己的疼还是其他村庄的疼，风面对凹村有些东西的时候，再疼也不敢叫出声。

才旦见过一阵风远远地叫着疼从一片玉米林走来，每片玉米叶都是一把锋利的"刀"，风绕不过那片玉米林，它经过很多把"刀口"朝村子扑来。风叫疼的声音才旦在自家院坝里听见了，才旦在院坝中等那阵风。这么多年，才旦已经习惯等一阵叫疼的风从自己头上刮过。他看见那阵风刮过一片绿绿的玉米地，刚到村口的大石堡就停了下来。才旦踮起脚看风在村口遇见了什么。那天太阳很好，十几个老人坐在一堵烂墙下晒太阳。那些老人自从坐在那里，就没说几句老话，他们眯着眼靠着墙睡觉，睡醒了盯着地下的黄土看。才旦当时想，人到老了只对一把黄土感兴趣了。那天的风遇见十几个老人，"嘤嘤"声没有了，它们愣在离老人不到几米的地方，抬不起脚向前走。凹村黄黄的土在风的后面上下左右地乱舞着，那是风在哆嗦自己。不一会儿，风转身向其他地方吹去了。那天的风绕过了十几个老人的老。

风疼不赢一棵枯树的老。凹村生长着一棵枯树，五六百岁的年龄，没有枝丫，只剩下粗粗的黑黑的干立在那里。枯树成为一棵枯树的时候，就没人在乎它了。枯树是在凹村自己活着自己，自己过着自己的老。遇到雨天，乌云在天上沸水一样翻滚，天离地很近，很多树、很多人、很多动物都弓着背，生怕被越来越低的天压着。只有那棵枯树立在越来越低的天下，撑着凹村低下来的天。山风围着这棵枯树转，风用足了力气去拔这棵枯树，树身上的老皮一层层地掉，枯树不动，它任由一层层的皮脆生生地落在风中也不发出一声喊疼的声音。山风力气用完了，它像干了一场大活路一样气喘吁吁地退出了村子。风走到半山腰，转过头看那棵枯树，枯树的皮差不多掉光了，它忍着痛立着身子撑起凹村的天。风记住了有种疼是自己疼不过的疼。风不好意思在一棵枯树面前喊出疼。

风疼不赢一些动物的老。风刮过一头老牛，老牛的老尾巴被风刮得到处飞，风吹不断一头老牛的尾。风贴着老牛身体走，它听见牛身体里的老骨头颤颤地响，牛依然站在风中，任由自己身体里的老骨头颤颤地响给一阵风听。风不放弃，风想那颤颤声或许在某个瞬间可以变成"咔嚓"的断裂声。风一圈两圈地贴着老牛身体转，风快转晕了自己，牛在风中眨巴着眼看风。风停下看老牛的眼睛，就那么一眼，风就立刻明白自己早早就输了。老牛的老眼神会看疼一阵风。风疼不赢一只蝉的老。一只趴在树枝上的蝉，被风一天天地吹，吹得改变了自己身体的颜色，吹得自己的声音一天天变弱，吹得自己断了翅膀，吹得自己的身体变空，到生命的最后一只蝉蜕还死死地抓着树枝不放。风疼不赢一条老狗的老。老狗蜷缩在一条细细的土路上，风向它吹一下，它趁着风吹一下的工夫挪一下自己早就挪不动的身体。风不向它吹一下时，一条老狗就把自己一生的老放在一条土路上，一动不动，像要死给一场风看似的。

风怕一些比自己还老的东西。风在有些老面前藏着自己叫疼的声音。

才旦在自己家地边等一阵风的疼。他忘不了十年前的风吹断一季庄稼的仇。才旦说，那十年前的一场大风尝过一次凹村的甜头，还会来尝第二次。他也知道自己没有一场风老，风不会见着自己就绕开身子往其他地方刮去。才旦告诉别人，他想等的风只要他一直等下去，一定能等到。

但自从才旦把高高的厚厚的棘刺墙修起来之后，凹村就没来过一场像十年前一样的大风。才旦整天在院坝里等风，他的鼻子会闻一场风的味道。他还记得十年前那场大风的味道，涩涩的，带点儿苦味。自从那以后，只要闻到这样的味道，才旦都会小跑着来到自家的地边，他想看看密密麻麻的棘刺怎么让一场风"嘤嘤"的生疼。才旦一次次地失望，一次次地又能把失去的信心从某个时候找回来。

有一次，凹村死了塔吉。才旦和几个男人正在把净了身子的塔吉从楼梯往坝子里的棺材抬。远处来了一阵风，才旦闻着风的味道停了下来。他这一停，后面的人跟不上来，前面的人走不到前去。前后的人骂才旦。

风大还是人大？后面的人怒着声音问。

都大。才旦继续耸着鼻子闻风。

风大还是人大？后面的人生气地踹了才旦一脚。

才旦险些摔倒。他顿了顿，望着举过头顶的塔吉心里嘀咕，都说狗日的塔吉在世的时候轻飘飘的，死了倒像块烂铁巴。才旦举起塔吉走在人中间，举塔吉的几个人往前走。

塔吉的身体躺在几个人的头上，高高在上地望着天。塔吉从来没有这样高高在上又理所当然的高过凹村人一次。塔吉离头顶的天比谁都近，塔吉躺着就想把这辈子没有看够的天一次性地看个尽。

这是狗日的塔吉这辈子享的最大的一次福，才旦想。

塔吉的手悬空空地晃在才旦的耳边，才旦好几次把那悬空空的手放回塔吉的肚皮上，放一次塔吉的手悬空空地掉下来一次。举着塔吉的人对才旦说，塔吉左手不垂下来右手总是垂下来，是和你斗了一辈子的塔吉在和你和好，你就握塔吉一次手，这次握了就各走各的了，这次握了，就是下一世的事了。

才旦看看晃荡在自己耳边塔吉的手，说什么也不想去握一下。男人握男人的手，才旦不情愿，况且这只手还是一只死人的手。

"锤个男人，塔吉都不是个人了。"举着塔吉的人在塔吉身下瓮声瓮气地说。

才旦想想也是，他一只手举着塔吉，另一只手伸过去握塔吉的手。塔吉的手冰凉凉硬邦邦的，才旦摸到塔吉手心里厚厚的茧。才旦握完塔吉的手，急忙把那只冰凉凉硬邦邦的手放回塔吉肚皮上，生怕塔吉的手拖着自己到下一世去。握完这次手，塔吉的手再没掉下来过。

"不是你娃成天和塔吉斗，塔吉可能还可以多活两年。"有人说。

"各人有各人的命，塔吉的死是他自己命已经到了那步，下一世在招他，他自己也等不及过完这辈子，关我什么事？"才旦生气地说。

塔吉越来越沉，大家抬着塔吉都不说话了。

才旦嘴硬是嘴硬，他开始想自己是怎么和塔吉斗起来的。

有一年，塔吉跑到才旦家里来说自己得了一种怪病。这病长在骨头里，白天看不出来，夜里就一个劲儿地痛。才旦问塔吉，痛是怎么个痛法？塔吉说感觉骨头在裂。才旦问，骨头裂的感觉是什么样的？塔吉说就是感觉要命，夜里自己都不想活了。才旦说你这病得倒很稀罕。塔吉说自己也觉得稀罕，想问才旦借点钱，去大医院好好看看自己的骨头。塔吉说得可怜，才旦同情，就把刚卖的一头猪钱给了塔吉。塔吉告诉才旦，等他骨头医好了，就把钱还给才旦。才旦没推辞，也没拒绝，那时的才旦想的是医治塔吉的骨头比什么都重要。哪知塔吉借了才旦的一头猪钱，第二天和隔壁村的巴错赌石子输得精光。才旦一股气堵在心里，怎么也缓不过来。他跑去找塔吉还钱，塔吉翻脸不认人，说没借过。才旦说，人在做天在看。塔吉说，人在做天在看。塔吉赖皮到天都不怕还怕人？才旦从此不再问塔吉说还钱的事。他当着塔吉的面说，我就当我的那头猪得猪瘟死了，我就当我给谁买了一年的痨病药，但是你塔吉要知道，天是有眼睛的，天会帮人处理好很多事情。塔吉说他知道天是有眼睛的。

才旦和塔吉斗了很多年，大事小事都斗。

大家把塔吉从头顶放下来装进事先准备好的棺材里。塔吉高高在上了那么久，看够了人头顶的天，笑眯眯地闭着眼。才旦想揍塔吉一顿，他这一生从来没看见塔吉用这种表情对待过自己。

塔吉，你得意个锤，你有本事站起来和我继续斗。

塔吉，刚才我握你的手，不是我想握的。别以为我握了你的手，就给你下了矮桩。

塔吉，我说过人在做，天在看。你现在知道这句并不是假话了吧？

塔吉笑眯眯地躺在棺材里继续笑着死。才旦生气地一屁股坐在板凳上。

才旦又开始闻风，他有事没事都养成了爱闻风的习惯。一股涩涩的略带点儿苦味的味道从不远处浅浅地传过来，那是十年前那股大风的味道。才旦猛地站起来，他前后左右地看。四面八方的树都静悄悄的，四面八方的云都像睡着了一样趴在蓝蓝的天上。别想骗我，你骗不了我，才旦自言自语地说。他朝自己家的那块地跑去。那场风他等了十年，现在终于来了。今天他向一场风报仇的机会终于到了。才旦想。

那场风确实是场大风，才旦看见那场风从远处几座山上一路刮来，雄赳赳气昂昂的，风走过的地方树在断，漫天都是黄土和飞扬的叶子，一条不知道从哪里刮来的红色裤子被风推在前面走，走得大摇大摆的，走得气势汹汹的，像一个没头没脑的人没头没脑地踏着大步子，像一个人快要上天又上不了天的样子。

才旦对着那场大风站着，十年前的恨在他心里滚。才旦想看看自己围起的高高的厚厚的棘刺墙怎样让一阵风发出"嘤嘤"的疼声。才旦也想看一场风再刮不断自己家一季庄稼的沮丧。十年之后，才旦想让一阵风不但身体疼，心也疼个够。

才旦确定那天的风就是十多年前刮断自己家一地庄稼的风。那场风在十年后，又长大了一些，才旦不怕那场长大了一些的风。

那场风离才旦越来越近了。才旦看见那条红色的裤子一只已经跨过凹村村口的大石堡，另外一只却突然停在了风中。才旦站在地边喊一场风，一声声地喊，喊得嗓子嘶哑了，喊得自己都快把肺喊出来了，被风推在前面走的红色裤子却把跨进凹村的那一步收了回去。风朝其他地方刮去了，那条被风推在前面大摇大摆走的裤子，被风推到其他地方的前面大摇大摆地走了。才旦愣在地边，没看见一场风疼，他更气了。他垂头丧气地回到塔吉的棺材旁，棺材里的塔吉仿佛笑得更开了些。

凹村的人看见才旦站在塔吉的棺材前骂塔吉。

是不是你塔吉捣的鬼？是不是你塔吉故意让一场风收回了跨进凹村的那只脚？你塔吉知道我恨一场风。这么多年我都在等那场风来。今天终于等到了，你却让它绕着走了。你塔吉是不是还想着和我斗？别以为你塔吉死了，会两下子就来找我的碴儿，有本事你塔吉站起来，只要你站起来和我斗，我就不怕你塔吉。

说完，才旦在塔吉身边再坐不下去，他生气地背着手回家去了。凹村人看他样子是再不会送塔吉一程了。他气一场风的程度和气塔吉的死是一样的。几个人走过去盖塔吉的棺材盖，塔吉笑着的脸慢慢拉了下来。才旦走后，塔吉是生前的塔吉了。塔吉也在棺材里气有些东西，塔吉想活过来，和才旦像生前一样好好斗一斗，塔吉却活不过来了。棺材盖盖上，塔吉独自在棺材里气。塔吉的气得顺到下一辈子去了。

才旦没有拆除那堵高高的厚厚的棘刺墙。才旦可能还在等。他在高高的厚厚的棘刺墙上开了一扇门，门上上了一把铁锁，那把锁只有才旦有钥匙。

那把锁是用来锁一场风的，那把锁是用来锁才旦的恨的。那把钥匙一旦打开那把锁，里面的风就跑了，才旦的恨就没有了。才旦不想这样，这辈子才旦就靠着这两样东西活着自己。如果这两样东西都没有了，才旦就真的什么也没有了。

过了几年，才旦又闻到一股涩涩的、带点儿苦味的风的味道从远处传来。那天那场风也准备走进凹村，但那天凹村也死了一个人。那场风刮到凹村村口又灰溜溜地刮到其他地方去了。后来才旦才明白，几年前自己误会塔吉了。那天的风并不是塔吉作的怪，是风会嗅死人的味道，风怕一些刚死过去的东西。风怕死。

还有那棵村口的枯树。枯树很多年前是一棵老枯树，很多年后还是一棵老枯树。但是风不一样，风很多年前是一股年轻的风，很多年后却也算一股老风了。

风越来越怕一些老的东西，风离自己的老也越来越近了。

别处的生长

泽仁旺堆新做了一个俄尔多，他说明天要让我看看。我说我不看，他说你看看。我转身就走。第二天他把俄尔多带到我家，我们坐在门槛上看他新做的俄尔多。

"狼皮的。"泽仁旺堆得意地给我说。

"你抓住狼了?"我问他。

"没有。不过这就是一张狼皮。"他说。

我把俄尔多还给他,气愤地说:"吹牛大王。"

"我看见那匹狼时,它快死了。它全身是伤,四只脚都没有了,眼睛还在眨,眨着眨着就不动了。"泽仁旺堆看着我说。

我不相信他的话。我从来没在草原上遇见过一匹缺脚的狼。

"我带你去看它的尸体。"他说。

我从拴马桩上解开我的若若,让它带我们去想去的地方。

若若今年两岁,自从它出生就跟着我。现在它已经能像一匹真正的老马一样在草原上奔跑。

"就在那里。"泽仁旺堆指着远处的一座小山坡。若若像能听懂泽仁旺堆的话,朝他说的方向一路奔跑起来。

我们很快到了小山坡,坡上的草长得绿油油的。除了草,坡上什么也没有。

"那天它就躺在这里,它眨着眼睛看我。后来就不眨了。"泽仁旺堆跳下马,指着一丛绿油油的草对我说。

那丛草在风中左右摇摆。

"一匹狼不会躺在这里眨巴着眼睛等你。"我说。

"它没有脚。不知道什么动物吃掉了它的脚。"泽仁旺堆边说边用手疯狂地拨开草丛,他在一丛绿草中寻找一匹狼留下的踪迹。一只草原鼠从里面蹿出来,接着还有一只。它们受到惊吓,在草丛中疯窜,一会儿又埋没在另一丛浓草中。

"一定是它们吃掉了剩下的那匹狼。"泽仁旺堆说。

"别找了,又吹牛。我们回去。"我对他说。

泽仁旺堆沮丧地爬上马背,就在我们即将离开那处荒坡时他还在回头望。我们一路无话可说。只听见若若在草原上奔跑的声音。风从我们耳边奔向相反的方向,还有远处的雪山,还有天上的晚霞都在往我们相反的方向奔跑。

"总有一天,我会找到一匹狼。"我们在马背上往回家的路上赶,泽仁旺堆的话朝我们相反的方向奔跑。

很久没见到泽仁旺堆。确切地说，我很久没有见到凹村的几个人了。我不知道凹村的人都去了哪里，没人走的时候向我告别，没人走的时候向谁说要去的地方是哪里。凹村的人似乎都有自己要去的地方，四面八方都是他们的家。他们可以在任何地方生活下来，每条路，每棵树，每只鸟都可以是他们重新开始的地方。

在那段时间，他们的记忆被一场风掏空，被一场雨淹没，被一个突然来临的冬天冻结。谁都记不起有凹村这样一个地方。出走凹村的人，仿佛都是一次生命新的开始。他们觉得自己一生下来，就是这个年龄，他们告诉遇见的人，他们没有父母，没有亲人，没有一切。他们在说这些话时，可怜兮兮，仿佛马上就能哭出声来。

他们在有些分岔的路上遇见凹村人，他们上下左右地看着对方，看够了，转身离开。谁都无法拒绝这样的打量，谁都做过这样上下打量别人的事。这些在路上遇见的凹村人，他们比一个真正遇见的外人还要陌生。在那些分岔的路上，他们的很多记忆也在分岔，分岔的记忆像一棵棵草下面的无数条根系，有某种东西联系着他们，但各自要走的方向又完全不同。

在那个冬天，他们在各处修建一座座雪里的房子。雪厚厚地压着路，压着树，他们把一座房子压在雪上。他们记不起自己是哪里学来的盖房手艺，他们认为自己天生就是能盖一座座木头房的人。有时他们想把自己的房盖得大些，除了住自己，他们还想在房里为一些雪地里的野鸡、鹿、麻雀腾些地方。他们试着先养过几只麻雀，麻雀身子小，占不了房子的多少空间。可是他们把麻雀刚带进屋里，那几只麻雀就不断想往外面飞。麻雀不想要这个家。他们也曾把一头野鹿抓来拴在门口的木桩上，他们想让一头雪地里的野鹿过些好日子。他们对野鹿没什么企图，他们只是想养着它。他们甚至在抓野鹿回来的那一天，就冒着大雪往山上爬。他们费尽心思地给一头他们准备养却对它没有任何企图的鹿割一背草回来，他们想用一背雪地里的枯草让鹿安心。他们告诉那只被抓回来的鹿，只要它安心地待在这里，他们可以每天冒着大雪去为它割草。可是他们没有想到，刚抓回来的鹿吃完他们为它准备的草，晚上咬断绳子跑了。等第二天他们发现，绳索被又一场大雪埋没了，那只他们曾经抓过的鹿远远地在树林里看着他们。后来那只鹿也会偶尔来看他们一下，却再不靠近他们的木房。

他们不想在雪地里修那么大的房子了。他们把房子修成自己够住就行，有的修得只能容下自己的身体，他们说那样能感觉到自己和一座房子之间的某种亲。一辈子和一座房子亲着，也够了。

冬天，他们的胃好像被一根细绳勒着，吃不下太多东西，也感觉不到饿。他们在自己修建的房子里，要做的最大事情就是睡觉和听大雪落地的声音。再大的雪也淹没不了他们的房子。他们的房子会动，雪厚一点，他们就把房子往上移一点，再厚一点，再往上移一点。有的房子移着移着就移到了树顶上。他们白天夜里在一棵树顶上生活，树托着他们的梦。树在雪里生长，他们的梦也在雪里越升越高。

一个梦离地面太久，就再也感觉不到那是一个梦了。梦成了他们的真实生活。他们活在一场梦里。梦里他们能听见自己骨头生长和衰老的声音。在梦里，他们竖着耳朵听那种清脆的声音，他们说那种干脆利落的声音让自己周身都充满了力量。他们在梦里用尽力气地生长和衰老，为的就是想听见那一声声干脆利落的声音。

什么东西都在厚雪里长得很快。它们的长被一场厚雪隐藏着。一场雪来和一场雪去都是一次阴谋。雪来为的是它要给这个冬天带点东西来，雪去为的是它要给这个冬天留下点什么。雪，总是有远方要去，雪总有故乡要回。生活在雪里的人永远生活在一场雪要去的远方和故乡里。

那些把房子越建越高的人，总会等到厚厚的雪慢慢把他们放到地面。树顶上的房子，他们一截一截往下挪，每挪一截，他们都会向每个树杈告别。每挪一截，他们似乎都隐隐看见那些他们移动过的地方，悄悄地长出了嫩叶。

雪快化了。他们的冬天就快走到尽头了。他们做着远行的准备，他们不担心找不到一条远行的路。他们知道一条远行的路就在某处等着他们，只要他们随便踏出去一步，路就有了。他们会顺着路一直走，一直走，就到了他们要去的地方。

他们回来已经春天了。我站在空了一个冬天的村子看那些归来的人，他们个个精神抖擞，在村口相互遇见，热情地招呼着对方。他们在说一些我听不见的远话，他们指着一片凹村的枯土大声向站在远处的我喊：再过几天，土里该撒些青稞了。

我不知道怎样回答他们的话。他们已经在一座空村里消失了一个冬天。他们不知道自己的消失，只知道一到春天就该在地里种些东西了，仿佛他们一直都待在那片枯土旁边，他们白天夜里地守在地里，他们要做的就是告诉我，春天里的某一天，我该做一件春天的事情了。他们说话的语气，就像给一个懒了很久的人说的话。他们厌倦了一个懒人的无知和不理事。

我看见泽仁旺堆远远地朝我走来。先是走，后是急急地跑。

"这是我新做的俄尔多。"他跑到我跟前对我说。他不知道自己已经很久没有见过我了，仿佛他的离开只是昨天在草原上的分别。

"狼皮做的?"我问他。

"狼皮做的。"他肯定地说。

"抓住狼了?"我盯着他。

他黑黑的眼珠子在眼眶里转。他比我们分别之前黑了很多。他不知道自己是在哪里变黑的。只有我知道，他的黑来自这个春天之外的某个地方。

"我梦里来了一匹狼，我和它在雪地搏斗，经过几个回合，我战胜了它。我用它的皮做了新的俄尔多。可能你不相信，但这是真的。"他真诚地望着我。

"我知道那匹狼，我看见你和那匹恶狼在雪地搏斗，最后你胜利了。"我对他说。

"你看见了? 你真看见了? 我还怕你不相信。这下我放心了。"他在我面前开心地笑着。

远处，那片干枯的土地上着急的人已经在播种青稞种了。他们将一把把青稞撒在干枯的泥土里，经过几场春雨之后，他们希望自己种的青稞比其他家的长得快些。长得快些，青稞就能早些收割，早收割，他们就可以早早地住进一个自己也不知道的冬天里了。

什么花都在开放

后来有人回忆，那年的冬天简直没冬天的样儿。太阳天天挂在天上，冬风刚刮到西坡又马上折了回去，晨雨下到吊桥前就再不往前下了，阿拉神山流下来的雪水冒着一阵阵的热气，还有村头的迎春花奇怪地在冬天开了，它一开，凹村所有该在春天里开的花，都提前在冬天开了起来。

同麦出生在那个奇怪的冬天。他是这三年凹村出生的唯一一个娃。

他刚生下来，阿妈的眼睛就瞎了。阿妈的眼睛是在生同麦时挣瞎的。同麦的阿妈生同麦用了两天的工夫，什么声音都叫完了，什么力气都用尽了。

他们家院子里有棵一米多高的梨树，梨花在那个冬天开得雪白雪白的。同麦的阿妈生同麦时，村人看见接生婆匆匆忙忙地把一盆盆从屋里端出来的血水慌忙地泼到梨树上，有的梨花掉落在地上，有的梨花被血红血红的血水染得红艳艳地开在阳光下。

"受这样的罪，还不如死了算了。"帮不上忙的凹村人躲在同麦家的泥巴墙后面干着急。

一只只乌鸦站在提前开花的核桃树上，"哇哇哇"地叫。

很多人都认为凹村那两天会死人。那个要死的人，要么是同麦的阿妈，要么是同麦，还有一种可能，就是大人和娃一起死。

同麦的阿爸蜷缩在生娃的门口一动不动，两天不说话，两天没喝水，两天没睡觉。

"日卵的。"接生婆倒一盆盆血水时骂他。

他一句话不说，跟没听见似的。

"用力，用力，石头都能背，大树都能砍，一个娃就生不出来了？"接生婆的话淹没在同麦阿妈的喊声里。

同麦的阿妈在屋里像驴一样叫。叫到最后声音越来越软。再后来只听见接生婆的骂天声。

"只剩下最后一个法子了。"接生婆从屋里跑出来，满头大汗地对同麦的阿爸说，"把她抬到隔壁尼玛家牛圈里，他家牛上半年才产了十多只小牛。那地方好生。"

泥巴地上有一只断腿的虫使劲地爬，同麦的阿爸盯着它眼珠子不转地看。一只断腿的虫在他心里使劲地爬。

"日卵的，尿事帮不了。"接生婆骂完，跑到泥巴墙边往上喊，"去找几个凹村有大力气的女人来帮帮忙，男人的手不能碰产妇的血。"

"呀呀呀。"好几个声音在泥巴墙后面答，接着墙后面响起脚步四散的奔跑声。

不一会儿，院子里来了七八个强壮的妇女，她们相互搭手，抬着同麦的阿妈往隔壁尼玛家牛圈方向去了。屋里剩下一个女人收拾残局，她将最后一盆血水泼到了梨树上，雪白雪白的花瓣上不断往下掉着一滴滴血水，像在下一场有颜色的雨。

土地被染红了。泥土在吃一些东西，泥土在隐藏一些东西。

同麦的阿爸越蜷越小，像只被很多个冬天冻垮了的老狗。

夜快黑尽了，对面牛圈里传来接生婆的声音："唵嘛呢叭咪吽，终于落地了。"

所有躲在夜里的人都松了口气。有的朝尼玛家牛圈门口跑去，有的生怕同麦的阿爸没听见，进院子来拉他。来拉同麦阿爸的人，拉不动他。他依然蹲在门口，终于把埋了两天的头抬了起来，他在看那棵被鲜血染红的冬天里的梨树。

"生了，日卵的。"喊的人看他还是一动不动，气气地离开了，没人再注意他。

他慢慢站起来，踉踉跄跄朝那棵开满梨花的树走去。他在树下呆呆地站了一会儿，他听见尼玛家的牛圈里传来孩子的哭声，接着是一个婴儿稚嫩的"咯咯咯"笑声。

像在笑话自己。

他突然奔跑起来，夜把一个奔跑着的人包裹得密不透风。

第二天，第一个去池塘挑水的人看见一个仰叉巴叉的人浮在水面。脸朝池底，背朝凹村奇怪的冬天。

几只乌鸦站在杏枝上"呱呱呱"地叫。

几只喜鹊在池边的桃树枝上扑棱着翅膀，跟随时会飞一样。

"日卵的。"越来越多的人来到池边，越来越多的人对着这个漂浮着的人说这句话。

这是一个奇怪的冬天，什么花都在开放。

越来越深的黑

那年我八岁。稍稍懂事一点儿的我，已经不安于待在黑漆漆的屋里睡觉做梦了。

八岁以前，我听父母的话，他们经常把我一个人锁在家里，就去忙地里的农活。他们一辈子都在忙地里的事情，他们以为还可以在地里得到自己期待的东西，只有我知道，土地能带给他们的不会再有什么新鲜的了。

大人一走，屋子黑了下来，仿佛光亮只属于他们。他们告诉我，娃都是从黑夜里走来的，娃不怕黑。我把他们送到木门口，不哭也不闹。他们把木门一扇拉过去，再把另一扇急急慌慌地合上，两扇木门的缝隙把他们和一束光越挤越细，最后他们消失在我的视野里。我的身后是一片黑。他们待在一片光亮里。

从那一刻起，我似乎明白我们永远是两个世界的人。我们之间什么也不是，他们也不是我的什么。这样一想，我对一片黑亲近起来。

我在一片浓浓的黑里，自由着。黑里没有什么能挡住我，黑是我的自由。我在黑里来回地走，唱想唱的歌，跳想跳的舞，开心的时候，我学着一匹马在黑里奔跑，我的前面是一望无际的草原，草原上很多花都在开放，我想让我的马儿在哪里停下来就停下来。累了，我们躺在花丛中，很多的花在我身边慢慢地开。

在黑里，我的朋友很多。他们争着来和我说话，他们拽着我去爬一棵干枯的树，他们说树顶有鸟蛋。我们可以弄几个鸟蛋来尝尝。说着他们就往上爬，我在树底看着他们。一会儿，他们从树上扔下来几个鸟蛋，鸟蛋在我的手心里破了。他们哈哈地在树顶笑。

我在黑里伸出手指，一次次地数着长在我身体上的它们。我问黑里的人，我的手指是几只？他们说六只。我不信，一遍遍地数，数着数着就睡着了。我睡在一片黑里。我梦里尽是一束束阳光，光从远处向我追来，我在梦里使劲地逃。我怕极了温暖的阳光，它是我的噩梦。等我醒来，满身的汗打湿了我的衣裳，旁边坐着一个我不认识的人，他对我说，别怕，你待在黑里。他用手抚摩我的头，他的手带着一股青稞成熟的味道。我问他，他是不是青稞长成的人？他说不是，他是一个一直行走在黑暗里的人。说着，他不见了。我再没遇见过这个身上带着青稞香味的人。

玩累了，我把锅里的馍拿出来吃。馍是大人前一天做好，第二天放在锅里用一堆星星火热着。他们怕我饿，他们想用几块馍把我从一片黑里养大。我把我的馍分给黑里的朋友吃，他们说我的馍有股生人的味道，他们吃不惯还给了我。在黑里，我听见几只老鼠从洞里蹿了出来，它们在黑里长大。我送给它们几块馍，它们高兴地拿着我送的馍进洞去了。后来，我经常这样做。那几只老鼠为了感谢我，常常来黑里陪我说话。它们一辈子生活在黑里，已经能讲些简单的人话。它们说，黑里什么都看得见，黑里有一条路。

大人从地里回家，他们离我还远，我早早闻到泥土和他们的气味回来了。那种光亮里带来的陌生气味让我害怕。我急忙躲进被窝里，紧闭着眼睛，我在黑里假装入睡，他们再喊我都醒不了。

"这娃，已经在黑里长了一大截了。"他们一只手伸进我的被窝，摸我的腿，摸我的手，像在摸一只圈里羔羊的成长。

八岁那年，我突然就不喜欢待在黑里了。我说不清楚为什么，也不清楚是什么改变了我。我一不喜欢待在黑里，所有黑里的朋友都离我而去。我垫着小凳子打开二楼上竹片盖着的窗户，我爬上去，双手抓住两根被灶膛里的烟火熏过很多年的窗框，一次次地往下看一条从窗户下穿过的小路。我开始对一条小路产生兴趣。我对小路说，现在只有你陪着我了，我只剩下你。

大人还不放心带我出门，他们说家里需要有一个人守着。我不知道他们要我守住家里的什么。家里什么也没有，没人想来偷一屋子的空。

我从小不喜欢土地。我把凹村的土地看得很透。土地在凹村假惺惺地长着，却再给不出凹村什么新鲜的东西。

凹村好的黑土，都被远处来的风刮到了其他村子。土地上好的种子也被外村几家养的大鸟带走了。那几家养大鸟的人，一年四季都躲在离凹村不远的一个山洞里为偷走村子里的好种子做着准备。还有一些夜里丢掉的东西，我们现在不知道，以后也可能没办法知道。

凹村的收成一年不如一年。

很多家慢慢开始饿起肚子。他们怨家里的人懒，该耕深一点的土地没有耕深，该多施一次肥的地方没有施够。他们怨有人砍了山顶的大树，树少了，挡不住外面的干旱。他们还说天上的云总是不安神，在凹村空中待一会儿就急急地走了。

他们说凹村人对不起一片自己的土地。越是心里有愧，他们越把所有的心思花在土地上。他们白天夜里的在一片土地上下功夫，把其他事都快忘记了。

下午渴慌了的牛用头去顶他们，一次两次地顶，他们骂一头牛只知道偷懒。牛懒得理他们，自己找了回家的路。有些狗在月亮地里乱跑，狗跑累了，主人还在用锄头挖地，空空的土地声，让月亮地里的狗莫名的兴奋。有几只鸡，耐不住家里的静，它们东叫一声西叫一声地把其他家的鸡也叫慌了，有的鸡从家里逃出去，在离自己主人不远的地方打鸣，它们想用自己的阴谋错乱主人的时间，好让他们早早回家。

无论怎样，大人们带着一身的疲惫，还是很晚才回家。累坏了的他们，谁都没心思管理一个村子，谁也不关心村子里会发生什么。

我记不清楚八岁里的哪一天，我看见三个人从小路上走来，两个老妇人，一个和我一般大小的娃。那个时间，凹村所有的人和牲畜都下地了。

"我们进村时，有几只乌鸦在树上叫。"五十多岁的妇女说。

"这一路上都有很多乌鸦看着我们叫。"另外一个妇人回答。

"还有狗。"手里拿着木条的男娃说。

三个人在我家木窗下面沉默。男娃的眼睛往四处看，他手里的木条不断地"啪啪"抽打着一块坚硬的石头。

我急忙把头从窗户里缩了回来。我不想让他们看见我。对于一个他们认为空下来的村子，如果发现一个人，会吓住他们。

"我们可以不离开这里吗？"我听见那个男娃的声音。

"娃，路在脚下等着我们嘞。"五十多岁的妇人说。

男娃看看脚下的路，又说："路会带我们去哪里？"

"很远很远的一个地方。"另一个妇女埋着头说。

"那里有雪吗？"男娃问。

"有，还有你最喜欢的藏羚羊。"妇人说。

"真的吗？"男娃站起来，高兴地说。不过很快他又像明白了什么似的，沮丧地坐下了，"可我们走了这么久，什么都没有看见。"

"很快会看见的。"妇人说。说完这话，他们又是一阵的沉默。

长久的沉默总让我莫名地慌。我止不住好奇，探着头看他们。

从上往下看这三个人，他们长得奇奇怪怪的，他们的头发和肩膀上铺着一层厚厚的灰土。无数的灰土正一点点把他们埋没，他们却什么也没发现。

他们起身往前走。那个和我差不多大的娃，手里拿着细条，他走几步，用细条抽一下凹村的土墙。土墙上的黄土，在细条的抽打下，一粒粒往下掉，一些青叶被他用细条抽打得散落一地。他在憎恨着凹村的有些东西，憎恨着这座空下来的村子。

我一直偷偷看着这三个人从小路上消失。我把头伸得长长地送他们。

外面阳光正好，而我似乎看见他们正一步步把自己走进越来越深的黑里。

凹村的大人没一个人知道有这样的三个人路过凹村。他们忙在一片黑里。

我不会告诉他们，永远不会。

那里面有我的力量

在某个夜晚或黄昏，我长在了一个女人的身体里。自从作为一个生命存活在她的体内，我就开始了一天天地熬。每天面对黑漆漆的一切，我急于走出黑暗的心情我想谁都会理解。

和我熬的人还有一个，就是一直陪伴着我的这个女人。这个女人每天带着我，来回地在屋子里走，她重重的脚步让地板"咯吱"地响。我想之所以这个女人有这么大的力量，是因为她每踩下去的一步，都有我给她的力量。

我还不知道称呼这个每天陪着我的女人叫什么。我只听见每天早上有个粗粗的男人声音把我和这个女人从睡梦中唤醒。每天早上，我陪着女人一同在这粗粗的声音里醒来，她不断地打着哈欠，她还在睡与醒之间挣扎。她打一个哈欠，我在她肚子里跟着想打一个。那个粗粗的声音在离我们有点远的地方唤这个女人："拉姆，拉姆，别贪那一丁点儿睡不完的觉，再老的牦牛也要自己走到雪地找吃的。"

最先我不知道拉姆是一个人的名字。我整天待在黑暗里，对名字之类的事情我不太懂。直到我长大了一些，那个粗粗的声音唤这个名叫拉姆的名字多了一些，整天陪着我的这个女人答应的次数多了一些，我才渐渐明白粗粗声音的男人时时唤起的拉姆应该就是这个女人。

我从心里不喜欢拉姆这个名字，我说不出太多的原因，也或许我根本不喜欢人要有名字这回事。人一旦有了名字，就像固定了一个人的一辈子，我不喜欢被确定下来的感觉。如果人非要有名字，我想一天用一个名字，每天被人唤着一个新的名字，有种每天一朵花开出不一样的颜色，每天太阳会从不同方向升起，一棵树每天会发一次新芽一样，到处都是新鲜和期待。

别好奇我知道得太多，有些东西我与生俱来，还有些东西我是在这个叫拉姆的女人肚子里知道的。

叫拉姆的女人，每天在那个粗粗的叫喊声里醒来。我知道她不想醒来。她的每一场梦都是一次美好的抵达。我能看见拉姆的每场梦。拉姆看不见我。我在她的梦里是一个小小的影子。她走到哪里，我就跟到哪里。拉姆对每一朵花微笑，对每一棵树点头，对每只飞过的蝴蝶挥手。梦里，她经常对着初升的太阳许愿。她的愿望里有凹村、有草原、有那个粗粗声音的男人，还有我。我喜欢拉姆对着太阳为我许愿的样子，虽然我不太能听懂这个女人为我许的什么愿，但是我能感觉到阳光正扑向我。

拉姆从床上坐起来，窸窸窣窣地穿着衣服。她的衣服又大又厚，我躲在她的身体里，也能感觉到那来自身体之外的温暖。等她打理好一切，走几步，要跨一个不高不低的坎再到吃饭的地方。后来我知道那个坎叫门槛。那个粗粗的声音响在拉姆坐下之后："高空中的鹰都知道天亮在空中盘旋，草原上的旱獭也会早早出洞等待初升的太阳，就你拉姆每天要我叫你起床喝茶。如果凹村的人知道我这个大男人每天做这样的事，会成为一个大笑话。"

这个叫拉姆的女人"呀呀呀"地答应着。她没告诉男人她的梦。我听见那个男人"稀里哗啦"粗糙的喝茶声。除了喝茶声，一片沉默。自从我的大脑慢慢发育，我就能感知到这个女人和粗粗声音的男人他们之间的沉默是很硬的，没办法柔软起来。

男人早上喝完酥油茶出门了。男人每次出门，总是带着几头牦牛"哞哞"声消失。我听不见他跨出院门的脚步声，他的脚步声被牦牛的牛蹄声淹没，仿佛他的出走是其中一头牦牛的出走，他的归来也是其中一头牦牛的归来。

他每天早早出门，到下午或晚上才回来。这么长的时间，整个屋子空空的。我在一片空里陪着她，听她叹息，听她哼唱。她不知道我在她身体里陪她，这方面这个叫拉姆的女人还不懂我。

随着我在女人的身体里慢慢长大，男人的归来一天比一天晚。他回来除了身上的牦牛味，还有一股难闻的酒臭味。我隔着女人的肚子都能闻到那让我难受的味道。他回来就睡，我想这个男人随着牦牛出去一整天，一定累坏了。整天和几头牦牛打交道，对于一个强壮的男人来说确实是一件无趣的事。

这个叫拉姆的女人叫不醒睡觉的男人，越来越叫不醒他。她跨过门槛，收拾着桌上热了几次的饭菜。隔壁传来男人的呼噜声。女人坐下来，她用手摸着鼓起来的肚子，我在里面感觉到她的手在肚子上打转。我使劲朝那只抚摸着肚子的手蹭去。我的脸贴着她的手心。她把打转的手停了下来，我的整个头在她手心里静静地躺着。这是一只温暖的手，我真想永远这样待下去。

我听见这个叫拉姆的女人在哭。她的哭声"嘤嘤"的，生怕吵到肚子里的我。我把头从她手心里抬起来，我想看看这个哭泣中的女人。我想象着这个哭泣着女人的眼睛，我费了很大的力气，也想象不出一滴泪是怎样从眼睛里滚出来的。我没见过泪水，我不知道泪水是什么颜色。

她的手离开我。她在用手擦眼泪。她边擦眼泪，边从凳子上站起来，我们脚下的地板发出"咯吱"的声响。我知道她跨过了那道门槛，男人的呼噜声在她跨门槛时响得像一头小牛的"哞哞"声。

我们一起躺下。她在黑暗中盯着满头顶的暗看。满头顶的暗空空的。她在黑暗中轻轻地诵经。我瞌睡起来，暗是一张铺盖，我渐渐沉睡在这张长期困着我的铺盖里。她的诵经声在暗中回荡，我入睡在她的诵经声里。

我很少在这个叫拉姆的女人没睡之前先睡着。我的大脑总是异常活跃。我要想的事情很多。比如我想我是怎样来到这个女人的身体里，在没来到她身体之前我在哪里？我有没有自己的朋友？有没有看见过一些离奇的事？我以前的世界是怎样的？我在这个叫拉姆的女人腹中最终会变成什么样子？

我很恐慌自己，特别是感觉到自己的身体一天天变化，我不知道我会长成什么模样。有时我轻轻张开手指、动动脚趾，我觉得自己长得可怕极了。这些都属于我的身体，我却害怕着它们。我想丢掉它们。后来我发现，我什么也做不了。我在这个叫拉姆的女人身体里，慢慢体会到了绝望和无助。

　　我不知道我以后还会遇见多少让我害怕的事，我隐隐感觉到有很多东西在一个角落里等着我，它们着急着见我，我正慢慢靠近它们。在这种时候，我的心和身体有时是分离的。我的心在身体的后面，心拖着身体不想走。

　　这段时间可能是我想得多，太累了。我总是在这个叫拉姆的女人之前睡着。但按道理，这个叫拉姆的女人这段时间更累。我能看见她的累。

　　自从那个粗粗男人的声音不在每个早上响起，拉姆的累就开始了。她每天带着我早早地起床，生火、煨桑、打茶、做饭、扫地，等一切做完了才去叫睡在藏床上的男人吃饭。男人起床，来到桌边喝茶。他喝茶的声音越来越像牦牛吃拉姆手中盐巴的声音，贪婪得要命。

　　藏桌旁，这个叫拉姆的女人找些话说给男人听。男人一句回应也没有。他似乎对什么都不感兴趣，除了早早地出门去放牦牛，一次比一次晚回家，他对什么都不感兴趣。

　　我从来没听见过这个男人提到过我，一次也没有。他并不关心我，他和我隔得很远，我们之间的远是无法用任何东西连接上的远。

　　我经常想，我和这个每天生活在一个房子里的男人关系到底是什么？我想不透人这种奇怪的联系，隔得这么近，却如此冷漠。想到这里，我倒是欣赏起那群鸟。

　　我每天都能听见那群鸟的叫声，虽然我没见过它们，但从它们的叫声里我可以知道鸟的快乐和默契。这个叫拉姆的女人每天背着男人向院子里撒一把青稞。青稞一落地，那群鸟就来了。鸟能听见青稞落地的声音，我能听见鸟啄青稞的声音。那女人站在一群啄食的鸟旁边笑。

　　鸟飞到女人的手心里感谢她。那只手是女人经常抚摩我的手。每次女人用那只手抚摩我时，我似乎都能闻到那群鸟的味道。我甚至能感觉到自己触碰到了鸟身上的羽毛，暖暖的，柔柔的。我们和一群鸟生活在一起。

　　我们也和那个粗粗声音的男人生活在一起，但远远没有鸟亲近。粗粗声音的男人回来就睡，他不想听这个叫拉姆的女人的话。有好几次，我听见他在梦里喊另外一个人的名字。我想把这件事告诉这个叫拉姆的女人，可我无法张口说话，我也发不出人那种奇怪的声音。不过或许也不需要我告诉她，她早就听见了，她只是不说。这个叫拉姆的女人很多事情都不说出口，她把那些不想说出口的事情埋在心里，那些事情和我一起在她身体里慢慢变重。

我害怕起人。难过的是，我也是一个人。我不知道现在算不算，总之我以后会是一个人。

我无法想象，成为一个真正的人之后，我会经历什么。我会不会也和我们生活在一起的这个男人一样，每天活得像一头牦牛，孤僻、淡漠，不关心身边的同类。如果是这样，我宁愿现在就变成拉姆喂养的这群鸟中的一只。每天听院子里青稞落地的声音，吃饱了，在院子里和伙伴们叽叽喳喳地打闹。我会飞到拉姆手心里，如果可以，我还想待在拉姆大大的肚子上，和里面即将出世的另一个娃摆上几句贴心话。

"拉姆，让我变成一只鸟吧？"我默默地给拉姆传达着自己的想法。我不知道我有没有把自己的想法表达清楚，因为我没有声音。拉姆的手抚摩着我，她坐下来，早上的阳光落得她满身都是。

"鸟会飞走的。"她说。她的手在肚子上一遍遍地打转，轻轻地。我又蹭了过去，我躺在她的手心里，之前的恐惧渐渐淡去。我听见那几只填饱肚子的鸟扑棱着翅膀飞远了。

粗粗声音的男人昨天没回家，只有几头牦牛回来了。牦牛一回来就到处找拉姆，拉姆从盐罐里抓一把盐喂给它们。牛在拉姆的手心里舔着盐，"呼哧呼哧"地喘着粗气，让我想到那个没有回家的男人。拉姆为他准备的一桌子菜又凉了。

牛进圈，女人带着我回到屋里。女人没有开灯，她把自己关在一片黑里。她没哭，她默默地坐着。我陪着她，不知道坐了多久，我又睡着了。这样很不好，我进不了女人的梦。可我无法控制自己，就像我无法控制我一天天地成长。

第二天、第三天男人都没有回来。一个月也没回来。

几头牦牛在圈里"哞哞"地叫了好几天，它们在唤女人，也在唤那个没回家的男人。

女人身子一天比一天沉重。我拖累着她，她心里不愿说出的苦揣着她，我难过极了。

"蝴蝶欢喜新开的花朵，羔羊欢喜才露出地面的嫩草。有些冬天，总有几头牦牛在雪地里走失。"隔壁的多嘎帮这个叫拉姆的女人放牛时对她说。

拉姆连连说着感谢的话，她站在门口目送多嘎慢慢走向牧场。多嘎走远了，她才一步一步缓慢地往楼上爬。楼梯不算很高，她比往常慢了很多。

好不容易走上二楼，她脚下地板发出的"咯吱咯吱"声比往常大了很多，我知道，那里面有我的力量。

原载《十月》2022 年第 3 期

志不在此 (外一篇)

阿薇木依萝

　　我就摸不透她的心思，傍晚从针织厂里出来，已经很累了，却无论如何要我跟她一起散步。

　　我们牵着手在巷子里逛了三趟，天空阴沉沉像一块抹布，一只脏兮兮的流浪狗跟在旁边，使得这场散步让人看了觉得挺邋遢。我无数次回头看那条狗，也不知道为什么要去关注这样一条脏狗，它那乞怜的尾巴，每一次我看它，都给我拼命地抡成了一个圆。它肯定想得到一点吃的，随便一小口就行。因为这个时候，梅子，就是跟我牵手的这位朋友，我新认识了三个月的好伙伴，她嘴里正在啃一块蔬菜饼干。直到天已经完全黑下来，巷子对面那条街的夜市热闹开了，那条狗才从我们身后消失，当然，它始终没有得到吃的。

　　我的朋友是个不太喜欢与小动物打交道的人，据说在她很小的时候，被一条凶恶的黑狗骑在脖子上咬，其中一只耳朵险些被撕毁，小命差点落在狗嘴里，从那以后，她对长毛的四条腿的东西就充满了本能的恐惧以及恨意。如果不是因为她要跟我不停地说话，而且还要分心吃东西，她早就捡起石头把它赶走了。

　　整个散步过程中，她都在跟我讲述一件无聊的往事。大约是在说，她那从前的男朋友今天早上给她发了一条短信，说是后悔与她分手了——嘻，什么从前的男朋友，实际也就三个月前刚分的手，那会儿她还趴在我肩膀上可怜兮兮地痛哭了一场呢。

　　我想结束这无聊的散步。如果我跟她说，我想回去看书，她一定会张口给我几声大笑："这个年代谁看书？"

　　没来由的颓丧。

半个月前，我陪她到凤鸣公园对面的商场里买了一部手机，是她死活拽着我去的，无论如何要让我增长见识。"你这样的古人，"她说，"不能让书本给毁了。"她几乎在扮演着我的好姐妹，或者，我那老母亲的角色。她选了一部一千块的手机，据说，这是目前市面上卖得最好的一款，在浙江地区极受欢迎，米色的翻盖手机，女孩子专属款。我不知道她哪里来的那么多钱。"它可以上网，知道吗？"她刚拿起手机那会儿，就在柜台前伸着脖子给我讲解。我的确见识很浅（好吧，其实是太穷了），不知道什么叫"上网"，和那些农村老太太一样，以为"网"是一种实体的存在，跟蜘蛛网差不多。

　　后来我才开窍，"不存在"的东西已经在身边蔓延，简直到了使人随时感觉自己智力有问题、"这也不懂那也不懂"的地步。

　　过了几天，从她那些有一搭没一搭的话缝中，落出了一点消息：买手机的钱是两个男朋友给的。我是说，刚刚给她发短信的那个男孩子不算在里面，是另外两个男朋友——没错，就是两个，明明白白的数字：二。一个住在深圳，一个与我们在同一座城市但并没有住在一起，他在城市的那头。都可以称为异地恋。两位男生也永不可能知道他们拥有同一个女朋友（这是我的猜测）。

　　两个男生，我不知道她是如何周旋。我不能接受这种"广撒网"的方式，但也许内心是可以理解的，甚至，对于她的出身，常有"我们是亲姐妹"的感觉。她的母亲生了三个孩子，她是长姐，中间还有个妹妹，最后一个才是他们父母的宝贝儿子。

　　"我高中还没毕业就被撵出来打工挣钱，供弟弟上学，他过得可像个少爷嘞。所以，一个男朋友太穷了，有钱的人我又不想找，心里有自卑感，只想找和我一样穷的，我在心理上至少会觉得跟他们平等，与他们般配；这就是找两个男朋友的原因，因为他们穷，我更穷，他们只有合力才能给我稍微足够的零花钱，能让我眼前的生活过得不那么紧张。你不要以为我欺骗他们的钱，我告诉你，不到万不得已，我不问他们任何人要钱。事实上，都是他们自己主动给我钱，我很多时候都拒绝了，毕竟是有自尊心的人，何况良心时常感到不安，我就是那种看起来像是很坏的人，实际上又坏不到底。我只是目前太穷，也太孤独，有人关心我，我就无法拒绝，我需要关心，他们差不多是在同一个时间段追求我，那正是我最苦闷的时期，我一个也没有拒绝。他们都是很穷的孩子，也是农村出来的，我有时候觉得，我是不是把他们当成我的影子了。我基本上喊他们'哥哥'，很少说什么肉麻的话，我怀疑自己真的将他们看成了哥哥。你不要笑……好吧你随便笑，感情是很复杂的，反正他们应该知道我不可能只有一个男朋友，你懂我的意思吗？就是说，他们知道，但谁也没有把这件事说穿……他们同情我。从他们的眼神里我就看明白了，除了爱情，更多的就是同情。这个你应该很清楚，越是命运相似的穷家伙，越会相互吸引，大概'穷味相投'吧。我跟你说这些，你肯定也不太弄得明白，男人也有第六感，他们的直觉有时候恐怕比女人的直觉还准，只不过他们比我们理性，理性就会消磨掉一些感性。当然，也会减少一些麻烦。所以第六感这种东西，女人不具备才是最好的。女人太感性，太爱招惹麻烦。比如你，你就太感性了，你成天这种茫然失措的样子，跟那种被掐掉了头的蜈蚣有什么区别？那种无头蜈蚣，很多只脚也没有用，乱七八糟在地上摆来摆去，很多条路也没有用，它都不知道把哪只脚放在哪条路上。你心里就是有这么一条蜈蚣，你自己不知道而已，你不知道你的路在哪儿，你说，你知道吗？"

她就是这么跟我说的，东拉西扯，最后顺便教训我一通。后来又说："女孩子，一出生就注定是'外面的人'，我父母就是这么说，亲口跟我说。你父母是这样吗？"她跟我说这些，无非就是想让我说，是的，我父母也是这么想的……我只跟她说，我们同是天涯沦落人。这话她听了一半就差点吐出来，做了个"呕"样给我看。我不知道她是对书本有仇，还是某种刻意的、因为失去而故意做出的厌恶之情，以此回避。无论如何，她还挺愿意跟我做朋友，说一些掏心窝子的话，当然，也可能她并没有把我当成朋友，相反，是当成了世界上最陌生的那个人，人海中短暂地相遇，知道对方不会给自己造成什么伤害，有朝一日必然分别而且终生不再相见，那么，那些藏于心底、无处可说的话，就可以大胆地说出来了。我自己恐怕也是这种心情，不然怎会跟她在这条街上逛来逛去。这会儿，我们已经在夜市上来回走了两趟了。

"你有什么打算吗？都2006年了，马上就要过年了，你对未来还没有大体的方向吗？"她说。

我很久没有被人问过这个问题，回答不上来，也懒得回。何必呢，反正也没什么头绪。早些年我想当老板，这个念头是在成都一条光秃秃的马路上冒出来的，之后事实证明，我最"风光"的时候也仅仅是当上了地摊老板。最残酷和最失落的日子，也是当上地摊老板的时候：不识数，算错账，永远少收很多钱，永远收很多假钱，造成了我个人的金融大危机，险些导致流落街头讨饭。当老板的念头，从那以后就不敢再有。后来的一些年，基本不去想象未来，想得最多的是如何租住更便宜的房子。在同一个城市搬家，甚至在同一栋楼搬来搬去，是我经常干的事。我有一只红色大胶桶，什么菜板、碗筷和洗漱用品，都靠它一股脑儿装着，在大街上或者同一栋楼提来提去，很多人已经熟悉我的胶桶了，他们有时候开玩笑会说，哎呀，它还活着呀！

我把她的问题又丢给她，问她对未来有什么计划，是不是要在这里继续摆摊卖鞋子。

她每个晚上都会到夜市摆摊，秋冬卖毛拖鞋，春夏卖内衣裤（偶尔会遮遮掩掩卖情趣丝袜）。她是个比较勤快和聪明的女孩子，而且，看她的劲头，是想依靠自己的双手改变现状，过上体面的生活。

"摆摊？不不不，我志不在此。"她只给我这几个字。

"我刚才在想，你是个聪明的人，以后的日子肯定会过得很好。"我犹豫着说。

"聪不聪明都得活下去呀，使劲活着就对了。"

然后我们就一路走，又在夜市上来回走了三趟。熟悉她的摊主问她为什么今天晚上没有摆摊，她只给对方丢去一个比较清淡的笑容。

后来，我们离开了夜市，走进更为幽暗的巷子，完全没有路灯，所有房间的灯都闭着眼睛。我们就像走在一个完全没有尽头的地方，看不到脚下的路，也看不清墙壁，遥远的夜空上面，早就穷得连月亮都不敢露脸，故意去撞墙的时候才被两边的墙壁弹回来。我们竟有些激动，这种糟糕透顶的巷子，夹板似的道路，这种路谁也不会闯进来的，除了倒霉蛋。

心里起了狂欢，她已经在哼着一首什么曲子。"就差一支香烟了！"我想，她接下来会这么说。但谁也没有说话，我们只是双双停下脚步，突然站在原地不动。像被风吹翻在地的玉米秆，我往旁边靠了一下，然后坐在地上。她掏出打火机，打燃了再熄灭。

走出巷子，外面的空气像从海边过来的，带着一股鱼腥味。巷子正对面的一座旧楼旁边，是一家海鲜馆。

"看，出来就有吃的。就知道哪儿都有吃的，只要有钱。"她掐灭烟头。（掏出打火机那会儿她其实已经点燃了一支烟，我没太注意。）口气听上去像从远方赶路来的过客。尤其她的头发，烫过的，蓬乱的，看上去遭了多少雷电似的，头很大，身子又很单薄，把脑袋搞成一副要炸了的样子。

我们是在海鲜馆旁边的拐角分别的。"我走了。"她说。我以为她说的是回自己租房的地方。

"要离开这里了，我是说，离开这座城市。"我才知道她发起的这场散步邀请，纯粹是在做一场她认为很有意义或者极有必要的告别。

她顶着那颗爆炸头，消失在海鲜馆对面那条街道上。我也没有追上去问她要去南方哪座城市。她只跟我说，不想当针织女工，与各种颜色的线条打交道，时间一久，脑子里一团乱麻，完全看不到希望，她要去更大的地方寻找出路，也许这几年摆地摊的经历可以使她有机会成为一个老板。她希望我真心实意祝福她，就像祝福自己的亲姐妹。

无论如何，现在，这场散步算是彻底结束了。

她坐在阴影里

如果您是我认识的朋友，正好问路，要去那个叫"水打坝"的地方，必须从我们旁边村的那条路上经过的话，我建议您绕个弯子，从侧面的山坡钻过一片小树林，就接上了您本来要走的那条老路。不一定非要从她门口经过。我真不喜欢看她那双眼睛，也不希望多一个人为此费神。她的泪水随时都会瀑布一样洒出来，如果您觉得我说得有点儿夸张，那我就稍微缩小了说：她的脑袋就像只长了两个眼的花洒，泪水从眼子里喷出来，毫无防备地喷出来，搞得你整个人心情都是潮的。我是见够了。因为她是我的朋友。我恨不得赶紧告诉她，我们两个就这样散伙算了，当作互不相识，别再来找我哭诉，那些乱七八糟的话，我听得耳朵想聋掉。

但她此刻就坐在我面前呢，坐在窗子旁边一大片阴影里。我没有开灯，甚至连一杯茶水也没有准备。时间也傍晚了，等一下天空就会黑下来，会越来越黑，黑得我俩互相看不清，而我整个下午都在喝酒，半醉半醒，如果她不说话，如果不是天空没有黑尽，我还以为我是一个人坐在房间里。

"你知道吗？"她说。

我没吭声，我心里想：我不要听。

"那孩子完全关不住了，他会跳起来打人，猛一下蹿起，我一个人根本摁不住，又没有别的办法，只能死死地拼命摁住，不然他只会给我惹出大麻烦。你知道，没有人可以帮我。

"你在听我说话吗？

"你的房间好暗。

"我觉得你今天心情不是很好，你不是一直很开心的吗？你是一个很洒脱的人。

"那孩子现在长大了，是个大疯子了。

"你为什么不说话？"

我为什么要说话？难道我要说，哎呀恭喜你，他长成了一个大疯子！

我无话可说。一个从小疯到大的人，从他母亲——就是眼前这个絮絮叨叨的女人肚子里出来的第一天，他就注定了是个不幸的人。他母亲怀他的时候，突然不想要了，想打胎，私自弄了一些偏方，吃了什么药，胎没打下来，孩子弄成了傻子。就是这样。

这样的一件事，我能说什么？

小疯子还小的时候，倒是有几分可爱，他那种疯疯癫癫不同于别的孩子的性格和做派，在幼童时期似乎也可以被看成一种天才。我朋友那个时候甚至觉得，她的一生是有希望的，孩子没有受药物影响，没准儿将来考个名牌大学，再出国，再娶个外国老婆，如果那样的话，回不回家无所谓了，把她的孙子送回来给她带一带就行。小疯子小时候没什么攻击性，后来就不行了，也许疯子不知道自己能长多大，就往疯里长，长成了彪形大汉，经常从家里逃出去，堵在路上打人、骂人、吐口水。尤其当对方是个姑娘的时候，他就大喊大叫追在别人屁股后面，而那张疯疯癫癫的脸上更是露出一副邪恶的样子。我朋友一天比一天失望，被无数人堵在家门口教训，说她不应该把一个疯子放到路上影响别人。她只好狠狠心，把他关起来。

对一个人长期的同情也会有疲劳感，对那些烦心事，我基本只能以呆滞的微笑回应。

"我遭报应了。"她说，"你会看不起我吗？"在那一大片阴影中，声音柔和得像一股流水，我就仿佛被她的声音给洗了一把脸，我醉醺醺地晃了晃脑袋，听到僵硬的脖颈"咔嚓"一声，我以为断了。

"要怎么办？我的日子什么时候是个头。"

她不知道我是个神经衰弱患者，更不知道我最近的心情有多糟，她的声音能震入耳心，就像一直在我两边耳朵的门口敲鼓。

"你打起精神听我说话行吗？我没有地方可以去，也没有地方能说话。"

我只好支棱起来，像兔子一样往上提了提自己的耳朵。

"我们去看看他吧，你很久没去看他了。他也是你朋友的孩子，如果你还把我当成朋友的话。"

真是个可怜的傻子。

"好吧。"我说，"我们去看看。"

我们走进了夜色里，穿过一条满是羊屎疙瘩的小路，从两棵红椿树底下穿过，到了她家。

院墙已经塌了一半，从那个塌掉的缺口里长出来许多青草，在夜里的灯光下，微风一吹动，吹出一股幽深的荒凉感。院墙里面，一只底子烂掉的背篓还剩大半个框架，像谁的肋骨一样摆在墙脚。

那家伙，他黑洞洞地站在铁皮棚子里，一道坚固的铁门将他困在里边，我确实很久没来了，差点认不出他就是当年那个小疯子。我们从铁窗外往里看，他也在看我们———一双空茫的眼睛，眼神并不复杂，只是空茫，仿佛没有思想又似乎还存着某些飘忽的意愿。

"嗨嗨，说'一'，说'一'啊！"他在跟我说话。我不知道这是什么意思。我朋友说，别管什么意思，反正也没什么意思。我笑了笑，觉得这不算没意思，天地万物，他还能说出个"一"字，算是疯子的思想吧。

然后他就奔过来，使劲拍打窗户，眼睛瞪得溜圆，嘴里嘶吼乱叫，随即又在地上滚了两下。

朋友从窗口投进去一袋饼干。"他爱吃零食。"

疯子果然安静下来。

看得出来，她平日就是这样往里投食。她知道什么情况下，他在表示自己想吃东西了。"哪怕是个疯子，他也在用自己的方式表达饥饿。我已经养了他这么多年，摸清楚了他的脾气。"

棚子里打扫得很干净，即便仍然透出来一股尿臊味。

疯子对待食物是温和的，安静地扯开饼干摆在地上，全部倒在地上，再一片一片捡起来塞进嘴巴。然后，他转脸突然对我们笑了起来。笑得不像是疯的，很天真，像从未长大的孩子。

朋友拉我坐到屋檐下，她扛着脑袋看天。她跟我说，曾经有个时候，她想把他带到很远的地方，然后将他丢在那里。她在为曾经产生这样的念头感到愧疚。

这没什么，我说，这是人之常情，即便你是他的母亲，有那么一瞬间，你处于精神崩塌的边缘，想做出一些让自己解脱的事，这并不是可耻的。

我们又顶着夜色回我的住处。不知道为什么，她还要跟着我回我的房间，半途中有好几次想喊她止步吧，回你自己的房间……没有说出口。那个家只有一个疯掉的儿子关在铁棚里，垮掉的院墙缺口上几根荒凉的青草总是出现在我的脑海，就更是不能说出让她回家的话。可无论怎样，她的确应该留在自己的家里才对，天亮之前，那个疯子又会饿得怪叫。他只有吃饱了才会思考：你说"一"，说"一"啊。

我没有阻止她的脚步，她跟着我进了房门。看样子，她打算坐到天亮才回家，要跟我彻夜长谈。

我在另一扇窗户底下的桌板上点燃一根蜡烛。她还坐在原先那扇窗户旁边，蜡烛照不亮全部的黑，她还在阴影的包围之中。

我也终于准备好了，闭上眼睛，让她接下来要说的那些话流水一样穿过黑夜，涌到我的心尖上。

原载《散文》2022 年第 1 期

遥远，又在耳畔

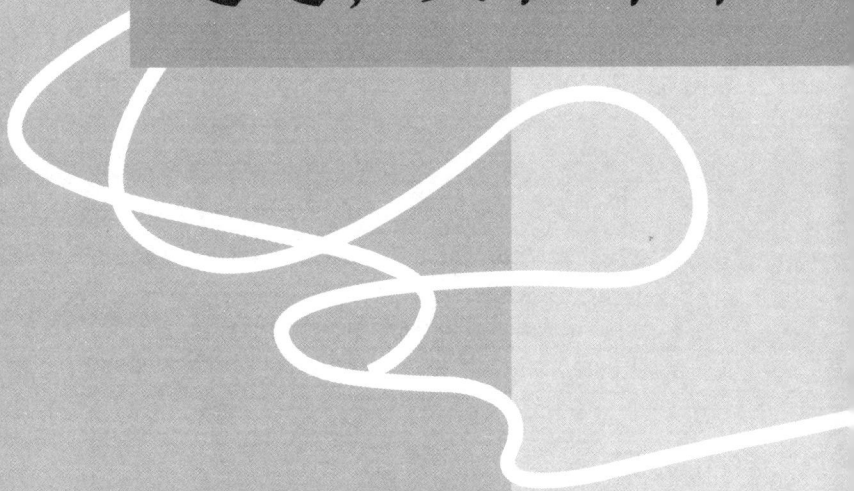

弹弓王

高洪波

一

弹弓，在我看来，绝对是人类伟大的发明之一。它是人类手臂的延伸，也是智能的另类载体，说象征也成。人类的童年期，或者换句话说，一个小孩子，尤其是男孩子，对弹弓的向往和渴盼，在我看来，几乎相当于孙悟空对金箍棒的依托。

童年时，我曾尝试着制作一把弹弓，弹弓做好的目的是什么呢？打麻雀。麻雀是狡黠的鸟类代表，和燕子一样离我们最近。燕子把家径直建在了我家的屋梁上，这个信任度够大吧！麻雀可没有燕子这样死心眼儿，它们害怕小孩子，尤其是像我这样的男孩儿，所以它们可气，甚至一度列入"四害"被人们围捕追剿。弹弓便应运而生了，弹弓是一种远距离射击武器，对于一个男孩子来讲，一把弹弓会让他的精神状态变得非常亢奋，让他的神情变得像小公鸡一样骄傲，让他在小朋友中间傲视群雄。所以，我小时候特别特别渴望有一把弹弓。

制作弹弓其实很简单，首先要找到一个树杈，"丫"字形的树杈。找到这根树杈之后，你需要找的是两件附件，或者说主要元件，一个是皮筋，一个是兜布。皮筋其实不好找，在我们的童年时期，这属于紧俏物资，妹妹们扎小辫的皮筋也就那么几根，她们很珍惜，拿来做弹弓是不可能的。弹弓用的皮筋量太大了，妹妹们扎一辈子小辫可能都用不完。

向小妹妹们寻找资源的这个打算很快就被否定了，我把目光转向了县人民医院。医院里有什么？听诊器。我的一个同学的妈妈是医生，她经常用听诊器给病人们听各种各样的胸腔的杂音、后背的啰音。听诊器显得很神奇，两根胶管，一个银白色的小圆盒子，它中间的构造是什么我们一点儿都不懂，但是觉得它很神秘，神秘的同时让我们很向往，我们向往的当然不是听诊技术，而是那两根弹性十足的米黄色的胶管，如果能获得两根胶管拿来做弹弓，那绝对是一流的武器了。还好，我的这个同学妈妈爸爸都是医生，找到废的听诊器对他来说也不是特别难的事情。他给我找到了两根胶管，这两根胶管当时的珍贵程度不亚于一个核武器对一个小国家的重要了，所以我非常高兴，觉得这个朋友的确是我童年时期最值得交往的一个伙伴。

我把一把彩色的玻璃弹子送给了他作为回报，玻璃弹子也是男孩子们中间很有价值的一种物资。打弹子的游戏是每一个男孩子冬天里投入时间最多的一项活动，五颜六色的玻璃弹子在地面清脆地撞击，再伴以大呼小叫的快乐呼喊、跺脚的失望、拍手的自得，形成一幅生动有趣的北国婴戏图。如果谁的弹子先进了一个预先挖好的坑，这个坑是要用五分钱的硬币旋出来的，比弹子稍微大，大家都摆好了一丈一丈的距离，然后轮流用手指把弹子向坑里弹去，入坑之后你的弹子就具有一种"魔力"，因为进了坑好像完成了某种仪式一样，它马上具有很大的杀伤力，碰到谁的弹子，这个弹子就立马变成俘虏，失去了原来主人的所有权，成为你的弹子队伍中一粒士兵。

这种游戏让很多小城的孩子们如醉如痴，当然我说的全是男孩，女孩一般不参加这种游戏，除非是"假小子"般的女孩儿，不过很罕见，毕竟那时还没有什么"女权主义"。女孩儿向往的是跳绳、跳房子、跳皮筋，这是她们童年时光的陪伴。男孩子呢，打弹子是首选，既然是打弹子便需要一种弹子的资源，彩色的弹子也不是随便就能找到的。我记得当时我家里有一副跳棋，跳棋上有五颜六色的弹子，这副跳棋后来成了我打弹子的主要"武器房"，所以我的弹子一度显得比较丰盛。我把一把弹子作为回礼送给了我这个小伙伴，以至于再下跳棋时以玉米粒替代而毫无怨言，同时我开始认真地制作我的第一件标配"武器"弹弓。

弹弓制作起来并不复杂，首先需要用铁丝把胶管紧紧地扎在"丫"形的木杈上，系紧之后再找一块小皮兜，一定要用皮子做的皮兜，因为你所有的石头子都要依靠这个皮兜往前推动，它相当于一把枪的撞针一样。我找到了一块皮子，然后很认真地又找到针和线，把这块皮兜扎在两个胶管的中间，连接起之后一把弹弓就做成了。等我找到几粒小石子，到门外操场上、草地上去试射的时候，我突然发现我的弹弓弹性十足，射程又远又准，真是我童年最值得骄傲和回忆的一件事！

至于麻雀，其实是非常难以打到的。因为麻雀非常机智，别看它们叽叽喳喳蹦蹦跳跳，它们的小眼睛永远在关注着四周，防范着人们的袭击，尤其是男孩子们的袭击，所以我事实上没有几只真正的猎物。倒是有一次一不小心弹碎了邻居家的一块玻璃，这个祸闯得有点大，于是弹弓被妈妈没收了。弹弓被收缴的那一刻我非常沮丧，我觉得天空的颜色好像都暗淡了起来，一个男孩子弹弓被收缴，那相当于孙悟空的金箍棒被收走了，或者说张飞的蛇矛断了尖儿，关羽的青龙偃月刀崩了刃儿，总之是很沮丧很丢脸很无奈，让你记忆鲜明的一件事。

唉，不就是一块玻璃嘛，况且我也不是有意的。我这样自己安慰着自己，但是我知道，我童年中亲手制作的这把品质优良的弹弓从此不再属于我，我的弹弓生涯结束了。

二

自从告别了我的弹弓之后，本以为和弹弓再也不会重逢，没想到在几年之后，在比我遥远的故乡更遥远的地方贵州，我遇见了一个朋友和他的弹弓。

贵州对于一个内蒙古草原上的孩子来说，真是无比遥远。父亲调到贵州工作，我们全家追随。那一年我正好是13岁，小学刚刚毕业，初中一年级刚上了三个月，一个大雪的日子里我们全家乘车向南，向南，向南……

贵州，在那个时候是比较贫困的地方，有一句话是这样形容贵州的："天无三日晴，地无三里平，人无三分银"。还有点押韵，也有点挖苦贵州，太过分了！但是在我的眼里，陌生的贵州其实是个非常美丽神奇的地方，物产丰饶，气候适宜。

在贵州居住时间不长，一共两年，两年三搬迁，共住了三个地方，先是毕节，后来是黔西，最后是都匀。就是在黔西，我邂逅了被我称为"弹弓王"的小福子。

贵州非常有意思，尤其是那个地方的县城，县城文化和内蒙古草原的县城文化不尽相同。第一，语言有巨大的差异，毕节、黔西邻近四川，当地人说的汉话是与四川话相近的西南方言，都匀靠近广西，语言近似桂林方言。第二，物产也远比内蒙古丰富，别的不说，柑橘柚子就比比皆是。第三，它的山川地貌也很让人开心，我故乡科尔沁草原一马平川，贵州则山清水秀，透着神奇。我记得就是在黔西，我和弟弟学会了游泳。游泳在我们的儿童时代是非常了不得的一种本领，故乡把这称之为"会水"，一个"会水"的人，尤其是会"踩水"的人，几乎相当于《水浒传》里的"浪里白条"张顺吧。

黔西有一条清澈的小河，当时在我看来它根本不是小河，是一条宽宽的几十米的大江。黔西还有一个正式的游泳池，这两个条件逼你下水学游泳，因为硬件太好了。我们住在县委的一所房子里，依山而建的一栋房子，从房子走下去，经过一个长长的胡同便到了主街。房子背后是一座小山，山上林木很丰盛茂密，因为贵州几乎一年四季都是绿色的，所以我非常喜欢这种景致。

但是我当时没有一个朋友，贵州黔西的孩子们没人把我当朋友，因为在他们看来我的语音很古怪，他们把这种外地口音的孩子一律叫"老广"。每当我上街的时候，后面都跟着一些小孩子喊着我"老广""老广""小老广"，那让我感到很受羞辱。

当地的孩子们欺生，尤其是胡同口一个院子里的孩子们，领头的是一个年纪和我相仿的叫小福子的孩子，小福子的形象，现在回忆起来很像香港影星梁家辉，但当时极其顽皮强悍，一度是我的噩梦，和我有过冲突，我们发生过激烈的男孩子之间的打架，但是打完了之后却成了好朋友，这里边化解我们隔阂和矛盾的就是一把弹弓。

小福子的弹弓铁把皮筋，制工射程均属上乘，由于欺生，他曾不止一次向我远射。虽然没对我造成伤害，但是给我很大的心理压力，我恨透了小福子和他的弹弓。漂亮的弹弓对一个男孩子来说，本来就是一种易起祸端的负担，可是更不幸的是，小福子是娃娃头，嘴巴馋，他被县委大院内的酸杏青桃所诱惑。结果有一天，我记得是一个中午，人们都在午睡的时候，他进了院子，用他的漂亮弹弓悄悄地射那些桃和杏，结果被年轻的通讯员当场抓获。通讯员比他大不了几岁，但对付这些皮孩子他绝对是个

"王"，所以街道上的"孩子王"小福子就被另一个"王"制住了，制服的重要证据就是他最心爱的弹弓被没收。被没收之前，这个通讯员也很顽皮，让小福子把弹弓挂在脖子上，在院子里走了一圈，这是一种示众式的惩罚吧。小福子颜面尽失，一个顽劣少年的骄傲和自尊被彻底摧毁。

小福子哭着走了，通讯员恰恰看见了我，招招手说："送你一件礼物，我刚缴获的。"我一看正是小福子无数次向我射击的那件"凶器"，漂亮的铁把弹弓。这弹弓与我在家乡制作的那个树杈弹弓相比，根本不是一个量级的，无论是制工还是外形都好了很多很多，而且它的皮筋是用很多很多的金黄的粗橡皮筋组合而成，连在一起弹性足，手感好，难怪他在街上那么威风，甚至自称是"黔西弹弓王"。"弹弓王"没了弹弓，"王气黯然收"是必然的了。

小福子的这把漂亮弹弓在我手里没待多久，我又还给了他，那纯粹是一个异乡孩子对本地孩子的一种友善的表现。我记得在接过了曾经被缴获的一度失去的弹弓之后，小福子的嘴角歪了歪，眼睛里全是感激的神色，和我打架时候的凶狠和顽皮变成了羞涩，他不好意思地低着头，蹭着他脚上的泥，说道："我，我不再叫你'小老广'了。从此我们是朋友。"他是用贵州话跟我说的，因为那个时候一个西南小城的孩子是不会说普通话的，但是我完全明白他的意思，我过去拉拉他的手，说道："我们和好吧，这个弹弓本来就是你的，该你拿去！"

这是我少年时期经历过的一次关于友谊、关于和解以及男孩子之间的矛盾如何处理的特殊事件，道具就是一把弹弓。我想假如我没有把弹弓还给他，或者我一直用这把弹弓在街上像他曾经对我一样进行还击，那结果肯定是另外一种。尽管我当时不明白那么多的道理，但是我有一个朴素的念头：这把弹弓是一个男孩子的挚爱，它被更强大的力量剥夺没收之后，又被另外一个喜欢弹弓的男孩子获取，这个男孩子就是我，由于我有过制作弹弓的特殊经历，同时我还和这把弹弓的主人有过剧烈的肢体冲突，那么这把弹弓我几乎没有任何思考下就还给了他，我收获的礼物肯定远远大于一把小小的弹弓。

小福子从此成为我的好伙伴，当我在黔西这座小小的县城生活的日子里，我们一起到河里游泳。他游泳的技术是一流的，在水里对于他来说如履平地，而且他会仰泳、蛙泳、自由泳，他成了我学习游泳最好的教练，他让我一个内蒙古草原上的孩子也变成了一个"水娃娃"，一个"浪里白条"。他领着我到山上寻找一种野果叫黄泡，吃起来很像酸酸的葡萄。我们一把把采摘黄泡，吃得有滋有味，小福子总把最多最大的黄泡树让给我。

我们还一起远足到更远的山里边去捉螃蟹。那是一条小溪，石头很多，我学习了西南孩子们捕捉螃蟹的技巧。我记得当时我背了一个塑料书包，里边可以盛水，然后我们赤脚下到小溪里，他非常聪明地搬开一块一块石头，石头一动，螃蟹一惊，刚想溜走，小福子出手似闪电，毫不费力地捕捉着一只只螃蟹。螃蟹，在内蒙古草原我从来没有接触过，它的大钳子使我望而生畏，它的怪模怪样的形状也让我感到恐惧，我不敢捉螃蟹，更害怕石头下的水蛇。我欣赏着小福子非常轻松地把一只又一只的小溪里的螃蟹装进我的塑料书包里，我觉得他更像一个"螃蟹王"。

那一天我们收获很多，他脖子上的弹弓依然挂着，我觉得这是友谊的勋章。我们共同用这个弹弓在小溪里射击着各种各样随处可见的目标，笑声溅到树叶上，飞到云朵上，笑声顺着溪水流淌，这是一个南方孩子和一个北方孩子友谊升华后的笑声。

三

和小福子成为好朋友之后，我们的交往日益密切。走动多了起来，我才发现他对这把弹弓的确是投入了很大的精力和热情。弹弓的铁把非常精致，是当木工的父亲给他做的，弹弓上的粗皮筋是小福子用自己积攒的零花钱一根一根买的，所以这把弹弓对于他来讲是一个少年的梦想和情怀。

小福子有很多爱好，比如喜欢养金鱼。他家有一大缸金鱼，有龙睛、泡眼和红帽儿，红的、黑的、五花的金鱼慢吞吞地在大缸里游，像哲学家。这些金鱼在市场能卖出不菲的价钱。金鱼甩籽的时候是甩在金鱼草上，小鱼孵出来之后，小福子会将煮熟的鸡蛋黄晒干，然后捏碎，一点点撒到水面上，让这些金鱼的孩子们吃饱吃好。

小福子还集邮，他有一些非常好的邮票，像黄山一组邮票让人生羡，他大方地送给了我，从此引发了我集邮的兴趣；此外他还会斗蟋蟀。斗蟋蟀在我的故乡顽童中是粗放型和不讲究的玩法，我们经常和小伙伴们一起去郊区玉米地里捕捉蟋蟀，大多用一个装注射器的纸盒子，把蟋蟀们放在一起，然后蟋蟀们就在里面纵情厮杀，尸横遍野。我们不懂斗蟋蟀的规矩，也不知道斗蟋蟀的学问，现在到了贵州黔西，在小福子这里才知道了什么叫斗蟋蟀，什么叫蟋蟀文化。这是南北文化、蟋蟀文化巨大的差异。比如小福子的蟋蟀是用一根竹筒装着，竹筒上用快刀剃出两道长长的缝隙，蟋蟀就在这竹筒里，一头是竹子本身的竹节，另一头则用南瓜花堵住，又通风，又可供饥饿的蟋蟀啮食。他会用一根蟋蟀草不断地拨弄蟋蟀的须子，激怒蟋蟀，然后他把蟋蟀草一拔出来，竹筒里的蟋蟀会得意地振翅鸣唱，以为自己又战胜了一个强大的对手。这种用竹筒装蟋蟀的方式是小福子教给我的，我们曾经在夜晚用手电到背后的小山上去捉过蟋蟀，捉完之后，斗蟋蟀则是男孩子们仪式感很强的一种游戏。竹筒是饲养场，亦是决斗台。取掉南瓜花，放另一只蟋蟀进筒，略一拨弄须子，马上展开一场厮杀，绿色的竹筒，搏斗的昆虫，目不转睛的顽皮儿童是小城黔西美丽的风景，也是我永生难忘的青春图像……

小福子的蟋蟀往往都比一般的伙伴们的强大，所以他不仅是个"弹弓王"，他还是个"蟋蟀王"。我记得有一天晚上，我们两个到后山上去捉蟋蟀的时候，后山上闪闪烁烁飞着很多萤火虫，萤火虫飞起来是很美丽的，但是它的幼虫长得很丑陋，很吓人，同时尾部也会发光，常常让你感觉到像个大毛毛虫一样。当然萤火虫吓不住我们，但是在捉蟋蟀的时候有一条盘着的蛇吓得我够呛，这条蛇应该是一条毒蛇，因为颜色是灰黄色的，在手电的照耀下它盘成一团，吐着信子。当时那一瞬间我吓得手里的竹筒都扔掉了，只有小福子一点都不怕，他从容地拿出弹弓，取出个石子，对着吐信子的蛇一弹射去，这条嚣张的蛇扭动了一下迅速地消失了。这一瞬间我觉得我的伙伴小福子真的很厉害，是地道的威风少年，值得我和他交往。

小福子的弹弓真是他的最爱，有的时候在家里我见他为了练准确度，会用一些豌豆射击苍蝇，青豌豆在南方非常多。在黔西的日子里，豌豆成为我难以忘怀的一种食品。小城黔西有一个农贸市场，农贸市场边上卖着各种各样的小吃，其中有一种叫"豌豆粑"，把豌豆平摊在面饼上，然后炸出来，豌豆和面结合在一起，又脆又香，所以豌豆粑是小城孩子们的最爱。除了豌豆粑之外，还有各种各样的小吃，比如腌酸萝卜，比如娃儿糕。娃儿糕是用大米面做成的一种近似于北方馒头的食品，它又白又软，还有点糯糯的，但是和娃儿糕相比，我觉得还是豌豆做成的油炸食品更好吃。我和小福子不止一次到农贸市场闲逛，我和他一起分享着一块豌豆粑，南方和北方两个男孩开心地对望着，友谊的光芒在我们的眼睛里交互，这种分享是少年人一段难以磨灭的记忆。

当然有时候我们还会分享其他的东西，比如说用青豌豆进行的一种有趣味的射击练习，这就是我在小福子家中时不时地看他用青豌豆、用他出神入化的弹弓技术射击墙壁上的苍蝇。当然不是每一次都会打中，但是你得承认小福子的弹弓技术准确度是非常高的，尤其是射那种叠加在一起的苍蝇，这种苍蝇可能正在谈恋爱，飞行起来速度很慢，目标还很大，所以小福子的豌豆子弹每每"啪"的一声，就把它们消灭了。我曾试过用青豌豆射击苍蝇，但是打中苍蝇的概率太小，几乎没有一个苍蝇被我击中，当然了，对弹弓技术掌握的熟练程度是第一，还要有敏锐的、精准的眼神，甚至还要有点"提前量"，当然这是我以后参军入伍懂得了射击原理，掌握到的一个名词。有时候你瞄得准准的，但是豌豆飞出去肯定不在你的目标上，因为它有一个飞行的弧度，还有你射击的力度所带动的它的垂直度……这一系列物理学的原理对当时的我来说还不可能理解和掌握，但是小福子凭着他的聪慧居然无师自通。所以小福子的弹弓技术能出神入化使他成为"弹弓王"，在我看来源于他的勤学苦练，源于他对这门技术的刻骨的热爱。到最后我们对苍蝇的直接惩罚就是我索性用苍蝇拍了，"啪"一声消灭一个，"啪"一声消灭一对，而小福子拎着弹弓，翘着他的小嘴，调侃式地看着我，他把一把青豌豆装进自己的口袋，扭脸出去了。

他要用青豌豆射击什么呢？皂角树上的奇特的皂角虫，又叫"独角仙"，是比蝼蛄还要大许多的一种巨大的甲虫，它们生活在皂角树上，所以当地管它叫"皂角虫"。皂角在北方我从来没有见过，也只有在南方、在贵州才知道有这种可以替代肥皂的植物，皂角树上像豆角一样悬挂着很多果子，摘下来之后可以代替肥皂洗衣服。皂角树是一种对人类生活，尤其是清洁生活有巨大贡献的植物，是最受女性欢迎的一种树木，而男孩子喜欢它是因为它上面有皂角虫。拥有一只造型独特、威风凛凛的皂角虫是南方男孩子的一种巨大的骄傲，而小福子用他的豌豆和弹弓帮助我实现了这个愿望。皂角虫是紫黑色的，它伏在树上，你几乎无法辨认，但是小福子毕竟是"弹弓王"，他这把出神入化的弹弓和他的技术让皂角树上的

"潜伏者"皂角虫顿时现身，马上狼狈，然后成为我们的俘虏，这是一个比蟋蟀更有趣的生物玩具。

我记得有一次他用弹弓打下了一棵皂角树上的巨大的皂角虫，这个皂角虫头上有犀牛一样的分岔的大角，很像外国的圣甲虫，这种虫子打下之后，你用一根绳拴着它那只独角，朝头上一抡，它会张开翅膀，发出一种特殊的几乎不属于甲虫的声音。这种甲虫坚硬巨大，无伤害性，是孩子们的最爱。它只栖息在皂角树上，皂角树属于南方，属于南方女主人们的最爱，因为它的果实可以代替肥皂洗衣服。皂角树与皂角虫是一种奇特的共生，但是皂角虫不太容易捕捉，幸亏有了"弹弓王"小福子的神射技法，皂角虫不再是个神话，我们手上经常有好几只皂角虫陪伴。把皂角虫用一根红绳拴着，往头上一抡，它就用翅膀飞出嗡嗡的声音。这声音属于天籁，自然也属于童年，属于男孩子之间的友谊和秘密，抡响皂角大甲虫时的瞬间，你觉得这个世界、这个天地变得灿烂、美好、快乐，你觉得童年由于有了好伙伴，由于有了皂角虫，由于有了小福子的出神入化的弹弓技艺，感到特别温馨和安心。

在黔西的日子里，由于有了小福子，由于有了他这把出神入化的弹弓，也由于他的诸多南方孩子的特殊本领，我们的生活变得丰富多彩。在我的童年伙伴中，他的确是一个另类。正是因为小福子，才使我对贵州的山山水水，贵州的动物植物，贵州的风土人情，有了迅速的了解和接触。然而事实上我和小福子相处的时间并不多，因为很快我们家又搬走了，到另外一座贵州的城市都匀，它是贵州最南方的一座城市了。在都匀，我们伴随着剑江的波涛成长，在水里边用自制的渔叉捕鱼游泳，但是这一切活动小福子已经无法参加了。后来，我听说他成了一名军人，参军入伍，以他锐利的目光，准确的弹弓技巧掌握一支半自动步枪，那应该是非常简单，手到擒来的事，他应该是一名非常棒的神射手。我几年后也成为一名驻守云南边疆的战士，但是我所在的部队是炮兵部队，步枪射击不是炮兵的专长。我从此再也没有见过我少年时期的好伙伴"弹弓王"小福子，但是我相信，在人民解放军这支独特的队伍里，以他的性格，以他的能力，以他刻苦练习神射弹弓的技法，他肯定是个非常出色的战士。

怀念你，"弹弓王"小福子！想念你，我童年的伙伴！

原载《北京文学》2022年第5期

遥远，又在耳畔

王 尧

我不知道有些声音是如何消失的，另一种声音又是如何响起的。

我说的不是蝉鸣蛙声。在最炎热的日子里，当皮肤晒红并且脱皮时，我想到了蝉的羽翼，薄薄的。夜间从稻田的田埂上走过时，此起彼伏的蛙声不仅不让你烦躁，你还会因此安静下来。这个时候，你去体会月光如洗，你甚至会看到从水渠跳到田埂上的青蛙的眼睛。只有在蛙声响起时，你才知道之前是如何的寂静，寂静到你听到月光摩擦稻叶的声音。如果蛙声停了，水渠潺潺的流水声呼应着你的呼吸。许多年后，我才想起，我在那个夜晚，应该摘一片栀子花的叶子放进水渠，看它载着月色缓缓逝去——毫无例外，我可能美化曾经的田园风光了。这种记忆中的场景，在与自己越来越远时，有时候未必是当年的写真，或许更多的是自己对人与土地关系的重新理解。

蝉鸣和蛙声在田野里是敞开的。但我从来没有比较过，被拘留后的蝉与蛙，它们的声音和在田野里在树枝上有什么区别。

捕捉树上的蝉成了我们的游戏，我们把蝉叫成"蠽蟟"。青蛙呢，叫田鸡，蛤蟆叫癞宝。有伙伴说去捉蠽蟟，就是去捕蝉。我在念大学之前都不知道"蠽蟟"这两个字怎么写，方言里的读音是"jia niu"，百度上则把"jia"读成"jie"。我的朋友做泰州方言研究，他说"蠽"读"jie"，《说文解字》《尔雅》均有解释。我们在很长的竹竿顶端装一个圆口网兜，再把从树上捉到的蠽蟟放进小笼子。这笼子魔方大小，用麦秸或稻草、芦苇折叠成。成了"瓮中之鳖"的蝉，规规矩矩待在里面，所以我现在说它是被拘留了。你将筷子或细树枝伸进去撩拨，蝉有时会鸣叫。雄蝉近腹的基部有鼓膜，鼓膜震动时发出响亮的声音。我多年不听蝉鸣，印象中雌蝉的声音细而尖。可以想象。被拘留后的蝉动弹的空间小了，也没有同类和它呼应。没有呼应的声音不是孤独，而是单薄，单薄到有些凄凉。被拘禁的声音终于越来越弱小而失声，这个时候的蝉也呆了，死了。稻田里的青蛙可以养在水盆里，上面用网罩着。青蛙和蛤蟆的区别除了相貌，就是声音。即便蛤蟆整容成青蛙，它的声音也无法修改。大雨过后，不知道从哪里来的蛤蟆会在天井里爬行，我在堂屋里听到那让人厌烦的声音就知道蛤蟆来了。我的曾外祖母偏爱女儿，小瞧儿媳，女儿嫁出去，媳妇娶进来，在老太太的嘴里说成是田鸡跳出去，癞宝爬进来。老太太用的动词都不一样。青蛙在水盆里时间长了，不仅瘦下来，甚至也不鸣叫了，这让我有点悲哀。当你拿蝉和蛙取乐时，你不会有同情心。但蝉与蛙都没有声音时，你的欢乐也闷了下去。

如果各种声音都在鼓噪，而你觉得这世界是如此安静时，内心应该有一种窒息的感觉。

高中毕业后，我参加民兵训练，曾经有过一次实弹射击的经验。就在扣了扳机的一瞬间，我先听到枪响，然后什么都听不见。所谓震耳欲聋就是这样，好像一刻钟内，我觉得这世界是无声无息的。我看到战友面部的惶恐、欢乐、惊吓，这些表情无疑都是和声音一同发出的，但我听不到。我有点慌张，我自己开始大叫，我知道这可能是我最强烈的一次声音释放，应该不像蛙鸣，而像蛤蟆吼叫。这短暂而漫长的失聪，我突然感觉到无声的恐怖。在外婆弥留之际，我看见昏黄的灯光下，外婆的嘴唇似动未动，她的内心一定是有声音的。外婆还清醒时，她无力地说：我听到你外公喊我了。我转过身，潸然泪下。这个时候，世界是如此寂静，只有外婆能够听到外公在天堂的声音。

我读高中之前不知道有一种艺术叫口技，但知道这种艺术后，我发现惟妙惟肖的声音模仿在舞台和在田间是不一样的。

在公社礼堂看杂技。看到一个艺人上台了，他嘴里衔着一片竹叶，大概相当于笛子的簧片。他表演了百鸟朝凤，我只辨别出鸽子、喜鹊、八哥的声音。在各种各样的声音中，我有了在林间漫步的感觉。我从来没有"林间"的概念和经验，这个时候我有了，声音给了我另一个陌生的世界。这些声音是此起彼伏，还是众声喧哗？后来读到清代林嗣环的《口技》，我才知道口技竟然有这样的境界。比起我在公社礼堂看到的场景，"口技者"出场的场景豪华太多："会宾客大宴，于厅事之东北角，施八尺屏障，口技人坐屏障中，一桌、一椅、一扇、一抚尺而已。众宾团坐。少顷，但闻屏障中抚尺一下，满坐寂然，无敢哗者。"然后，我们听到了深巷中犬吠、妇人惊觉欠伸、其夫呓语、儿醒大啼，甚至有妇手拍儿声、口中呜声、儿含乳啼声、大儿初醒声、夫叱大儿声，一时齐发……群响毕绝，撤屏视之，一人、一桌、一椅、一扇、一抚尺而已。几十年后，我去泉州，突然想起林嗣环这位泉州人。那一天，我还去了云水谣古镇，在水车旁边，我想起了自己的少年生活。在河岸上，根子叔用一片芦叶在舌尖和牙齿间吹出了小鸟的叫声。我问他这是什么鸟叫，他说你听听，我再听，还是不知道他嘴巴里是什么鸟儿。

对声音的关注会随着时势而变化。在田野上，我开始为手扶拖拉机的轰鸣声而兴奋。

这实在是有趣的物理课。那两年不时传来可能地震的消息，在星期天回家参与挖地道后，星期一去学校，物理老师说我们现在学习做地震预测仪器。这是不敢想象的伟大事业。老师展示了他的成果，我们什么也没有学会，但老师的仪器很快为全县知晓。之后，我们又学习开手扶拖拉机。课堂讲授之后，老师带我们去学校外面的大队实习了。我最紧张的是发动机器，总是担心那个摇把会甩出去。我伸长手臂，随时准备丢下摇把。十多年以后，我去县城看这位老师，他还记得我当年荒唐的样子。拖拉机的轰鸣声中似乎飘散着柴油的味道，这是我最初的农业现代化梦想的展开。随后，各种机器声代替了传统农具碰撞的声音。在稻床上摔打稻谷的声音没有了，乡场上是脱粒机咔嚓咔嚓的声响。除了冬夜打更的人用铁皮喇叭说"火烛小心"之类的话外，广而告之的声音是从大队电喇叭里传出来的。

河里摇橹的声音几乎成了绝响。我可以坐公共汽车去镇上或县城了。一些声音开始在另一些声音中消失。牛号子失传了。我在《民谣》和《时代与肖像》中写到的牛号子，再也没有人会了。铁匠铺关门了，那通红的炉火已经冰冷，老铁匠坐在门槛上抽水烟。滋滋的水烟声也逐渐消失了。冬天的早晨没有人在码头边凿冰，河水几乎不结冰，那种清脆的带着湿气的碰撞声，只有去东北旅行时还能够想象。无论是在乡间，还是街道，我甚至觉得婴儿的哭声也不一样了，没有人会唱奶奶和外婆唱过的摇篮曲了。在女儿的婚礼上，我唱了她小时候我哄她不哭哄她入睡的摇篮曲，这是妈妈教我的歌。开头唱道：风儿微微吹，鸟儿吱吱叫。我没有为消失的声音失落和伤感。在这里消失了，在别处还有声响。一种声音，是一种生活方式，甚至是一种看世界的方式。

其实，不是自己变老了，是世界太复杂了。在此起彼伏的声音中，我听到了自己的声音变得苍老，但我并不慌张。我在意的是自己对外部的声音是否还那么敏感，在意的是我的嗓音虽然不时沙哑但还能不能发出自己的声音。

在宁静的夜间，一个人在书房里抽烟喝茶读书写作太惬意了。在过于喧闹的白天变成了夜晚之后，你才可能屏蔽其他声音。过于安静也会让自己恐慌，这就如同我们在乡村旅行一样，你觉得这世外桃源式的生活是那样的美好，但一旦在此终老一生又会想到远方。我会打开窗户，看窗台外的月季花，但我从未听到花开花落的声音。悄无声息的事物，以另一种方式呈现。读书是听另一种无声的声音，写作是在纸上发出自己的声音。如果哪个夜晚，我的书房烟雾缭绕，一定是我没有想好更没有写好纸上的声音。写作是树枝上的蝉鸣，是池塘里的蛙声。

我在一个午后去拜访一位长者，这是我最初学习写作散文的时候。我问他，好的散文是什么？他沉吟片刻说，字里行间应该有作者自己的声音。接着他又说，可以用假嗓子唱歌，但不能假唱。这位老人走了，但他说话时的腔调时常在我的字里行间回响。

我在黑暗中沉没。或者说黑暗沉浸到我的肢体中。如果此时有光，应该就是我的白发了。我记不清几十年前在大西南，我坐在车厢里，几座大山越来越大时，火车穿过隧道，微弱的光亮几乎可以忽略不计，黑暗也以风驰电掣的速度后退。我在轰鸣中第一次感觉到黑色的速度。在隧道的一两分钟，车厢迅疾安静，似乎只有沉默才能抵消黑暗的力量。当你看到隧道口的光亮时，车厢又一如既往地喧嚣。我第一次有了写诗的欲望。我找不到那个笔记本了，只记得几句，便是这段文字开始时的三句。这个时候，我知道声音在速度上可以压过色彩。

原载《上海文学》2021 年第 11 期

天坛笔记

肖复兴

天坛的花

春天，天坛里的花多了一些。斋宫里的玉兰谢了，内垣外的杏花、榆叶梅、北宰牲亭前的梨花、北天门外的红白碧桃相继开过之后，到春末时分，满地的二月兰，紧接着，丁香和紫藤花开得正旺，然后是芍药和月季跃跃欲试争奇斗艳。这时候，通往百花亭的甬道两侧，西府海棠夹道，特别是在别处少见的三株白海棠，最是艳丽夺目，在它们前面搔首弄姿拍照的人很多。

据说天坛里大小花卉有一百五十种之多。但是，春天一过，除了月季园里的月季，到了夏天，在斋宫和东门内垣前的小花园等地，还能看到紫薇和木槿；柏树林中，间或有一丛丛的玉簪——但都布不成阵，与满园苍苍古柏树林不成比例。到了秋冬两季，除了国庆节前后会有太阳菊等一些草本花卉，植入花盆里面，大卡车载着它们运进园中，现摆现放，节后再拉走；便是祈年门前菊花展的折子戏出场，都是赶场似的临时出演；再以后，基本不会再有什么花卉赴约，到了冬季，一直到来年开春之前，天坛公园里，见不到花的踪影。

当然，天坛和其他公园不同，人们到天坛来，不是为了赏花，而是为看古建筑，听松涛柏浪。但作为一座公园，毕竟和原始的祭天圣坛不尽相同，缺少鲜花相衬，总有点遗憾。

这是天坛自己也意识到的，二十世纪九十年代前后，天坛南侧外墙的那一圈商摊撤除之后，腾出了被侵占的地盘，在外墙内侧新建了一片苗圃，为的就是繁荣一下原本欠缺的花木。那一片苗圃占地不小，有一次，我闯入苗圃，正是初春时节，园林工人正在收拾还是枯枝的盆栽月季，从暖棚里搬出我认不出的其他花木。这个地方成了天坛花卉的大后方。只是，远远不够，天坛的地方实在太大了，再大的苗圃，也难以把它变为植物园。

三月底，百花亭前海棠开得正旺，游人若织。坐在花前小憩时，一位老者和我聊起天，也为此感叹。他对我说：天坛里这些花都是后栽的，当初补种花时肯定有个规划，不知为什么，独独少了梅花。其实，其他的花，少点儿没什么，少了梅花？他说着，摇了摇头。

我请他接着说说，为什么少了梅花就少了点儿意思？

他反问我：你说呢？但不等我回答，他自问自答道：梅花是咱们中国最古老的花，你说天坛这么古老，能和天坛相配的花，除了梅花还能有什么花？菊花？每年秋天天坛办菊花展，行吗？菊花，那是隐逸之花，和天坛相配吗？再说了，如今天坛四季有花，唯独冬天最枯瑟，这时候有点儿梅花开，你说那该是什么成色？

我冲他竖起了大拇指。他说得对，在北京好多公园里都有梅花，唯独天坛没有。这确实有点儿让人匪夷所思。这位老者是智者，智者不见得都是老者，却常常藏于民间。

天坛的山

二〇二〇年六月初，《北京青年报》陈国华和王勉两位朋友要采访我，我和他们相约说到天坛来吧。我们多日未见，在长廊外的柏树荫下交谈甚欢。

国华忽然问我：我在档案馆里查资料，说"文革"期间天坛挖防空洞时候挖出的土，堆成了挺高的一座土山，你知道吗？

我听后一惊，还真没有听说过。"文革"之后，很长一段时间没怎么到天坛来。那时候，舍近求远，热衷去香山和颐和园，觉得风景在远外，忽略了眼前的。年轻时，容易好高骛远，患远视病。想想，真正经常到天坛里来，是二〇〇七年退休之后，像是重拾旧梦一般，将对天坛的童年记忆续上前缘。才明白，衣服是新的好，朋友还是老的好，故地，也是你的老朋友。

那天和国华、王勉分手后，我独自一人从双环亭绕到西天门，再到南门前的槐树林荫道，顺着圜丘的外墙，折向北一直到西门直通丹陛桥的甬道，转了天坛大半圈，猜想哪里曾经堆有那座土山？

以后，很多次再去天坛，我都在琢磨土山这事。天坛里，有坛有庙有殿有亭，但是，天坛缺水和山。以此两点，是无法和拥有昆明湖、万寿山的颐和园相比的。当然，天坛也无意与之相比，它自诩有世上罕见的奇迹——祈年殿，还有浩浩荡荡的上万株古树，足以一览众山小一般，令所有园林难以比肩。

不过，那座土山在哪里，还是令我分外好奇。虽然，天坛宽敞而空阔，自明朝建成之后，也有新的地标建立，比如斋宫，比如双环亭，因此，堆起一座山的地方还是有的。但是，总觉得这座土山堆在哪儿都不合适。平坦如砥的天坛中，平地而起一座高山，显得突兀而不协调，仿佛意外闯进来的不速之客。

同时，我也因错过看到这座平地而起的土山而懊恼不已。这应该算是天坛六百年历史中绝无仅有的奇迹之一。

半年之后，祈年殿西配殿举办"天坛六百年文化历史展"。今年年初，我去参观，看到了这段奇异历史的图片和介绍。自一九七一年起，动用众多人力物力，在圜丘西北修建人防工程，用了五年的时间，将从地下挖出的土，堆成了一座高达三十二米的高山。祈年殿高是三十八米，这座土山，几乎快要可以和祈年殿比翼齐飞了。而且，这座土山，占地有六公顷。斋宫占地面积是四公顷，也就是这座土山占地相当于一个半的斋宫。好家伙，真是不小啊！而且，这六公顷的地面上，当年种植着的是民国时期建起的纪念林。只是为修建人防工程，挖防空洞，比树林更重要了。人们的价值观发生了倾斜，高高的土山，成为历史醒目的注脚。

一九九〇年，这座土山才被搬走。五年时间的愚公造山。十四年后的愚公移山。前后两山折子戏的衔接，一则现代版的愚公寓言。

心里不禁暗想，如果这座土山没有被搬走，现在还矗立在圜丘之西北，和圜丘祈年殿呈三角形，会是一种什么样的情景？真是的，我无法想象。我们的前人，总能创造我们无法想象的奇迹，他们可以建起一座辉煌的祈年殿，也可以堆起一座平地而起的高山。是要和祈年殿与圜丘媲美吗？还是对视？还是自惭形秽，雪人融化一般，让自己消失得无影无踪？

土山搬走后，在这里，补种了树木，修成了一条槐荫道。三十年过去了，这里树木繁茂，林荫匝地。想想，去年六月初和国华、王勉分手后走过的就是这条槐树林荫道，谁想到三十年前，这里居然曾经有过一座高达三十二米的土山？

从"天坛六百年文化历史展"里出来，我又走了一遍圜丘西北的这条槐荫道。冬日里的槐树枯枝萧索，被风吹得瑟瑟有声。

天坛舞会

天坛六百年的历史，对于今天的普通人而言，显得过于漫长，对其中的沧桑，我们所知甚少，甚至连北平和平解放之时天坛的情况，都不甚了了。毕竟大多数人不是研究历史的。但是，近些年天坛的情况，特别是对于常来逛天坛的北京人，应该多少知道一些吧？其实，也未见得。

那天，到祈年殿的西配殿，参观"天坛六百年文化历史展"，看到粉碎"四人帮"的时候，在祈年殿前的广场上，曾经举办过大型舞会。展板上，还有大幅的照片，是夜晚的灯光舞会，人挤人，密密麻麻，人头攒动，热闹非常。这让我很是惊讶，我从来不知道天坛里还曾经有过这样盛大的群众性舞会。我只知道，在北京的皇家园林中，二十世纪五六十年代很长一段时间，在中山公园的五色土四周的广场上，曾经有过这样大型的群众性灯光舞会。再有这样盛大的群众性舞会，就是"五一"节和国庆节夜晚天安门广场上的记忆了。

我愣愣地站在那儿，看了半天照片。想想，不过才过去四十多年。像我这样根本不知道这段历史的人，或者知道却已经遗忘了这段历史的人，不知会有多少。天坛六百年沧桑史中，在祈年殿前，只有过无数次皇帝祭天的盛大仪式，像这样普通老百姓参与的盛大舞会，绝无仅有，也算是天坛与时代同步共生的历史奇迹。

有一位老大爷走到我的身边，抬头也在看这张照片。我问他：您知道当年在这里办过舞会的事情吗？

怎么不知道？"文化大革命"那会儿，天坛里还有"红卫兵"接待站，一九七六年闹地震那会儿，天坛还搭过地震棚呢。怎么，你没有见过？你不是北京人怎么着？

他一口气对我说了这么多，很有些埋怨我少见多怪。

他说的"红卫兵"接待站和地震棚，我确实不知道。别看我守着天坛这么近，那些年，不是到处串联闹革命，就是跑到北大荒修地球，以为美丽的风景在远方，好多年都没有来过天坛，没能见见它随着那个动荡年代变迁的情景。

想象不出，这些接待站和地震棚会建在哪里。地震棚还好说，天坛的空地多，随处可搭。接待站呢？不可能在祈年殿和东西配殿里吧？也不会是在宰牲亭和神库里吧？那里是宰杀牲畜的地方呀。那么，会在斋宫里吗？斋宫里的寝殿，可是当年皇上来天坛祭天时候睡觉的地方；斋宫四周的回廊和朝房成了"红卫兵"住的地方了？在历史的动荡变迁中，有些事情真是让人啼笑皆非，不禁涌出"放衙非复通侯第，废圃谁知博士斋"的感喟。

走出西配殿，站在门前的廊檐下，前面便是高耸的祈年殿，汉白玉的围栏和层层如浪的台阶下面，便是轩豁的广场。游人不多，安静异常，冬末的阳光朗照，温暖如水流淌。有谁会想到四十多年前，就在这里，曾经有过盛大无比的灯光舞会呢？忽然想，如今天坛里不少地方也有很多人跳舞，但哪里能比得上当年这里人山人海席地卷天的壮观阵势！舞曲响起的时候，人挨着人，手挽着手，头碰着头。围绕着祈年殿翩翩起舞的时候，该是什么样的情景？祈年殿会不会跟着舞曲和舞步也一起陀螺般旋转了起来？

天坛藤萝架

天坛里的藤萝架很多，都是后修建的。藤萝架有白色和棕色两种，多分布在东北和西北两侧，供游人休息，也为园区增添了一些景观小品。我来天坛无数次，去得最多的地方，不是祈年殿那些著名的景点，而是这些藤萝架下。其中最爱去的藤萝架，在丁香树丛的西侧，月季园的北端。

一个人喜欢去的地方，和喜欢的人一样，带有命定的元素，是由你先天的性情和后天的命运所决定的。朗达·拜恩在她的著作《力量》中，从物理学的角度解释这一现象说："每个人身边都有一个磁场环绕，无论你在何处，磁场都会跟着你，而你的磁场也吸引着磁场相同的人和事。"

应该在"人和事"后面，再加上"景"或"地"。这种宇宙间的强力磁场，是人与地方彼此吸引和相互选择的结果。因此，每一个人都有属于自己的心灵属地。对于伟大的人，这个地方可以很大，比如郑和，六次下西洋；哥伦布，发现美洲新大陆——梦想的都是环游世界。而如老舍，则是北京城，他可以写金鱼池，也可以写小羊圈胡同，还可以写柳家大院的大杂院，囊括万千，如海葵的触角一样可以伸展到北京四九城的各个角落。对于我们普通人，这个地方却很小。对于我，便是天坛之内，再缩小，到藤萝架下；然后，再缩小，直至这一个藤萝架下。

这是一个白色的藤萝架。藤萝架还是白色的好，春末时分，藤萝花开，满架紫色蝴蝶般纷飞，在白色的架子衬托下，更加明丽。藤萝花谢，绿叶葱茏，白色的架子也和绿叶搭配得色彩协调，仿佛相互依偎，有几分亲密的感觉，共同回忆花开的缤纷季节。冬季叶子落尽，白色的架子，犹如水落石出一般，显露出全副身段，像是骨感峥嵘的裸体美人。枯藤如蛇缠绕其间，在跳一段缠绵不尽又格外有力度的双人舞，甚至无端地让我想起莎乐美跳的那段妖娆的七层纱舞。

它的正南面，有一棵高大粗壮的雪松，崔嵬森严，满地浓荫。这样苍老又仪态万千的雪松，在天坛不多见。再南便是月季园，从春到秋，花开花落不间断。那些五彩绚丽的月季花仿佛是围绕着它翩翩起舞的小天使，雪松便是它的守护神。它的北面有几棵银杏树，秋天，树上树下，尽是黄叶飘飘，金黄的色彩，和白色的架子相映成趣。人们在银杏树下尽情拍照，有人会拾起满把满怀的银杏叶，使劲儿朝空中一扬，金色的雨纷纷而落，他们抓紧这一瞬间把美景抢进镜头。冬天，如果有雪覆盖藤萝架，晶莹的雪花，像把架子清洗过一样，让架子脱胎换骨，白得如水晶一般玲珑剔透。

一年四季，我常到这里来，画了四季中好多幅藤萝架的画，画了四季中好多藤萝架下的人。它是我在天坛里的专属领地。

记忆中，童年到天坛，没有见过这个藤萝架。第一次见到藤萝架，是我高三毕业那一年，报考中央戏剧学院，初试和复试，考场都设在校园的教室和排练厅里。校园不大，甚至没有我们中学大，但是，院子里有一架藤萝，正是春末，满架花开，不是零星的几朵，那种密密麻麻簇拥一起明艳的紫色，像是泼墨的大写意，恣肆淋漓，怎么也忘不了。春天刚刚过去，录取通知书到了，紧跟着"文化大革命"爆发，一个跟头，我去了北大荒。那张录取通知书，舍不得丢，带去了北大荒。带去的，还有校园里那架藤萝花，却是只能开在凄清的梦里。

第二次见到藤萝架，是我从北大荒刚回到北京不久，到郊区看望一个病重住院的童年朋友。一别经年，没有想到再见到她时，却是瘦骨嶙峋，惨不忍睹。不知道是童年的记忆不真实，还是面前的现实不真实，让我的心发紧发颤。我陪她出病房散步，彼此说着相互安慰的话——她病成这样，居然还安慰我，因为那时我待业在家，没有找到工作。医院的院子里，有一个藤萝架，也是春末花开时分，满架紫花，不管人间冷暖，没心没肺地怒放。紫藤花谢的时候，她走了。走得那样突然。

是的，任何一个你喜欢去的地方，都不是没有缘由的。那是你以往经历中的一种投影，牵引着你不由自主走到了这样一个地方。你永远走不出命运的影子。那个地方，就是你内心的一面多棱镜，折射出的是以往岁月里的人影和光影。

今年三月初春，就有位年轻的朋友约我访谈，我带她来到这个藤萝架下。她指着藤萝架和前面漂亮的雪松，对我说了句诗：

我会带走我的家具，我的旧沙发，
但窗前的风景我该怎么办？

我知道，这是布罗茨基《布鲁斯》中一句有名的诗。她想起了这句诗，是因为她读了我的《天坛六十记》这本书，读到我的中学同窗王仁兴舍弃大房子搬家到天坛脚下，就为听天坛的松涛柏浪，为看天坛的美丽风景。她诉说自己从和平里搬家搬到五环外，再看不到和平里的风景而遗憾失落的心情。

这是对比的两极，说明风景不仅对于诗人重要，对于我们普通人一样重要。布罗茨基写这首诗的时候，在美国纽约的曼哈顿已经住了十八年，他不满意掉进钱眼儿里的房东而搬家。在上面的那句诗后面，还有这样一句：

我感觉我和它结了婚，或别的关系，

金钱是长青的，却令人幽暗。

　　诗中的"它"，指的是窗外的风景。在这里，布罗茨基将风景和金钱进行了比较，两厢对峙下，显然，风景更为重要，因为对比物质，风景属于精神层面，虽清风朗月不用一文钱，却珍贵无价，无法独自占有却渴望占用。如此，布罗茨基才将风景比喻与之结婚这样亲密的关系——但这只是柏拉图式的精神之爱。我们毕竟不是诗人，对于风景，没有达到这样的境界。我们舍不得我们窗前的、身边的，或邂逅的惊鸿一瞥的美丽风景，但我们会见异思迁，我们会离开，我们会搬家。如果我们也会和它结婚，也不过是露水姻缘。

　　想起我的两个小孙子每一次从美国回北京探亲，第一站，我都会带他们到天坛，到这个藤萝架下。可惜，每一次，他们来时都是暑假，都没有见到藤萝花开的盛景。这是特别遗憾的事情，不知为什么，我特别想让他们看到满架藤萝花盛开的样子。

　　前年的暑假，他们忽然对藤萝结的蛇豆一样长长的豆荚感到新奇，两个人站在架下的白色椅子上，仔细地观看，然后伸出小手小心翼翼地去摸它们，最后，一个人摘下一个，跳到地上，来回把玩，豆荚一下子成为他们手中的长刀短剑，相互对杀。

　　我好几个月没有到天坛来。一直到四月末才到天坛。别后再到这个藤萝架前，远远地，就看见它被一圈墨绿色的篷布围挡。但是，挡不住白色架子上端的藤萝花盛开，一簇簇，一串串的紫色小花，迎风飞舞，跃跃欲试，争先恐后，仿佛要飞出围挡。一个男子站在南侧，正高举着一个长镜头的照相机，为这些围挡上方的藤萝花拍照。想来，他和我是这里的同好。

　　一晃，又是一年过去了。四月底，藤萝花又如约盛开。这个藤萝架早已经修好，油饰一新，越发洁白如雪，和紫色的藤萝花相依相偎。每年的这个时候，藤萝花都不会爽约。

　　暑假又要到了。去年暑假，两个孙子没能回北京，来到这里。不知道今年能不能成行？

　　满架的藤萝花，开得有些寂寞。

天坛小唱

夏日里的天坛，早晨凉快些。特别是内垣的柏树林里，每一棵树浓密的叶子，都会遮下阴凉，像一把把的小扇子扇来清风。在柏树林里漫无目的地闲逛，最是惬意。

忽然，听到一阵板胡的声音，伴随着有些嘶哑的歌声传来。细听，不是歌，是大鼓书；说准确点儿，也不是正经的大鼓书，而是有那么点儿味儿。显然，属于自创，自拉自唱，自娱自乐。在天坛，这样的主儿有的是，已成天坛一景。

循声走去，见一个六十多岁的老爷子坐在树荫下的一条长凳上边拉边唱，身边坐着个和他年龄相仿的老太太，手里在择茴香，大概是刚从菜市场买来的。前面稀稀拉拉围着几个热心的听众，津津有味地边听边议论。他是不问收获，只管耕耘，低头拉着板胡，摇头晃脑唱了一段又一段，不管听众少得只有这么可怜的几位，权且把面前的一棵接一棵密密的柏树都当成自己的听众。

我听到的是这样一段：

> 活着不容易，死了也是难，
> 跟着老婆子，整天净瞎转。
> 转完了那红桥，又来逛天坛。
> 先去了回音壁哟，再登了祈年殿。
> 转了一大圈哟，出去吃早点。
> 出了那东门哟，有家小吃店。
> 来碗豆汁儿喝，就俩那焦圈儿。
> 豆汁儿那叫烫哟，焦圈那叫圆。
> 再来张糖油饼，那叫一个甜。
> 吃完了回家转哟，该到了吃午饭。
> （白）晌午饭吃个啥呀
> ——来碗打卤面。
> 卤要自己做哟，面要自己擀；

面要擀筋道，别忘了搁点儿盐；

卤要多搁肉呀，可别那么咸。

老婆子一通忙哟，围着那灶台转。

（白）我要看看报哟！

（白）那边老婆子可不干了，冲我大声喊：

别在那儿养大爷，快给我剥头蒜……

唱到这儿，唱完了。听众虽不多，但很热情，余兴未尽，纷纷问他：完了？

他点头说：完了。

这不像是完了呀，怎么也得结个尾吧？

都剥蒜去了，还怎么结尾？还再唱，我就成了大头蒜了！

他笑了，看看身边的老太太，老太太不理他，手里忙着择茴香，抿着嘴也在笑。有人打岔说：今儿中午不吃打卤面，吃茴香馅饺子吧？大家乐得更欢了。

我听出来了，完全是想起什么唱什么，一会儿唱，一会儿道白，一会儿是老爷子，一会儿是老婆子，有人物，有情节，完全即兴式的说唱。不过，说实在的，曲子很单调，就那么一个调调，老驴拉磨似的来回唱。但是，很容易让人记住，这词信手拈来，水银泻地，一点儿磕巴儿都不带打的，唱得那么接地气，烟火气十足，能闻得见葱花炝锅的香味儿。如果和那帮抱着吉他唱民谣的歌手相比，比他们还要有滋有味，有趣有乐，有幽有默。

我走过去，对他说：老爷子，您够厉害的呀！这小词儿编的，一套一套的，快赶上郭德纲了！

他一听我夸他，非常得意，对我说：今儿碰上行家了，您要认识郭德纲，赶快把我给推荐推荐，我唱大鼓书、太平歌词，现编现唱，开口脆，没问题！

我对他说：现编现唱，您这手最厉害。您看您能不能给我现编现唱一段？

旁边的人有嫌还不够热闹的，起哄让他来一段。他倒也不客气，立刻操起板胡，张口就来——

这位把我夸呀，不住把头点。

（白）我心里乐开了花，

再来一小段啊，谢谢您赏脸。

活着不容易，死了也是难，

不容易也得活哟，不能总耷拉个脸，

（白）谁也不欠你个钱。

您要牢记住哟，笑比哭好看。

您还要再记住哟——

在家千日好哟，出门一时难，

家里有个宝哟，她是你老伴，

她能给你解个闷儿哟，还能陪你到处瞎胡转，

她能听你唱得跑了调哟，还能给你做顿热乎的饭，

——这个最关键！

唱到这儿，他用琴弓冲我的鼻头一点，收弓站了起来。老太太把择好的茴香装进大花布包里，把择下的烂头败叶装进塑料袋里，也站了起来，笑着用拳头捶了他肩膀一下，说了句：成天就知道瞎唱！也没见你唱成个歌星，给我换俩钱儿花！说得大家呵呵大笑，看着他们俩一前一后相跟着，很享受地走远。

老太太背着的花布包，像一朵盛开的大花，追着他们身后转。

没过几天，在天坛的柏树林里，又碰见这位老爷子。大概是刚刚唱完几支小曲，围观的人已经散去，他正收弓休息。我走上前去，向他打招呼，他认出我来，也客气地向我问好。

我坐在他旁边的凳子上，和他聊起天来，心里想的，是希望他给我唱曲。他那种即兴式现编现唱，很有现场感，借鉴了民间传统的曲艺形式，很接地气。小时候，天桥的地摊还在，有说相声的，唱大鼓书的，可以听到这样的演唱。为了吸引观众，这些艺人会指着现场的观众，现场编一些调侃搞笑的词儿，惹得大家哈哈大笑，按照相声的行话，叫作"砸挂"。有些小曲唱得确实有些俗气，没有我们那些高大上的意义，但是，却是很接地气。如今，灯光辉煌的晚会中唱的那些大歌和流行歌，没有了这种紧

接地气的唱法了。

我磨着他给我唱个接地气的歌。他笑笑看了我一眼，问我：什么叫接地气？别看这问题简单，把我问得还真一时回答不上来。

他依然笑着说：接地气，往往就会俗气，甚至庸俗，再甚至低俗。你说是不是？

我说：那是，唱的都是平常人家，饮食男女的事，难免会俗气。你就给我唱一个，这里又没有外人，我就想听你唱唱这样的曲。

真想听？他眯缝着眼睛，调侃我一句：我看你文绉绉的，不像个俗气的人呀。

我赶紧笑着说：我就是个俗气的人！吃五谷杂粮长大，放的屁不可能是香的。

他也笑了，笑后往旁边瞟了一眼。顺着他的眼光，我看见旁边不远木亭子，浓密的树荫笼罩下，一片绿荫蒙蒙，他的老伴儿正坐在亭子里和人聊天。

我接着磨着他唱个俗气的。我很想听听他说的俗气的是什么样的歌？想必是不愿意让老伴听到的歌，这逗得我更是撺掇他唱，指指亭子对他说：隔着老远呢，听不见！

行，那我就给你唱一小段，叫作《小老婆上灯台》。你听过《小耗子上灯台》吧？我就是根据它自己瞎编的。

他清清嗓子，没有拉琴，小声清唱了起来：

小老婆上灯台，
偷油吃她下不来。
（白）她就冲着老头儿喊：
老头儿老头儿你快来，
快点儿把我抱下那灯台。
老头儿赶忙跑了过来，
一把把她抱下那灯台，
顺便摸摸她的×。
（白）老头儿老头儿，
你怎么这么坏，

为嘛要摸我的×？

（白）老头儿说：

谁让你的×那么大又那么白！

……

那边亭子里的老伴已经三步并作两步，走到我们的跟前，冲着他叫道：行了，别在这儿瞎唱了，快回家吧！敢情，她已经听到了。

我冲着她说：唱得挺好的！

她一梗脖子冲我说道：好什么好？在家里耍活宝还不行，还跑这儿丢人现眼来了？然后，不容分说地冲他喊道：麻利儿，走吧！

老爷子只好站起身来，冲我笑了笑，那笑有些像小孩子干了什么坏事，一下子被家长抓个正着，有些尴尬，又有些忍不住自己偷偷想乐。

他跟着她走了。她背着的那个花布包，依然像一朵盛开的花，在他们身后晃。上午热辣辣的阳光下，晃得我的眼睛都有点儿花了。

原载《上海文学》2022 年第 1 期

《林家铺子》和巴尔扎克

徐皓峰

一、素描与白描

十六世纪，米开朗基罗名字前冠以"圣"字，这之前是教士贵族专利，不会给艺术家，他的素描草稿也成为商品，有人买。

十九世纪，卖不出画的梵高，认定自己在美术史上，将和米开朗基罗并列，在日记里自我嘱咐，可以多画些素描了，像米开朗基罗一样。

素描是创作草稿，在米开朗基罗之前是没人买的，因为不是商品，随心所欲，会比完成品更艺术。比如，与米开朗基罗同时代、略晚的小荷尔拜因，美术史地位是靠素描奠定的，线条简约，品味高雅。他的油画是不能看的，无比庸俗，人物周围密布眼镜、盒子、金属链、羽毛笔——

因为买画者不懂欣赏线条，小荷尔拜因就来个"迎宾大奉送"，画上三十几件小物件，非常逼真，显出手艺。买方觉得值了。

为了卖出画，艺术家要做许多额外的事。有时是为了照顾品位差劲的客户，有时是艺术家领先于时代，其他门类没人才，艺术家抢先做了其他门类的事。

雨果的小说在二十世纪受人诟病，被认为插入大量社科知识，跟人物情节夹生，读着读着，忽然像翻开了一本社科杂志或旧报纸，不像小说了。

《巴黎圣母院》被称为"底层社会调查表"，是因为作家做了记者的事。知识的新鲜感，在十九世纪成为小说的卖点。而到二十世纪，报业繁荣，学校普遍，读者已不需要从小说里获得知识。

小说里的知识，不能是新闻、论文，要融化为人物情节，如牛奶提炼为奶酪。雨果"鲜牛奶"的做法，令其文学地位有所下降。

跟雨果同时代、略晚的巴尔扎克，也是"卖新闻"的记者型作家，批判资本主义，提供工厂、证券所、高利贷、法院等内幕，知识与情节的融合度略高过雨果。

他的小说在二十世纪初传入中国后，即被认为是文学正脉。一是跟国人的学术转向有关，读书人厌恶"心法"而提倡社会实践；二是他的小说理论，跟清朝影响深广的金圣叹文艺理论——"白描手法"能对接上。

雨果的"浪漫"是写人性升华，现实吞噬人，吞噬的是物质指标的钱财、地位，但现实困不住人性，人一无所有后，还有心灵。巴尔扎克的"现实"，将人生写成死路一条，人完全是由社会塑造，没有独立的人性，社会制度毁灭个人财物后，心灵也就毁灭了。

国人觉得巴尔扎克清醒、彻底，雨果还在谈心灵，假大空。

心法，是孔子秘传，一种难以理解的世界观，建立起这种世界观后，个人可以左右世界。唐朝韩愈认为，孔子心法到孟子就绝了，之后儒生悟性太差，领悟不了，继承的都是文章、辩才、从政等实务。

韩愈是文章写法的一代宗师，他自我认定是孔子心法传承人，认为孟子以后的千余年来，独他领悟了孔子心法。他写文章，为传心法。

北宋年间，禅宗大盛。禅宗对于儒家，像是足球队请的外援，踢球的技术都一样，水平有差距，看了高水平，才知原有技术能发挥成什么样——一个外援能将全队水准带起来，参考禅宗，孔子心法被宋朝人看明白了，失而复得，"二程"、张载、朱熹、陆象山等大儒都是论心法，不再谈实务。

明朝也是谈心法，甚至认为禅宗人才凋零，失去真传。有"援儒入释"的说法，儒家成了禅宗的外援，禅门子弟要借助看大儒语录，才能明白禅宗是什么。

明末军事危机，崇祯皇帝要增加部队火炮，大儒刘宗周劝他，火炮解决不了问题，您只要改变您的心——心法普遍，知道的人太多了，肯定不会再失传，但于世无用，明朝亡国了。

下一代文人，认为是上一代文人空谈心法，误国误民，于是又不谈心法了。在明末成势的心法代表人物王阳明，在清朝遭冷遇，认为坏事的是他。清朝大儒黄宗羲、顾炎武、王夫之、傅山都谈实务，日本人还看王阳明，所以清朝人认为日本文化走偏，将重复我们的错误。

至清末，日本崛起，大臣李鸿章狐疑，难道是因为他们看王阳明？不该呀——

历经了二百多年的痛定思痛，国人必然觉得巴尔扎克比雨果好。民国时，巴尔扎克翻译过来，销量大，一代作家受其影响。

巴尔扎克的大部分作品还有雨果的惯性，要预先交代人物动机、做大量心理分析。下一代作家必然受上一代作家成功因素的影响，如此才能立足市场。

二十世纪，市民阶层的趣味，成为各艺术门类的攻击对象。美术演进出抽象画，小说也形态提纯。

再看十九世纪的小说，会觉得像小荷尔拜因的油画般，杂碎多。大作家们还在逢迎市民趣味，自污杰作。

看小荷尔拜因的油画，总想将其恢复为素描。国人剧作课上讲的巴尔扎克，是"素描版"的巴尔扎克，和文学院里讲的巴尔扎克不同。

民国初年，编剧短训班兴旺。一是出路容易，当时话剧演出频繁，有盖过京戏的趋势；二是学了编剧，就可以当记者了，好解决生计。

那时报纸多，报纸新闻的普遍做法是编造。比如，出个新闻，两百家报纸都有专访，甚至还有栩栩如生的对谈记录，事实是，新闻人物只见过一两个记者。

应聘记者，如说"学过编剧"，能脱颖而出，抢先被录用。

崔嵬导演便出身于这种编剧短训班，后来自己也办班。老一代编剧短训班，由于翻译材料的不足，需要拿中国旧有材料来补充，比如斯坦尼体系的精华是"组织行为"，说是表演，其实是编剧技巧。但斯坦尼原著没翻译过来，能看到的，只有几篇别人评他的短论文。但国人聪明，一叶知秋，知道个概念，就能教课了。

金圣叹点评《水浒传》，做了大量的行为分析，当成斯坦尼来教，学生听着很对。当作巴尔扎克来教，听着也对。

上过我们的剧作课，会以为不做心理分析、不事先解释人物动机是巴尔扎克特征。其实巴尔扎克很少这么做，在他的时代，不做这两件事，读者就看不懂了。

不事先交代人物动机，在事件过程中让读者猜出人物动机；不做心理描写，以行为反映心理——白描手法，金圣叹总结出的，在民国，荣誉归了巴尔扎克。

白描，是绘画术语，壁画的小版底稿，以后按比例放大到墙壁上。壁画是色彩缤纷，底稿只用线，不用色，称为"白"。落实在话剧、电影上，心理活动的描写为"彩"，只写行为外观，为"白"。

小说和戏曲（除了昆曲），原是农工商阶层的玩艺，读书人看的是文章，以看小说为耻。金圣叹以文章文法点评《水浒传》，读书人看了佩服，《水浒传》上了读书人案头，摆在明面上，破了例。

金圣叹点评的原始用心，就是教给读者，怎么看人物行为，行为如韩愈、欧阳修的文章般好看，"呼应、转化"全有。他开了一代文人的眼界，书商的宣传也是"看懂了李逵、宋江，也就看懂韩愈、欧阳修了，轻松掌握八股文，考取功名"。

明清八股文，模拟的是唐宋文章写法，注重转折——换个概念，八股文就是"八转文"的意思。转折八次，是极致做法。不用那么多，韩愈文章换四五次概念，已足够。

《林家铺子》原著作者茅盾先生，写社会最新变化，被称为中国的巴尔扎克。水华导演的电影形态，是嫁接了金圣叹的巴尔扎克。

小说里的林老板是个可怜巴巴的人，动不动就难过、委屈。片中男主林老板跟小说不同，是个面目不清的人，观众不知道他的背景、性格、想法、感受，向他人说的可怜话，也不知是真的，还是装的。

化妆甚至故意抹淡了他的眉毛。所谓"眉目传情"，看不清眉毛动态，表情的丰富性会降低一半，而大部分时候，他眼神不外露。

观众从他脸上读到的信息少，会转而注意他的行为。片中其他人物，心情、目的明显，独他需要揣摩，获得高度关注，他的一举一动都变得极其"好看"。影片后半，通过行为对比，观众猜出了他的心态，产生强烈共鸣。

这种共鸣，比事先交代清楚的共鸣要大。因为是观众思考辨识出来的，不是填鸭似的喂给观众的。

高仓健中年以后也如此表演。《林家铺子》林老板的扮演者谢添，跟高仓健眼鼻相似度达百分之九十，耳朵是百分之一百——高仓健是著名的大耳，所以理短平头的发型，如果无一双大耳，平头难看。

一九七六年的日本电影《追捕》，一九七八年在国内公映，深受群众喜爱。影片开头，一位女子带警察堵住打公用电话的高仓健，指责他入室抢劫，高仓健的表演是"没表情"。这违反我们的观影习惯，起码得是被冤枉的愤怒、觉得滑稽的一笑吧？

而他什么反应都没有，只是看了眼女士。

这被认为是一种先进的表演理念，为此开过学术研讨会，影响深远。一九九四年，电影明星姜文出演电视剧《北京人在纽约》，第一集开头，姜文身为北京一位音乐人，刚在纽约下飞机，在机场打公用电话。

研讨会上，这段表演被盛赞："太棒了，完全看不出他是什么人——"

一九五九年，《林家铺子》里的谢添已如此表演，其他演员的情绪递来，他不接的。不接，就显得内心无限丰富——当然，只有主角能是这种演法，配角这么演会挨骂。

配角完成剧本，主角完成内心——按"话剧皇帝"石挥的话说，是演剧本没字的空白处，"不演剧本"的婉转说法。因为台词、配角已完成情节交代，用不着主角还要演情节，主角要提供情节之外的东西，比如个人风采和人物内心。

高仓健的东山再起之作，是一九七七年的《幸福的黄手帕》，最初是一部"屈辱"之作，凝结了过气明星的心酸。他那时已失去观众群，导演明显对他没信心，找来一位当红喜剧演员、一位少女偶像来撑场，戏在他俩身上，占据影片大半时间，高仓健是个陪衬，跟着他俩溜达。

这种恶俗商业算计的怪剧本，误打误撞，在观影效果上，让没戏的高仓健有了内心。

他竟然由此翻红。

《幸福的黄手帕》之后，高仓健又成明星，再没演过这种比例失调的怪电影。

一九六一年的《洪湖赤卫队》是歌剧电影，歌剧演法多么直白夸张，谢添在里面是配角，还是林老板做派，一副"面目不清"的样子，抢了主角的戏。查演职人员表，发现他是首席导演。

只有自己是导演，才会让配角这么演吧——

受金圣叹的影响，国人的编剧观念，写人就是写行为。直接写心理，会被认为水平不高。写行为写不通了，才需要心理描写来救场。

但十九世纪的西洋小说是大量的心理描写，欧美电影也流行用叠化、梦境、画外音独白，以表现内心。

这与我们的传统相逆，但这是世界时髦，难免一时糊涂，受影响。一九五一年的《武训传》，表现女主小陶自杀，孙瑜导演用摄影机运动，将上吊绳拍得惊心动魄，本已很好，却突然叠化出坏人们的脸，说着逼迫她的话——自坏艺术档次。

将现实物件拍出主观效果，是艺术。已经通过上吊绳间接表现出小陶内心，就不要再画蛇添足，直接表现小陶内心了。人脸叠化、画外音诉说，直白无趣。

《林家铺子》是比《武训传》晚了八年的作品，孙瑜导演的这处失误，八年里，导演同行们该早有总结。

《林家铺子》也有一处叠印念白。林老板被追债，独自而行，叠化上追债者人脸和讨债声。全片形态是"以外观表现内心"的白描手法，此刻直接拍出内心所想，破坏整体风格。

此处拍得糟烂，除了叠印，还有雪花。

林老板被追债，去钱庄借钱不成，失望出来，走出门的一刻，开始飘雪花。三流导演，才会让风雨雷电配合人物心情，人物一害怕，正好打雷，人物一伤感，立刻下雨——太俗了，水华不该如此。

影片本身，就可以证明，此处拍法不是水华原意。片中还有一处下雪戏，雪不因人而起，早已在下。得知被钱庄坑了的消息，林老板不在意这点雪，没打伞就上钱庄评理去了，表现他急了，就是人在雪景中越走越小。

讲理不成，他回来了，雪对他没影响，落雪没污衣服，外观未变，表现他失落，用的是色彩效果，从一片白茫茫里走回——这是水华原本分寸。

叠印加念白、出门就飘雪，大坏分寸。可能是为加大对旧社会的批判力度，建议他重汁重墨，于是用了俗手。

俗——通行手法，泯灭作品个性。《武训传》小陶上吊、《永不消逝的电波》兰芬夜奔和《林家铺子》这一段，表现内心崩溃，都是叠化、念白。效果一样，看不出是三部电影三个导演。

之后的水华导演，在一九六一年的《革命家庭》中，表现人物内心，只用念白，不搞叠印。一九六五年的《烈火中永生》，江姐看到丈夫被处死的公告，是原本已下雨，不搞"心情爆发点跟雷雨爆发点同时发生"的事。

可以推测，《林家铺子》中的叠印念白，如名画上落了块饭渍，令水华终生别扭，一直内心嘀咕："电影不是这么拍的。即便直接拍内心，也该是这样……"

水华导演最后一部独立执导的电影，是一九八一年的《伤逝》，违反一生审美取向，大拍内心念白、回忆段落、内心想象。

另起炉灶，毕竟不习惯，这辈子没这么做过，分寸上还是出了问题。念白采用的是广播剧念法，音质高昂、语气丰富、节奏感十足。广播剧因为是纯听觉艺术，要以过分的语气、节奏，弥补视觉的缺失。将其照搬到电影里，便显得多余。

《伤逝》的念白，该显不出语气地念，取消鲜明节奏。越是激烈的语句，越要平淡无奇地念，一九四八年的《小城之春》便如此。水华和费穆前后脚，是一个时代人——《林家铺子》中，林老板大多如此对话，是淡之又淡，没什么语气。

淡，才能引起观众关注，揣摩你究竟是什么意思，所谓"包子有肉，不在褶上"。广播剧念法，要把所有意思都表现出来，披萨一般，肉末蔬菜都摊在面上。

采用广播剧念法，应该不是要创新尝试，配上几句，就知道不合适。且这不值得试验，几十年前就试验完了，电影念白和广播剧念白的区别，是艺术常识。

两种可能，一是电影厂请来位广播剧大腕，上级美意，水华不好拒绝——可能不是，查演职员表，没有念白一职，如不是大腕无私奉献，说好不打名，便应是男主自己配的；二是，水华晚年不知经历了什么，口味大变，觉得"平淡中显神奇"没劲，只想大喊大叫。我们觉得别扭的广播腔，他觉得对脾气。

最擅长白描的人，不爱了白描。

二、心法

民国文艺，推崇巴尔扎克的现实主义，因为清朝以来文人厌恶了"心法"。旧文艺则是要"文以载道"——谈心法，才算是文章。影响到明清小说，故事写成什么样都可以，但首篇都要谈心法，不知是什么审查标准，好像字数得够，大多胡乱应付，谈得啰唆而粗糙。

假设以旧文艺来讲《林家铺子》的故事，会怎样？

试验之前，先解释心法。

韩愈的《原毁》一文，讲大众嫉妒心理。他做实验，公开说一人好，多数人不高兴，公开说一人不好，多数人很愉悦——大众失去了心法，便会是这种心理，是国家衰落、乱象丛生的根源。

心法是"帝王圣贤是人，你也是人，你完全等同于帝王圣贤"，韩愈认为，让大众重获心法，是治国最快的办法。

韩愈所言，承接孟子的"人皆可以为尧舜"（《孟子·告子篇》）。尧、舜是帝王兼圣贤。天子是生前称"王"，死后称"帝"。帝，本身是圣贤之意，王死了，就完美了，生前错误被原谅，当作完人受祭拜。

秦始皇是生前称帝，太不吉祥，没几年就死了。皇、帝、后三字都是死人称号，"皇帝"不是好词，汉朝刘邦却沿用。不知谁使的坏，欺负他家没文化……或许没人教唆，是他觉得秦始皇牛，想一样。

孔子之前，圣贤都是帝王；孔子之后，圣贤和帝王分离；孔子开始，无权无位，也可称圣贤。

《林家铺子》公映于一九五八年十月，同月《人民日报》发表贺诗《七律二首·送瘟神》，祝贺江西余江县治理了血吸虫疫情，其中"六亿神州尽舜尧"一句，鼓舞人心，成为时代名言，用的是孟子、韩愈典故，为了诗句押韵，将尧舜二字颠倒。

"他只不过是个人，你也是个人"，在西方也是名言，是一九七六年开始的拳击电影《洛奇》系列的经典台词，几乎每季都重复。当洛奇面对强大对手，其教练、助理以这句话劝他别怕，到第四季，演变为助手说：

"他不过是个人。"洛奇问："那我是什么?"助手说："你是坦克。碾碎他。"被打惨的洛奇自我解嘲："好,我是坦克。"

到第四季,影片内涵变了,经典台词玩不下去,还要硬玩,只能搞笑了。

《洛奇1》简直是中国导演拍的,如沈浮、郑君里、水华一般,用现实主义手法,表现美国底层的败坏,揭露"美国梦"的虚伪。

美国梦,宣扬"只要你努力,就会实现梦想",给大众脑子灌水——剥削和特权是不存在的,你活得不好,因为你不努力。

洛奇作为底层人,完全是上层的玩物。拳王的比赛对手因故退赛,拳王得挣钱,选一个底层拳手救场。高手打低手,原本是没人看的,但拳王搬出美国梦,策划出宣传语"人人有机会",最差劲的人也有跟拳王交手的机会,成了"小人物走运"的传奇,观众有代入感,就会来看了。

洛奇被挑中,没有尊严,因为他的拳坛绰号叫"意大利种马",显得特别傻,拳王认为是个宣传噱头。

写成洛奇趁机翻身,打赢了——就是好莱坞大俗片。之所以能得奥斯卡最佳编剧提名,是写他没赢,一直被拳王暴打。底层人仅有的自尊,是坚持打完比赛,最后一句台词是"再也不干这事了"。洛奇被揍得肿成猪头的脸,是底层人生的写照。

《洛奇1》写底层人搏自尊,所获的自尊是虚假的,传达的信息是,不改变社会制度,永远得不到自尊。第二季开始,为赚钱,宣扬起美国梦——不是社会的问题,是你的问题。

观众为洛奇一个个胜利而激动,同时被洗脑,对自己的处境自认倒霉——没努力。"他是人,你也是人"的台词成了逗乐的话。

《洛奇》系列至第五季,史泰龙赚够了钱,出于良心,再拍底层生活、批判美国梦。但票房惨败,观众已被带坏口味,看《洛奇》就是要看"梦想成真、巨大胜利",您突然告诉我一切都是假的,滚吧您。

企图向美国大众讲心法的《洛奇》,断了投资,没延续。十五年后,好莱坞创意枯竭,炒冷饭,拍了《洛奇6》,不敢再对抗"美国梦",谈的是父子和解。

故事完全励志,仅一句台词还有反骨:"这是个卑鄙险恶的世界,人除了挨揍,做不了别的,不被立刻揍倒,就是胜利。"

275

这等于说没有胜利，个人是社会的玩物。为抵消这句话的刺耳，高潮戏拍成是洛奇以挨打消耗对手体能，说成是拳台策略，来混淆，不敢承认讲的是人生观。

美国导演们太苦了，谈心法如此难，偷偷加料，万分谨慎。不像明清小说，心法是出版的硬指标，必须大谈特谈。

史泰龙要生在清朝，他该多快乐。

汉武帝"罢黜百家，独尊儒术"，主要是罢黜道家，治国策略由道家换成了孔子。

道家人物爱拿孔子说事，认为他很对，作为道家宗师，也可以。《列子·仲尼篇》记载的孔子十分清醒，跟颜回对谈，认为祖国鲁国已大坏。

我整理出的诗书礼乐，救不了鲁国和现在。那么，是否在别的地方、在未来能发挥作用？

别想啦。诗书礼乐，不是应急的手段。

那么，可否将诗书礼乐改一改，来救世呢？

别想啦，我不知道怎么改。

古人学诗书礼乐，很快乐，因为以为它有用。到我这一代，已验证出它没用。对我而言，没用就没用吧，改它干吗？没用的东西，怎么改，都没用。

学了没用的，但我很快乐。

听了孔子言论，颜回应答，我也如此快乐。

子贡听蒙了，归家苦思，七天后瘦出骨相，仍不明白。子贡是经商、外交天才，孔子周游列国，靠他保驾护航，如此精明的人，却听不懂。得知子贡魔怔了，颜回去登门讲解，子贡明白后，终身勤学诗书礼乐。

子贡为什么要勤修无用之学？

颜回"通俗易懂版"的讲解，是怎么说的？

《列子》这段没写，在另一处解答——叔孙氏对陈国大夫说："鲁国有圣人。"陈大夫："不会是孔子吧？"叔孙氏说是。陈大夫问凭什么他是？

叔孙氏回答，颜回告诉我，孔子能废心用形——常人以头脑来生活，孔子超越了头脑，是另一个活法了。

276

唐朝由于佛经大量翻译，用字上达成共识，头脑为"识"，超越头脑的为"心"，《列子》时还混淆，"废心用形"的心，指头脑。

以此为据，颜回登门告诉子贡的话，大概如下：诗书礼乐，不能直接用于世事，救不了风气、改不了制度，但是它能帮助个人超越头脑。超越头脑后，人就能想出好主意了，就可以找出挽救风气、改革制度的办法。而超越头脑，本身就是快乐。

对于孔门心法，《庄子》也有论述。对道家的庄子，韩愈考证说他本是孔子徒孙，从学于子夏，子夏是说"学而优则仕"的那位。《庄子》里谈了许多孔门的事，不是门内人，说不出来。

民国，章太炎继承韩愈"庄子本儒家"之说，但认为庄子是颜回之徒。因为《庄子》里没提子夏，大谈颜回。

颜回早逝，孔子叹："天丧予！天丧予！"——死的是我！死的是我！——最杰出的学生死啦，将我的学问传给后世，得由次一等的学生做啦，效果太不一样。

颜回未能有著作，千古遗憾。章太炎说，没有遗憾，去看《庄子》吧，等于是颜回亲口……太暖心了。

章先生的《国学讲习会讲演记录·诸子略说》言，庄子对孔子还有揶揄，对颜回，只讲好话。这是孔门风气，探讨学问时，对隔代的师爷、师公可以批评，说错了不怕，但对亲自教自己的老师，则怕说错，对老师只讲好话。

说老师坏话，是下一代的事了。章太炎据此论证，颜回是庄子的"本师"，亲口教他的人。

《庄子·大宗师篇》，颜回说他忘记了仁义、礼乐，进而忘个体、超越思维，与万事万物同化为一体。孔子点评：同，是不知好歹；化，是无法无天。你果真做到了？以后，我跟你学。

孔门风气，老师视学生为天的恩赐，时至今日。有"教学相长"的话，通过教学，老师不断整理思路，学问精进了。收个聪慧之徒，会孔子般感慨："老天派你给我当学生，是为了让我跟你学呀！"

同化，在《庄子·田子方篇》还有举例。楚国名士温伯雪子来鲁国。鲁国名士纷纷拜访，温伯雪子会见后，感叹谈的都是知识，未到"心"的层面。孔子去了，两人将心比心，如两台联机电脑，彼此下载对方库存，没话。

看傻子路，子路问孔子："您很久以前就盼着见他，怎么会面了不说话，多尴尬啊！"孔子答："我俩直接沟通，语言是多余的。"

介绍道家讲的孔子心法，为说明在文化上，心法是普遍议题，读书就会知道。

回到孔子本人言辞，《论语·述而篇》，"子曰：'二三子以我为隐乎？吾无隐乎尔。吾无行而不与二三子者，是丘也。'"

私塾教小孩，会解释为"言传身教"中的身教。学生认为孔子还有秘密没讲，孔子答，你们以为我对你们有隐瞒吗？丝毫没有，我的行为在时时给你们做示范，你们得懂我呀。

如果对更小的小孩，就解释为，我没有不可告人的，我的一切行为都可以公开，光明磊落，是我的为人——总之，先让小孩把这句话记住。

书院里，成人间讨论，会解释为，对于学生，孔子除了言说，还如鸡孵蛋般，以无形的心温暖弟子，而弟子们不自知。就像蛋没有自觉，不觉得温暖，只有当蛋中生命成形，有了自觉，才发现自己的心跟孔子的心早已联网。

无形的温暖，《庄子·天道篇》中也有记载。士成绮仰慕老子，见面后很失望，觉得老子相貌太土，没个圣人样，对不起自己的一路辛苦，于是发火，大骂一通后走了。次日却回来请教，说自己身上发生了奇怪的事，骂了您之后，回到住所，平静突然降临，越来越美好。想问问您是怎么回事。

老子回答，你敏感，感到了我的心。

孔子年轻时访过老子，老子用心，他会了。《论语·卫灵公篇》，"子曰：'赐也，汝以予为多学而识之者与？'对曰：'然，非与？'曰：'非也，予一以贯之。'"

孔子问子贡："你以为我会的多，都是学来的吗？"子贡："难道不是吗？不学，怎么会？"孔子："不是，是我从网上下载来的。"

这个无形网络，就是"一"。受头脑的限制，大多数人上不了网。超越头脑后，是"同化"境界，万物合为一体，至善至美。头脑将万物隔离，心将万物合一。孔子的学问，是从心而来。

怎么上网？

《论语·里仁篇》，"子曰：'参乎！吾道一以贯之。'曾子曰：'唯。'子出，门人问曰：'何谓也？'曾子曰：'夫子之道，忠恕而已矣。'"

书院如孔庙，一地一城的设置，乡绅捐款、官府也捐款的公益场所。清末，各大书院关闭，转作西式中学的校舍。民国，有些私人出资办书院，比如马一浮的书院，维持的时间短，影响小。

《论语》写法，记录话语，不交代说话时的处境与前因后果，书院里讨论，会有所补充。我也是听闻，教我的人不是专门做学问的，年少时随师辈在马一浮家里长见识，听到奇谈，不好意思追问，所以不清楚是别处典籍记载、还是老人们编的。此段，弥补为：孔子在学校接待访客，曾子当侍从，在门外听唤。也不知道孔子要谈多久，曾子没了目的性，站久了，忘乎所以，进入同化境界。孔子出来，他也没发觉。孔子一见他的状态，赞许："好啊你！上网啦！我的秘密，你知道了。"

曾子还在状态里，应了一声，答不出话。孔子离开学校后，同学们让曾子交代秘密，曾子觉得同学没体验，听不明白，敷衍："忠于自己、原谅他人。"

朱熹的《论语注疏》认为是敷衍，"本不消言忠恕"——曾子不该那么说，把事说小了、把人带偏了。

一以贯之，不是孔门独有，巴尔扎克也会下载。

在同代人的讲述中，他是个奢侈虚荣的人，甚至有些无耻，但他关门写作，就成了另一个人，家徒四壁的书房、写作的桌椅小得像买不起似的、吃廉价食物，苦行僧的品味。

写完，他出门，恢复原样，听到有赚钱新路，立刻借款投资，由于思维混乱、贪多贪大，很快失败，欠下债务。他只好重回书房，下载写作能力，卖文还债——这是巴尔扎克后半生的死循环。不知奢侈的他、苦行僧的他，两者是谁控制谁。

同代人看他奇怪，小说上显出的智慧、审美，在他本人身上一点没有，总结："上帝有时会借用一个差劲的人，来显示奇迹。"

写作，事先计划的大纲、情节线、素材，所起的作用，只是让人开始写作。写着写着，灵感一来，就成了另一回事了。写作的结果，一定不是开始想写的东西。灵感到来，预先设定的就显得愚蠢——这是写作的乐趣，犹如进了鬼屋，不知暗处会蹦出什么东西。

画画，也是从心下载。印象派的代表画家，除了马奈、德加受过专业训练，其余是一群业余爱好者，不知美术作坊里传授的上色步骤，挤了颜料就画。没在美术学校练过四年素描，造型能力极差，让他们画个人，太难了，只好画风景。

但在野外待久了，也能画出好画。

莫奈的《日出·印象》，笔法好极，如国画大写意。他哪儿懂国画笔法？是灵感来了，忘乎所以，下手就是好笔法，他也不知怎么成的。其他的《大教堂》系列、《草垛》系列、《议会大厦》系列等都是杰作。

一旦他要正经画，有什么企图，都画得很差，显示基本功不足，笨拙简陋，连自己发明的色彩配置法，都运用得无趣，莫奈成了莫奈的三流模仿者。比如，晚年的《睡莲》系列，想法不错，没画到。他要总结一生，画出压轴之作，头脑的豪情壮志，妨碍了下载。

搞艺术的人，都经历过灵感降临，有人能灵感不断，有人一生一次。它就是孔子讲的"一以贯之"，灵感到来，原本不会的，你也会了，原本需要十几年专业学习的，你瞬间也达到了。但你不知所以然。

毕加索留下多张照片，如临大敌的神态，看着自己随手画出的草稿。他在揣摩，这次下载了什么。

三、旧文艺

孔门常理，是拒绝求神问卜，以人的方式解决人的问题。孔门心法，认为现实是一把洗乱了的牌，等于梦，以同化境界为真。

明清旧体小说篇，篇首都要讲这些，《儿女英雄传》是"除是痴人说梦"，《说唐》是"繁华消长似浮云"，《金瓶梅》是"繁华去后行人绝"，《三国演义》是"浪花淘尽英雄"，《水浒传》是"自来无事多生事"，《红楼梦》是"此回中凡用梦用幻等字，是提醒阅者眼目，亦是此书立意本旨"——总之，认为人间的事是电子游戏，可以玩玩，别当真。

遗风所及，造成香港黑帮片在世界黑帮片之林中显得怪异，犹如短跑比赛里，混进一个跑马拉松的，别人停了，他还在跑。

世界黑帮片的统一理念是，现实可以变好，只要除掉外人。

香港黑帮片则是"现实？虚幻不实！理它干吗，别被它玩了"。

一九八六年的《英雄本色》创造票房奇迹，激活了香港黑帮片，泛滥至一九九一年，开花结果的顶峰之作《跛豪》《五亿探长雷洛传》，要反映历史、批判社会，巴尔扎克果然在国人审美里是文艺正脉，投资一大，就要干这事。整体是现实主义，结尾是旧文艺还魂，讲上心法。

《跛豪》结尾，跛豪入狱前总结："我是不是在醉了？我在做梦。"——重复《儿女英雄传》的"痴人说梦"；《五亿探长雷洛传》结尾，老年雷洛问仆人："人活着为什么？"仆人答不出，雷洛自问自答："就是为了吃饭。"——重复《水浒传》的"自来无事多生事"，只是为吃口饭，却生出这么多事，人生真可笑。

香港黑帮的哲学高度，傲视世界黑帮，只因哲学段落，是我们通俗文学的基本配置。五百多年来，不拿哲学装门面，就是伤风败俗，不让流通。

假设以旧文艺写《林家铺子》，会是这样：

　　林家铺子是林老板从父辈继承来的，他年轻时立志要守住，而今他已人到中年，生意正常，他觉得自己的人生如此而已。想想有些遗憾，没去外面世界逛过。尤其看眼前的独生女，势必要嫁给店里的大伙计，让大伙计入赘，方能守住祖业的铺子。

　　可女儿上过中学，该有更好匹配……这个想法，想想就忘了。不久，日本攻占上海，林家铺子所在的江浙地区受影响，供货断了、收账困难。商会、官吏迅速痞化，勒索无度，林家铺子走上绝路，为躲债，留老婆、大伙计守店，林老板带女儿逃了。

　　逃亡的小船上，林老板想起很久以前的那个想法，发现它实现了，自己去了外面的世界、女儿免去嫁给大伙计的命运。有些心酸、有些欣慰，自来无事多生事——人不敢实现自己所愿，非要弄出个世道大坏，方能走出家门。

张爱玲的《倾城之恋》也是如此故事，香港沦陷，女主获得了正常世道里得不到的爱情，有些怀疑战争是自己弄出来的。她的新派小说，骨髓是旧文艺。

四、巴尔扎克

反映现实，还不是现实主义，现实主义首先是一种"小中显大""旁敲侧击"技巧，巴尔扎克在国人的编剧班上，被如此总结——呵呵，很是金圣叹。

巴尔扎克有"镜子"理论，小说是反映社会的镜子。国人深化镜子含义，镜子是"小中见大"，拿一面巴掌大的镜子，站在江边，十里江面就装进去了。巴氏代表作《高老头》，以一所出租公寓楼照映出资产阶级和贵族。

现实主义写法，不是全景式的，是一叶知秋、一孔之见。如何将社会素材装入一孔，选择哪一孔，显出艺术水准的高下。

"典型环境中的典型人物"是公认的巴尔扎克技巧，典型二字，容易望文生义，认为是某一普遍现象，共性的东西。在编剧班，这二字，会被解释为"反常"，通过一个违背常识的反常现象，颠覆一个更大的概念（比如公认的时代定义、对一个阶层的旧有印象、对一个地区民风的旧有印象）。

典型不是现成的，不是社会显著现象，是前人、同代人没有达成共识的模糊地带，是一作家一作品独有的发现。典型环境中的典型人物，是最后发现的真相，之前要有一个辨识过程，此为现实主义技巧。

高老头是新兴的资产阶级一员，女儿嫁给贵族，阶级跃升，感恩戴德，准备当个忠贞好妇。不料资产阶级的忠贞观，在贵族阶层完全没有，贵族夫人要有情人，情人的档次高，丈夫反而有面子——巴尔扎克拣出了一个反常现象。

为了丈夫不丢面子，高老头女儿花钱养情人，耗光高老头的养老金。高老头在女儿结婚时已关闭工厂，再无进款，坐吃山空，穷病而死。关闭工厂，也是为了女婿的面子，女儿嫁给贵族，父亲还是个"卖面粉的"，会是女婿家的耻辱。

高老头为维护贵族的各种面子，里外不是人，被玩死——颠覆了一个大概念，大众以为资产阶级和贵族结合，成为新时代的统治者，以权换钱、以钱换权，是双赢。巴尔扎克则揭示，起码在资本主义初始阶段，资产阶级沦为贵族的玩物，贵族用所谓的"文化"、低成本的控制，掏空了资产阶级。

编剧班上的现实主义技巧，不是正写。敲竹子的上部，引出竹下的乌龟爬出。射击老虎旁边的草丛，让老虎从藏身的草丛跑出。现实主义技巧，由小东西引出大东西，由奇谈怪论引出真相。

女儿迫于丈夫的压力，要找情人——为奇谈怪论，旁敲侧击出贵族和资产阶级的实质关系。

《林家铺子》小说，由抵制日货的民众热潮开始。林老板向官吏交了四百元好处费后，获得许可卖日货，只要撕去日本商标，换成随便什么中文牌子。不是商家单方面欺骗，买货的顾客心知肚明，叫嚷着"买国货啦"而买了日货。

抵制日货，成了买方卖方共谋的骗局——这是奇谈怪论，之后通过林家铺子的倒闭过程，揭示底层经济的衰败，不是战争造成的，是借着战争而权力泛滥的底层官吏造成的。战争未打到，而民间已垮。

转化为电影，影片开头，宣讲这是一个"大鱼吃小鱼的世界"，画面是往河道里倒了一盆脏水，打上字幕"一九三一年"。这个画面有些恶心，批判旧社会的立意太过鲜明，不是巴尔扎克做法，巴尔扎克是真相要放在最后。

《高老头》开头，巴尔扎克也有宣布，宣布的是："这小说，不是巴黎人，就别看了，你们看不懂（大意）。"假意排斥读者，反而吸引读者——噢，想了解巴黎呢，这书正好。

照着茅盾小说，不要拍这盆脏水，先别给事件定性。讲不好的，要从好的开始，开头该是，镜头随一艘小船，入了片水乡民居，从窗户探进一户人家，有个赖在床上不起来的小姑娘，床上摆着许多好看的衣服，见母亲来了，她拿母亲发火，说上学没衣服穿。

看着没什么事，以为是小孩耍脾气撒娇，不料挑不出衣服，因为学校里抵制日货。小姑娘家开店铺，存着许多日货，小姑娘父亲完美解决了出卖日货的问题。她的父亲是个能人,如何在战争期间做成生意,有许多办法。

这个能人,最终没了办法,店铺倒闭。因为他的本事,应付得了商业变化,应付不了社会结构变化。

五、上海客人与青帮

片中,货源方派人找林老板收账,找了陈述出演。陈述天生的青帮打手样,所谓"一脸横相"——眉弓、颧骨巨大,棱角外撑,对他人压迫。同时尖嘴猴腮,颧骨下没肉,唇薄,下巴薄,自己的福气薄,所以在街头打架,上不了高位。

他来收账,林老板交不出钱,他说:"那我就只好在这等了。"

时过境迁,我们这代观众不理解上一代习俗,冲着陈述的面相,感受上是他硬话软说,"只好在这等"的隐含意思,是拿不到钱,就要用青帮手段了。

看原著小说,发现此人物没一丝青帮痕迹,被称为"上海客人"。是呀,商家收账,有自己人手,不需要雇佣帮会。而"只好在这等了",没有深意,就真只是等。茅盾交代,在铺子大堂"坐等",效果已足够,旁人一看就是等账的,会怀疑林家铺子资金上出事了,林老板没面子。

林老板屡次请上海客人去里屋坐,请不动,林老板越来越紧张。老辈人催账手段,如此简洁,说明之前世道尚且醇厚文明,可以"不战而屈人之兵"。依原著,上海客人不该是打手样,人越文静,场面越有趣。

由陈述出演——可能为加大批判力度。

影片结尾,林老板逃了。林家铺子有几个入股者,拿血汗钱入股,赚利润养家,是朱三阿婆、张寡妇几个穷苦人,跑到店口吵闹,聚了许多看热闹的。铺子存货遭官吏查封,官吏见门口聚众,放枪打人,惊得群众逃窜,张寡妇的孩子被踩死了。

踩死孩子的镜头,视觉效果惊人。但光靠视觉效果,还是收不住戏,张寡妇人物单薄。所以影片结尾,还是只能回到林老板上,坐在逃亡船上的林老板一脸孤寂,最后给了江面全景,结束了全片。

小说里，则是林老板走了，就走了，没再出现，以张寡妇收的戏。

小说写聚在林家铺子外的人群，没有电影里的激动，受损失的几个入股者已经闹过了劲。哭天喊地，是常态，这种冷场，更显绝望。

孩子被踩死，电影里，是张寡妇立刻警觉孩子被挤脱了手，她也被撞倒，冲着扑面而来的众多人脚，大叫孩子名，人没有疯。

小说里，张寡妇没有自觉，顺利逃脱人潮，庆幸自己没受伤，才发现手里没了孩子。她跑回空荡的街，人疯了。

如按小说拍，张寡妇足够生动，不用林老板再亮相了，确实可以由她收尾。她的受调戏、糊涂、发疯，都是好戏，为何不拍？

翻到那个年代录音资料，发现程砚秋改版的《锁麟囊》，或许可聊作旁证。

原剧本写一个富家女出嫁，途中遇上一位贫家女的出嫁队伍。贫家女因为没有嫁妆、给不起乐手赏钱，受乐手嘲讽而啼哭。富家女起了同情心，将自己一个装满珠宝的布囊送给贫家女当嫁妆。多年之后，贫富颠倒，富家女败家，贫家女成了富豪。二女重逢，贫家女报恩，将富家女供养起来。

改为：乐手也是劳动阶层，不该说嫌贫爱富的话，贫家女在花轿里啼哭，是想到父亲辛苦。富家女赠锁麟囊，贫家女有骨气，不受接济，将珠宝退回，留下空囊做纪念，纪念同一天出嫁的缘分。之后，富家女败家，贫家女发家，两人重逢，贫家女帮助富家女，纯粹是为了友谊……

原载《上海文学》2022 年第 2 期

十二匹老虎在耳语

冯 杰

北中原姥姥的老虎

老虎，最早是一匹走动在留香寨月夜和传说里的老虎。

在摇晃的蒲扇里，听姥姥讲老虎报恩故事。一行医人暮晚路上行走，一老虎挡住去路，张着血盆大嘴。人问，要吃我吗？老虎摇摇头。那人要走，老虎不放。人就仔细看，原来虎嘴里卡着一支银簪，那医人从虎嘴里把银簪掏出来，老虎咆哮而去。这人回到家中，夜半，忽听院外虎啸，又听扑通一声，归于宁静。第二天看，院里丢下一头肥猪。

故事还没结束，我就自作聪明喊道："猪是老虎衔来的。"

姥姥赞扬："真能。"

多年后我在古人笔记里找到几种源头，都属老虎报恩的同类项，只是所衔的食材不同，虎送鹿肉不是猪肉。北中原不产鹿只养猪，姥姥把动物本土化了，越发亲切，这是民间文学家的技巧。

春节前，我围着姥爷看他写春联。其中一条"虎行雪地梅花五，鹤立霜田竹叶三"。姥爷说："虎义，狼贪，豹廉。"长大后知道乡村有对动物判断的民间立场。

自从有了簪子的馈报，我也想在乡村路上遇见一匹嘴里含簪的老虎，那样春节前姥爷就不用到高平集上买肉了。半世纪过去，除了路上遇到队长搜身查看偷玉米否，一直没遇到含簪的老虎。后来，见到更多穿品牌戴面具的老虎。

北中原老虎云集。庙会上，有卖虎中堂的民间画家，麻绳上悬挂着许多张老虎画，垂吊的老虎在寒风里几乎冻死。画家告诉我，属虎者家里一定要挂上山虎，辟邪，不要挂下山虎，吃人。虎凡下山都是肚饿的缘故。

留香寨村有位画家叫孙九皋，平常喜欢抄手在村里走动，看谁家墙上适合，马上开画，有点行为艺术，像五代时期杨凝式喜欢见壁题字一样，都属艺术家一种毛病。一天，他相中我家青墙，即兴用白石灰画一匹白老虎，从东到西，占满一墙。青墙白虎，分外显眼，"怎当他临去秋波那一转"。村里每天收工，人和疲惫的牲口蹒跚归来，远远会看到那匹老虎，人畜为之精神一振。

乡村夜晚，白虎在月光里走动，我看到斑驳虎影，立志长大要当画家，画画卖钱或镇邪。

我走到社会上，知道画虎最著名的不是集会上外村的画虎艺人，也不是我村的孙九皋，而是一个远在天边的张善孖，画家张大千他哥，号"虎痴"，为画虎专养一匹老虎，走到哪儿牵到哪儿，赴宴时有老虎蹲旁边，宴上客人一边和他喝酒，一边要看老虎表情，手抖往往忘记拣菜。

有一年村里媒人要给我说个媳妇，一问属相，对方属虎。村中孙半仙对我姥姥说龙虎相斗，八字不合。后来看那属虎姑娘好看，还长一对小虎牙。我姥姥说，这不算啥大事，东庄庙上肯定会有破法。哪知人家虎妞看到我家迷信，经济条件不好且还瞎讲究，虎牙一收，姻缘告吹。让我一直怀念那一双小虎牙。

眼看我年龄要过岗有打光棍危险，媒人又说一位媳妇属小龙，庙上师傅又说"一床上不卧二龙"。我姥姥马上纠正，说小龙不是龙，是蛇、是长虫。

古人立下规矩，十二生肖不能一锅里吃大杂烩，譬如"老虎一声吼，兔子抖三抖"，譬如"自古白马犯青牛"，譬如"猪猴不到头"。我的百科常识来源于庙会上老虎的耳语，包括虎须功能。孙半仙还说，虎须可治牙疼，趁热插在牙齿间即愈。我听起来像说他自己冬天喝粥。

我父亲职业是乡村会计，为全家生计一辈子谨小慎微，唯恐错账，他对我说过："玩钱如玩虎。"老虎成了另一种生活隐喻。

虎史档案抄

我逐渐长成为雄性动物，三十一岁前没见过老虎。我爸当年告诉我，画画只管"比猫画虎"。我最早临摹刘继卣刘奎龄父子的老虎，我最早听到老师竟讲"老虎属猫科"时，我第一次为老虎笑了。

翻看老虎年度报告如下：

现代虎祖先是一种叫"中国古猫"的小型食肉类，大约在距今300万年的更新世后在地球上出现，与人类出现时间接近，有可能与人类祖先蓝田人一起生活过，古猫看到过蓝田人烤肉。由于气候变迁，虎从发源地向亚洲各地扩散，向西经中亚抵伊朗、高加索，没过阿拉伯沙漠进入非洲，越过高加索山脉进入欧洲。一支又分两个分支，一支进入朝鲜半岛，受阻海峡，未能踏上日本列岛；另一支通过华北华中华南，进入中南半岛。又分成两股，一股通过缅甸、孟加拉国，直抵印度半岛；另一股沿马来西亚半岛，携妇将子，渡过马六甲海峡，登上印度尼西亚苏门答腊、爪哇岛，但老虎始终没有游过台湾海峡。俗老虎走进同仁堂虎骨膏药里，消化在人间百味，雅老虎走向国家的国徽上旗帜上，不再下来。

一九七五年我十一岁，那年在北中原濮阳发掘出一匹蚌壳塑就的"中华第一虎"，蚌壳老虎距今有六七千年历史。老虎曾在北中原大地行走，我小时虽没见虎，但一直穿虎头鞋、戴虎头帽、系虎兜肚。

猫在显微镜下放大一百倍是虎。虎体态雄伟，强壮高大，毛色绮丽，呈黄到红色渐变，有深色条纹。老虎头圆，吻宽，眼大，嘴边长着白色间有黑色长而硬的须，颈部粗而短，与肩部同宽，四肢强健，犬齿和爪锋利，腹面及四肢内侧为白色，背面有双行的黑色纵纹，尾上约有十个黑环，眼上方有一个白色禁区，故有"吊睛白额虎"之称，当年武松打死的就是这种。老虎前额黑纹让王羲之写下一个"王"字，正是有这旗号，才能誉为"山中之王""兽中之王"。旗帜象征性多重要啊，战场上也多以斩旗为胜。

老虎一直所向无敌，连村里哄孩子大人都牵出老虎来欺骗童贞，"再哭，老麻虎要来"，马上止哭。老虎也有短板。段成式在《酉阳杂俎》里透露出："猬见虎，则跳入虎耳。"老虎怕刺猬。兽王有漏洞。我没机会验证，只是看后质疑，虎耳朵有那么辽阔吗？能像一泊"虎湖"？

施耐庵的本土虎知识

我没当上画家，先当了作家。两者其实都属于手艺人。中国作家里要数施耐庵迷恋老虎。

他文字娴熟，指导着武松如何躲避，如何挥拳，如何布置月色，如何打虎。是施耐庵避免了武松被大虫吃掉，不是哨棒和拳头。

施作家一直有老虎情结，除了让武松、李逵打虎，又轰赶出来方圆百里区域内的老虎，108将里12人冠以虎名，占百分之十还多——打虎将李忠、笑面虎朱富、青眼虎李云、插翅虎雷横、锦毛虎燕顺、矮脚虎王英、跳涧虎陈达、花项虎龚旺、中剪虎丁得孙、金眼彪施恩、病大虫薛永、母大虫顾大嫂。男虎女虎皆有，其中"彪""大虫"都是虎的别名。

那位横行京城泼皮牛二也是"没毛大虫"。

乡谚说"三斑出一鹞，三虎出一彪"，鹞是雀鹰俗称，小时候见过鹞抓小鸡，鹞子借窝孵化，出来后把小鸡吃掉，近似"鸠占鹊巢"。《癸辛杂识》载："虎生三子，必有一彪。""彪最犷恶，能食虎子也。""彪"排在虎豹之间，列强顺序为"龙虎彪豹"。俗话还说"九狗一獒，三虎一彪"，一窝狗中最凶的为獒，虎崽中最凶悍的是"彪"，是"老虎中的老虎"。

一般人看不到彪。清朝六品武官服上有一"彪"形动物，可推测到彪不生活在山野，多游走仕途官场，属于不存在的虚构老虎。

博尔赫斯在建筑一匹空虚的老虎

虎不同于人，没有国界之分，它不办出境证也可自由穿越国境。没有前科，留下虎蹄不留档案。

美洲不产老虎，它当年没游过白令海峡，造成博尔赫斯最后到失明也没见过老虎，他经常把美洲豹当作老虎，一生误读老虎。博尔赫斯坐在图书馆里，镜子相互折射老虎，他用自己的文字在梳理别人的虎皮。

譬如"我看见了无穷无尽的过程，我由于领悟了一切，也领悟了老虎身上的文字"。

譬如"虎是为了爱而存在的"。

譬如"我既有无限的力量，便可以造出一只老虎"。

譬如"我们要寻找第三只老虎。这一只像别的一样会成为我梦幻的一个形式，人类词语的一种组合"。

譬如"我脱下外衣，躺在床上，重新做老虎的梦"。

他知道作家和老虎的距离。他说："'庄子梦虎，梦中他成了一头老虎'，这样的比喻就没有什么寓意可言了。蝴蝶有种优雅、稍纵即逝的诗质。如果人生真的是一场梦，那么用来暗示的最佳比喻就是蝴蝶。"

人生一如梦中蝴蝶虚幻。

博尔赫斯终于自己成了一只语言斑斓的老虎，实现了他童年的老虎梦。这一只"老虎中的老虎"最后变成"作家中的作家"。晚年失明，眼里只剩下唯一的金色。掀开虎皮，我看到博尔赫斯就是文学里的那一只"彪"。

高句丽老虎的肉醉

我跟随一位朝鲜族姑娘到过边城集安，去高句丽遗址拜谒好大王石碑，这是世上有书法价值的最大一块石碑，细雨里买一张不知真假的"好大王碑"局部拓片。拓片在收藏界有"黑老虎"之称，在高句丽遗址壁画上偏偏有一只白虎对应。田野玉米碧绿在拔节受孕。白虎涉水，铁网阻拦。

老虎是朝鲜人崇拜的神，我童年在北中原乡下看电影《奇袭白虎团》，里面缴获一面白虎图案。第一次知道世上还有白老虎。白虎掺和到黄虎颜色里，基因突变，造成乱色。其实朝鲜虎和中国东北虎同源，韩国当年举办奥运会，将虎选为吉祥物。朝鲜神话中虎想化为人，太阳神为考验它，让它在洞穴过100天，只允许吃大蒜。老虎等不及100天，未能实现心愿。可见大蒜对老虎的重要性。虎口并不想满嘴蒜气。长白山东北人祀山神，多杀猪备酒，焚香上供，却不知老虎更喜欢吃牛肉、吃羊肉，它并不适合狗肉，吃狗必醉，故有"狗是老虎的酒"一说，猪肉也不对老虎口味，吃猪必瘫。因为猪肉狗肉太香太腻，我有春节吃红烧肉出现"肉醉"之感，这曾是童年的"簪子理想"。

天下事物不可太奢，要少吃猪肉和狗肉。

东北人猎虎经是"若见虎卧，勿动。即告众。若见虎奔，则勿停，追而射之"，近似游击战"十六字方针"。现在打虎则判重刑。老虎来到当下河南，大家开始纸上打虎，把老虎用四尺三裁的形式瓜分卖掉。我去过庄子的故乡河南省民权县，画虎村把画虎当成产业，批发零售，贩卖虎画。我看到有人专画老虎屁股，有人专画老虎腰，有人专画老虎头，有人专画老虎尾巴，甚至有人专画胡子或斑纹。流水作业，迅速准确，手机录像，最后组成一匹完整老虎。全村形成画虎产业链，远销海内外，老虎供不应求，可见社会上老虎需求量大。村主任对我说，全村出现 50 位画虎专家，五位"画虎王"。实为画坛所未闻也。

这是庄子当年没有想到的，他只梦蝶没梦虎。庄子为了配合博尔赫斯。

岭南老虎·古典的警世

我少年时还临过"岭南派"高剑父高奇峰画的虎样。岭南派多留日，老虎毛皮有质感，身上带着月色和星光。

辛丑金秋，我和晓林从中原来到岭南，在广东佛山联办画展，清远朋友相邀去吃著名的清远鸡。上鸡前，看到一则虎事和佛山与清远都有关联，觉得有趣，是"我佛山人"吴趼人写的故乡遗事《趼廛笔记》。

他说清远一老翁，带儿子到佛山兜售一副完整虎骨，"既得售主，交易毕，翁抚所获金而悲"。别人问何事所悲，他潸然曰："此虎已伤吾家三口，几灭门，幸而有今日，是以悲耳！"老人两个儿子，"长子死于虎，长子妇馌于田（给种田人送饭），亦死于虎"，老伴有一天进山打柴不归，邻居在山脚发现她的衣服，"血犹涔涔也"，也被老虎吃掉。当天晚上，老翁小儿子梦见母亲传话，告诉他："某山某树下，有窖金，掘而取之，一生吃着不尽矣！"醒后小儿告诉父亲，老翁说是妖怪托梦。谁知第二天小儿又梦到母亲说："母命也，而以为妖耶？且吾亦何必诳汝！"让他傍晚前到藏金点，"吾阴魂当佐汝也！"小儿依照母亲吩咐，准备纸钱上山，"将祭山神及其母，而后取之。"

哪知故事峰回路转。快到藏金点，路边忽然走出一老者，说天色渐晚，"山行多虎狼，子何冒昧也"。小伙子怪他多事，继续前行。老者拉住他，"必不可往，往则祸作"！小伙子说奉母命前往，哪会有祸？老者说你母亲不是葬身虎口吗？小伙子惊讶，老者不是本村人，怎知母死？老者说我不仅知道，还知你想去取窖金，只怕有去无回。小伙子大惊，怎么连这都知道？老者指着旁边一棵古树说上去看看全知道了。

小伙子上树，"俯视老者，已失所在，四顾瞭望，都无踪迹。日既暝，忽闻虎啸声，木叶簌簌下"。小伙子"大惧，藏叶浓深处，窃窥之"，"见其母引虎至彼树下，彷徨四望，如有所觅，引虎与语，语未竟，虎咆哮怒吼，母抚虎项，若慰藉之者。虎少驯，母复徘徊瞻眺，啾啾作鬼声，虎又咆哮，如是竟夕"。一直等到村中鸡鸣，其母才带虎离去。小伙子下树战栗不能动弹，"疑老者为山神而感之也，焚所携楮帛以谢之"，逃回家跟父亲说，两人"相戒不复入山"。当夜老虎进村直扑其家，父子大惧，计无所逃，院里有两口水缸，藏在里面。"俄而虎竟毁门入，鬼声啾啾，若为之导"，没有找到人而去。天亮后村民慰问，父子俩从缸里爬出，说明事因。村民设下陷阱，老虎又袭村时，铳弩齐发而毙。老翁在佛山所售之虎骨，由来即此。

故乡虎事被作家布置得斑斓魔幻，如一把戒尺晾晒敲打一张虎皮。

吴趼人时代，当列强瓜分中国时，可知作家借虎发言："吾独怪夫今之伥而人者，引虎入境，脔割其膏腴，吮食其血肉，恬不为怪，且欣欣然自以为得计者。"吴趼人的老虎别有用意。

此刻，著名的清远鸡端上来，我对佛山朋友说："你们若也出窖金，下次我办画虎展。"

虎的末日

话语和文字即使吹嘘得一地斑斓，末日老虎，也终将不再。

世上最后一张虎皮要剥掉，老虎谢幕退场，包括液体老虎、气体老虎、固体老虎。一天，"打虎者"独向虎皮，对属虎的情人说，看，这是一辆蜜制的坦克。

原载《花城》2022 年第 2 期，有删节

青春与作家的年轮

周晓枫

中年之后，感觉时间是以加速度流逝的。我还记得，自己作为年轻写作者面对前辈的心态；怎么恍惚之间，当青年作家聚集，对比之下，我发现自己早成面目沧桑的大妈。当然，与那些德高望重的长者相比，我根本没有什么资格抒怀，但感慨一下写作者的青春和能量，也许恰逢其时。

年少敏感时，许多人想过当作家。一场热恋或失恋都会拿起笔，写上数年翻江倒海的情诗。天才无须漫长训练，但作为多数且平凡的我们，最初只有强烈的倾诉渴望，情感汹涌，表达技术欠佳，像劣质烧酒的力道在青春的喉头留下划痕。莽撞并非无益，相反，让人有种特别珍惜的东西：写作的胆气。年轻人没有什么额外需要维护和捍卫的，心怀悍勇，因而能驰骋远方去探索。"鲜衣怒马"这样的词，与少年形象结合，才赏心悦目——因为他们的爱意或愤怒，都因真挚而纯粹。青春有脆弱的一面，也有坚强的一面，因为拥有能够承压的旺盛体能和充分自信。初写者所需无多，可以被一个善意而廉价的褒义词喂饱，在被忽视和被贬损的情况下，也可以仅凭内心的骄傲向前。没有经验和名誉，反而让他们更具写作的勇敢。

成长，预示着梦想会变成现实，有些会成了泡沫。这让我想起中学物理课上的实验，想起那辆从斜面滑下的小车。作家梦从饱满的向往开始，高速俯冲……然后，道路会有摩擦的阻力，会降低你的前进速度，会消耗你的动能，会改变你的方向。如果没有找到新的蓄力和助力方式，物理的小车容易停下来，甚至翻覆于途中。所以越过青春期的写作者，笔力和嗓音一样都会发生变化，有些渐成气象，有些走向衰竭。

我曾特别喜欢一个外国小说家，他的叙事技术极为高超，在想象奇诡的同时，保持机械般无情又无懈可击的准确。他的某些段落太精湛，使我很难保持一个读者的尊严——我觉得自己并非丧失理智，而正因为具备理智，才会对其产生膜拜之感。这位小说家一直像钟表走时那样持续写作，但后来不知道是他的情感上淡漠了，或什么样的内驱力变弱了，总之，他的技术还在，我的迷恋余温还在，但他的魔法就像荷尔蒙一样流失了。他活得好好的，只是作品里没有了往日的凶猛，熟悉的技术味不至令人反感，但还是使人略感遗憾和失落。小说家只要出书，我还是会买，还是会看……是拿把花束放在墓碑上那样地看。

不用远观，身边也有才华横溢的人逐渐偃旗息鼓。这是写作可能遭遇的处境，是人到中年的常见问题。有人不写，是因为找到其他的寄托方式。有人不写，是因为越上年纪，越珍惜文字，越发爱惜自己已经掉秃了的羽毛，不再盲目飞行。有人年轻时写得很成熟，老了写得很幼稚，很难相信是同一人所为。有人在旷野可以放歌，等聚光灯打在脸上，表情和姿态都不自然，进入摆拍状态——其实行动不便，但又有点自得，因为戴着黄金脚镣；可惜黄金脚镣再珍贵，也是对自由的限制。我由此想起卡森·麦卡勒斯的一段话：

> 当你说你不自由时，不是指你失去了做什么的自由，而是你想做的事得不到别人足够的认同，那带给你精神或道德上的压力，于是你觉得被压迫，被妨碍，被剥夺。翅膀长在你的肩上，太在乎别人对于飞行姿势的批评，所以你飞不起来。

更为可怕的，不是不写或写得很差，而是丧失自我判断——写得不好，却自以为由弱变强，自以为得道成仙，在泥潭里打滚却自以为是在云层里飞翔。总之想得离谱，原来以为他只是体力不足，没想到，也没有余额来为智商充值。不再年轻的作家急于把自己塑造为大师，坚称自己写作是追求成为经典——这当然是伟大的理想，但若时时处处盘算，那他就像活活把自己当成了雕塑，这是否意味着——作家容易丧失了呼吸、心跳和血肉？自己洗澡的时候有如擦洗雕像，写作有如在史册上留名、在墓碑上刻字？

不错，成熟者务实；尽管这些曾经的年轻人也曾经喜欢悬浮半空，那里似乎是他们唯一愿意待的地方。他们似乎在某一天想明白了，总有一天要安全着陆，所以必须在大地上有所安排和准备。

有一天，散步经过我家附近的水渠。不宽的水流，平常让两岸风景优美，但我赶上了清淤的时候，水抽干了，完全暴露出了河床。拥有流量和流速的时候，我从来不知道水流之下有那么多泡沫塑料箱、那么多轮胎废铁和那么多辨别不出材质的垃圾沉积着，真难看。我们年轻时代的跑动中，都是流畅和优美，等我们奔流的速度慢了，水分蒸发干了，等我们停顿下来，等我们到了需要清淤的时候，问题也会集中彰显……我们看到，那么多难以消解的垃圾存在和沉淀在年轮之中。

然而，厉害的作家是存在的，他们根本无视生理年龄的提示和警告。他们年轻时脚步飞快，走上成熟之路，仍锐意不减。青春呼啸而过，百米只是马拉松的开端，他们均衡自己的爆发力与耐受力，持续向前。有人把热情灌注在整个生命途中，甚至老年的指腕不能支撑写作，他们也坚持到最后一刻，甚至临终都在口述，直至在秘书听写的打字噼啪声中溘然长逝。这样的作家毫无暮气，经验和荣誉都不能阻止其探索，他们赤手空拳挑战极限，从未流失勇气，就像不停经过颠簸和洗礼而获得成长……因此，他们拥有无数次甚至是一生都不退场的青春。好作家，天真又沧桑，能够终身发育。

年龄并非限制，作品是三十五岁写的还是五十三岁写的，并无区别。只从纯粹的水准来做判断，青年不青年不是参考条件，美不美女也不是加分项目。是不是青春年纪并不重要，因为作品成熟度未必与生理年龄相符，一个老英雄可以锐不可当，一个少年郎也可以老气横秋。

那些越来越有力量的作家，无论他们处于什么样的年纪，都让人感觉是年轻的，虎虎有生气。他们常常具备某些共性，使他们即使少作乏善可陈，也能在岁月淬炼之后脱胎换骨。

他们不贪恋往昔。我想起在正式放映之前，影厅总要播放一段短短的观影须知，大意是说：如发生火灾等意外情况，请尽快撤离，勿贪恋财物。贪恋财物，对艺术创作来说同样是致命的。熟悉的题材和风格，会让写作者产生安全感，甚至是驾轻就熟的自信——这些看似是隐形财富，其实是明显的包袱。那些持续保持创造活力的作家，从不贪恋既有题材、风格和荣誉，每次都敢于把自己作为孤注——搏命一掷。贪恋财物者或对黑暗中的灾难一无所知，或被照耀的火光围困，无法脱身开展新的探索。

作家捕捉题材，就像豹子捕捉猎物，根本不需要携带自身之外的工具——假设为了增加捕猎信心，豹子还要带上曾经的战利品，岂不滑稽又碍事？在这种情况下，除了死去的残体，豹子根本无法"逼近"任何猎物。英国文艺批评家约翰·伯格使用绘画中的"逼近"概念，其实也可广泛应用于整个艺术创作领域："逼近，即意味着忘记成法、声名、理性、等级和自我。"

好作家勇于向新生事物学习，因此不惧未来。他们承认局限，不认为自己的资历就是炫耀的资格，不会热衷为别人指点迷津，又因此沾沾自喜。创作上奄奄一息的作家，却动辄教育年轻人："我吃过的盐比你吃过的饭都多。"即使如此，又如何？关键在于是否还有强劲的消化能力。老年人好谈养生，年少者听来觉得浪费时间——油多对中老年人是毒，偶尔一顿，我们都在设想体内所谓垃圾食品的堆积；而从少年的代谢来说，同样是偶尔一顿，他们根本不在话下。

苏格拉底被阿里斯托芬在剧作中讥讽为"智术师"。"智术师"的确是曾经存在的职业，他们精通雄辩之术，到处漫游，指导年轻人学习公共演说技巧，专门贩卖智慧……哦，那是公元前数世纪的事情了。而今天的技术更新，使许多时候老年人要转而向年轻人请教。不仅科技是重重考验和折磨，甚至在文学艺术方面也是同样，老作家未必就比今天的青年作家更视野辽阔。不居功自傲，不好为人师，好作家珍惜青春，知道创作也要抗衰老——如同女性越上年纪越在意抗衰一样，无论采用"医美"还是运动，更重要的是，以健康的心态和方式来保持活力。

老作家可以向青年作家学习，并且不强求青年作家的尊重和理解，因为他们也曾年轻并任性过。年轻人呢，一直以为老是威胁，直到老了以后才知道老了也包含深沉的祝福。这些认识，这些挫折，不需要老年人的言传，年轻人有一天变老时自然会相信自己的身教。这让我想起一位音乐人的话："别跟年轻人吵了，你不可能赢。因为等到有一天，他知道你赢了，那表示他也不年轻了。所以，你不可能吵赢真正的年轻人。"归根到底，作家是一种根据自己的创作而创造自己年龄的人。百岁老人的作品，可能比青葱少年的作品还要蓬勃，所以很难说谁才是真正的年轻。

作家可以衰老，但作品永远拥有新生蝴蝶那样颤抖的闪光，如此脆弱,又如此有力。其实,蝴蝶看不到自己的美,我觉得这正是它如此之美并且死后无损的秘密所在。拥有生死不熄的美,你就不会觉得蝴蝶是一只昆虫的老年时光,相反,你会觉得它的一生都在成长,都在青春里。对蝴蝶来说,它的老年比它的幼年更漂亮、更轻盈、更自由,也更有力量,因为它可以穿越云雾和海峡。所以,蝴蝶的晚年没有什么可怕,它意味着更强烈的闪耀。

作品,是作家为自己画下的年轮。作家可以像老树般果实累累,浩如繁星⋯⋯这片古老星空的每个夜晚都晴朗干净,其上的每一颗星,都像一个刚刚写下的发光的字。

原载《散文》2022 年第 6 期

编后记

王清辉

　　本书收入了二十多篇长短不一的散文，主题大致可分为五类：自然书写、乡土关怀、历史叙述、个体经验和生活札记。这五类主题各有指向，一方面从不同的角度展现出每一位作者在各自不同的生命时段里的感受和思考，另一方面又互有指涉地共同展示出面对同一时代创作者们的眼光、感情和气象。阅读这些散文，我个人最大的体会，就是无论散文的笔触指向何时何事何处，作者在描画出自己的认知轨迹、表达出自己独到的思想感情时，他们对历史的想象和当下生活的思考，与美好生动的心灵跃动连在一起，共同成为照亮我们这个时代的文学之光。我仿佛看到不同的画家用各自擅长的笔触在描绘同一个对象，月光下，碧水上，呈现出水雾弥漫的光影或是端庄怡人的色彩。

　　在这些主题中，自然书写、乡土关怀与历史叙述是本年度大量作品呈现出的创作趋势。他们或是以重新审视我们的文明和文化的视角，述及大湖大山和森林海洋，也关注花鸟鱼虫乃至自然万物，以此探索人与自然的和谐；或是从反思自己和故乡关系开始，将个人生命情感融汇于对过往的地域历史朴素的深情，从乡村文化中获得满满的心灵慰藉；又或是考察山川地理，探寻文化遗迹，以开阔的眼界，将复杂的史料放在散文的显微镜下，追溯历史的踪迹与人世的变迁。在这一意义上，与其说在散文中重述自我的记忆，不如说作者在散文创作中重整记忆以发掘自我——我们在散文写作中反复思考、重新发现的，常常不过是与自然、与乡土、与历史的共鸣。

　　在我看来，2022 年散文创作中表现出来的一个更突出的特点，是如何处理自己和经验的关系。经验在作家的笔下变得跟以往更加不同的一点是，经验被高度个人化了。一方面，散文的文化性、思想性和现实观照性日益增强，这与当代社会发展的文化语境和读者的心理期待正相适应。这当然需要作家对个人经验去做深入的了解和思考。然而另一方面，作家对经验的态度已不再是简单的回顾和反思，而是整体性地以自己的精神记忆作为写作对象，以此来传达更为丰富的写作意蕴和对自我的反省与追问。正因为此，散文写作中尤其可以看到作家作为"优秀读者"的敏感，这敏感不单是针对历史或文本，同样也是针对生活与时代。更进一步，无论对作者还是对读者来说都是如此：个人理解到什么程度，个人经验就起什么作用；我们如何处理经验，其实也是我们如何认识自己的另一种方式。

作为一种以灵活性、包容性见长的文体，散文对于写作者个体生命的沉浸程度要求很高，散文文体的独特魅力正在于此——作者的情感和认知在写作中和盘托出，无所遁形。面对比外部世界更为纷繁复杂的精神世界，散文创作因而呈现出愈加开放的发展态势，为我们提供了更多的有差异性的观察与创造。我希望散文的写作面向可以更加多种多样，这样那样不同的宽广的眼光集合在一起，就是我们正在创造的属于散文自身的美学。